벤자민 버튼의 시간은 거꾸로 간다

클래식 보물창고 17

벤자민 버튼의 시간은 거꾸로 간다

펴낸날 초판 1쇄 2013년 4월 10일
지은이 F. 스콧 피츠제럴드 | **옮긴이** 김율희
펴낸이 신형건 | **펴낸곳** (주)푸른책들 | **등록** 제321-2008-00155호
주소 서울특별시 서초구 양재천로7길 16 푸르니빌딩(양재동 115-6) (우)137-891
전화 02-581-0334~5 | **팩스** 02-582-0648
이메일 prooni@prooni.com | **홈페이지** www.prooni.com

ISBN 978-89-6170-318-5 04840
＊잘못된 책은 구입한 곳에서 바꾸어 드립니다.

이 도서의 국립중앙도서관 출판시도서목록(CIP)은 e-CIP홈페이지(http://www.nl.go.kr/ecip)와
국가자료공동목록시스템(http://www.nl.go.kr/kolisnet)에서 이용하실 수 있습니다.
(CIP제어번호:2013001069)

표지 그림 | 귀스타브 카유보트 作 '창가에 있는 청년'
뒤표지 그림 | 귀스타브 카유보트 作 '비 오는 날'
보물창고는 (주)푸른책들의 유아, 어린이, 청소년, 문학 도서 임프린트입니다.

The Curious Case of Benjamin Button

벤자민 버튼의 시간은 거꾸로 간다

F. 스콧 피츠제럴드 지음 | 김율희 옮김

보물창고

차 례

젤리빈

1

짐 파월은 젤리빈이었다. 그를 매력적인 인물로 포장하고 싶은 마음이야 간절하지만 그 점에서 독자를 속이는 것은 비양심적인 짓이라는 생각이 든다. 그는 뼛속깊이, 철두철미하게, 99.75퍼센트 정도 젤리빈이었다. 메이슨 딕슨 선(*위로는 펜실베이니아 주, 아래로는 웨스트버지니아 주와 메릴랜드 주가 있는 지리적 경계선. 미국 북부와 남부의 경계를 상징한다. ─이하 *표시 옮긴이 주) 한참 아래에 있는 젤리빈의 땅에서 젤리빈의 계절 내내, 그러니까 모든 계절 내내 빈둥거리며 자랐다.

혹시 멤피스 남자를 젤리빈이라고 부르면 그는 뒷주머니에서 길고 억센 밧줄을 꺼내 가까운 전신주에 당신을 매달아 버릴 것이다. 뉴올리언스 남자를 젤리빈이라고 부르면 아마 그는 히죽 웃으며 당신의 애인을 마르디그라 축제 무도회에 데리고 가는 사람이 누구겠느냐고 물을 것이다. 이 이야기의 주인공을 배출

7

한 젤리빈 지역은 그 두 도시 사이 어디쯤에 있다. 조지아 남부에서 4만 년 동안 꾸벅꾸벅 졸다가 이따금씩 선잠에서 흠칫 깨어나, 다들 오래전에 잊어버린 전쟁 이야기 따위를 웅얼거리는 사람들 4만 명이 사는 작은 도시였다.

짐은 젤리빈이었다. 이 말을 다시 쓰는 이유는 어감이 참 좋기 때문이다. 동화 첫머리처럼 짐이 착한 사람이라고 말하는 듯하다. 왠지 입맛을 돋우는 둥그스름한 얼굴에다가 모자에서는 각종 이파리와 채소가 자라는 모습이 떠올랐다. 하지만 그는 얼굴이 길고 홀쭉했으며 당구대에 몸을 숙이고 산 탓에 자세가 구부정했다. 무분별한 북부에 살았다면 거리의 부랑자로 여겨졌을 만한 모습이었다. '젤리빈'은 남부 전역에 통용되는 이름이다. '게으름을 피우다.'라는 동사를 평생 일인칭 단수로 활용하며 사는 사람을 가리키는 단어다. '나는 게으름을 피우는 중이다, 나는 게으름을 피웠다, 나는 게으름을 피울 것이다.' 등등.

짐은 녹음이 우거진 길모퉁이의 하얀 집에서 태어났다. 현관에는 풍상에 시달린 기둥 네 개가 서 있었고, 집 뒤에 세워진 무수한 격자 울타리는 꽃향기와 햇빛이 가득한 잔디밭에 산뜻한 십자 무늬 배경이 되어 주었다. 이 하얀 집에 살던 사람들은 원래 옆집과 그 옆집과 그 옆집의 땅까지 소유했으나 너무 오래전 일이라 짐의 아버지조차 제대로 기억하지 못했다. 사실 짐의 아버지는 주먹다짐 중에 입은 총상으로 죽어 가면서도 그 문제를 하찮게 여기고 어린 짐에게 이야기조차 하지 않았다. 당시 짐은 다섯 살이었고 가여울 정도로 겁에 질려 있었다. 하얀 집은 메이컨에서 온 말 없는 여자가 운영하는 하숙집이 되었고, 짐은 그녀를 메이미 이모라고 부르며 지독히 싫어했다.

짐은 열다섯 살이 되어 고등학교에 갔는데 검은 머리를 헝클어뜨리고 다녔으며 여자아이들을 무서워했다. 짐은 집을 싫어했다. 네 여자와 늙은 남자 하나가 한 해의 여름이 시작되어 다음 해 여름이 올 때까지, 어떤 땅이 원래 파웰네 소유였으며 다음번에는 어떤 꽃들이 필지에 관해 끝없이 잡담을 늘어놓았다. 때로 마을 소녀들의 부모가 짐의 어머니를 떠올리고 그녀의 검은 눈과 머리카락을 닮은 짐을 파티에 초대했다. 그러나 파티는 불편하기만 했다. 틸리네 차량 정비소의 끊어진 차축에 앉아 주사위 도박을 하거나 긴 지푸라기를 입에 물고 하릴없이 질겅거리는 편이 훨씬 좋았다. 용돈을 벌려고 이따금씩 일을 했는데 그것 때문에 파티에 발길을 끊게 되었다. 세 번째로 파티에 갔던 날 어린 마저리 하이트가 경솔하게도 말소리가 들릴 만한 거리에서 짐이 식료품 배달꾼이라고 소곤거렸던 것이다. 그래서 짐은 투스텝(*사교댄스의 일종.)과 폴카 춤 대신 원하는 수가 나오도록 주사위를 던지는 방법을 익혔고 지난 50년 동안 인근 지역에서 일어난 흥미진진한 별별 충격 사건 이야기를 들었다.

그리고 열여덟 살이 되었다. 전쟁이 일어났고 그는 해병으로 입대해 1년 동안 찰스턴 해군 조선소에서 놋쇠를 닦았다. 그 후에는 변화를 줄 요량으로 북부로 가서 1년 동안 브루클린 해군 조선소에서 놋쇠를 닦았다.

전쟁이 끝나자 짐은 고향으로 돌아왔다. 이제는 스물한 살이었고 바지는 너무 짧고 꽉 끼었다. 단추 달린 신발은 길고 좁았다. 넥타이는 자주색과 분홍색이 놀랍게 어우러져 불가사의한 소용돌이무늬를 선보였고, 그 위로 보이는 푸른 눈동자는 낡은 고급 옷감이 햇빛에 오래 노출되었을 때처럼 빛깔이 바래 있었다.

황혼이 깃든 4월의 어느 날 저녁, 흐릿한 땅거미가 목화밭과 무더운 마을에 내리고 있을 때 짐의 어슴푸레한 형체가 판자 울타리에 기대서 있었다. 그는 휘파람을 불며 잭슨 가의 불빛 위로 보이는 달무리를 응시하고 있었다. 그리고 그의 머리는 한 시간 동안이나 관심을 사로잡은 문제에 쉼 없이 골몰하고 있었다. 젤리빈이 파티에 초대받은 것이다.

모든 남자아이들이 모든 여자아이들을 싫어하던 옛 시절, 클라크 대로우와 짐은 학교에서 나란히 앉는 사이였다. 그러나 짐의 사교적 열망이 정비소의 기름진 공기 속에서 사라져 버린 반면 클라크는 사랑에 빠졌다가 헤어 나오기를 반복했고 대학에 갔으며 술을 습관처럼 마시더니 다시 끊었다. 간단히 말해 그는 마을에서 가장 멋진 남자 중 한 명이 되었다. 그럼에도 불구하고 클라크와 짐은 가볍기는 하지만 매우 질기게 우정을 유지했다. 그날 오후 클라크의 고물 포드 자동차가 인도에 서 있던 짐 옆에서 속도를 늦추더니 뜻밖에도 그를 컨트리클럽에서 열리는 파티에 초대했다. 클라크의 충동적인 초대도 이상했지만 짐의 충동적인 수락도 이상하기는 마찬가지였다. 짐의 경우는 무의식적인 권태감, 그러니까 반쯤 겁먹은 모험심 때문이었을 것이다. 그리고 이제 짐은 냉정하게 고민하고 있었다.

그가 노래를 부르기 시작했다. 돌로 만든 보도블록 하나를 긴 발로 무심히 두드리자 그의 낮고 걸걸한 노랫소리에 맞춰 보도

블록이 위아래로 흔들렸다.

> 고향에서 일 마일 떨어진 젤리빈 마을에
> 젤리빈 여왕인 진이 산다네.
> 주사위를 좋아하고 멋지게 다루지.
> 그녀에게 심술을 부리는 주사위란 없지.

짐이 노래를 멈추고 보도에서 쿵쾅쿵쾅 발을 굴러 댔다.
"젠장!"
그가 소리치다시피 중얼거렸다.

모두 올 것이다. 옛 친구들…… 오래전에 팔린 하얀 집과 벽
난로 선반 위에 걸린 회색 제복 장교의 초상화를 생각하면 당연
히 짐도 끼었어야 할 그 무리가. 그러나 그 무리는 여자아이들의
드레스가 조금씩 길어짐에 따라 서서히, 남자아이들의 바지가
발목까지 쑥 내려온 것만큼이나 분명히, 유대감으로 똘똘 뭉친
작은 집단이 되어 버렸다. 서로 편하게 이름을 부르고 이제는 사
라져 버린 풋사랑을 함께 나누던 그 집단에서 짐은 외부인이었
다. 가난한 백인들의 대표자였다. 남자들은 대부분 거들먹거리
며 그를 대했다. 그는 여자들 서너 명에게 모자를 약간 들어 인
사했다. 그뿐이었다.

땅거미가 짙어져 달빛의 푸른 배경이 되었을 때 짐은 기분 좋
게 얼얼한 냄새를 풍기는 무더운 번화가를 지나 잭슨 가로 들어
섰다. 가게들이 문을 닫고 있었고, 마지막 쇼핑객들은 황홀하게
천천히 돌아가는 회전목마에 올라탄 듯 집을 향해 둥둥 떠가고

있었다. 저 멀리 거리 장터가 환한 골목길을 알록달록한 노점들로 채우고 여러 음악을 뒤섞어 밤 분위기를 고조시켰다. 증기 오르간이 들려주는 동양의 춤곡, 기괴한 쇼 앞에서 터지는 우울한 나팔 소리, 손풍금이 경쾌하게 연주하는 〈고향 테네시로 돌아가〉라는 노래가 들려왔다.

젤리빈은 어느 상점에 들러 칼라를 하나 사고 '소다 샘' 쪽으로 어슬렁어슬렁 걸음을 옮겼다. 여느 여름 저녁과 마찬가지로 가게 앞에는 자동차 서너 대가 서 있었고 흑인 아이들이 아이스크림과 레모네이드를 들고 왔다 갔다 뛰어다녔다.

"어이, 짐."

가까이에서 목소리가 들렸다. 메릴린 웨이드와 함께 자동차에 앉은 조 유잉이었다. 뒷자리에는 낸시 라마와 처음 보는 남자가 앉아 있었다.

젤리빈은 재빨리 모자를 들었다 내렸다.

"어, 벤……."

그가 거의 알아차릴 수 없을 만큼 머뭇거린 후 말했다.

"잘 지내지?"

짐은 그들을 지나쳤고 2층에 자신의 방이 있는 정비소 쪽으로 천천히 걸었다. '잘 지내지?'라는 인사는 낸시 라마에게 한 것이었는데, 둘은 15년 동안 말 한 마디 나누어 본 적이 없었다.

낸시는 기억에 남는 키스와도 같은 입, 아련한 눈, 부다페스트 태생인 어머니에게서 물려받은 검푸른 머리카락을 지녔다. 짐은 거리에서 주머니에 손을 찔러 넣고 작은 소년처럼 활보하는 낸시를 자주 지나쳤다. 그는 낸시가 둘도 없는 친구인 샐리 캐럴 하퍼와 더불어, 애틀랜타에서 뉴올리언스까지 늘어설 만큼 많은 남자들에게 실연의 아픔을 주었다는 사실을 알고 있었다.

스쳐 지나가는 한순간 짐은 자신이 춤을 잘 추면 좋았을 거라고 생각했다. 곧 그는 웃음을 터뜨렸고 문으로 다가가며 살며시 흥얼거렸다.

그녀의 젤리 롤이 네 영혼을 비틀지도 몰라.
그녀의 눈동자는 크고 갈색이야.
그녀는 젤리빈 여왕 중의 여왕
젤리빈 마을에 사는 나의 진.

2

아홉 시 삼십 분에 짐과 클라크는 '소다 샘' 앞에서 만나 클라크의 포드 자동차를 타고 컨트리클럽으로 출발했다.

재스민 향이 날리는 밤길을 털털거리며 달려갈 때 클라크가 무심히 물었다.

"짐, 뭐 해서 먹고 사냐?"

젤리빈은 생각하느라 잠시 뜸을 들였다.

"글쎄."

그가 마침내 입을 열었다.

"틸리의 차량 정비소 이층에 방을 얻었어. 오후에 자동차 수리를 좀 거들어 주고 방세는 안 내지. 가끔 틸리의 택시 중 한 대를 몰고 다니면 돈이 약간 들어와. 그래도 정식 기사 노릇은 질려서 못하겠어."

"그게 다야?"

"음, 일이 많으면 도와주고 일당을 받지. 대개 토요일이 그래. 그리고 보통은 털어놓지 않는 주요 수입원이 하나 있긴 해. 내가 이 마을 최고의 주사위 도박꾼이라는 걸 넌 기억 못할 거야. 이제 난 주사위를 컵에 넣고 돌려. 감만 제대로 잡으면 주사위 한 쌍이 알아서 굴러 주니까."

클라크가 감탄스럽다는 듯 히죽 웃었다.

"난 도무지 내가 원하는 대로 주사위를 굴릴 수가 없던데. 네가 언제 낸시 라마랑 같이 게임을 해서 그 애 돈을 죄다 따오면 좋겠다. 낸시는 남자들과 주사위 도박을 하는데 아버지가 줄 수 있는 돈보다 더 많이 잃는다니까. 우연히 알게 된 사실인데, 지난달에는 빚을 갚으려고 괜찮은 반지 하나를 팔았대."

젤리빈은 뭐라 대답하지 않았다.

"엘름 가에 있는 하얀 집은 아직 네 거야?"

짐이 고개를 저었다.

"팔렸어. 이제는 알아주는 동네도 아닌데 그 정도면 괜찮은 값이지. 변호사가 그 돈을 자유 공채에 넣으라더라. 그런데 메이미 이모가 제정신을 잃어서 이자는 죄다 이모를 돌봐주는 그레이트 팜스 요양원으로 가고 있어."

"흠."

"지방에 나이 많은 삼촌이 하나 있어. 고민해 보고 좋겠다 싶으면 거기에 갈 수도 있겠지. 멋진 농장인데 동네에 일손으로 쓸 흑인이 많이 없나 봐. 나한테 와서 도와 달라고 하는데 내가 견딜 수 없을 것 같아서 말이야. 빌어먹을 정도로 외롭겠지……."

짐은 갑자기 말을 뚝 그쳤다.

"클라크, 초대해 줘서 얼마나 고마운지 모르겠다. 하지만 지금 차를 세우고 내가 시내로 돌아가게 해 주면 훨씬 고마울 거야."

"쳇!"

클라크가 투덜거렸다.

"외출 좀 하는 게 너한테도 좋아. 춤은 안 춰도 돼…… 그냥 플로어에 가서 몸을 흔들기만 해."

"잠깐."

짐이 불안한 목소리로 외쳤다.

"날 여자애들 앞으로 데려가서 어쩔 수 없이 그 애들이랑 춤추라고 내버리진 않을 거지?"

클라크가 웃음을 터뜨렸다. 짐이 필사적으로 말을 이었다.

"왜냐면 말이야, 네가 안 그러겠다고 맹세하지 않으면 당장 여기에서 내려 이 튼튼한 두 다리로 잭슨 가까지 걸어갈 거거든."

둘은 약간 입씨름을 한 후 합의했다. 짐은 여자들한테 괴롭힘을 당하지 않고 구석의 외진 의자에서 구경을 하고 클라크는 춤을 추지 않을 때면 짐에게 합류하기로 말이다.

그래서 열 시 무렵 젤리빈은 다리를 꼬고 보수적으로 팔짱을 낀 채 태평하고 편안해 보이려 애쓰며 춤추는 사람들을 정중한 무관심으로 대하는 척했다. 사실은 압도적인 자의식과 주변에서 일어나는 모든 일에 대한 강렬한 호기심 사이에서 갈팡질팡하고 있었다. 그는 탈의실에서 여자들이 하나씩 나타나 생기발랄한 새들처럼 몸을 뻗고 맵시를 뽐내는 모습을 보았다. 여자들은 분을 바른 어깨 너머로 샤프롱(*젊은 여자가 사교장에 나갈 때에 따라가서 보살펴 주는 사람으로 대개 나이 많은 부인이다.)에게 웃음을 짓고는 방을 휙 돌아보며 무도회장의 풍경과 자신이 입장함으로써 무도회장에 일어난 반응을 동시에 살폈다. 그러다가 다시 새들처럼, 호위하려고 기다리던 남자의 침착한 팔로 날아가 아늑하게 자리를 잡았다. 금발에 눈빛이 나른한 샐리 캐럴 하퍼가 좋아하는 분홍색 옷을 입고 잠에서 깬 장미처럼 눈을 깜빡이며 나타났다. 마저리 하이트, 메릴린 웨이드, 해리어트 캐리 등 정오 무렵에는 잭슨 가에서 빈둥거리던 모든 여자들이 이제는 머리를 말아 머릿기름을 바르고 천장에 걸린 조명으로 물든 우아한 자태를 선보이고 있었다. 가게에서 막 가져와 아직 완전히 마르지 않은 분홍색, 파란색, 빨간색, 금색 드레스덴 도자기들처럼 놀랄 만큼 낯설어 보였다.

짐이 거기 도착한 지 30분이 지났다. 클라크가 즐거운 모습으로 종종 다가와 "어이, 친구. 좀 어때?"라는 말과 함께 무릎을 찰싹 때려도 조금도 기운이 나지 않았다. 열 명이 넘는 남자들이 짐에게 말을 걸거나 잠시 옆에 앉아 있다 갔지만, 짐은 그들 모두가 그곳에서 자신을 발견하고 놀랐다는 사실을 알았다. 그리고 한두 명은 약간 분개하기까지 했다는 생각이 들었다. 그러나 열 시 반이 되었을 때 당혹스러움이 돌연 사라지고 숨 막힐 듯 마음을 사로잡은 존재 때문에 넋을 잃고 말았다. 낸시 라마가 탈의실에서 나온 것이다.

그녀는 노란 오건디(*매우 얇고 반투명한 면직물.) 드레스를 입고 있었다. 삼단 주름 장식과 등에 달린 커다란 나비 모양 리본을 비롯해 구석구석 근사하지 않은 데가 없는 의상이었다. 그녀 주변으로 검은빛과 노란빛의 은은한 광채가 퍼졌다. 젤리빈은 눈이 번쩍 뜨이고 목이 메었다. 잠시 문 옆에 서 있던 그녀에게 파트너가 서둘러 다가갔다. 짐은 그가 그날 오후 조 유잉의 자동차에 낸시와 함께 앉아 있던 낯선 남자임을 알 수 있었다. 낸시가 두 손을 허리에 대고 낮은 목소리로 뭐라 말한 다음 웃음을 터뜨리는 모습이 보였다. 그 남자도 함께 웃었고, 순간 짐은 묘하고도 낯선 아픔으로 가슴이 찌릿했다. 어떤 빛이 그 두 사람 사이로 지나갔던 것이다. 잠시간 짐을 따뜻하게 해 주었던 태양에서 나온 아름다운 빛줄기였다. 젤리빈은 문득 그늘 속 잡초가 된 기분이 들었다.

잠시 후 클라크가 눈을 빛내며 환한 얼굴로 다가왔다.

"어이, 친구."

그는 독창성이라고는 없이 외쳤다.

"좀 어때?"

짐은 예상대로 잘 보내고 있다고 대답했다.

"같이 가자."

클라크가 말했다.

"저녁 입맛을 돋워 줄 것이 생겼거든."

짐은 클라크를 따라 댄스 플로어를 쭈뼛쭈뼛 지나고 계단을 올라 라커룸으로 들어갔다. 그곳에서 클라크는 이름 모를 노란 액체가 담긴 병을 꺼냈다.

"그립고 반가운 옥수수 위스키야."

쟁반에 놓인 진저에일이 방으로 들어왔다. '그립고 반가운 옥수수 위스키'처럼 독한 술을 마시려면 탄산수보다 강한 눈가림용 음료수가 필요했다.

"야, 근데 있잖아."

클라크가 숨을 죽이고 감탄하듯이 말했다.

"낸시 라마, 아름답지 않냐?"

짐이 고개를 끄덕이며 맞장구를 쳤다.

"무지 아름답지."

클라크가 말을 이었다.

"오늘 밤 작별 인사를 하려고 저렇게 차려입은 거야. 같이 있는 남자 봤지?"

"덩치 큰 남자? 하얀 바지?"

"그래. 그게 서배너에서 온 오그던 메리트야. 그 아버지가 메리트 안전면도기를 만든 사람이잖아. 저 녀석은 낸시한테 푹 빠졌어. 일 년 내내 쫓아다니고 있지."

클라크가 다시 말했다.

"낸시는 저돌적인 아이지만 난 그 애가 좋아. 다들 그렇지. 하지만 낸시는 정말 아슬아슬하고 정신 나간 짓을 한다니까. 대개는 잘 빠져나오지만 이런저런 일을 저질러서 평판이 온통 상처투성이야."

"그래?"

짐이 유리잔을 건넸다.

"좋은 옥수수 위스킨데."

"그렇게 나쁘지 않을 거야. 아, 낸시는 말릴 수 없는 아이야.

세상에, 주사위 도박까지 하잖아! 하이볼(*위스키 같은 독주에 소다수와 얼음을 넣은 음료.)도 무척 좋아하고. 나중에 내가 한 잔 주기로 약속했는데."

"그 애가…… 메리트라는 남자를 사랑하는 거야?"

"내가 어떻게 알겠냐. 이 근방에서 제일 멋진 여자들은 죄다 결혼해서 다른 데로 가 버리는 것 같아."

클라크는 위스키를 자기 몫으로 한 잔 더 따르고는 신중하게 병마개를 닫았다.

"잘 들어, 짐. 난 춤을 추러 가야 하니까 이 술을 엉덩이 밑에 깔고 있어 주면 무지 고맙겠다. 춤출 생각이 없다면 말이야. 나한테 술이 있는 걸 남자애들이 알면 올라와서 달라고 할 테고 그럼 술은 눈 깜짝할 사이에 다 사라지고 다른 사람들만 재미를 보게 되는 거지."

그러니까 낸시 라마는 결혼을 할 것이다. 마을의 소문난 미인이 하얀 바지를 입은 한 개인의 사유 재산이 될 것이다. 그리고 그것은 오로지 하얀 바지의 아버지가 이웃보다 더 좋은 면도기를 만든 덕분이었다. 클라크와 함께 계단을 내려가던 짐은 그 생각에 이해할 수 없을 만큼 우울해졌다. 난생 처음 막연하고 낭만적인 갈망을 느꼈다. 그의 상상 속에 낸시의 모습이 나타나기 시작했다. 소년처럼 활기차게 길을 걷는 낸시. 자신을 숭배하는 과일 가게 주인에게서 십일조로 오렌지를 하나 받고 '소다 샘'에서는 정체불명 계좌 앞으로 콜라를 달아 놓는 낸시. 멋진 남자들로 호위대를 조직한 다음 돈을 펑펑 쓰고 노래를 부르며 오후를 보내기 위해 의기양양 차를 타고 가 버리는 낸시.

베란다로 나간 젤리빈은 외진 구석으로 향했다. 잔디를 비추는 달빛과 외등 불빛이 비추는 무도회장 문 사이의 캄캄한 곳이었다. 그는 의자 하나를 발견하고 담배에 불을 붙이며 평소처럼 무심한 몽상에 젖어 들었다. 그러나 지금 그 몽상은 밤과 축축한 파우더 퍼프의 강렬한 향기 때문에 관능적으로 변했다. 목이 깊이 파인 드레스 앞에 끼워 넣은 파우더 퍼프가 내뿜는 수천 가지 짙은 향기가 열린 문틈으로 새어 나왔다. 시끄러운 트롬본 소리에 묻힌 음악은 짜릿하고 몽롱해져, 수많은 구두와 실내화가 바닥을 스치는 소리에 나른하고 은근한 분위기를 더해 주었다.

갑자기 문으로 새어 나오던 노란 사각형 불빛이 검은 형체에 가려 어두워졌다. 탈의실에서 나온 어떤 여자가 베란다에 서 있었는데 3미터도 떨어지지 않은 곳이었다. "젠장." 하고 나직하게 내뱉는 소리가 들리더니 여자가 몸을 돌려 짐을 보았다. 낸시 라마였다.

짐은 벌떡 일어섰다.

"안녕?"

"안녕······."

그녀는 말을 하다 말고 망설이더니 곧 다가왔다.

"아, 넌······ 짐 파월이구나."

짐은 가볍게 던질 말을 생각해 내려고 애쓰며 살짝 머리를 숙였다.

"혹시 말이야."

그녀가 재빨리 말을 꺼냈다.

"그러니까······ 너, 껌에 대해서 좀 아니?"

"뭐?"

"신발에 껌이 붙어서 그래. 남자인지 여자인지 어떤 정신 나 간 멍청이가 바닥에 껌을 떨어뜨렸는데 내가 밟아 버렸거든."

짐의 얼굴이 뜬금없이 붉어졌다.

"이거 떼는 법 알고 있니?"

낸시가 성급하게 물었다.

"칼은 써 봤어. 탈의실에 있는 빌어먹을 물건은 다 써 봤어. 비누랑 물…… 심지어는 향수까지 써 봤는데, 파우더 퍼프에 묻 혀서 떼어 내려다가 퍼프까지 망가뜨렸어."

짐은 약간 흥분한 상태로 답을 생각해 보았다.

"글쎄…… 어쩌면 휘발유가…….

말이 입을 떠나기도 전에 낸시가 그의 손을 잡아 이끌며 낮은 베란다에서 뛰어내렸다. 그러더니 화단을 훌쩍 건너고 골프 코 스 1번 홀 옆에 달빛을 받으며 주차된 자동차들을 향해 전속력 으로 달려갔다.

"휘발유를 빼."

그녀가 숨을 헐떡이며 명령했다.

"뭐?"

"물론 껌 때문이야. 떼야 한단 말이야. 껌을 붙이고는 춤을 출 수가 없어."

짐이 고분고분 자동차들 쪽으로 몸을 돌리고 필요한 용액을 얻을 수 있는지 조사하기 시작했다. 낸시가 실린더를 가져오라 고 했다면 최선을 다해 그것을 비틀어 빼냈을 것이다.

"이거다."

잠시 살펴본 후 짐이 말했다.

"이건 수월하겠어. 손수건 있어?"

"위층에 있는데 축축해. 비누와 물을 묻혀서."

짐이 부지런히 자기 주머니를 뒤졌다.

"나도 없는 것 같다."

"젠장! 그럼 주유구를 열어서 땅으로 흘려보내자."

짐이 꼭지를 돌렸다. 기름이 방울방울 떨어졌다.

"더!"

그가 꼭지를 더 많이 돌렸다. 방울져 떨어지던 기름이 콸콸 흘러나와 기름 웅덩이를 만들었다. 웅덩이는 흔들리는 표면에 반사된 10여 개의 떨리는 달로 환하게 반짝거렸다.

"아."

낸시가 만족스레 한숨을 쉬었다.

"다 빼 버려. 이젠 거기 발을 담그고 걷는 거야."

짐은 될 대로 되라는 심정으로 꼭지를 끝까지 돌렸다. 갑자기 넓어진 웅덩이에서 작은 강과 실개천이 사방으로 뻗어 나갔다.

"좋아. 바로 이거야."

낸시는 치마를 들어 올리고 우아하게 발을 담갔다.

"이렇게 하면 떨어질 거야, 분명히."

낸시가 중얼거렸다. 짐이 빙그레 웃었다.

"자동차는 많고 많으니까."

그녀는 이렇게 덧붙이고 웅덩이에서 조심스럽게 나와 실내화의 옆과 바닥을 자동차 발판에 문지르기 시작했다. 젤리빈은 더 참을 수가 없었다. 그는 허리를 숙이며 마구 웃어 댔고 잠시 후 낸시도 따라 웃었다.

"클라크 대로우랑 같이 왔지?"

함께 베란다 쪽으로 돌아갈 때 낸시가 물었다.

"응."

"클라크가 지금 어디 있는지 아니?"

"춤추고 있겠지. 아마."

"제기랄. 나한테 하이볼을 준다더니."

"뭐, 그거라면 괜찮아. 그 녀석 술병은 지금 내 주머니에 있거든."

낸시가 짐을 보며 환하게 웃음을 지었다.

"하지만 진저에일이 필요할 텐데."

짐이 덧붙였다.

"난 괜찮아. 술병이면 돼."

"정말?"

그녀가 코웃음을 쳤다.

"한번 봐. 난 뭐든 남자 못지않게 마실 수 있거든. 앉자."

낸시가 테이블 모서리에 걸터앉았고 짐은 그녀의 옆에 있던 고리버들 의자에 털썩 주저앉았다. 낸시는 코르크 마개를 빼고 술병을 입술로 가져가 한참을 마셨다. 짐이 넋을 잃고 그녀를 바라보았다.

"좋아?"

그녀가 헐떡이며 고개를 저었다.

"아니, 하지만 술 마시면 느껴지는 기분이 좋아. 사람들 대부분이 그럴 거야."

짐이 동의했다.

"우리 아버지는 그 기분을 너무 좋아하셨어. 그것 때문에 돌아가셨지."

"미국 남자들은 술 마시는 법을 몰라."

낸시가 진지하게 말했다.

"뭐?"

짐은 깜짝 놀랐다. 낸시가 스스럼없이 말을 이었다.

"사실 미국 남자들은 뭐든 제대로 하는 법을 몰라. 내 평생 아쉬운 게 하나 있다면 영국에서 태어나지 못했다는 거야."

"영국?"

"그래. 그러지 못한 게 내 평생 유일하게 통탄할 일이지."

"그 나라가 마음에 드는가 보구나."

"그래, 무지무지. 직접 가 본 적은 없지만 여기 온 영국 군인들을 많이 만났어. 옥스퍼드와 케임브리지 대학생들이지…… 알겠지만 여기의 스와니대학이나 조지아대학과 비슷한 곳이야. 물론 난 영국 소설도 많이 읽었어."

짐은 흥미롭고 놀라웠다.

"다이애나 매너스 부인이라는 이름을 들어 본 적 있니?"

낸시가 진지하게 물었다. 아니, 짐은 들어 본 적이 없었다.

"음, 그녀는 내가 되고 싶은 그런 사람이야. 그러니까 나처럼 어두웠고 몹시 격정적이었어. 말을 타고 성당인지 교회인지 어디 계단을 올라간 여자인데 그 후로 모든 소설가들이 여주인공으로 하여금 그런 행동을 하게 만들었지."

짐이 예의 바르게 고개를 끄덕였다. 그로서는 지식의 한계를 넘은 이야기였다.

"술병 좀."

낸시가 말했다.

"조금만 더 마실래. 조금 마신다고 큰일 나진 않아."

낸시는 한 모금 들이켠 후 다시 헐떡이며 말을 이었다.

"거기 사람들은 스타일이 있어. 여기에서는 스타일이라고는 없지. 내 말은, 여기 남자들은 잘 보이려고 옷을 차려입을 가치도, 깜짝 놀랄 사건을 벌일 가치도 없단 말이야. 모르겠니?"

"아마도…… 그러니까, 그렇다고."

짐이 웅얼거렸다.

"난 그런 걸 다 하고 싶은데. 이 마을에서 스타일이 있는 여자는 정말이지 나뿐이야."

낸시가 두 팔을 뻗고 기분 좋게 하품을 했다.

"멋진 저녁이야."

"정말 그래."

짐이 동의했다.

"배가 있었으면 좋겠어."

낸시가 꿈꾸듯이 말했다.

"배를 타고 은빛 호수, 예를 들면 템스 강을 항해하고 싶어. 샴페인과 캐비어와 샌드위치를 가지고. 여덟 명쯤 데리고. 그리고 남자들 중 한 명이 일행을 즐겁게 해 주려고 배 밖으로 뛰어내렸다가 물에 빠져 죽는 거야. 다이애나 매너스 부인과 함께 있었던 어떤 남자처럼."

"그녀를 기쁘게 해 주려고 그랬다고?"

"그녀를 기쁘게 해 주려고 물에 빠져 죽은 건 아니었지. 그냥 배에서 뛰어내려 사람들에게 웃음을 주고 싶었던 거지."

"그 사람이 빠져 죽었을 때 사람들은 죽도록 웃었겠구나."

"뭐, 약간 웃긴 했겠지."

낸시가 말했다.

"어쨌든 매너스 부인도 그랬을 거야. 무척 매정한 사람이었을 테니까…… 나처럼."

"네가 매정하다고?"

"피도 눈물도 없지."

낸시는 다시 하품을 하고 말을 덧붙였다.

"그 술 조금만 더 마실게."

짐이 머뭇거렸지만 낸시는 도전적으로 손을 내밀었다.

"계집애 취급하지 마."

낸시가 경고했다.

"나는 네가 본 어떤 여자들과도 달라."

낸시는 곰곰이 생각했다.

"그래도 네가 옳을지 모르지. 넌…… 넌 애송이 같은 어깨 위에 노련한 머리를 달고 있으니까."

그녀가 벌떡 일어나 문 쪽으로 다가갔다. 젤리빈도 일어섰다.

"안녕."

낸시가 품위 있게 말했다.

"안녕. 고마워, 젤리빈."

그녀가 안으로 들어갔고 그는 눈을 동그랗게 뜬 채 베란다에 남았다.

3

열두 시가 되자 여자 탈의실에서 망토 행렬이 줄지어 나왔다. 코티용(*스텝이 복잡하고 상대를 바꾸어 가며 추는 춤.)을 추려고 대형을 갖춘 이들처럼, 여자들은 저마다 상의를 차려입은 남자와 짝을 짓고 졸음에 겨운 행복한 웃음을 지으며 문을 스르르 지나갔다. 문을 지나 어둠 속으로 들어가면 자동차들이 부릉거리며 후진했고 일행은 서로의 이름을 부르며 냉수기 주변으로 모여들었다.

구석에 앉아 있던 짐이 일어나 클라크를 찾았다. 마지막으로 본 게 열한 시였고 그 후에는 춤을 추러 가 버렸다. 그래서 짐은 클라크를 찾아 그전까지는 술을 내주던 음료수 카운터로 어슬렁어슬렁 다가갔다. 사람들이 떠난 방에는 졸린 흑인 하나가 카운터 뒤에서 꾸벅거렸고, 젊은 남자 둘이 테이블에서 주사위 한 쌍을 이렇다 할 목적도 없이 만지작거리고 있었다. 짐이 그곳을 떠나려는 순간 들어오는 클라크를 보았다. 클라크가 고개를 들었다.

"야, 짐!"

클라크가 불렀다.

"이리 와서 이 병 좀 같이 비워 줘. 많이 남진 않았지만 다들 한 모금씩은 마실 수 있어."

낸시, 서배너에서 온 남자, 메릴린 웨이드, 조 유잉이 문에 맥없이 기대서 웃고 있었다. 낸시가 짐과 시선이 마주치자 익살맞게 윙크를 날렸다.

그들은 한 테이블로 다가가 둘러앉고는 웨이터가 진저에일을 가져다주기를 기다렸다. 조금 거북해진 짐이 눈을 낸시에게 돌렸는데, 낸시는 자신도 모르게 옆 테이블로 가서 젊은 남자 둘과 5센트짜리 주사위 도박에 빠져 있었다.

"그들을 이쪽으로 데려와."

클라크가 낸시에게 말했다. 조가 주변을 두리번거렸다.

"사람들을 끌어들이면 안 돼. 클럽 규칙 위반이란 말이야."

"주변에 아무도 없잖아."

클라크가 고집했다.

"테일러 씨 말고는. 그 남자는 미친 사람처럼 왔다 갔다 하면서 자기 자동차에서 휘발유를 빼 버린 범인을 잡으려고 안달이야."

모두 웃음을 터뜨렸다.

"이번에도 낸시 신발에 뭐가 묻었다는 사실에 백만 달러 걸겠어. 낸시가 근처에 있을 때는 차를 세워 두면 안 된다니까."

"어, 낸시. 테일러 씨가 널 찾고 있어!"

게임 때문에 흥분한 낸시의 뺨이 발갛게 타오르고 있었다.

"난 그 사람의 작은 싸구려 털털이를 거의 보름이나 못 봤는걸."

짐은 갑작스런 침묵을 느꼈다. 고개를 돌리니 문간에 나이를 가늠할 수 없는 사람이 서 있었다.

클라크의 목소리에서 당혹스러움이 배어났다.

"같이 하실래요, 테일러 씨?"

"고맙군."

테일러 씨는 그 반갑지 않은 몸을 의자에 널브러뜨렸다.

"그래야겠어. 휘발유를 파내서라도 갖다 줄 때까지 기다려야 하니까. 누가 내 차에 건방진 짓을 해 놨거든."

테일러 씨가 눈을 찌푸리며 거기 모인 사람들 하나하나를 재빨리 훑어보았다. 짐은 테일러 씨가 문간에서 무슨 말을 들었을까 생각했다. 그때 오가던 이야기를 떠올리려고 애썼다.

"오늘 밤은 잘 풀리는데. 이번엔 오십 센트 걸었어."

낸시가 큰 소리로 말했다.

"시시하군!"

테일러가 갑자기 쏘아붙였다.

"어머, 테일러 씨. 주사위 도박을 하시는 줄은 몰랐네요!"

낸시는 그가 자리를 잡고 그녀의 판돈에 맞서 돈을 걸었다는 사실을 알고 매우 기뻐했다. 낸시가 그의 끈질기고 노골적인 구애를 확실하게 뿌리친 날 밤 이후로 둘은 공공연하게 서로를 적대했다.

"좋아, 아가들아, 엄마를 위해 잘 굴러 주렴. 칠 하나면 된단다."

낸시가 주사위에 대고 정답게 속삭였다. 그녀는 주사위를 가리고 과장된 몸짓으로 씩씩하게 흔든 다음 테이블 위로 굴렸다.

"아하! 그럴 것 같았어. 이제 일 달러 더 올려야지."

낸시는 다섯 차례나 승승장구했고 테일러는 쓰디쓴 패배를 맛보았다. 그녀는 개인적인 감정을 실어 게임을 하고 있었다. 짐은 이길 때마다 승리의 기쁨으로 펄떡이는 그녀의 얼굴을 지켜보았다. 그녀가 주사위를 던질 때마다 판돈을 두 배로 올렸다. 그런 운은 오래가지 않는 법이다.

"느긋하게 하는 게 좋아."

짐이 쭈뼛거리며 주의를 주었다.

"아, 하지만 이걸 봐."

그녀가 속삭였다. 주사위의 숫자는 '8'이었고 그녀는 숫자를 불렀다.

"사랑스러운 에이더, 이번에는 남쪽으로 가자꾸나."

디케이터 출신인 에이더가 테이블 위를 굴러갔다. 낸시가 얼굴을 붉혔고 몹시 흥분했지만 운은 아직 지속되고 있었다. 낸시가 판돈을 높이고 또 높이며 질주를 멈추려 하지 않았다. 테일러는 손가락으로 테이블을 두드려 대면서도 계속 참여했다.

결국 낸시가 '10'을 불렀다가 주사위를 잃고 말았다. 테일러가 탐욕스럽게 주사위를 움켜쥐었다. 그는 말없이 주사위를 던졌고 두 주사위가 덜걱덜걱 맞부딪치는 소리만이 흥분된 침묵을 깨뜨렸다.

이제 주사위가 다시 낸시의 손에 들어왔지만 행운은 조각난 뒤였다. 한 시간이 흘렀다. 주사위는 이쪽과 저쪽을 오갔다. 테일러가 다시 주사위를 잡았다…… 그리고 다시, 또다시. 마침내 둘은 비겼고 낸시는 마지막 남은 5달러마저 잃고 말았다.

"수표도 받을 거예요?"

낸시가 재빨리 말했다.

"오십 달러짜리예요. 한 번에 가는 게 어때요?"

낸시의 목소리는 약간 불안정했고 돈을 꺼내려고 뻗은 손도 떨리고 있었다.

클라크는 조 유잉과 불안하면서도 두려움에 찬 시선을 주고 받았다. 테일러가 다시 주사위를 던졌다. 그리고 낸시의 수표를 차지했다.

"한 번 더 할래요?"

낸시가 사납게 말했다.

"젠장, 어느 은행이든 괜찮아요…… 사실 돈은 사방에 널렸으니까."

짐은 깨달았다. 그가 그녀에게 준 '그립고 반가운 옥수수 위스키', 그녀가 마신 그 술 때문임을. 짐은 과감히 끼어들고 싶었다. 그 나이에 그 위치인 아가씨에게 은행 계좌가 두 개나 있을 리 없었다. 시계가 두 시를 알렸을 때 짐은 더 참지 못했다.

"혹시…… 내가 대신 주사위를 굴려도 돼?"

짐의 낮고 나른한 목소리에는 긴장이 어려 있었다. 갑자기 졸리고 맥 빠진 낸시가 짐의 앞으로 주사위를 던졌다.

"좋아…… 친구! 다이애나 매너스 부인이 말했듯이 '던져 봐, 젤리빈.' 내 운은 떠나갔으니."

짐은 태연하게 말했다.

"테일러 씨, 거기 있는 수표 하나와 여기 현금을 걸고 하죠."

30분 후 낸시는 몸을 앞으로 기울이며 짐의 등을 찰싹 때렸다.

"내 운을 훔쳐 갔구나, 정말이지."

그녀가 알겠다는 듯이 고개를 끄덕였다.

짐이 마지막 수표까지 쓸어 간 후 다른 수표와 함께 조각조각 찢어 바닥에 뿌렸다. 누군가 노래를 부르기 시작했고 낸시는 의자를 뒤로 차며 벌떡 일어났다.

"신사 숙녀 여러분."

낸시가 선언했다.

"숙녀 여러분…… 바로 너야, 메릴린. 저는 이 도시의 젤리빈으로 유명한 짐 파웰 씨가 위대한 법칙의 예외임을 온 세상에 알리고 싶습니다. 바로 '주사위에서 재수가 좋으면 사랑에서는 재수가 없다.'라는 규칙이죠. 그의 주사위에는 운이 따랐으며 사실 저는…… 저는 그를 사랑한답니다. 신사 숙녀 여러분, 다른 여자들도 종종 그렇긴 하지만, 젊은 무리 중 가장 인기 있는 일원으로 〈해럴드〉 지에 자주 소개되는 유명한 검은 머리 미인 낸시 라마가 선언합니다…… 어쨌든 선언하고 싶습니다, 신사 여러분……."

그녀의 몸이 갑자기 기울었다. 클라크가 그녀를 붙잡아 균형을 잡아 주었다.

"실수."

그녀가 웃음을 터뜨리며 말했다.

"그녀는 몸을 굽혀…… 몸을 굽혀…… 어쨌든…… 젤리빈을 위해 건배합시다…… 젤리빈의 왕, 짐 파웰 씨를 위해."

몇 분 후 짐은 어둠 속에서 모자를 손에 들고 클라크를 기다리고 있었다. 낸시가 휘발유를 찾아 나왔던 베란다의 바로 그 자리였는데 그녀가 불쑥 옆에 나타났다.

"젤리빈."

낸시가 말했다.

"여기 있니, 젤리빈? 내 생각에……."

살짝 비틀거리는 그녀의 모습을 보니 황홀한 꿈속에 들어와 있는 것만 같았다.

"내 생각에 너는 내 달콤하고도 달콤한 키스를 받을 자격이 있어, 젤리빈."

그녀의 팔이 순식간에 그의 목을 휘감았다. 그녀의 입술이 그의 입술을 꼭 눌렀다.

"난 이 세상을 미치광이처럼 살고 있어. 그런데 넌 나에게 호의를 베풀어 주었지."

그녀는 그 말을 남기고 베란다를 내려가 귀뚜라미 소리가 울려 퍼지는 잔디밭 너머로 사라져 버렸다. 짐은 메리트가 현관문으로 나와 그녀에게 화를 내며 뭐라고 말하는 모습을 지켜보았다. 그녀가 웃으며 몸을 돌리고 시선을 외면한 채 그의 차로 걸어가는 모습이 보였다. 메릴린과 조가 재즈 베이비 어쩌고 하는 나른한 노래를 부르며 뒤따랐다.

클라크가 나와서 짐과 함께 계단을 밟았다.

"다들 거나하게 취하셨군."

클라크가 하품을 하며 말했다.

"메리트는 기분이 나쁜가 봐. 분명 낸시와 끝낼 거야."

동녘에서는 골프 코스를 따라 희미한 잿빛 양탄자가 밤의 발치에 몸을 펼쳤다. 자동차에 탄 일행은 차를 예열하는 동안 합창을 하기 시작했다.

"잘 가라, 친구들."

클라크가 외쳤다.

"잘 가, 클라크."

"안녕."

잠시 정적이 흐르다가 부드럽고 행복한 목소리가 말을 덧붙였다.

"잘 가, 젤리빈."

차는 노랫소리를 터뜨리며 떠났다. 길 건너 어느 농장에서 수탉이 외롭고 구슬프게 목청을 높였고, 두 사람 뒤로 마지막 남은 흑인 웨이터가 베란다에서 불을 껐다. 짐과 클라크는 포드 자동차 쪽으로 터덜터덜 걸어갔다. 둘의 신발은 자갈 깔린 도로를 밟으며 자박자박 소란을 피웠다.

"아, 세상에!"

클라크가 가볍게 한숨을 쉬었다.

"너, 주사위 실력 끝내주더라!"

아직 어둠이 짙어서 클라크는 짐의 홀쭉한 뺨이 붉어진 모습을 보지 못했다. 아니, 그것이 낯선 수치심 때문에 떠오른 홍조임을 알지 못했다.

4

틸리의 정비소 위층 황량한 방에서는 아래층에서 들려오는 덜컹덜컹, 부릉부릉 소리와 세차하는 흑인들이 호스에 대고 부르는 노랫소리가 종일 울려 퍼졌다. 쓸쓸한 사각형 방은 침대 하나에 책 대여섯 권이 놓인 낡아 빠진 테이블 하나가 전부였다. 책 중에는 조 밀러의 『아칸소를 통과하는 완행열차』, 구판이라 옛날식 활자체로 주석이 잔뜩 달린 『루실』, 해럴드 벨 라이트가 쓴 『세상의 눈』, 그리고 아주 오래된 영국 국교회 기도서가 있었다. 기도서의 표지 안쪽에는 앨리스 파웰의 이름과 '1831'이라는 연도가 쓰여 있었다.

젤리빈이 차고에 들어설 무렵에는 잿빛이었던 동녘이 그가 하나뿐인 전등을 켤 때는 짙고 생생한 푸른빛으로 변해 있었다. 그는 다시 스위치를 탁 내리고 창가로 다가가 창턱에 팔꿈치를 대고 무르익는 아침을 빤히 바라보았다. 감정이 깨어나면서 가장 먼저 자각한 것은 공허함, 그러니까 순전히 우중충할 뿐인 자신의 인생에 대한 무지근한 아픔이었다. 갑자기 사방에서 벽이 쑥 솟아올라 울타리처럼 그를 둘러쌌다. 휑댕그렁한 이 방의 흰 벽처럼 손으로 만질 수 있을 만큼 선명한 벽이었다. 그리고 그 벽을 인식하자 낭만, 태평함, 속 편한 낙천주의, 삶이 기적처럼 베풀었던 관대함 등 그의 존재에 깃든 모든 것들이 점점 희미해졌다. 느린 노래를 흥얼대며 잭슨 가를 어슬렁거리던 젤리빈, 상점이나 노점 주인들과 두루 안면을 트고 지냈으며 느긋한 인사와 현지인다운 재치로 무장했던 젤리빈, 때로는 오로지 슬프기 위해서 그리고 시간을 보내기 위해서 슬퍼했던 그 젤리빈은 갑자기 사라져 버렸다. 젤리빈이라는 이름은 치욕이자 시시함이었다. 그는 넘쳐 나는 통찰력으로 메리트가 자신을 경멸했음을 알 수 있었다. 낸시의 새벽 키스조차 메리트에게는 질투심이 아니라 품위를 떨어뜨린 그녀의 행동에 대한 경멸만 불러일으켰으리란 것을 알 수 있었다. 그리고 되돌아보면 젤리빈은 낸시를 위해 정비소에서 터득한 더러운 속임수를 썼다. 그는 낸시의 도덕성을 세탁해 주었고 얼룩은 그의 것으로 남았다.

잿빛이 푸른빛으로 바뀌며 방을 밝히고 채울 무렵 그는 침대로 다가가 몸을 던지고 침대 가장자리를 사납게 움켜잡았다.

"나는 그녀를 사랑한다."

그는 큰 소리로 외쳤다.

"맙소사!"

이 말을 하자 목구멍을 막은 덩어리가 녹아내리는 것처럼 그의 속에서 뭔가가 무너졌다. 공기가 맑아지며 새벽 여명에 환히 빛났다. 그는 얼굴을 돌려 베개에 묻고 조용히 흐느끼기 시작했다.

오후 세 시의 햇빛 속에서 젤리빈이, 애처롭게 털털거리며 잭슨 가를 지나던 클라크 대로우의 자동차를 소리쳐 불렀다. 그는 손끝을 조끼 주머니에 넣고 길턱에 서 있었다.

"어!"

놀란 클라크가 옆에 포드 자동차를 세우며 외쳤다.

"이제 일어났냐?"

젤리빈이 고개를 저었다.

"잠을 못 잤어. 진정이 안 돼서 말이야. 오늘 아침에 시골길을 한참 걸었어. 이제 막 시내에 들어온 참이야."

"네가 진정 못할 줄 알았어. 나도 종일 그랬으니……."

"여길 떠날까 봐."

젤리빈은 혼자만의 생각에 빠져 말을 이었다.

"농장으로 가서 던 삼촌 일을 좀 거들까 싶어. 너무 오래 빈둥거린 것 같아서."

클라크는 말이 없었고 젤리빈은 계속 이야기했다.

"메이미 이모가 죽고 나면 내 돈을 농장에 투자해서 이윤을 남길까 봐. 원래 우리 집안사람들이 다 그 지역 출신이거든. 대저택에 살았지."

클라크가 흥미롭다는 눈빛으로 그를 바라보았다.

"재미있네. 이번 일……이 일이 나한테도 똑같은 영향을 미쳤거든."

젤리빈은 망설였다.

"모르겠어."

그가 천천히 입을 열었다.

"뭔가가…… 어젯밤 다이애나 매너스라는 영국 여자 이야기를 들려준 그 애의 뭔가가 나에게 생각이란 걸 하게 만들었어!"

그가 허리를 세우고 묘한 표정으로 클라크를 바라보았다.

"나도 한때는 가족이 있었어."

그는 도전적으로 말했다. 클라크가 고개를 끄덕였다.

"알아."

"그리고 내가 마지막 핏줄이야."

젤리빈이 목소리를 약간 높이며 말을 이었다.

"그리고 난 무가치한 인간이 아니야. 사람들은 날 젤리라는 별명으로 부르지…… 젤리처럼 약하고 흔들거린다면서. 우리 집안사람들이 많을 때는 아무것도 아니었던 이들이 이제는 거리에서 턱을 치켜들고 비웃으며 나를 지나치더라."

이번에도 클라크는 말이 없었다.

"그러니 나도 그만둘래. 오늘 떠날 거야. 이 동네로 돌아올 때는 신사로 변해 있을 거야."

클라크가 손수건을 꺼내 축축한 이마를 닦았다.

"이번 일로 정신이 번쩍 든 사람은 너뿐만이 아닌 것 같다."

클라크가 침울하게 시인했다.

"그 여자애들이 한 것처럼 사방을 들쑤시고 다니는 행동은 당장 사라질 거야. 애석한 마음도 들긴 하지만 다들 그래야 한다고 생각할 테니까."

짐이 놀라며 물었다.

"그 얘기가 모두 새어 나갔다는 뜻이야?"

"새어 나가? 대체 어떻게 비밀로 남을 수 있겠냐? 오늘 저녁 신문에 날걸. 라마 박사는 어떻게든 명예를 지켜야 할 거야."

짐이 차 옆면에 두 손을 올리고 긴 손가락으로 금속 몸체를 꽉 눌렀다.

"테일러가 그 수표들을 조사했다는 말이야?"

이번에 놀란 사람은 클라크였다.

"무슨 일이 벌어졌는지 못 들었어?"

짐의 놀란 눈은 대답으로 충분했다.

"그게 말이야."

클라크가 연극조로 들려주었다.

"그 네 사람은 옥수수 위스키를 한 병 더 마시고 잔뜩 취해서는 마을을 충격에 빠뜨리기로 결심했어. 그래서 낸시와 그 메리트라는 작자가 오늘 아침 일곱 시에 록빌에서 결혼을 해 버린 거야."

젤리빈의 손가락 아래 금속에 오목하게 패인 자국이 나타났다.

"결혼을 해?"

"확실하다니까. 낸시는 술이 깬 후에 허둥지둥 마을로 돌아왔어. 펑펑 울고 죽을 만큼 두려워하면서 모두 실수였다고 주장했지. 처음에 라마 박사는 미친 듯이 화를 내면서 메리트를 죽이려고 했지만 결국에는 이래저래 대충 수습했고 낸시와 메리트는 두 시 반 기차를 타고 서배너로 떠났지."

짐은 눈을 감고 갑자기 밀려오는 구토를 참으려 기를 썼다.

"너무 안됐어."

클라크가 초연하게 말했다.

"결혼이 그렇다는 말은 아니야…… 아마 낸시는 그 남자를 조금도 좋아하지 않는 것 같았지만 그래도 괜찮다고 생각해. 하지만 그렇게 멋진 여자가 이런 식으로 가족에게 상처를 주는 건 범죄야."

젤리빈은 차에서 손을 떼고 몸을 돌렸다. 다시 그의 몸속에서 뭔가, 설명할 수 없지만 화학적인 변화라고 할 만한 일이 일어났다.

"어디 가나?"

클라크가 물었다.

젤리빈이 고개를 돌려 어깨 너머로 멍하니 클라크를 바라보았다.

"가야겠어."

그는 중얼거렸다.

"너무 오래 걸었나 봐. 금방이라도 토할 것 같아."

"아."

세 시 무렵 거리는 무더웠다. 네 시가 되자 4월의 먼지가 태양을 휘말았다가 물러나기라도 한 듯이 더욱 무더워졌다. 영원처럼 느껴지는 오후 동안 지구 나이만큼 오래된 농담이 끝없이 되풀이되었다. 그러나 네 시 반이 되자 첫 번째 침묵의 장막이 내려왔고, 차양 밑과 잎이 우거진 나무 아래에서는 그늘이 길어졌다. 이 더위 속에서는 아무것도 중요하지 않았다. 인생이란 모름지기 비바람을 뚫고 나가는 것이다. 사건이 일어나더라도 아무 의미가 없는 무더위를 견뎌 내고, 피곤한 이마에 얹은 여인의 손처럼 보드랍고 다정한 시원함을 기다리는 것이다. 조지아에는 뭐라 표현할 수 없겠지만 어떤 느낌이 있다. 이것이 남부의 가장 위대한 지혜라는 느낌이. 그래서 잠시 후 젤리빈은 잭슨 가의 당구장으로 발길을 돌렸다. 그곳에 가면 마음 맞는 사람들이 모여 있을 것이며 오래된 농담을 들려줄 것임을 분명히 알고 있었다. 그도 잘 아는 모든 농담을 들려줄 것임을.

낙타의 뒷부분

1

피로한 독자의 침침한 눈이 위 제목을 잠시 스쳤다면 그저 은유적 표현이겠거니 생각할 것이다. 컵, 입술, 쓸모없는 동전, 새 빗자루에 관한 이야기들이 컵이나 입술이나 동전이나 빗자루와 관련된 경우는 거의 없으니 말이다. 이 이야기는 예외다. 형체가 있고 눈에 보이는 실물 크기 낙타의 뒷부분과 관련이 있다.

이야기는 목부터 시작해서 꼬리 방향으로 나아갈 것이다. 톨레도 태생인 스물여덟 살의 변호사 페리 파크허스트 씨를 소개하고 싶다. 페리는 깔끔한 치아와 하버드대학 졸업장을 소유한 사람이었고 머리 한가운데로 가르마를 탄다. 당신은 전에 그를 만난 적이 있다. 클리블랜드, 포틀랜드, 세인트폴, 인디애나폴리스, 캔자스시티 등에서. 뉴욕의 베이커 브라더스는 반년마다 하는 서부 횡단 여행 도중에 짬을 내서 그에게 옷을 지어 준다. 몽모랑시 사(社)는 그의 신발에 뚫린 작은 구멍의 개수가 정확한

지 확인하려고 석 달마다 젊은 사원을 급파한다. 그는 현재 국산 오픈카를 타지만 오래 살기만 한다면 프랑스제 오픈카를 갖게 될 것이며, 유행만 한다면 의심할 여지없이 중국제 탱크까지 갖게 될 것이다. 그는 노을빛 가슴에 진정 연고를 바르는 광고 속 젊은이와 비슷하게 생겼고 두 해에 한 번씩 동창회에 참석하러 동부로 간다.

그의 애인도 소개하고 싶다. 그녀의 이름은 베티 메딜이며 영화에 나올 법한 미인이다. 아버지는 그녀에게 매달 옷값으로 300달러를 주었고, 그녀는 황갈색 눈동자와 머리카락에다 오색 깃털 부채까지 가지고 있다. 그녀의 아버지 사이러스 메딜도 소개하겠다. 그는 어느 모로 보나 피와 살이 있는 인간임에도 불구하고 말하기 이상하지만 톨레도에서는 대개 알루미늄 인간으로 통한다. 그러나 그가 강철 인간 두세 명, 스트로브 잣나무 인간, 놋쇠 인간과 함께 클럽 창문에 앉아 있을 때면 그들은 꼭 당신이나 나와 비슷한 사람들처럼 보인다. 오히려 더 그럴듯해 보인다. 이 말이 무슨 뜻인지 이해할지 모르겠지만.

그건 그렇고 1919년 크리스마스 연휴 동안 톨레도에서는 주요 인물이라고 일컬을 만한 사람들만 살펴보아도, 저녁 디너파티가 마흔한 번, 댄스파티가 열여섯 번, 남녀 오찬 모임이 여섯 번, 다과회가 열두 번, 공연과 함께하는 만찬이 네 번, 결혼식이 두 번, 브리지 게임 모임이 열세 번 열렸다. 이 모두가 쌓인 결과 12월 29일에 페리 파크허스트는 어떤 결심을 하기에 이르렀다.

이 베티 메딜이라는 아가씨는 그와 결혼을 할 것 같기도, 하지 않을 것 같기도 했다. 그녀는 무척 즐거운 나날을 보내고 있어서 그런 확실한 단계로 올라가기를 싫어했다. 그러는 사이에 둘의 비밀스러운 약혼은 너무 길게 이어져서 제 무게를 이기지 못하고 언제든지 깨져 버릴 상태에 이르렀다. 그 사실을 잘 아는 워버턴이라는 키 작은 남자가 페리에게 강하게 나가라고 부추겼다. 혼인 신고서를 발급받아 그녀의 집으로 가서 당장 결혼하든지 아니면 아예 없던 일로 하자고 말하라고 부추겼다. 그래서 페리는 그곳을 찾아가서 자신의 마음과 혼인 신고서와 최후통첩을 전했고 5분 후 두 사람은 격렬한 말다툼을 벌였다. 긴 전쟁이나 약혼이 끝날 무렵 산발적으로 터지는 야외 전투였다. 이 싸움은 사랑하는 두 사람이 서로를 신랄하게 비난하고 차갑게 마주 보며 모든 게 실수였다고 생각하게 되는 그런 터무니없는 상황으로 흘러갔다. 대개 그 뒤에 두 사람은 순수한 마음으로 키스를 하고 상대방에게 모든 게 자기 탓이라고 말한다. 내 탓이라고 말해 줘요! 내 탓이라니까요! 당신이 그렇게 말해 주면 좋겠어요!

하지만 화해의 기운이 아슬아슬 감돌고 있는 동안, 그러니까 화해의 순간이 다가왔을 때 그것을 더욱 관능적이고 감각적으로 즐기기 위해 각자가 얼마간 발을 빼고 있는 동안 수다스러운 이모가 베티에게 전화를 걸어 20분이나 붙드는 바람에 기회는 영영 날아가 버렸다. 통화가 18분을 넘길 무렵 페리 파크허스트는 자존심과 의심과 손상된 체면에 떠밀려 긴 모피 코트를 다시 입고 부드러운 황갈색 모자를 들고 문으로 쿵쿵 걸어갔다.

"다 끝났어."

그는 자동차 기어를 1단으로 올리려고 애를 쓰며 가슴 아픈

듯이 말했다.

"다 끝났어…… 한 시간은 다그쳐야 정신을 차리겠냐, 빌어먹을!"

마지막 말은 잠시 서 있는 동안 얼어붙어 버린 자동차에 대고 한 말이었다.

그는 차를 몰고 시내로 갔다. 그러니까 눈 위의 바큇자국을 따라가다 보니 시내였다. 그는 자동차가 어디로 가는지 관심도 없이 풀이 죽을 대로 죽어 운전석에 몸을 묻고 구부정하게 앉아 있었다.

클래런던 호텔 앞에 이르렀을 때 보도에 있던 베일리라는 악당이 그를 반갑게 불렀다. 베일리는 이가 크고 호텔에 살았으며 사랑에 빠져 본 적이라곤 없는 인물이었다.

"페리."

오픈카가 길턱으로 다가와 옆에 서자 그 악당이 조용히 말했다.

"자네가 맛본 것들과 비교가 안 되게 끝내주는 샴페인 여섯 병이 있어. 그중 삼 분의 일은 자네 거야, 페리. 내가 위층에 가서 마틴 메이시와 그걸 마시게 도와준다면 말이지."

페리가 절박하게 대답했다.

"베일리, 그 샴페인을 마시겠네. 마지막 한 방울까지 마셔 버릴 거야. 죽어도 상관없어."

"입 다물어, 이 괴짜야!"

악당이 부드럽게 말했다.

"샴페인에 메틸알코올이라도 있는 줄 아나. 이건 세상이 육천

년도 더 됐다는 걸 증명해 주는 물건이라고. 너무 오래되어 코르크 마개가 화석이 될 지경이야. 착암기로 따야 할 거야."

"위층으로 안내해."

페리가 울적하게 말했다.

"그 코르크 마개가 내 심장을 보면 너무 수치스러워서 떨어져 나올 테니."

위층 방은 호텔에 으레 걸린 순수한 그림들, 그러니까 사과를 먹으며 그네에 앉아 개에게 말을 거는 소녀들의 그림으로 가득했다. 다른 장식물은 넥타이와 분홍색 남자였는데 그는 분홍색 팬티스타킹을 신은 여자들 이야기뿐인 분홍색 신문을 읽고 있었다.

그 분홍색 남자는 나무라듯이 베일리와 페리를 보며 말했다.

"고속도로와 샛길로 들어설 때는……."

"이보게, 마틴 메이시."

페리가 무뚝뚝하게 말했다.

"그 석기 시대 샴페인은 어디에 있지?"

"왜 이리 서두르나? 이건 작전 같은 게 아니잖나. 파티라고."

페리는 멍하니 앉아 못마땅한 눈으로 넥타이들을 바라보았다. 베일리가 느긋하게 옷장 문을 열고 멋지게 생긴 병 여섯 개를 꺼냈다.

"그 빌어먹을 모피 코트 좀 벗어!"

마틴 메이시가 페리에게 말했다.

"나중에 창문을 몽땅 열어 달라고 하지 말고."

페리가 말했다.

"샴페인 줘."

"오늘 밤 타운센드 가족의 서커스 무도회에 갈 텐가?"

"아니!"

"초대는 받았어?"

"으음."

"왜 안 간다는 거야?"

"아, 지긋지긋해."

페리가 외쳤다.

"파티는 지겨워. 너무 많이 가서 질렸다고."

"하워드 테이트 씨 집에서 열리는 파티는 가겠지?"

"아니, 정말이야. 너무 지긋지긋해."

그 말에 메이시가 위로하듯이 대답했다.

"하긴, 테이트 씨네 파티는 대학생들이나 가는 데야."

"난 정말……."

"어쨌든 자네가 그중 한 곳은 갈 줄 알았는데. 신문을 보니 이번 크리스마스에 자네가 파티를 한 군데도 빠지지 않았다고 해서."

"흠."

페리가 침울하게 꿍꿍거렸다. 앞으로는 파티에 절대 가지 않을 작정이었다. 머릿속에 고전적인 문구가 떠올랐다. 그의 인생에서 그쪽 면은 끝나고도 끝났다. 남자가 그런 식으로 '끝나고도 끝났다.'라고 말할 때는 어떤 여자가 그를 두 배로 끝장내 버렸다는 뜻이라고 생각해도 좋다. 페리는 또 다른 고전적인 생각, 즉 자살이 얼마나 비겁한 짓인지를 생각하고 있었다. 그것은 고

결한 생각이었다. 훈훈하고 감동적이었다. 자살이 그토록 비겁한 짓이 아니라면 우리가 잃고 말았을 그 훌륭한 사람들을 생각해 보라!

한 시간이 지나자 여섯 시가 되었고, 페리에게서 광고의 젊은이와 비슷한 모습은 모조리 사라지고 없었다. 그는 소란스러운 만화의 거친 밑그림처럼 보였다. 그들은 노래를 부르는 중이었다. 베일리가 즉석에서 만든 곡이었다.

얼간이 페리, 번지르르한 놈팡이
차 마시는 모양새로 도시에서 명성이 자자해.
이리저리, 만지작만지작
소리도 없어
잘 단련된 무릎 위 냅킨에 반듯이 올리고서……

"문제는 말이야."

페리가 말했다. 베일리의 빗으로 머리를 빗어 내린 후 오렌지색 끈을 둘러 줄리어스 시저(*'율리우스 카이사르'의 영어 이름.) 같은 분위기를 내려고 애쓰는 중이었다.

"자네들이 노래를 개똥만도 못한다는 거야. 내가 멜로디에서 벗어나 테너로 화음을 넣자마자 자네들도 테너로 부르기 시작하잖아."

"난 타고난 테너야."

메이시가 엄숙하게 말했다.

"목소리가 세련되지 않았을 뿐이지. 목소리를 타고났다고 우리 이모가 자주 말했다니까. 선천적으로 훌륭한 가수라고."

"가수, 가수, 훌륭한 가수 천지군."

통화 중이던 베일리가 말했다.

"아니, 카바레가 아니야. 야근하는 녀석을 바꿔 달라고. 음식을 담당하는 빌어먹을 직원 말이야! 난⋯⋯."

"줄리어스 시저다."

페리가 거울 앞에서 몸을 돌리며 선언했다.

"강철 같은 의지와 단호한 결단력을 갖춘 남자."

"닥쳐!"

베일리가 외쳤다.

"이봐, 이 베일리가 거하게 한 상 차려 보내라고 하지 않나. 알아서 해, 당장."

그는 수화기를 수화기 걸이에 어렵사리 걸고는 입을 꾹 다물고 엄숙하고 강렬한 눈빛으로 서랍장의 아래 서랍으로 다가가 열었다.

"이거 봐!"

그가 명령했다. 손에 분홍색 체크무늬 옷을 들고 있었는데 끝이 댕강 잘려 있었다.

"바지야. 보라고!"

그가 진지하게 소리쳤다. 분홍색 블라우스와 빨간 넥타이 그리고 버스터브라운 칼라 셔츠였다. 베일리가 되풀이해서 말했다.

"보라고! 타운센드 서커스 무도회에서 입을 의상이야. 난 코끼리에게 물을 가져다주는 작은 소년이지."

페리는 자신도 모르게 감동했다.

"난 줄리어스 시저를 해야겠어."

잠시 골똘히 생각한 후 페리가 선언했다.

"안 간다면서!"

메이시가 말했다.

"내가? 당연히 가야지! 파티를 놓쳐 본 적이 없는걸. 우울증에도 좋아…… 샐러리처럼."

"시저라니!"

베일리가 코웃음 쳤다.

"시저는 안 돼! 서커스와 관련이 없잖아. 시저는 셰익스피어지. 광대로 하지그래."

페리는 고개를 저었다.

"아니, 시저로 하겠어."

"시저로?"

"틀림없이. 전차를 모는 인물로."

베일리의 얼굴이 밝아졌다.

"괜찮군. 좋은 생각이야."

페리가 방을 샅샅이 둘러보았다. 그러더니 결국 이렇게 말했다.

"목욕 가운과 이 넥타이를 빌려 줘."

베일리는 고민했다.

"별로인데."

"아니, 이거면 충분해. 시저는 야만인이었어. 그가 야만인이라면, 내가 시저 차림으로 있는 한 쫓아내지 못할 거야."

베일리는 천천히 고개를 저으며 말했다.

"안 돼. 의상 대여점에 가서 의상을 하나 구해. 놀락네로 가 봐."

"닫았어."

"확인해 봐."

당혹스러웠던 5분 동안의 통화 후, 작고 지친 목소리는 자신이 놀락이며 타운센드 무도회 때문에 여덟 시까지는 영업을 할 것임을 페리에게 그럭저럭 납득시켰다. 이렇게 안심이 된 페리는 안심 스테이크를 어마어마하게 먹고 마지막 샴페인 병의 삼분의 일을 비웠다. 여덟 시 십오 분, 실크해트를 쓰고 클래런던 호텔 앞에 서 있던 남자는 페리가 자동차에 시동을 거는 모습을 보게 되었다.

"얼어붙었군."

페리가 알겠다는 듯이 말했다.

"추위로 얼어붙었어. 냉기 때문에."

"얼어붙었다고요?"

"그래, 냉기 때문이오."

"시동이 안 걸립니까?"

"안 되는군. 여름이 올 때까지 여기 서 있으라지. 팔월의 무더위가 제대로 녹여 줄 때까지."

"그냥 두고 가신다고요?"

"그래야지. 그냥 두고 가야겠소. 몸이 뜨거운 도둑이나 저걸 훔쳐 갈 수 있을 테니. 택시 좀 불러 주시오."

실크해트를 쓴 남자가 택시를 불렀다.

"어디로 모실까요, 손님?"

"놀락네로…… 의상 가게 말이오."

2

놀락 부인은 키가 작고 무기력한 모습으로, 세계 대전이 끝난 후에 잠시 어느 신생국에 속해 있기도 했다. 하지만 불안정한 유럽 정세 때문에 그 후로는 자신이 무엇을 하는 사람인지 확신할 수 없게 되었다. 그녀와 남편이 매일 일하는 가게는 어둡고 음산했으며 갑옷과 중국 관복으로 가득했고 지점토로 만든 거대한 새들이 천장에 잔뜩 매달려 있었다. 흐릿하게 보이는 뒤쪽에서 나란히 걸린 수많은 가면들이 눈도 없이 손님을 노려보았다. 그리고 유리 상자마다 왕관과 홀, 보석과 거대한 삼각형 가슴 장식, 색조 화장품, 인조 머리털, 색색의 가발들이 가득했다.

페리가 가게로 슬렁슬렁 들어갔을 때 놀락 부인은 격렬했던 하루의 마지막 골칫거리들을 접어 분홍색 실크 스타킹이 가득한 서랍에 넣고 있었다. 그러니까 그게 마지막이라고 생각했다.

"찾으시는 거라도?"

놀락 부인이 비관적인 어조로 물었다.

"전차를 모는 전사 줄리어스 시저의 의상이 필요합니다."

놀락 부인은 미안하지만 전사의 의상은 오래전에 옷자락 하나까지 죄다 대여되었다고 했다. 타운센드 서커스 무도회에 필요한 의상이냐고 물었다.

페리가 그렇다고 했다.

"미안해요."

놀락 부인이 말했다.

"서커스에 어울릴 의상은 죄다 나간 것 같은데요."

장애물이 등장한 것이다.

"흠."

페리가 말했다. 생각이 퍼뜩 떠올랐다.

"캔버스 천이 있으면 천막으로 분장하면 되는데요."

"미안하지만 여기엔 그런 게 없어요. 철물점에 가 보셔야 될 것 같군요. 멋진 남부군 군복은 있는데."

"아니, 군복은 안 됩니다."

"아주 근사한 왕도 있어요."

페리는 고개를 저었다. 놀락 부인이 희망을 가지고 말을 이었다.

"몇몇 남자분이 실크해트와 연미복 차림을 활용해 곡마단장으로 꾸몄어요. 하지만 실크해트도 다 나갔죠. 콧수염으로 달 인조털은 빌려 드릴 수 있어요."

"독특한 게 필요합니다."

"그럼…… 어디 볼까요. 음, 사자 머리, 거위 그리고 낙타……."

"낙타요?"

그 아이디어가 페리의 상상력을 격렬하게 사로잡았다.

"그래요, 하지만 두 사람이 필요해요."

"낙타라. 바로 그겁니다. 보여 주세요."

낙타가 쉬고 있던 맨 위 선반에서 내려왔다. 처음 봤을 때는 매우 수척하고 창백한 머리와 상당히 큰 혹이 전부인 것 같았지만 펼쳐 보니 두껍고 보들보들한 천으로 만든 암갈색 몸뚱이가 병색을 풍기며 붙어 있었다.

"보시다시피 두 사람이 필요해요."

놀락 부인은 노골적으로 감탄하며 낙타를 들고 설명했다.

"친구가 있으면 한 부분을 맡아 줄 수 있을 거예요. 속에 이 인용 바지 같은 게 있어요. 하나는 앞사람이, 다른 것은 뒷사람이 입는 거죠. 앞사람이 여기 있는 눈으로 밖을 보고 뒷사람은 몸을 구부리고 앞사람을 따라다니는 거예요."

"입어 봐요."

페리가 명령했다. 놀락 부인은 얼룩 고양이 같은 얼굴을 순순히 낙타의 머릿속에 집어넣고 좌우로 격렬하게 흔들었다.

페리는 매료되고 말았다.

"낙타가 어떻게 울죠?"

"네?"

놀락 부인이 약간 지저분해진 얼굴을 드러내며 물었다.

"아, 울음소리요? 뭐, 나귀 소리와 비슷하겠죠."

"거울 좀 봅시다."

페리는 널찍한 거울 앞에서 낙타 머리를 쓰고 살피듯이 이리저리 돌렸다. 침침한 불빛 속에서 보니 분명 효과 만점이었다. 낙타의 얼굴은 비관주의의 완벽한 예시로서 수많은 찰과상으로 장식되어 있었다. 솔직히 외피는 낙타답게 전반적으로 방치된 상태였지만(사실 세탁과 다림질이 필요했다.) 분명히 눈에 띄었다. 울적해 보이는 용모와 그늘진 눈언저리에 숨어 있는 굶주린 눈초리만으로도 어느 모임에서든 관심을 끌 터였다.

"두 사람이 필요하다니까요."

놀락 부인이 다시 말했다.

페리는 시험 삼아 몸뚱이와 다리를 끌어모아 몸에 두르고 뒷다리를 허리에 매 보았다. 전체적으로 꼴사나운 모습이 연출되었다. 불경스럽기조차 했다. 수도사가 악마의 도움을 받아 짐승으로 변한 모습을 그린 중세 시대 그림 같았다. 아무리 좋게 봐줘도 전체적인 모양새는 담요에 엉덩이를 묻고 주저앉은 곱사등이 암소였다.

"이건 뭐, 아무것도 아닌데요."

페리가 침울하게 말했다. 놀락 부인이 대답했다.

"아니, 두 사람이 필요하다니까요."

페리에게 해결책이 번쩍 떠올랐다.

"오늘 저녁에 약속 있습니까?"

"어머, 전 그럴 수……."

"자, 어서요."

페리가 격려하듯이 말했다.

"할 수 있습니다! 여기요! 시원스럽게 합시다. 여기 뒷다리를 껴 봐요."

그는 어렵게 뒷다리를 찾아서 비위를 맞추려는 듯 쩍 벌어진 구멍을 펼쳤다. 그러나 놀락 부인은 질색하는 것 같았다. 고집스럽게 뒷걸음질 쳤다.

"오, 싫어요……."

"어서요! 원하면 앞부분을 하셔도 됩니다. 아니면 동전을 던져서 정할까요?"

"아, 아뇨······."

"사례는 하겠습니다."

놀락 부인이 입을 굳게 다물었다.

"이제 그만하세요!"

그녀가 수줍은 기색 없이 말했다.

"지금까지 저한테 이렇게 무례하게 군 남자는 없었어요. 제 남편이······."

"남편이 있습니까?"

페리가 물었다.

"어디 있죠?"

"집에요."

"전화번호는요?"

한참의 실랑이 후 페리는 가정의 수호신인 놀락과 관련된 전화번호를 얻었고 그날 이미 들어 보았던 작고 지친 목소리와 연결되었다. 그러나 놀락 씨는 불시의 습격을 당한 데다 페리의 화려하고 논리적인 말재간에 조금 당황하기는 했지만 굳건하게 입장을 고수했다. 그는 파크허스트 씨를 도와 낙타의 뒷부분이 되지는 않겠노라며 단호하지만 품위 있게 거절했다.

페리는 전화를 끊고 아니, 그보다는 전화가 끊긴 후 세발의자에 앉아 곰곰이 생각했다. 전화를 걸 만한 친구들의 이름을 되뇌던 중 베티 메딜이라는 이름이 어렴풋하고 서글프게 떠올라 생각이 멈추었다. 페리는 감상적으로 생각해 보았다. 그녀에게 부탁을 하는 것이다. 둘의 연애는 끝났지만 이 마지막 부탁을 거절하지는 못할 것이다. 분명 지나친 부탁은 아니었다. 하룻밤 잠시 동안만 그가 사회적 의무에 충실하도록 도와주는 것이다. 그리고 혹시 그녀가 우긴다면 낙타의 앞부분을 내어 주고 그가 뒷부분을 할 수도 있을 것이다. 자신의 아량에 그는 흐뭇했다. 그의 생각은 낙타 속에서 달콤하게 화해하는 장밋빛 꿈까지 이르렀다. 온 세상이 찾지 못할 그곳에서……

"지금 당장 결정하시는 게 좋겠어요."

놀락 부인의 속물적인 목소리가 페리의 감미로운 환상을 와장창 깨뜨리며 행동을 촉구했다. 그는 전화기로 다가가 메딜의 집으로 전화했다. 베티 양은 부재중이었다. 디너파티에 가고 없었다.

그때, 모두 잃어버린 것 같은 그 순간에 낙타의 뒷부분이 기묘하게도 가게로 어슬렁어슬렁 들어왔다. 코감기에 걸린 폐인이었고 모든 것이 전반적으로 처진 모습이었다. 머리에 쓴 모자도 축 늘어졌고 턱도 가슴까지 늘어졌으며 외투는 신발까지 쳐진 데다 기력은 다 떨어져서 바닥을 치는 것 같았고 구세군이 있는데도 빈털터리 노숙자처럼 보였다. 그는 자신을, 페리가 클래런던 호텔에서 잡은 택시의 운전사라고 했다. 밖에서 기다리라는 지시를 받았지만 한참 기다리다 보니 택시를 잡은 신사가 택시비를 떼어먹으려고 뒷문으로 사라져 버린 게 아닌가 하는 의심이 피어올라서(신사들은 가끔 그러니까.) 들어왔다고 했다. 그가 세발의자에 앉았다.

"파티에 가시겠소?"

페리가 준엄하게 물었다.

"일해야죠."

택시 기사가 울적하게 대답했다.

"일자리를 잃으면 안 됩니다."

"매우 훌륭한 파티요."

"매우 훌륭한 일자리입니다."

"이봐요!"

페리가 다그쳤다.

"호의 좀 베풀어 봐요. 자……멋지잖소!"

페리가 낙타를 들어 올렸고 택시 기사는 같잖다는 듯이 쳐다
보았다.

"흥!"

페리는 접힌 낙타 의상을 미친 듯이 더듬었다.

"보시오!"

그가 의상 한 부분을 들며 열광적으로 외쳤다.

"여기가 당신이 들어갈 자리요. 말은 할 필요도 없지. 그냥
걷기만 하면 됩니다. 가끔은 앉고 말이오. 앉는 건 모두 당신 몫
이오. 생각해 봐요. 나는 쭉 서 있겠지만 당신은 가끔 앉을 수도
있단 말이오. 나는 우리가 엎드려 있을 때만 앉을 수 있지만 당
신은 앉을 수 있소…… 오, 언제든. 알겠소?"

"그게 뭡니까?"

택시 기사가 의심스럽다는 듯이 물었다.

"수의?"

"천만에. 이건 낙타요."

페리가 발끈하며 대답했다.

"엥?"

그 후 페리는 일정 금액을 제안했고 대화는 불평의 영역을 벗어나 현실적인 기미를 풍겼다. 페리와 택시 기사는 거울 앞에서 낙타 의상을 입어 보았다.

"당신은 안 보이겠지만 말이오."

페리가 눈구멍으로 걱정스럽게 밖을 내다보며 설명했다.

"솔직히 친구 양반, 정말 멋져요! 진심이오!"

낙타의 혹이 툴툴거리며 이 말을 미심쩍기는 하지만 칭찬으로 받아들였다.

"정말로 멋져요!"

페리는 열광적으로 되풀이했다.

"조금 움직여 봐요."

뒷다리가 앞으로 움직이자 등을 구부린 거대한 고양이 낙타가 도약할 태세를 갖춘 모습이 되었다.

"아니, 옆으로 움직여요."

낙타의 엉덩이가 깔끔하게 탈골되었다. 훌라 댄서가 봤다면 질투로 몸부림쳤을 터였다.

"멋지군, 그렇지 않소?"

페리가 놀락 부인의 동의를 얻으려고 고개를 돌리며 물었다.

"귀엽네요."

놀락 부인이 맞장구쳤다.

"이걸로 하겠소."

페리는 의상 꾸러미를 옆구리에 끼고 택시 기사와 함께 가게를 나섰다.

"파티장으로!"

페리가 뒷좌석에 앉으며 주문했다.

"어느 파티입니까?"

"가장무도회."

"장소가 어딥니까?"

그 말에 새로운 문제가 대두되었다. 페리는 기억해 내려고 했지만 연휴에 열렸던 수많은 파티의 이름이 눈앞에서 어지럽게 춤을 추었다. 놀락 부인에게 물어볼까 했지만 창밖을 보니 가게는 캄캄했다. 놀락 부인은 어느새 사라져 눈 덮인 거리 저 멀리 보이는 작고 검은 얼룩이 되어 있었다.

"주택가로 갑시다."

페리가 제법 자신감 있게 지시했다.

"파티가 보이면 멈춰요. 아니면 도착했다 싶을 때 내가 말해 주겠소."

페리는 몽롱한 공상에 빠졌고 생각은 또다시 베티를 향해 흘러갔다. 그는 베티가 낙타의 뒷부분이 되어 파티에 가기를 거부했기 때문에 다툰 거라고 막연히 상상했다. 으슬으슬한 졸음에 빠지려는 순간 기사가 문을 열고 그의 팔을 흔드는 바람에 잠이 달아났다.

"다 온 것 같은데요."

페리가 졸린 눈으로 밖을 보았다. 줄무늬 차양이 길턱에서부터 넓은 회색 석조 가옥까지 이어졌고 그 집에서는 사치스러운 재즈를 연주하는 낮은 드럼 소리가 처량하게 새어 나왔다. 페리는 하워드 테이트 저택임을 알아보았다.

"과연."

그가 단호하게 말했다.

"여기였어! 오늘 밤 테이트 가에서 파티가 있지. 분명 다들 참석했을 거야."

"저기요."

기사가 차양을 다시 한 번 쳐다본 후 걱정스레 말했다.

"제가 여기 온 걸 보고 이 사람들이 정말 법석을 떨지 않을까요?"

페리는 위엄 있게 허리를 세웠다.

"누가 당신에게 뭐라고 하면 내 의상의 일부라고 말하면 돼요."

기사는 사람이라기보다는 물건인 자신의 모습을 그려 보고 안심하는 것 같았다.

"좋습니다."

기사는 마지못해 대답했다. 페리가 차양 아래로 걸어가 낙타 꾸러미를 풀기 시작했다.

"갑시다."

페리가 지시했다.

몇 분 후 굶주린 눈빛의 우울해 보이는 낙타가 입과 고급스러운 혹 끝에서 김을 훅훅 내뿜으며 하워드 테이트 저택의 입구를 넘는 모습이 보였다. 낙타는 깜짝 놀란 하인을 콧방귀도 뀌지 않은 채 지나쳐 무도회장으로 이어지는 중앙 계단으로 직행했다. 그 짐승은 걸음걸이가 독특했는데 불안하게 보조를 맞추는가 하면 우르르 달리기도 했다. 그러나 가장 적절한 표현은 '갈팡질팡'일 것이다. 낙타의 걸음걸이는 갈팡질팡했다. 그리고 걸으면서 거대한 아코디언처럼 몸이 늘었다 줄었다 했다.

3

톨레도에 사는 사람들은 누구나 알다시피 하워드 테이트 일가는 도시에서 가장 유력한 이들이다. 하워드 테이트 부인은 톨레도 테이트 가문에 들어오기 전에 시카고 토드 가문 사람이었고, 테이트 가족은 미국 상류 계급의 표지가 되기 시작한 의식적인 수수함에 전반적인 영향을 미쳤다. 테이트 부부는 돼지와 농장에 관해 이야기하면서 상대방이 즐거워하지 않으면 차가운 눈으로 바라보는 단계에 이르렀다. 그들은 디너파티 손님으로 친구보다는 비위를 맞춰 줄 신하를 선호하게 되었고, 엄청난 돈을 조용히 쓰기 시작했으며, 모든 경쟁의식을 잃어버려 꽤 더디게 발전했다.

그날 저녁 무도회는 어린 밀리센트 테이트를 위해 열린 것으로 모든 연령층이 참석했지만 춤을 추는 이들은 대개 고등학생과 대학생이었다. 젊은 기혼자들은 탤리호 클럽에서 열리는 타운센드 서커스 무도회에 갔다. 테이트 부인은 무도회장에 가만히 서서 두 눈으로 밀리센트를 좇으며 눈이 마주칠 때마다 환하게 웃었다. 그녀의 곁에는 중년의 아첨꾼 두 명이 서서, 밀리센트가 완벽하게 아름다운 아이라고 말하고 있었다. 바로 그 순간 테이트 부인의 막내딸인 열한 살짜리 에밀리가 엄마의 치마를 꽉 붙잡고 품으로 뛰어들며 "악!" 하고 소리를 질렀다.

"어머, 에밀리. 왜 그러니?"

"엄마."

에밀리는 깜짝 놀란 표정이었지만 입을 쉬지는 않았다.

"계단에 뭐가 있어."

"뭐?"

"계단에 뭐가 있어요, 엄마. 큰 개인 줄 알았는데, 엄마. 개처럼 보이지는 않아요."

"무슨 말이니, 에밀리?"

아첨꾼들이 이해한다는 듯 고개를 끄덕여 댔다.

"엄마, 그건 마치…… 마치 낙타처럼 생겼어요."

테이트 부인이 웃음을 터뜨렸다.

"짓궂은 그림자를 본 거야, 아가. 그런 거야."

"아니, 그렇지 않아요. 정말이지 뭔가 있었어요, 엄마…… 큰 것이. 사람들이 더 있는지 보려고 계단을 내려가고 있었는데 그 개인지 뭔지가 올라오고 있잖아요. 절뚝거리는 것 같아서 좀 웃기긴 했어요, 엄마. 그런데 그게 저를 보고 으르렁거리더니 계단 맨 위에서 미끄러지잖아요. 그래서 난 달렸어요."

테이트 부인의 웃음이 사라졌다.

"아이가 뭔가를 본 게 분명해요."

그녀가 말했다. 아첨꾼들도 아이가 뭔가를 본 게 분명하다고 맞장구쳤다. 그러다 세 여인은 본능적으로 문에서 휙 비켜섰다. 문밖에서 흐리터분한 발소리가 들려온 탓이었다.

암갈색 형체가 모퉁이를 돌며 나타나자 깜짝 놀란 세 여인의 헉하는 숨소리가 터져 나왔다. 세 여인이 본 것은 분명 굶주린 표정으로 내려다보는 거대한 짐승이었다.

"헉!"

테이트 부인이 외쳤다.

"헉, 헉!"

다른 두 부인이 입을 모아 소리쳤다.

낙타가 갑자기 등을 구부렸고 숨소리는 비명으로 변했다.

"오, 저걸 봐요!"

"뭐지?"

춤은 중단되었다. 춤을 추다 서둘러 다가온 사람들이 침입자에 관해 받은 인상은 꽤나 다양했다. 젊은이들은 즉시 이것이 주목 끌기용이라고 여겼다. 고용된 곡예사가 파티에 흥을 돋우려고 온 게 아닌가 생각했다. 긴 바지를 입은 소년들은 업신여기는 표정으로 낙타를 바라보며 지성을 모욕당했다는 기분으로 주머니에 손을 집어넣은 채 어슬렁거렸다. 그러나 소녀들은 기뻐서 작게 탄성을 질렀다.

"낙타야!"

"와, 진짜 너무 웃기잖아!"

낙타는 양쪽으로 몸을 조금씩 흔들며 어정쩡하게 서 있었는데 신중하게 탐색하는 눈으로 방을 훑어보는 듯했다. 그러다 돌연 결론에 이른 듯이 몸을 돌리고 문밖으로 어기적어기적 나갔다.

하워드 테이트 씨는 아래층 서재에서 막 나와 복도에 서서 어떤 젊은이와 이야기를 나누던 중이었다. 갑자기 위층에서 시끄러운 고함 소리가 들렸고 거의 동시에 쿵쿵 소리가 잇따라 들려왔으며 그 뒤로 계단 바닥에서 허둥대는 형체가 나타났다. 몹시 서두르는 커다란 갈색 짐승이었다.

"대체 이건!"

테이트 씨가 깜짝 놀라 말했다.

짐승은 품위를 잃지 않은 채 몸을 추슬렀다. 그리고 중요한 약속이 막 떠오른 듯 지극히 태연한 척하며 정문을 향해 엇갈린 발걸음으로 다가가기 시작했다. 사실 짐승의 앞다리는 가볍게 뛰기 시작했다.

"여기 좀 보게."

테이트 씨가 엄격하게 말했다.

"여기야! 붙잡아, 버터필드! 잡아!"

그 젊은이가 강력한 두 팔로 낙타의 뒷부분을 덮쳤다. 더 움직일 수 없음을 깨달은 낙타의 앞부분은 포위에 굴복해 약간 당황한 상태로 체념한 듯 멈추어 섰다. 그 무렵 젊은이들이 아래층으로 물밀 듯이 몰려들었고, 테이트 씨는 독창성이 풍부한 강도에서부터 탈출한 정신병자에 이르기까지 수많은 의심을 품고서 젊은이에게 딱딱하게 지시했다.

"꼭 잡아! 여기로 데려와. 곧 알게 되겠지."

낙타는 순순히 서재로 끌려갔다. 테이트 씨가 문을 잠근 후 탁자 서랍에서 권총을 꺼내고는 젊은이에게 저것의 머리를 벗기라고 지시했다. 다음 순간 그는 숨을 몰아쉬며 권총을 제자리에 돌려놓았다.

"아니, 페리 파크허스트 아닌가!"

테이트 씨는 놀라서 외쳤다.

"파티를 잘못 찾아왔습니다, 테이트 씨."

페리가 쭈뼛쭈뼛 말했다.

"놀라게 해 드린 건 아닌지 모르겠습니다."

"뭐…… 오싹하긴 했네, 페리."

그는 문득 짚이는 데가 있었다.

"타운센드 서커스 무도회에 갈 계획이었군."

"그렇다고 할 수 있지요."

"버터필드 군을 소개하지, 페리."

테이트 씨가 페리에게 고개를 돌렸다.

"버터필드는 우리 집에서 며칠 머무는 중이라네."

"착오가 좀 있었습니다."

페리가 웅얼거렸다.

"정말 죄송합니다."

"전혀 문제될 것 없네. 흔히들 저지르는 실수 아닌가. 난 광대 의상을 준비해 뒀다네. 조금 있다가 갈 생각이야."

테이트 씨가 버터필드에게 고개를 돌렸다.

"생각을 바꿔서 같이 가지."

젊은이는 반대 의사를 밝혔다. 자러 갈 생각이었다.

"한잔하겠나, 페리?"

테이트 씨가 물었다.

"그러죠, 고맙습니다."

"참, 그건 그렇고."

테이트 씨가 재빨리 덧붙였다.

"여기 있는 자네의…… 친구를 까맣게 잊고 있었군."

그는 낙타의 뒷부분을 가리켰다.

"무례를 범할 생각은 없었네. 내가 아는 사람인가? 나오라고 하지.”

“친구가 아닙니다.”

페리가 다급히 설명했다.

“잠시 빌렸습니다.”

“술은 마시나?”

“마십니까?”

페리가 몸을 구불구불 비틀며 물었다. 희미하게 승낙하는 소리가 들렸다.

“물론 그렇겠지!”

테이트 씨가 호쾌하게 말했다.

“정말 유능한 낙타는 사흘은 너끈히 버틸 만큼 마실 줄 알아야 하지.”

“죄송한 말씀입니다만.”

페리가 걱정스럽게 말했다.

“저 사람은 밖으로 나올 만한 옷차림이 아닙니다. 저에게 병을 주시면 제가 뒤로 건네주고 안에서 마시게 하겠습니다.”

이 제안에 활기가 솟았는지 낙타 의상 속에서 열성적으로 입맛 다시는 소리가 들렸다. 집사가 술병, 유리잔, 탄산수 병을 가지고 들어온 후 병 하나가 뒤로 전달되었다. 그 후 조용한 동료에게서 술을 길게 들이켜는 소리가 빈번하게 들렸다.

이렇게 온화한 한 시간이 지났다. 열 시가 되자 테이트 씨는 출발하는 게 좋겠다고 판단했다. 그가 광대 의상을 입었다. 페리는 낙타의 머리를 다시 썼다. 둘은 나란히 걸으며 테이트 저택에서 탤리호 클럽까지의 한 블록을 가로질렀다.

서커스 무도회의 열기는 한껏 고조되어 있었다. 무도회장 안에는 거대한 천막이 높이 매달렸고 벽을 따라 서커스의 다양한 여흥을 맛보게 해 주는 노점들이 줄지어 서 있었다. 하지만 노점들은 텅 빈 상태였다. 광대, 수염 난 여인, 곡예사, 안장 없이 말을 타는 기수, 곡마단장, 문신한 남자, 전차를 모는 전사 등 온갖 젊은이들과 온갖 색깔이 뒤섞인 고함 소리와 웃음소리가 댄스 플로어를 가득 채웠다. 타운센드 가족은 반드시 성공적인 파티를 열기로 마음먹었던지라 비밀리에 엄청난 양의 술을 가져왔고, 현재 그 술은 자유롭게 넘쳐흐르고 있었다. 녹색 리본이 무도회장 벽을 빈틈없이 두르고 있었는데, 초보자에게 "녹색 선을 따라오세요!"라고 알려 주는 안내문과 화살표가 리본과 나란히 붙어 있었다. 녹색 선을 따라가면 음료대가 나왔고 그곳에서는 순한 펀치와 독한 펀치와 밋밋한 진녹색 술병을 제공했다.

음료대 위의 벽에는 심하게 물결치는 빨간색 화살표도 있었는데 그 아래에는 "이제 이것을 따라오세요!"라는 문구가 쓰여 있었다.

그러나 그곳을 채운 호화로운 의상과 고조된 열기의 복판에서도 낙타의 입장은 일종의 소동을 불러일으켰다. 페리는 호기심을 보이며 웃어 대는 군중에게 둘러싸였다. 널찍한 문간에 서서 춤추는 사람들을 울적하고 굶주린 눈빛으로 바라보는 이 짐승의 정체를 알아내기 위해 다들 야단이었다.

페리가 베티를 발견했다. 어느 노점 앞에 서서 익살맞은 경찰과 이야기를 하고 있었다. 그녀는 뱀을 부리는 이집트 마술사 차림이었다. 황갈색 머리를 땋아 놋쇠 고리에 끼웠는데 반짝거리는 작은 동양풍 왕관으로 효과를 완성했다. 흰 얼굴을 따사로운 올리브색으로 물들였고, 팔과 반달 모양으로 드러낸 등에는 표독스러운 외눈박이 녹색 뱀들이 몸을 꼬는 모습이 그려져 있었다. 발에는 샌들을 신었고 치마는 무릎까지 옆줄이 길게 트여서 그녀가 걸을 때면 벗은 발목 바로 위에 그려진 가느다란 뱀들이 슬쩍슬쩍 나타났다. 목에는 번쩍이는 코브라를 휘감고 있었다. 전체적으로 매혹적인 의상이었다. 나이 든 여인들 중 겁 많은 사람들은 그녀가 지나가면 몸을 움츠렸고, 깐깐한 사람들은 "저런 건 용납해선 안 돼."라거나 "정말 수치스러워."라며 입방아를 찧어 댔다.

그러나 낙타의 흐릿한 눈을 통해 바라보는 페리에게는, 밝고 생기발랄하고 흥분으로 달아오른 그녀의 얼굴과 의미심장하게 움직이며 어떤 무리 속에서든 반드시 그녀를 돋보이게 해 주는 팔과 어깨만 보일 뿐이었다. 페리는 매료되었고 덕분에 술이 깨기 시작했다. 정신이 점차 또렷해지면서 그날 일어난 일들이 떠올랐다. 마음속에서 분노가 치솟았다. 무리로부터 그녀를 데리고 나와야겠다고 반쯤 작정하고서 그녀 쪽으로 움직이기 시작했다. 아니, 그보다는 몸을 약간 늘였다. 이동에 필요한 사전 명령을 깜빡 잊고 내리지 않았기 때문이었다.

그러나 하루 동안 매섭고도 냉소적으로 그를 희롱하던 변덕스러운 운명이, 페리가 선사한 즐거움에 완벽하게 보답하기로 마음먹었다. 운명은 뱀 마술사의 황갈색 눈을 낙타에게 돌리도록 만들었다. 운명은 그녀가 옆에 있던 남자에게 몸을 기울이며 묻도록 이끌었다.

"저건 누구죠? 저 낙타 말이에요."

"도무지 모르겠네요."

그러나 상황을 다 아는 워버턴이라는 작은 남자는 과감히 의견을 말해야 한다고 생각했다.

"테이트 씨와 함께 왔어요. 낙타 중 일부분은 워렌 버터필드일 겁니다. 뉴욕의 건축가로 테이트 씨 댁에 머물고 있지요."

베티 메딜의 내부에서 뭔가가 솟아올랐다. 예로부터 시골 아가씨가 외부에서 온 남자에게 갖기 마련인 관심이었다.

"오."

베티는 잠시 침묵하다가 태연하게 대답했다.

다음 춤이 끝날 무렵 베티와 그녀의 짝은 낙타와 몇 발자국 떨어진 곳에서 춤을 끝내게 되었다. 그녀는 그날 저녁의 주안점이었던 허물없는 대담함으로 손을 내밀어 낙타의 코를 부드럽게 쓰다듬었다.

"안녕, 낙타 영감님."

낙타가 불편한 듯 꿈틀거렸다.

"내가 무서워요?"

베티가 책망하듯 눈썹을 추켜올리며 말했다.

"그러지 말아요. 난 뱀을 부리는 마술사지만 낙타도 아주 잘 다룬답니다."

낙타가 몸을 깊이 숙여 인사했고 누군가 미녀와 야수라며 빤한 말을 꺼냈다.

타운센드 부인이 무리에게 다가왔다.

"저기, 버터필드 씨."

타운센드 부인이 거들어 주었다.

"미처 알아뵙질 못했네요."

페리가 다시 고개를 숙였고 가면 뒤에서 만족스럽게 웃음을 지었다.

"일행은 누구시죠?"

타운센드 부인이 물었다.

"오."

페리가 말했다. 두꺼운 천에 쌓여 구별하기 힘든 목소리였다.

"친구는 아닙니다, 타운센드 부인. 그냥 제 의상의 일부죠."

타운센드 부인이 웃음을 터뜨리며 자리를 떴다. 페리는 다시 베티에게 고개를 돌렸다.

'그러니까 그녀의 마음은 고작 이 정도인 거야! 우리가 헤어진 당일에 다른 남자와 시시덕거리다니. 그것도 전혀 모르는 사람과.'

그가 충동적으로 어깨를 움직여 그녀를 슬쩍 밀고 복도 쪽으로 암시하듯이 고개를 흔들었다. 그렇게 짝을 버리고 함께 가자는 뜻을 분명히 밝혔다.

"안녕, 러스."

베티가 파트너에게 큰 소리로 말했다.

"이 낙타 영감님이 제 마음을 훔쳤네요. 어디로 갈까요, 동물의 왕자님?"

장대한 낙타는 대꾸하지 않았지만 옆 계단의 외진 구석을 향해 엄숙하게 걸음을 옮겼다.

그곳에서 베티가 자리에 앉았다. 낙타 가죽 속에서 거친 지시와 열띤 논쟁을 비롯해 한바탕 혼란이 일어난 후 낙타는 베티 옆에 앉았다. 계단 두 개에 뒷다리를 불편하게 뻗고 있었다.

"자, 영감님."

베티가 쾌활하게 말했다.

"이 즐거운 파티가 어때요?"

영감님은 머리를 열광적으로 흔들고 발굽을 신 나게 차며 파티가 마음에 든다는 표시를 했다.

"하인이 딸린 사람과 마주 앉아 있기는 처음이에요."

베티가 뒷다리를 가리켰다.

"하인이든 뭐든 말이에요."

"오, 저 사람은 귀머거리에 장님입니다."

페리가 웅얼거렸다.

"장애인이 된 기분이시겠어요. 제대로 아장거리지도 못하잖아요, 그렇게 하고 싶어도."

낙타는 가련하게 고개를 숙였다.

"무슨 말씀이든 해 보세요."

베티가 상냥하게 말했다.

"저를 좋아한다든지 말이에요, 낙타님. 제가 아름답다고 말해도 좋아요. 어여쁜 뱀 마술사의 것이 되고 싶다고 말해요."

낙타의 마음은 정말 그랬다.

"저와 춤추실래요, 낙타님?"

낙타도 그러고 싶었다.

베티는 낙타에게 30분을 할애했다. 베티는 외지에서 온 모든 남자에게 적어도 30분은 할애했다. 대개 그 정도면 충분했다.

그녀가 새로운 남자에게 다가가면 사교계에 새로 데뷔한 아가씨들은 당연하다는 듯이 곧바로 흩어졌고 기관총 앞에 빽빽하게 배치된 군인들처럼 자리를 떴다. 그래서 파크허스트는 다른 사람들이 보듯이 자신의 연인을 보는 유일무이한 특권을 얻게 되었다. 맹렬하게 던지는 추파를 받은 것이다!

4

금방이라도 무너질듯하던 낙원은 사람들이 무도회장으로 몰려가는 소리에 깨지고 말았다. 코티용이 시작되려는 참이었다. 베티와 낙타도 무리에 끼어들었다. 낙타의 어깨에 살짝 얹은 베티의 손은 그녀가 그를 독차지했음을 도도하게 상징했다.

그들이 들어갔을 때 남녀들은 짝을 지어 이미 벽 주변 탁자에 앉아 있었다. 안장 없는 근사한 기수로 화려하게 분장했으나 종아리가 너무 통통하다 싶은 타운센드 부인이 준비 위원인 곡마단장과 함께 가운데 서 있었다. 악단에게 손짓하자 모두가 일어나서 춤을 추기 시작했다.

"정말 끝내주지 않아요?"

베티가 탄식하듯이 말했다.

"춤출 수 있겠어요?"

페리는 열광적으로 고개를 끄덕였다. 갑자기 활력이 솟구쳤다. 어쨌든 그는 지금 신분을 숨기고 연인과 대화를 하고 있었다. 세상을 향해 거만하게 윙크할 수도 있을 터였다.

그래서 페리는 코티용을 추었다. '추었다'고 말했지만, 가장 정신없는 무용이 어떤 것인지 미친 듯이 상상한 뒤 그 상상을 한

참 뛰어넘은 모습까지 춤이라고 인정할 경우에 그렇다는 말이다. 그는 파트너가 두 손을 자신의 무기력한 어깨에 올리고 플로어 여기저기로 끌고 다니는 바람에 고생했다. 그러는 동안 거대한 머리를 그녀의 어깨 위로 다소곳이 숙이고 발은 꼭두각시처럼 헛되이 움직였다. 뒷다리들은 제 딴에는 그럭저럭 춤을 추었는데 주로 한 발씩 번갈아 들며 폴짝거리는 식이었다. 춤이 계속되고 있는지 아닌지 알 도리가 없었던 뒷다리들은 음악이 연주되기 시작하면 무조건 스텝을 밟아 댔다. 그래서 낙타의 앞부분은 편안하게 서 있고 뒷부분은 나름의 계획에 따라 끊임없이 활기차게 움직이는 광경이 연출되었다. 구경하던 사람들 중 마음 여린 사람들은 안타까운 마음에 진땀을 흘렸다.

낙타는 여러 번 춤 신청을 받았다. 처음에는 밀짚에 뒤덮인 키 큰 여자와 춤을 추었는데, 그녀는 자신이 건초 꾸러미이니 먹지 말아 달라고 수줍게 부탁했다.

"그러고 싶은데요. 당신은 매우 달콤하니까요."

낙타가 정중히 말했다.

곡마단장이 "남자들, 앞으로!" 하고 외칠 때마다 낙타는 마분지 비엔나소시지나 수염 난 여자의 사진, 아니면 운 좋게 선택된 누군가와 함께 있는 베티를 향해 맹렬히 돌진했다. 그녀에게 가장 먼저 도착할 때도 있었지만 대개 그의 돌진은 실패로 끝났고 격렬한 내분이 뒤따랐다.

"제발!"

페리가 이를 악물고 사납게 으르렁거렸다.

"기운 좀 써요! 당신이 발만 들었어도 그녀는 내 차지였을 거란 말이오."

"그게, 경고라도 해 주시죠!"

"했잖소, 젠장."

"여기에서는 빌어먹을 코빼기도 안 보인단 말입니다."

"나만 따라오면 되잖소. 같이 걸으려니 무거운 모래를 끌고 가는 것 같다니까."

"그럼 여기 뒤로 와서 해 보시든가."

"닥쳐요! 이 사람들이 이 방에서 당신을 보면 끔찍하게 두드려 팰 거요. 택시 면허증까지 빼앗아 버릴지도 몰라!"

페리는 자신이 이런 잔인한 협박을 아무렇지도 않게 했다는 사실이 놀라웠다. 하지만 동행인에게는 마취 효과를 발휘한 모양이었다. 그는 "에이, 흠." 하고 내뱉고는 겸연쩍은 침묵으로 빠져들었다.

곡마단장이 피아노 위로 올라가 조용히 하라는 뜻으로 손을 흔들었다.

"시상합니다!"

곡마단장이 외쳤다.

"여기로 모이세요!"

"야! 상이다!"

사람들이 멋쩍게 앞으로 움직였다. 용기를 끌어모아 수염 난 여인으로 분장했던 어여쁜 소녀는 그날 저녁 흉측한 의상을 입은 보상을 받으리라 생각하며 흥분으로 몸을 떨었다. 오후 내내 몸에 문신 화장을 받았던 남자는 군중 끄트머리에 살그머니 숨었다가 자신이 분명 상을 받을 거라는 말을 듣자 벌컥 화를 내며 얼굴을 붉혔다.

"이 서커스에서 열연해 주신 신사 숙녀 여러분."

곡마단장이 쾌활하게 발표했다.

"모두가 즐거운 시간을 보냈다는 사실에 다들 동감하시리라 믿습니다. 이제 상을 수여함으로써 마땅히 드려야 할 영예를 드리려 합니다. 타운센드 부인이 저에게 이 상을 수여하라고 부탁하셨습니다. 자, 동료 공연자 여러분, 첫 번째 상은 오늘 저녁에 가장 놀라우면서도 가장 잘 어울리며……."

그 말에 수염 난 여인이 단념한 듯 한숨을 내쉬었다.

"……가장 독창적인 의상을 보여 준 숙녀분께 드립니다."

그 순간 건초 꾸러미 여인이 귀를 쫑긋 세웠다.

"이 결정에 여기 참석한 모든 분들도 만장일치로 찬성하시리라 믿습니다. 첫 번째 수여자는 매력적인 이집트 뱀 마술사로 분장한 베티 메딜 양입니다."

박수갈채가, 그러니까 주로 남자들의 박수가 터져 나왔다. 베티 메딜 양은 몸에 칠한 올리브색 페인트 사이로 아름답게 얼굴을 붉히며 상을 받을 수 있도록 앞으로 떠밀려 나갔다. 곡마단장은 온화한 눈빛으로 그녀에게 커다란 난초 꽃다발을 건넸다.

곡마단장이 주변을 둘러보며 말을 이었다.

"자, 이제 다른 상은 가장 재미있고도 창의적인 의상을 입은 남성분에게 드립니다. 이 상은 이견 없이 우리 중에 계신 손님에게 드리겠습니다. 우리 모두가 오랫동안 즐겁게 머무르기를 바라는 그 신사분께…… 간단히 말해 저녁 내내 굶주린 표정과 화려한 춤으로 모두를 즐겁게 해 준 고귀한 낙타님에게 드립니다!"

곡마단장이 말을 마쳤다. 대중의 선택이었으므로 열렬한 박수와 찬성하는 함성 소리가 쏟아졌다. 상품인 커다란 시가 상자는 낙타가 해부학적으로 직접 받을 수 없는 상황인 탓에 한쪽으로 치워 두었다.

곡마단장이 다시 입을 열었다.

"자, 그러면 즐거움과 어리석음의 결혼으로 이 코티용을 마무리 짓겠습니다!"

"웅장한 결혼 행진곡에 맞게 줄을 서 주세요. 아름다운 뱀 마술사와 고귀한 낙타를 앞세우고!"

베티가 명랑하게 깡충거리며 앞으로 나와서 낙타의 목에 올리브색 팔을 둘렀다. 그 뒤로 어린 소년과 소녀, 시골뜨기, 뚱뚱한 여자, 깡마른 남자, 칼 삼키는 곡예사, 보르네오의 야만인, 팔 없는 인간 등이 줄지어 섰다. 그중 많은 이들이 거나하게 취해 기분이 좋았다. 모두가 흥분했고 행복했으며 주변에 넘치는 불빛과 색채에, 기묘한 가발과 조잡한 페인트칠로 인해 묘하게 낯설어 보이는 친숙한 얼굴들 때문에 황홀감을 느꼈다. 불경스러운 엇박자로 시작된 결혼 행진곡의 관능적인 화음이 트롬본, 색소폰 소리와 미친 듯이 뒤섞였다. 그리고 행진도 시작되었다.

"기쁘지 않아요, 낙타님?"

걸음을 옮기며 베티가 다정하게 물었다.

"우리가 결혼하게 된 것, 또 당신이 앞으로 멋진 뱀 마술사의 것이 되리란 사실이 기쁘지 않아요?"

낙타의 앞발은 넘치는 기쁨을 표현하며 껑충 뛰어올랐다.

"목사! 목사! 목사는 어디 있지?"

떠들썩한 무리 사이에서 사람들이 외쳤다.

"목사 역할은 누가 할 거야?"

오랫동안 탤리호 클럽의 웨이터로 일해 온 뚱뚱한 흑인 점보의 머리가 반쯤 열린 식품실 문에서 채신없이 튀어나왔다.

"오, 점보!"

"점보를 데려와. 점보가 하면 돼!"

"이리 오게, 점보. 우리를 결혼시켜 주겠나?"

"이야!"

점보는 희극 배우 네 명에게 붙들려 앞치마를 빼앗기고 무도회장 앞의 높은 연단으로 이끌렸다. 그곳에서 칼라를 떼어 뒷면이 앞으로 보이도록 붙여 성직자 분위기를 냈다. 행렬은 두 줄로 갈라져 신랑과 신부가 지나갈 통로를 만들었다.

"좋습니다요."

점보가 우렁차게 말했다.

"저한테 성경하고 다 있어요. 충분해요."

그는 안주머니에서 닳고 닳은 성경을 꺼냈다.

"이야! 점보한테 성경이 있어!"

"면도칼도 있을 거야, 장담해!"

뱀 마술사와 낙타는 환호가 쏟아지는 통로를 걸어가 점보 앞에 섰다.

"신고서는 어디 있죠, 낙타?"

옆에 있던 남자가 페리를 쿡 찔렀다.

"종이 한 장 내요. 아무거나 좋으니."

페리가 당황해서 주머니를 마구 뒤지다가 접힌 종이 한 장을 찾아서 낙타의 입을 통해 내밀었다. 점보는 그것을 거꾸로 들고 열심히 살펴보는 척했다.

"이건 낙타의 특별 혼인 신고서군요."

점보가 말했다.

"반지 준비해요, 낙타."

페리가 낙타 속에서 몸을 돌려 고약한 반쪽에게 말했다.

"반지 이리 줘요, 제발!"

"없어요."

지친 목소리가 항변했다.

"있잖소, 내가 봤는데."

"내 손에서 절대 빼지 않을 거요."

"안 주면 당신을 죽여 버릴 거야."

헉하는 숨소리가 들렸고 라인석(*모조 다이아몬드.)과 황동으로 만들어진 커다란 뭔가가 페리의 손에 들어오는 느낌이 들었다.

또다시 밖에서 누가 쿡 찔렀다.

"대답해요!"

"맹세합니다!"

페리가 얼른 외쳤다.

베티가 사근사근한 말투로 대답하는 소리가 들렸고, 이런 익살극 와중에도 그 소리에 페리는 가슴이 떨렸다.

그 후 그는 낙타 의상의 찢어진 틈으로 라인석을 내밀었고 그것을 베티의 손가락에 끼워 주며 점보를 따라 오래되고 전통적인 말들을 중얼거렸다. 페리는 그 누구에게도 진상을 들키고 싶지 않았다. 테이트 씨가 지금까지는 비밀을 잘 지켜 주었으므로 정체가 탄로 나기 전에 빠져나가야 한다는 생각뿐이었다. 품위 있는 청년 페리가 아니던가…… 막 시작한 변호사 업무가 이 일로 타격을 입을 수도 있었다.

"신부를 안아 줘요!"

"가면을 벗어라, 낙타여. 그리고 신부에게 키스해!"

베티가 웃으며 그에게 고개를 돌리고 마분지로 만든 주둥이를 쓰다듬기 시작하자 페리의 심장이 본능적으로 쿵쿵 뛰었다. 자제심이 사라지고 있었다. 두 팔로 그녀를 감싸고 자신이 누구인지 당당히 밝히며 고작 한 발자국 떨어진 곳에서 웃고 있는 그 입술에 키스하고 싶었다. 그런데 둘을 둘러싼 웃음과 박수갈채가 갑자기 잦아들더니 이상한 정적이 무도회장에 내려앉았다. 페리와 베티가 놀라서 고개를 들었다. 점보가 깜짝 놀란 목소리로 "여기요!"라고 고함을 터뜨려서 모두의 눈동자가 그에게 쏠린 것이다.

"여기요!"

점보가 다시 말했다. 그는 그동안 거꾸로 들고 있던 낙타의 혼인 신고서를 바로 들었고 안경을 꺼내서 괴로운 얼굴로 살펴보았다.

"이런 수기."

점보가 외쳤고 사방에 가득한 침묵 속에서 점보의 말이 방 안 모두에게 분명하게 들렸다.

"이건 정말 진짜 혼인 신고서인데."

"뭐라고?"

"응?"

"다시 말해 봐, 점보!"

"글을 읽을 줄은 아는 거야?"

점보가 손을 흔들어 소란을 잠재웠다. 자신의 바보짓을 깨달은 페리의 피가 혈관 속에서 뜨겁게 불타올랐다.

"맞아요!"

점보가 되풀이했다.

"이건 정말 진짜 혼인 신고서고 당사자 중 한 명은 여기 젊은 아가씨 베티 메딜 양, 다른 사람은 페리 파크허스트 씨입니다."

모두들 숨이 넘어갈 듯 헐떡거렸다. 낮게 웅성거리는 소리가 터져 나오며 모든 눈이 낙타에게 쏠렸다. 베티는 낙타에게서 홱 물러섰다. 황갈색 눈동자에서 분노의 불꽃이 튀었다.

"파크허스트 씨 맞습니까, 낙타?"

페리는 대답하지 않았다. 군중이 바싹 다가와 그를 빤히 쳐다보았다. 페리는 당황한 나머지 몸이 얼어붙었고, 불길한 징조 같은 점보를 바라보는 마분지 얼굴에는 여전히 굶주림과 냉소가 서려 있었다.

"대답하시는 게 좋을 겁니다!"

점보가 천천히 말했다.

"이건 몹시 심각한 문제입니다. 전 이 클럽에서 하는 일 외에 우연히도 흑인제일침례교회에서 목회를 하고 있습니다. 제가 보기에 두 사람은 진짜 결혼을 해 버렸단 말입니다."

5

그 후 이어진 장면은 탤리호 클럽 역사에 길이길이 남을 것이다. 뚱뚱한 부인들은 기절했고, 순도 100퍼센트 미국인들은 욕을 퍼부었으며, 몹시 흥분한 사교계 새내기 아가씨들은 번개처럼 모였다 흩어졌다 하는 무리에 끼어 종알거렸고, 매서우면서도 이상할 정도로 나직한 잡담 소리가 대혼란에 빠진 무도회장에 웅성웅성 울려 퍼졌다. 자제력을 잃은 젊은이들은 페리나 점보나 자기 자신 아니면 누군가를 죽이겠다고 맹세했고, 침례교 목사는 폭풍 치듯 몰려온 떠들썩한 아마추어 변호사들에게 포위되었다. 그들은 질문하고 위협하고 선례를 제시하라고 요구하고 서약을 무효화하라고 명령했으며 특히 당면한 사건에 사전에 협의된 기미가 조금이라도 있는지 캐내려고 들었다.

한 귀퉁이에서는 타운센드 부인이 하워드 테이트 씨의 어깨에 기대서 조용히 흐느꼈다. 테이트 씨는 그녀를 위로하려 했지만 헛수고였다. 둘은 "모두 내 탓이에요."라는 말을 수다스럽고도 아낌없이 주고받았다. 바깥의 눈 덮인 보도에서는 알루미늄 인간인 사이러스 메딜 씨가 전사로 분장한 건장한 두 남자 사이를 천천히 오가고 있었다. 그는 되풀이하기도 어려운 말로 울분을 터뜨리는가 하면, 점보를 붙잡게만 해 달라고 격렬하게 애원하기도 했다. 그는 그날 저녁을 위해 보르네오의 야만인으로 익살스럽게 분장했는데, 제아무리 깐깐한 무대 감독이라고 해도 그 배역을 이보다 더 잘 표현해 낼 수는 없다고 인정했을 터였다.

그러는 동안 두 주인공은 무대의 진정한 중심이 되어 있었다.

미친 듯이 날뛰는 베티 메딜(아니, 이제 베티 파크허스트인가?)은 좀 더 못생긴 소녀들에게 둘러싸였다. 예쁜 소녀들은 베티에 대해 재잘대느라 너무 바빠서 그녀에게 신경 쓸 겨를이 없었다. 그리고 무도회장 맞은편에는 낙타가 서 있었다. 머리 부분을 뺀 나머지 의상은 그대로였는데 낙타의 머리가 가슴 언저리에서 애처롭게 대롱거렸다. 페리는 자신을 에워싼 분노하고 당황한 남자들에게 열심히 결백을 주장했다. 몇 분마다 페리가 자신의 무죄를 명백히 증명하면 곧바로 누군가 혼인 신고서를 언급했고 심문이 다시 시작되는 식이었다.

톨레도에서 두 번째로 예쁜 아가씨로 꼽히는 매리언 클라우드가 베티에게 이렇게 말해서 상황의 요점을 싹 바꿔 버렸다.

매리언이 심술궂게 말했다.

"뭐, 다 흐지부지될 거야. 법원에서 두말 않고 취소하겠지."

베티의 노여운 눈물이 기적적으로 말랐고 페리는 입을 꼭 다물고 매리언을 냉랭하게 바라보았다. 베티가 자리에서 일어나 동정해 주던 무리들을 양옆으로 물리치고 무도회장을 가로질러 페리에게 곧장 다가갔다. 페리는 두려운 눈으로 그녀를 바라보았다. 이번에도 방에 침묵이 슬며시 내려앉았다.

"저와 오 분간 대화할 정도의 품위는 있으신가요? 아니면 당신 계획에 이런 대화는 포함되지 않았나요?"

그는 차마 입으로 말을 할 수가 없어서 고개만 끄덕였다.

베티가 차가운 몸짓으로 따라오라는 뜻을 전하고는 턱을 치켜든 채 복도로 나와 둘만 있을 수 있도록 작은 카드놀이 방으로 향했다.

페리는 그녀 뒤를 따라가려고 했지만 뒷다리가 제구실을 못해 홱 멈춰야 했다.

"여기서 기다려요!"

페리가 사납게 지시했다.

"그럴 수가 없어요."

혹에서 애처로운 목소리가 들렸다.

"당신이 먼저 나가서 나를 꺼내 줘야죠."

페리는 망설였지만 호기심 어린 군중의 시선을 더는 견딜 수가 없어서 투덜거리며 지시를 내렸다. 낙타는 네 다리를 조심스레 움직이며 방에서 나왔다.

베티가 그를 기다리고 있었다.

"이봐요."

베티가 화를 터뜨리며 입을 열었다.

"무슨 짓을 저지른 거예요? 이런 꼬락서니에다 그 정신 나간 신고서까지! 그걸 받으면 안 된다고 내가 말했잖아요!"

"내 사랑, 난……."

"'내 사랑'이라고 부르지 말아요! 이렇게 수치스러운 꼴을 당한 후에도 결혼이란 걸 하게 되면 그때 진짜 아내한테나 쓰라고요. 이걸 모두 계획하지 않은 척도 하지 말아요. 저 흑인 웨이터한테 돈을 준 것 맞죠? 그랬잖아요! 나와 결혼할 작정이 아니었다고 말할 거예요?"

"아니…… 물론……."

"그래요, 인정하시죠! 그럴 작정이었는데 이제는 어떻게 할 거예요? 아버지가 미치기 직전인 거 알아요? 아버지가 당신을 죽이려고 들더라도, 그래도 싸요. 아버지가 총을 들고 차가운 철 조각을 당신에게 꽂아 버릴 거예요. 이 결혼 아니, 이것은 무효가 되더라도 남은 평생 동안 날 따라다니겠죠!"

페리는 부드러운 목소리로 인용하지 않을 수 없었다.

"오, 낙타님. 평생 어여쁜 뱀 마술사의 것이 되고 싶지……."

"닥쳐요!"

베티가 외쳤다.

잠시 침묵이 흘렀다.

마침내 페리가 입을 열었다.

"베티, 정말로 깨끗하게 빠져나갈 방법은 딱 하나요. 나와 결혼하는 거요."

"당신과 결혼하라고요!"

"그래요. 정말이지 그것만이……."

"입 닥치라고요! 난 당신과 절대 결혼 안 해요. 혹시…… 혹시……."

"알아요. 혹시 내가 지상에 남은 마지막 남자라고 해도 말이지. 하지만 당신의 명성이 조금이라도 신경 쓰인다면……."

"명성이라고요!"

베티가 소리쳤다.

"이제는 내 명성까지 생각해 주는 훌륭한 사람이 되었군요. 왜 진작 내 명성을 생각해 주지 않았어요? 그 소름 끼치는 점보를 고용해서 그런……."

페리는 절망적으로 두 손을 들어 올렸다.

"잘 알았소. 당신이 원한다면 뭐든 할 거요. 하늘에 맹세코 모든 권리를 포기하겠소!"

그때 새로운 목소리가 말했다.

"하지만 난 아닌데."

페리와 베티가 화들짝 놀랐고 그녀는 손을 가슴에 올렸다.

"맙소사, 방금 뭐였죠?"

"접니다."

낙타의 뒷부분이 말했다.

페리가 순식간에 낙타 가죽을 벗어 젖혔다. 꾀죄죄하고 흐느적거리는 누군가가 축축한 옷을 늘어뜨리고 손에는 텅 빈 거나 마찬가지인 술병을 꼭 쥐고서 도전적으로 두 사람 앞에 나타났다.

베티가 외쳤다.

"오, 날 위협하려고 저 물건을 여기 데려왔군요! 저 사람은 귀머거리라면서요…… 저 기분 나쁜 사람요!"

낙타의 뒷부분이 만족스럽게 한숨을 내쉬며 의자에 앉았다.

"저에 대해 그런 식으로 말하지 마쇼, 아가씨. 난 그저 그런 사람이 아닙니다. 당신 남편이지."

"남편이라니!"

베티와 페리가 동시에 부르짖었다.

"뭐, 당연하지. 저 괴짜 양반이 당신 남편이면 나도 그렇단 말씀이오. 그 검둥이는 당신을 낙타의 앞부분과 결혼시킨 게 아니잖소. 당신을 낙타 전체와 결혼시켰지. 참, 당신 손가락에 끼고 있는 건 내 반지고!"

베티는 작게 비명을 지르며 손가락에서 반지를 잡아채서 바닥으로 힘껏 내동댕이쳤다.

"이게 다 무슨 소리요?"

얼빠진 페리가 물었다.

"나한테 한턱낼 거면 제대로 내는 게 좋을 거요. 안 그러면 나도 저 아가씨와 결혼했다고 당신이랑 똑같이 주장할 테니까!"

"그건 중혼죄요."

페리가 심각한 얼굴로 베티를 바라보며 말했다.

그리고 페리에게 그날 저녁 최고의 순간이 찾아왔다. 운을 시험해 볼 결정적인 기회였다. 그는 자리에서 일어나 우선 베티를 바라보았다. 그녀는 새로 대두된 이 문제에 혼이 빠져 힘없이 앉아 있었다. 그다음으로 위협하듯 불안정하게 의자에 앉아 몸을 좌우로 흔드는 택시 기사를 바라보았다.

"잘 알겠소."

페리가 그에게 천천히 말했다.

"당신이 그녀를 가지시오. 베티, 내가 아는 한 우리 결혼이 전적으로 사고였음을 당신에게 증명하겠소. 당신을 아내로 맞이할 권리를 깨끗이 포기하고 당신을…… 당신이 낀 반지의 주인, 법적인 남편에게 보내 주겠소."

잠시 침묵이 흘렀고 공포에 휩싸인 네 눈동자가 페리에게 쏠렸다.

"잘…… 지내오, 베티."

페리가 비통하게 말했다.

"새로 찾은 행복 속에서도 나를 잊진 마오. 난 아침 기차를 타고 먼 서부로 떠날 거요. 날 기억해 주길, 베티."

그는 마지막으로 두 사람을 힐끗 쳐다보고 고개를 가슴으로 푹 숙이며 문손잡이에 손을 올렸다.

"잘······ 지내."

페리가 다시 말했다. 그는 손잡이를 돌렸다.

그러나 그 소리에 뱀과 실크와 황갈색 머리카락이 그를 향해 맹렬히 돌진했다.

"오, 페리, 떠나지 마요! 페리, 페리, 날 데리고 가요!"

베티의 눈물이 페리의 목을 촉촉이 적셨다. 페리는 차분하게 두 팔로 그녀를 감쌌다. 베티가 외쳤다.

"아무래도 좋아요. 당신을 사랑해요. 당신이 지금이라도 목사님을 깨워서 다시 식을 올릴 수만 있다면, 당신과 함께 서부로 가겠어요."

낙타의 앞부분은 베티의 어깨 너머로 낙타의 뒷부분을 바라보았다. 그리고 둘은 유난히 미묘하고도 은밀한 윙크를 교환했다. 오로지 진정한 낙타만이 이해할 수 있는 그런 윙크였다.

노동절

전쟁이 일어났고 싸웠고 승리했다. 승전국의 대도시에는 개선문이 우뚝우뚝 세워졌고 흰색, 빨간색, 담홍색 꽃들이 뿌려져 생기가 넘쳤다. 긴 봄날이 지나도록 귀환 병사들은 쿵쿵대는 북소리와 기쁨에 차서 울려 퍼지는 관악기 소리를 앞세우고 중심 도로를 행진했다. 상인과 점원 들은 말다툼과 계산을 그만두고 창가로 우르르 몰려들었다. 한 덩이가 된 그 하얀 얼굴들은 지나가는 군대를 엄숙히 바라보았다.

이 대도시에 이런 장관이 펼쳐진 적은 없었다. 승리한 전쟁이 기차에 풍요로움을 실어 오고 남부와 서부에서 상인들이 가족들을 데리고 몰려왔기 때문이다. 그들은 감미로운 축제를 빠짐없이 맛보고 사치스럽게 준비된 여흥에 참여했다. 그리고 자기 여자에게 다음 겨울을 대비한 모피와 황금 망사 가방, 다채로운 실크 신발, 은그릇, 장밋빛 공단, 금색 옷감을 사 주었다.

승전국의 기자와 시인 들이 임박한 평화와 번영을 어찌나 유쾌하고 떠들썩하게 찬양했는지 여러 지방에서 점점 더 많은 사람들이 돈을 쓰려고 모여들었다. 그들은 흥분하며 와인을 마셨고, 상인들이 내놓은 장신구와 신발은 더더욱 빠르게 날개 돋친 듯이 팔려 나갔다. 결국 상인들은 손님들이 찾는 물건을 물물교환이라도 하기 위해 더 많은 장신구와 신발을 보내 달라고 독촉하게 되었다. 심지어 어떤 상인들은 두 손 두 발을 다 들고 외치기도 했다.

"아아! 신발이 다 떨어졌다! 그리고 아아! 이제 장신구도 없다! 하늘이여 도와주소서. 어찌해야 할지 모르겠습니다!"

그러나 그들의 커다란 절규에 귀를 기울이는 사람은 없었다. 군중은 너무 바빴기 때문이었다. 날마다 보병들이 경쾌하게 도로를 지나갔고 모두가 기뻐 날뛰었다. 귀환한 젊은이들은 순수하고 용감했으며 건강한 치아와 분홍빛 뺨을 간직하고 있었기에 그리고 그 땅의 젊은 여자들이 처녀였으며 얼굴이나 몸매가 모두 어여뺐기에.

그래서 이 시기 동안 그 대도시에서는 뜻하지 않은 사건이 꽤나 벌어졌다. 그중 몇 가지 이야기 아니, 어쩌면 하나일지도 모르는 이야기를 여기에 기록하겠다.

1

1919년 5월 1일 아침 아홉 시, 한 젊은이가 빌트모어 호텔 객실 담당에게 말을 걸어 필립 딘 씨가 이곳에 묵고 있는지, 그렇다면 딘 씨의 방으로 연결해 줄 수 있는지 물었다. 질문자는 모양은 좋지만 허름한 양복을 입고 있었다. 그는 키가 작고 호리호리했으며 잘생긴 얼굴에 우울함이 깃들어 있었다. 눈 위로는 매우 긴 눈썹이, 눈 아래로는 병색을 풍기는 푸른 반원이 자리를 차지하고 있었다. 떨어지지 않는 미열처럼 얼굴을 물들인 부자연스러운 홍조 때문에 병색이 더욱 짙어 보였다.

딘 씨는 그곳에 머무르고 있었다. 젊은이는 옆에 있던 전화기로 안내를 받았다.

잠시 후 연결이 완료되었다. 졸린 목소리가 저 위 어딘가에서 응답했다.

"딘 씨 맞습니까?"

이쪽은 몹시 간절한 목소리였다.

"나 고든이야, 필. 고든 스터렛. 일 층에 있어. 네가 뉴욕에 있다는 소식을 듣고 여기겠구나, 직감했지."

졸린 목소리는 점차 의욕적으로 변했다. 아니, 고디. 잘 지냈냐, 친구! 그는 분명 놀라면서도 기뻐했다! 고디, 어서 올라와, 어서!

몇 분 후 파란 실크 잠옷을 입은 필립 딘이 문을 열었고 두 젊은이는 얼핏 쑥스럽고도 활기차게 인사를 나누었다. 두 사람은 스물네 살쯤이었고 전쟁 발발 이전 해에 예일대학교를 졸업했다. 그러나 유사점은 딱 거기까지였다. 딘은 금발에 혈색이 좋았고 얇은 잠옷 밑에는 다부진 몸이 있었다. 그의 모든 것은 건강과 신체적 안락함을 발산했다. 그는 자주 웃음을 지었고 그때마다 큰 뻐드렁니가 드러났다.

"널 찾아볼 참이었어."

딘이 들뜬 목소리로 외쳤다.

"이 주 동안 휴가거든. 잠깐만 앉아 있을래? 금방 돌아올게. 샤워를 해야 해서."

그가 욕실로 사라지자 방문객의 검은 눈은 초조하게 방을 두리번거렸다. 구석에 놓인 커다란 영국제 여행 가방, 의자에 널브러진 두툼한 실크 셔츠 몇 벌, 실크 셔츠를 둘러싼 멋진 넥타이들과 부드러운 모직 양말에 시선이 잠시 머물렀다.

고든은 일어나 셔츠 하나를 들고 잠시 살펴보았다. 무척 두툼한 실크였고 희미한 파란색 줄무늬가 진 노란색 셔츠였다. 그리고 열 벌이 넘는 듯했다. 고든은 무심결에 자신의 셔츠 소맷부리를 응시했다. 가장자리가 닳아 보풀이 일었고 때에 찌들어 연한 회색으로 변해 있었다. 그는 실크 셔츠를 툭 떨어뜨리고 자신의 해진 셔츠 소맷부리가 보이지 않을 때까지 외투 소매를 끌어내렸다. 그러다 거울로 다가가 의기소침하고 비참한 마음으로 자신의 모습을 유심히 바라보았다. 옛 영광의 표시인 넥타이는 빛이 바래고 구깃구깃했다. 이제는 칼라의 들쭉날쭉한 단춧구멍을 가려 주지 못했다. 그는 고작 3년 전만 해도 대학 4학년 동기생 중 옷을 가장 멋지게 입는 남자를 뽑는 자리에서 약간의 표를 받았다고, 별 감흥 없이 생각했다.

딘이 몸을 닦으며 욕실에서 나왔다.

"어젯밤에 네 예전 친구를 봤어."

딘이 말했다.

"로비에서 지나쳤는데 이름이 도무지 생각이 안 나는 거야. 네가 사 학년 때 뉴헤이븐에 데려왔던 여자애인데."

고든은 흠칫 놀랐다.

"이디스 브래딘? 그 애 말이야?"

"맞아. 정말 근사하더라. 아직도 예쁜 인형 같더라니까. 무슨 말인지 알 거야. 손을 대면 때가 묻을 것 같더라고."

그는 거울에 비친 빛나는 모습을 만족스럽게 살펴보고는 이를 슬쩍 드러내며 희미하게 웃음을 지었다.

"어쨌든 스물세 살일 거야."

그가 말을 이었다.

"지난달에 스물둘이 되었어."

"뭐? 아, 지난달에. 음, 아마 그 애는 감마 프사이 댄스파티에 올 거야. 오늘 밤에 델모니코에서 예일대학 감마 프사이 댄스파티가 있는 거 알고 있어? 너도 와라, 고디. 뉴헤이븐의 절반이 모일걸. 내가 초대장 구해 줄게."

딘은 깨끗한 속옷을 대충 입고 담배에 불을 붙이더니 열린 창문 옆에 앉아 방으로 쏟아지는 아침 햇살 속에서 자신의 종아리와 무릎을 살폈다.

"앉아, 고디."

그가 말했다.

"그리고 그동안 어떻게 지냈고 지금 뭘 하고 있는지 모조리 이야기해 줘."

고든은 뜬금없이 침대 위로 쓰러졌다. 죽은 사람처럼 기력 없이 누웠다. 휴식 중에는 습관적으로 살짝 벌어지는 입이 갑자기 무력하고 애처롭게 변했다.

"왜 그래?"

딘이 재빨리 물었다.

"아, 이런!"

"뭐가 문제야?"

"이 세상에 있는 빌어먹을 모든 것들이."

그가 비참하게 말했다.

"난 완전히 끝장났어, 필. 이젠 지칠 대로 지쳤어."

"뭐?"

"지칠 대로 지쳤다고."

그의 목소리가 떨리고 있었다. 딘은 살피는 듯한 푸른 눈동자로 그를 더욱 유심히 바라보았다.

"확실히 꼴이 엉망진창이구나."

"맞아. 내가 모든 걸 엉망으로 만들어 버렸어."

고든이 잠시 뜸을 들이다가 말했다.

"처음부터 얘기하는 게 좋겠다…… 아니, 너한테는 지루한 이야기일까?"

"전혀. 계속해."

그러나 딘의 목소리에는 망설임이 묻어 있었다. 이 동부 여행은 휴가로 계획된 것이었다. 곤경에 빠진 고든 스터렛을 만나게 되어 약간 부아가 났다.

"계속해."

딘이 다시 말한 다음 들릴 듯 말 듯한 목소리로 덧붙였다.

"어서 해치워 버려."

"그게 말이야."

고든은 머뭇머뭇 말을 꺼냈다.

"이월에 프랑스에서 돌아와 해리스버그에 있는 집으로 가서 한 달을 머물렀어. 그 후에는 일자리를 잡으려고 뉴욕으로 왔지. 하나 얻긴 했어…… 수출 회사였지. 어제 해고됐지만."

"해고?"

"이제 그 이야기를 하려고 해, 필. 솔직하게 털어놓고 싶다. 내가 이런 문제로 찾아갈 사람은 너뿐이니까. 솔직히 말해도 괜찮지, 그렇지, 필?"

딘의 몸이 좀 더 경직되었다. 무릎을 토닥거리던 손의 움직임이 시들해졌다. 부당하게 책임을 떠맡게 되었다는 느낌이 막연히 들었다. 이야기를 듣고 싶은지도 확실히 알 수 없었다. 고든 스터렛이 약간 어려운 지경에 처했다는 사실은 놀랍지 않았지만, 현재의 이 고통에는 반감을 일으키고 인심을 매정하게 만드는 뭔가가 있었다. 그러나 호기심을 자극하기도 했다.

"어서 말해 봐."

"여자 때문이야."

"흠."

딘은 어떤 이유로든지 이 여행을 망치지 않기로 결심했다. 고든이 우울해진다면 그를 덜 만나면 될 일이다.

"이름은 주얼 허드슨이야."

침대에서 괴로움에 빠진 목소리가 말을 이었다.

"한 일 년 전까지는 '순수'했을 거야, 아마도. 여기 뉴욕에 살았지…… 가난한 가족과 함께. 지금은 일가친척이 다 죽고 늙은 이모와 살아. 다들 프랑스에서 우르르 돌아올 무렵에 그녀를 만났어. 난 그저 새로 온 사람들을 환영하고 함께 파티를 돌아다녔을 뿐이야. 그렇게 시작된 거야, 필. 모두를 만나서 기뻤고 그 사람들도 날 보고 반가워하면서."

"더 분별 있게 처신하지 그랬어."

"알아."

고든이 잠깐 입을 다물었다가 힘없이 말을 이었다.

"알겠지만 이제 난 혼자 힘으로 살아야 해. 그리고 필, 난 가난을 견딜 수가 없어. 그때 그 빌어먹을 여자가 다가온 거야. 그녀는 잠시 나를 사랑한 것 같았지만 난 그렇게 말려들 생각이 없었어. 그런데 어디를 가나 그 여자와 마주치게 되는 것 같더라고. 내가 수출업자들을 위해 어떤 일을 했는지 짐작할 수 있을 거야. 물론 난 언제나 그림을 그리고 싶었어. 잡지 삽화를 그리는 거. 수입도 꽤 쏠쏠하거든."

"왜 하지 않았어? 성공하고 싶으면 온 힘을 다 쏟아야지."

딘이 냉정하고 딱딱하게 말했다.

"그랬어, 약간은. 하지만 기량이 다듬어지지 않아서. 난 재능이 있어, 필. 그림을 그릴 수 있다고…… 방법을 모를 뿐이지. 미술 학교에 가야 하는데 재정적인 여유가 없어. 그런데 약 일주일 전에 위기를 맞게 되었어. 남은 돈이 일 달러 정도뿐인데 그여자가 나를 괴롭히기 시작하는 거야. 돈을 달래. 주지 않으면나를 곤경에 빠뜨리겠다고 하면서."

"그게 가능해?"

"유감스럽게도 그래. 그게 내가 해고된 이유야…… 그 여자가시도 때도 없이 사무실에 전화를 걸었거든. 그게 회사 입장에서는 일종의 결정타였지. 그 여자는 우리 가족에게 보내려고 모든 정황을 편지로 썼어. 아, 그 여자 때문에 어떻게 할 수가 없어.

그 여자한테 줄 돈이 필요해."

순간 어색한 침묵이 흘렀다. 고든은 옆구리로 내린 주먹을 불끈 쥐고 꼼짝 않고 누워 있었다.

"난 지칠 대로 지쳤어."

고든이 떨리는 목소리로 말을 이었다.

"미치기 직전이야, 필. 네가 동부로 올 거란 사실을 몰랐다면 자살했을지도 몰라. 나한테 삼백 달러만 빌려 주면 좋겠다."

맨살 그대로인 발목을 가볍게 두드리고 있던 딘의 두 손이 갑자기 조용해졌다. 그리고 둘 사이를 기이하게 맴돌던 불안이 팽팽해지며 긴장이 고조되었다.

잠시 후 고든이 말을 계속했다.

"가족들 피를 하도 빨아먹은 탓에 부끄러워서 이제는 동전 하나도 달라고 하지 못하겠어."

딘은 여전히 대답이 없었다.

"주얼은 이백 달러를 달라고 해."

"썩 꺼지라고 해."

"그래, 말은 쉽지. 하지만 그 여자는 내가 술에 취해서 써 준 편지를 두 통이나 갖고 있어. 유감스럽게도 네가 짐작하는 그런 힘없는 여자가 아니야."

딘이 혐오스럽다는 표정을 지었다.

"난 그런 여자는 못 참아. 멀리하지 그랬어."

"알아."

고든이 맥없이 시인했다.

"현실을 똑바로 직시해야 해. 돈이 없으면 일을 하고 여자들을 멀리해야 한다고."

"너니까 쉽게 말하지."

고든이 눈을 찌푸리며 입을 열었다.

"넌 세상 돈을 다 가졌으니까."

"조금도 그렇지 않아. 우리 가족은 내가 어디에 돈을 쓰는지 빈틈없이 따져. 오히려 여유가 조금 있기 때문에 남용하지 않도록 각별히 조심해야 해."

딘이 블라인드를 올렸고 햇빛이 더욱 쏟아져 들어왔다.

"나는 구두쇠가 아니야, 맹세코."

그는 찬찬히 말을 이었다.

"나는 재미있는 게 좋아…… 그리고 이런 휴가 때는 실컷 즐기고 싶어. 하지만 넌…… 넌 꼴이 말이 아니구나. 지금까지 네가 이런 식으로 말하는 걸 들어 본 적이 없어. 파산한 것처럼 보여…… 경제적으로뿐만 아니라 정신적으로도."

"그 두 가지는 대개 함께 가는 거 아니야?"

딘이 초조한 듯 고개를 저었다.

"너한테서는 내가 이해할 수 없는 어떤 분위기가 풍겨. 일종의 악한 기운이야."

"걱정과 가난과 잠 못 이루는 밤들이 풍기는 분위기지."

고든이 약간 도전적으로 말했다.

"모르겠다."

"그래, 솔직히 난 우울해. 내 자신 때문에. 하지만 정말이지 필, 일주일 동안의 휴식과 새 양복과 수중에 현금이 약간 있으면 나는 아마…… 아마 예전의 나로 돌아갈 수 있을 거야. 필, 나는 번개처럼 그림을 그릴 수 있어. 너도 알 거야. 하지만 질 좋은 재료를 살 돈이 없어. 그리고 난 피곤하거나 마음이 심란하거나 지쳐 있을 때는 그림을 그릴 수가 없어. 수중에 돈이 좀 있으면 몇 주 쉬고 시작할 수 있다고."

"네가 그 돈을 다른 여자한테 쓰지 않으리란 걸 내가 어떻게 알지?"

"왜 염장을 지르고 그러냐?"

고든이 조용히 말했다.

"염장 지르는 게 아니야. 지금의 네 모습이 보기 싫어서 그래."

"돈 빌려 줄래, 필?"

"당장은 결정을 못하겠다. 큰돈이고 나도 상당히 번거로워질 테니까."

"안 빌려 주면 내 삶은 지옥이 될 거야…… 내가 지금 보채고 있다는 거 알아. 다 내 잘못이기도 하고…… 하지만 그렇다고 상황이 변하진 않아."

"언제 갚을 수 있는데?"

희망이 보였다. 고든은 그렇게 생각했다. 솔직하게 말하는 것이 가장 현명한 처사일 것이다.

"물론 다음 달에 갚겠다고 약속할 수도 있겠지만…… 석 달이라고 말해야 할 것 같다. 내 그림이 팔리기 시작하면 최대한 빨리 갚을게."

"네 그림이 과연 팔릴지 내가 어떻게 알 수 있지?"

새삼 완고해진 딘의 목소리에서는 고든에 대한 의심의 냉기가 희미하게 풍겼다. 혹시 돈을 빌리지 못하게 되는 것일까?

"네가 나를 조금쯤은 믿는 줄 알았는데."

"그랬지…… 하지만 이런 꼴을 보니 의문이 들기 시작한다."

"내가 얼마나 다급했으면 이렇게 너를 찾아왔겠냐? 내가 재미로 이러는 것 같아?"

고든이 말을 멈추고 입술을 깨물었다. 입 밖으로 치미는 분노를 가라앉혀야겠다는 생각이 들었다. 어쨌든 애원하는 입장이었으므로.

"참 쉽게도 일을 해치우는구나."

딘이 화를 내며 말했다.

"내가 돈을 안 빌려 주면 매정한 인간이 되는 분위기로 몰아가잖아. 그래, 넌 그러고 있어. 그리고 삼백 달러를 구하는 일이 나한테도 결코 쉬운 일이 아니라는 얘기를 해 둬야겠다. 그 정도 액수에 타격을 받지 않을 만큼 수입이 많지 않거든."

딘이 의자에서 일어나 주의 깊게 옷을 골라 입기 시작했다. 고든은 두 팔을 쭉 뻗어 침대 가장자리를 움켜잡고는 비명을 지르고 싶은 마음을 간신히 억눌렀다. 머리가 쪼개질 듯이 아프고 윙윙거렸다. 입속은 바짝 말라 쓴 맛이 났으며, 핏속의 열이 분해되어 지붕에서 천천히 떨어지는 물방울처럼 규칙적으로 무한히 팔딱이는 것을 느낄 수 있었다.

딘은 넥타이를 똑바로 매고 솔로 눈썹을 정돈한 후 이 사이에 낀 담배 조각을 엄숙하게 제거했다. 그런 다음 담뱃갑을 채우고 빈 상자를 쓰레기통으로 사려 깊게 던진 후 조끼 주머니에 담뱃갑을 넣었다.

"아침 먹었어?"

딘이 물었다.

"아니, 이젠 안 먹어."

"뭐, 나가서 좀 먹자. 돈 문제는 나중에 결정하기로 하고. 그 얘기는 지긋지긋하다. 난 재미있게 보내려고 동부에 온 거야."

딘은 우울하게 말을 이었다.

"예일 클럽에 가자."

그러더니 은근히 비난하는 말투로 덧붙였다.

"직장도 그만두었다며. 달리 할 일도 없을 거 아냐."

"돈이 조금만 있어도 할 일이야 많지."

고든이 날카롭게 말했다.

"아, 제발 그 얘기는 잠시 접어 둬! 내 여행을 우울함 덩어리로 만들 필요는 없잖아. 자, 돈 좀 줄게."

그가 지갑에서 5달러짜리 지폐를 꺼내 고든이 있는 쪽으로 던졌고 고든은 그것을 조심스레 접어 주머니에 넣었다. 그의 뺨에서 불그스름한 부분이 넓어지고 홍조가 짙어졌지만 열 때문은 아니었다. 나가려고 몸을 돌리기 전 잠깐 둘의 눈이 마주쳤고, 그 순간 두 사람 모두 어떤 느낌 때문에 재빨리 시선을 떨어뜨렸다. 그 잠시 동안 둘은 갑자기 그리고 분명히 서로를 증오했던 것이다.

2

4번가와 44가는 한낮의 인파로 북적였다. 풍부하고 만족스러운 햇빛이 순간순간 금빛을 번쩍이며 고급 상점들의 두꺼운 창문 너머로 망사 가방과 지갑, 회색 벨벳 상자에 든 진주 목걸이를 비추었다. 오색찬란한 깃털 부채와 값비싼 드레스의 레이스와 실크 천을 비추었다. 실내 장식업자들이 공들여 쇼룸에 배치한 신통치 않은 그림과 섬세한 고전 가구를 비추었다.

그런 창문 옆에서 직장 여성들이 둘씩 혹은 여럿이서 혹은 떼를 지어 어슬렁거리며 화려하게 전시된 여성용 침실 가구를 골랐다. 전시된 물건 중에는 실제 집인 것처럼 침대에 펼쳐진 남성용 실크 잠옷까지 있었다. 그들은 보석상 앞에 서서 약혼반지와 결혼반지와 백금 손목시계를 고른 다음 깃털 부채와 오페라 망토를 살펴보러 쉬지 않고 이동했다. 점심으로 먹은 샌드위치와 아이스크림을 그렇게 소화했다.

군중 사이로 군복 차림 남자들이 툭하면 눈에 띄었다. 허드슨 강에 정박한 대함정에서 내린 해병들과 매사추세츠 주에서부터 캘리포니아 주까지 다양한 사단의 배지를 단 병사들이 이목을 끌고 싶어 안달이었다. 그러나 그들은 불편한 군장과 소총을 무겁게 매고 멋진 대형으로 보기 좋게 모이지 않는 한, 이 대도시가 병사들에게 진절머리를 친다는 사실을 깨달았다.

딘과 고든은 이 잡다한 무리들을 헤치며 걸었다. 딘은 흥미를 보이며 가장 천박하고 요란하게 드러난 인간성을 구경했고, 고든은 자신이 얼마나 자주 그 무리에 끼어 피곤해하고 아무 생각 없이 먹어 대고 과로로 몸을 혹사하고 낭비를 했는지 되뇌었다. 딘에게 저런 몸부림은 의미 있고 젊고 유쾌한 것이었다. 고든에게는 우울하고 무의미하고 도무지 끝이 없는 것이었다.

예일 클럽에서 둘은 예전 동창생 무리를 만났고 그들은 방문객 딘을 떠들썩하게 환영했다. 그들은 소파와 안락의자에 반원형으로 앉았고 하이볼이 한 잔씩 돌았다.

고든은 대화가 길고 지루하게 느껴졌다. 다른 이들은 단체로 함께 점심을 먹었고 오후가 시작되면서 술을 마셔 몸이 후끈후끈했다. 다들 그날 밤 감마 프사이 댄스파티에 갈 예정이었다. 전쟁 이후 최고의 파티가 될 터였다.

"이디스 브래딘도 올 거야."

누군가 고든에게 말했다.

"예전에 너랑 사귀지 않았나? 둘 다 해리스버그 출신 아니야?"

"맞아."

고든은 화제를 바꾸려고 했다.

"그 애 오빠를 가끔 만나지. 사회주의에 미친 사람이야. 여기 뉴욕에서 신문사인지 뭔지를 운영하고 있어."

"화려한 여동생이랑은 다른가 봐?"

부지런한 정보원이 말했다.

"아무튼 그 애가 오늘 밤에 피터 히멀이라는 삼 학년생이랑 같이 온단다."

고든은 여덟 시에 주얼 허드슨을 만나기로 되어 있었다. 적은 돈이라도 주기로 약속했던 것이다. 그가 초조하게 손목시계를 몇 차례 힐끔거렸다. 다행히도 딘이 네 시에 일어나며 무리에게 칼라와 넥타이를 사러 리버스 브라더스에 가야 한다고 말했다. 그러나 클럽을 나서다 다른 무리와 합류하는 바람에 고든은 무척 낙심했다. 이제 딘은 만족감과 저녁 파티에 대한 기대로 아주 명랑해졌으며 익살을 약간 떨기도 했다. 그는 리버스 브라더스에서 넥타이를 10여 개 골랐는데 하나를 고를 때마다 다른 친구와 한참 상의를 했다. 좁은 넥타이가 다시 유행할까? 리버스에 웰시 마고트선 칼라가 이것뿐이라니 부끄러운 일이야! '코빙턴'에 버금가는 칼라는 없지.

고든은 제정신을 잃을 것만 같았다. 당장 돈이 필요했다. 그리고 이제는 감마 프사이 댄스파티에 참석해야겠다는 생각마저 어렴풋이 들었다. 이디스가 보고 싶었다. 그가 프랑스로 떠나기 직전 해리스버그 컨트리클럽에서 낭만적인 밤을 보낸 후로 만나지 못했던 이디스였다. 그 연애는 이미 끝났고 전쟁의 소용돌이에 휘말려 죽었으며 엉망진창으로 보낸 지난 석 달 동안 잊어버리다시피 한 것이었다. 그러나 마음을 파고드는 그녀의 모습이, 별 내용 없는 수다에 활달하게 열중하는 모습이 불쑥 되살아났고 더불어 수많은 추억이 떠올랐다. 대학 시절 동안 그가 초연하되 마음 깊이 흠모하며 간직한 것은 바로 이디스의 얼굴이었다. 그는 그녀의 모습을 그리는 것이 무척 좋았다. 그의 방 곳곳에는 골프를 치거나 수영을 하는 이디스를 담은 스케치가 10여 장 붙어 있었다. 눈길을 끄는 그녀의 당돌한 옆모습을 눈 감고도 그릴 수 있었다.

그들은 다섯 시 반에 리버스를 나와 보도에 잠시 멈추었다.

"그럼."

딘이 온화하게 말했다.

"이제 난 준비가 끝났어. 호텔로 돌아가 면도를 하고 머리도 자르고 마사지도 받아야겠다."

"그 정도면 훌륭하지."

다른 친구가 말했다.

"나도 같이 갈까 보다."

고든은 이러다 결국 지쳐 버리는 게 아닐까 생각했다. 그는 다른 친구를 보며 "얼른 꺼져, 이 자식아!" 하고 으르렁대고 싶은 마음을 어렵사리 참아 냈다. 절망한 고든은 딘이 돈 문제로 언쟁하기 싫어서 그 친구에게 말을 걸고 함께 다니는 것이 아닌지 의심스러웠다.

그들은 빌트모어 호텔로 들어갔다. 호텔은 아가씨들로 생기가 넘쳤는데 대부분이 서부와 남부에서 온 여자들로, 명문 대학의 이름난 동창회에서 여는 댄스파티에 참석하려고 여러 도시에서 몰려온 사교계의 샛별들이었다. 그러나 고든에게는 그들의 얼굴이 꿈결처럼 보였다. 마지막으로 애원하기 위해 힘을 끌어모은 다음 뭔지 알 수 없는 말을 입 밖으로 꺼내려는 순간, 갑자기 딘이 다른 친구에게 양해를 구하더니 고든의 팔을 잡고 한쪽으로 데려갔다.

"고디."

딘이 재빨리 말했다.

"이 문제 전체를 신중하게 생각해 봤는데 너에게 그 돈을 빌려 줄 수 없다는 결론이 났어. 네 기대에 부응해 주고 싶지만 그러면 안 될 것 같다…… 그 여파로 난 한 달 동안 고생하게 될 거야."

고든은 우두커니 딘을 바라보면서 저 윗니들이 매우 튀어나왔다는 사실을 왜 전에는 몰랐을까 생각했다.

"정말 미안하다, 고든."

딘은 말을 이었다.

"하지만 그래야 할 것 같아."

딘이 지갑을 꺼내 지폐 75달러를 신중히 세었다. 그가 지폐를 내밀며 말했다.

"자, 여기 칠십오 달러야. 그럼 다 해서 팔십 달러는 주는 셈이지. 실제 여행 경비를 빼고 지금 내가 가진 현금 전부야."

고든은 불끈 쥔 주먹을 무의식적으로 올렸다. 그리고 그것이 들고 있던 집게라도 되는 것처럼 벌린 다음 돈을 받고 다시 꽉 쥐었다.

"댄스파티 때 보자."

딘이 말을 이었다.

"난 이발소 가야 돼."

"잘 가라."

고든이 억지로 쥐어 짜낸 듯 쉰 목소리로 말했다.

"잘 가."

딘은 웃음을 지으려다가 마음을 바꾼 것 같았다. 가볍게 머리를 끄덕이고는 사라졌다.

그러나 고든은 그 자리에 서 있었다. 잘생긴 얼굴이 고뇌로 일그러졌고 손은 돌돌 말린 지폐 뭉치를 꽉 쥐고 있었다. 그러다 갑작스런 눈물로 눈앞이 흐려져 빌트모어 호텔 계단을 모양 없이 비틀비틀 내려갔다.

3

같은 날 밤 아홉 시 무렵 두 사람이 6번가의 싸구려 식당에서 나왔다. 못생긴 얼굴에 영양 상태가 나빴고 매우 저속한 형태의 지능을 빼고는 가진 것이 없었으며 그 자체만으로도 삶을 생기 있게 해 주는 동물적인 정열조차 없었다. 둘은 최근에 낯선 땅의 지저분한 마을에서 해충이 들끓는 몸으로 춥고 배고프게 지냈다. 그들은 가난했고 친구가 없었다. 태어나면서부터 부목처럼 세상에 내던져졌고 죽음에도 그렇게 부목처럼 내던져질 것이다. 그들은 미 육군의 군복을 입었고 양어깨에는 사흘 전에 도착한 뉴저지 징집 사단의 배지가 달려 있었다.

둘 중 키가 더 큰 남자의 이름은 캐럴 키였는데, 그 이름은 세대를 내려오며 변질되어 제아무리 묽어졌을지라도 그의 혈관에 어떤 잠재력이 흐르고 있음을 암시해 주었다. 그러나 턱이 쑥 들어간 긴 얼굴과 멍하고 흐린 눈, 쑥 올라간 광대뼈를 한없이 바라보아도 대대로 내려오는 가치와 타고난 지략은 흔적도 찾아볼 수 없었다.

그의 동료는 까무잡잡하고 다리가 바깥쪽으로 휘었으며 눈은 쥐 같았고 매부리코는 상처투성이였다. 그의 반항적인 분위기는 분명 허세였다. 그가 늘 몸담아 왔던 으르렁거리며 달려드는 세상, 신체적 허세와 물리적 위협이 난무하는 세상에서 빌려 온 보호용 무기였다. 그의 이름은 거스 로즈였다.

음식점을 나선 두 사람은 6번가를 어슬렁어슬렁 걸어가며 매우 즐겁고 그야말로 초연한 태도로 입속에서 이쑤시개를 휘둘러 댔다.

"어디 가지?"

로즈가 물었다. 키가 남양제도로 가자고 하더라도 놀라지 않을 거라는 듯한 말투였다.

"술 좀 구할 수 있는지 알아볼까나?"

아직 금주법이 시행되지 않던 때였다. 이 제안이 짜릿했던 이유는 군인에게 술을 파는 것이 법으로 금지되었기 때문이다.

로즈가 열광적으로 맞장구쳤다.

"좋은 생각이 났어."

잠시 생각한 후에 키가 말했다.

"저기에 형제가 있거든."

"뉴욕에?"

"그래. 늙은이지."

형이라는 뜻이었다.

"무허가 술집 웨이터야."

"우리한테 술 좀 줄 수 있겠군."

"그렇지!"

"맹세하는데 내일은 이 망할 군복을 벗어 버릴 거야. 다시 입지도 않을 거야. 평범한 옷을 입어야겠어."

"뭐, 난 안 그럴지도."

두 사람이 합친 돈이 5달러가 되지 않았으므로 이런 결심은 대개 위로 삼아 악의 없이 하는 유쾌한 말장난으로 여기면 될 것이다. 그러나 이 말장난으로 둘 다 기분이 좋아진 모양이었다. 두 사람은 거기에서 그치지 않고 낄낄 웃으면서 성경에 등장하는 유명한 인물들의 이름을 꺼냈고 "아, 맙소사!", "알잖아!", "그렇다니까!"와 같은 말을 더욱 힘주어 덧붙이고 수없이 되풀이했다.

이 두 남자의 정신적 양식이라고는 콧소리를 섞어 늘어놓는 불평뿐이었다. 그 불평의 대상은 그들의 목숨을 연명하게 해 준

군대나 상점, 구빈원 등의 시설과 그 시설의 직속 상사였다. 바로 그날 아침까지만 해도 그 시설은 '정부'였고 직속 상사는 '대위님'이었다. 두 사람은 이 두 가지로부터 스르르 풀려났고 다음 굴레를 선택하지 않은 지금 어렴풋이 초조한 상태였다. 둘은 불안했고 화가 치밀었으며 침착할 수가 없었다. 그런 심경을 숨기기 위해 두 사람은 군대에서 벗어나 마음이 놓이는 척하려 애썼고, 다시는 자유를 사랑하는 굳센 의지를 군율이 지배하지 못하게 만들겠노라고 서로 장담했다. 그러나 사실 두 사람은 새로 찾은 이 의심할 바 없는 자유보다 감옥 생활에서 더 편안함을 느꼈을 것이다.

키가 갑자기 보폭을 넓혔다. 고개를 들고 키의 시선을 따라 눈을 돌린 로즈는 길을 따라 40미터쯤 떨어진 곳에 모여 있는 군중을 발견했다. 키가 낄낄대더니 군중을 향해 뛰기 시작했다. 그래서 로즈도 낄낄 웃으며 보폭을 넓혀 어색하게 성큼성큼 걷는 동료 옆에서 짧은 밭장다리를 발발거렸다.

그들은 군중의 끄트머리에 다다르자마자 섞여 들어가 모습을 분간할 수 없게 되었다. 군중은 너덜너덜한 옷을 입은 데다 술 때문에 몰골이 더 형편없어진 시민들을 비롯해 여러 사단과 여러 단계의 음주 상태를 대표하는 병사들로 이루어져 있었다. 모인 사람들은 검은 구레나룻을 길게 기르고 몸짓으로 이야기하는 작은 유대 인을 둘러싸고 있었다. 그 유대 인은 흥분해서 두 팔을 흔들면서도 간결하게 열변을 토하는 중이었다. 관중석이라고 할 만한 곳에 억지로 몸을 밀어 넣은 키와 로즈는 날카로운 의심의 눈초리로 유대 인을 뜯어보았다. 그러는 동안 유대 인의 말이 두 사람의 의식에 침투했다.

"전쟁으로 무엇을 얻었단 말입니까?"

그가 격렬히 외쳤다.

"주변을 둘러보십시오, 주변을! 여러분이 부자가 되었습니까? 큰돈을 받았습니까? 아닙니다. 목숨이 붙어 있고 두 다리가 멀쩡하다면 운이 좋은 것입니다. 집으로 돌아와 보니 돈을 써서 전쟁에서 빠진 다른 작자와 여러분의 아내가 도망가지 않았다면 운이 좋은 것입니다! 그 정도면 운이 좋은 것이란 말입니다! J. P. 모건과 존 D. 록펠러를 빼고 누가 전쟁으로 이득을 보았단 말입니까?"

이 자그마한 유대 인의 웅변은 수염 난 턱 끝을 가격한 적대적인 주먹 한 방으로 중단되고 말았다. 유대 인은 팔다리를 대자로 뻗고 인도 위로 나자빠졌다.

"빌어먹을 볼셰비키!"

주먹을 날린 군인 겸 제철공인 덩치가 소리쳤다. 동감하는 소리가 웅성웅성 들렸고 군중이 더 가까이 다가갔다.

유대 인은 비틀거리며 일어섰다가 곧바로 다시 쓰러졌고 주먹 대여섯 대가 날아갔다. 이번에 그는 그대로 누워 힘겹게 숨을 헐떡였고 안팎으로 갈라진 입술에서는 피가 흘러나왔다.

한바탕 소란이 일더니 로즈와 키는 어느새 뒤범벅된 군중과 함께 6번가를 떠내려가고 있음을 깨달았다. 앞장선 이들은 몸이 야위고 챙이 처진 모자를 쓴 민간인과 연설을 요약해서 끝낸 건장한 군인이었다. 군중은 놀랍게도 어마어마한 규모로 불어났고, 입장을 밝히지 않은 시민들이 인도에서 끝없이 따라오며 간간히 만세를 외쳐 정신적인 지지를 보냈다.

"어디로 가는 거요?"

키가 가장 가까이 있는 남자에게 외쳤다. 옆 사람은 챙이 처친 모자를 쓴 인도자를 가리켰다.

"저 남자가 그놈들이 많은 곳을 알아요! 우린 그놈들한테 본때를 보여 줄 거요!"

"우린 그 놈들한테 본때를 보여 줄 거야!"

키가 기뻐하며 로즈에게 속삭였고 로즈는 뛸 듯이 기뻐하며 그 문장을 옆 사람에게 되풀이했다.

행렬은 6번가를 휩쓸며 지났고 여기저기에서 육군과 해군의 병사들이 합류했다. 이따금씩 민간인들도 다가와서는 새로 형성된 스포츠 오락 클럽에 입장권을 제시하듯이 번번이 자신들도 이제 막 제대했다고 외쳐 댔다.

그러다 행렬은 방향을 바꿔 거리를 건너 5번가로 향했다. 그들이 톨리버 회관에서 열리는 빨갱이 집회에 갈 작정이라는 말이 곳곳에서 새어 나왔다.

"거기가 어디요?"

질문이 전선으로 전해졌고 잠시 후 대답이 천천히 떠내려왔다. 톨리버 회관은 10가에 있었다. 그 집회를 박살 내려는 병사들이 한 무더기 있으며 지금 그곳에 모여 있다는 소식이었다!

그러나 10가는 너무나 먼 곳처럼 들렸다. 그 소식으로 인해 군중 전체에 낮은 탄식이 퍼지더니 행렬 일부가 떨어져 나갔다. 그중에는 로즈와 키도 있었는데 둘은 더 열성적인 사람들이 휙 획 지나가도록 슬렁슬렁 속도를 늦추었다.

"차라리 술이나 마시고 싶다."

키가 말했다. 둘은 걸음을 멈추었다가 사방에서 외치는 "포탄 구멍!"(*전투에 참여하기 싫어 벙커나 땅에 생긴 포탄 구멍에 숨는다는 의미에서 비겁자나 겁쟁이를 비유하는 말.) 이나 "겁쟁이!"라는 소리를 들으며 보도 쪽으로 나아갔다.

"형님이 이 근방에서 일해?"

로즈가 피상적인 것에서 벗어나 영원한 것으로 다가가는 듯한 분위기를 풍기며 물었다.

"그럴 거야."

키가 대답했다.

"이 년 정도 못 봤어. 내가 그때부터 펜실베이니아에 있었으니까. 아무튼 밤에는 일을 안 하는지도 몰라. 바로 여기쯤인데. 자리에 있으면 우리한테 술 좀 줄 텐데."

둘은 몇 분 동안 거리를 순찰한 후 그곳을 찾아냈다. 5번가와 브로드웨이 사이에 있는, 조잡한 식탁보를 덮은 식당이었다. 키는 형 조지가 있는지 물어보려고 들어갔고 그동안 로즈는 보도에서 기다렸다.

"이제 여기에서 일 안 한대."

키가 나와서 말했다.

"델모니코에서 웨이터로 일한다네."

로즈는 당연히 그럴 줄 알았다는 듯이 약삭빠르게 고개를 끄덕였다. 능력 있는 남자가 이따금씩 일자리를 옮겨도 놀라서는 안 된다. 로즈가 예전에 알고 지낸 웨이터가 있었는데…… 로즈와 키는 걸음을 옮기면서 웨이터가 팁보다 실제 봉급으로 더 많

111

은 수입을 올리는지 아닌지에 관해 한참 대화를 나누었다. 웨이터가 근무하는 술집의 사회적 품격에 따라 달라진다는 결론이 나왔다. 둘은 백만장자들이 델모니코에서 식사하고 샴페인 첫 병을 비운 후에 팁으로 50달러짜리 지폐를 내던지는 생생한 광경을 함께 이야기한 뒤 각자 마음속으로 웨이터가 되어야겠다고 생각했다. 사실 키의 좁은 이마에는 형에게 일자리를 부탁해야 겠다는 결의가 숨어 있었다.

"웨이터는 사람들이 남긴 샴페인을 몽땅 마실 수도 있잖아."

키가 입맛을 다시며 말한 다음 뒤늦게 생각난 듯이 덧붙였다.

"이야, 얼마나 좋을까!"

델모니코에 도착한 시각은 열 시 반이었다. 두 사람은 택시들이 식당 입구에 한 대씩 속속 도착해서 모자를 쓰지 않은 멋들어진 아가씨들을 내려놓는 모습을 보고 깜짝 놀랐다. 아가씨들은 저마다 야회복 차림인 근엄한 젊은 신사의 호위를 받았다.

"파티야."

로즈가 약간 겁이 나는 듯 말했다.

"들어가지 않는 게 좋을지도 몰라. 형이 바쁠 거 아냐."

"아니, 안 그럴 거야. 괜찮을 거야."

두 사람은 잠시 고민하다가 그나마 가장 단출해 보이는 문으로 들어갔다. 그들은 어물어물 망설이며 작은 만찬장이었던 그 방의 외진 구석으로 가서 초조하게 서 있었다. 둘은 모자를 벗어 두 손으로 붙잡았다. 우울함이 구름처럼 두 사람에게 내려앉았다. 방 끝에서 문이 벌컥 열리자 둘은 화들짝 놀랐다. 웨이터가 혜성처럼 들어왔다가 번개처럼 바닥을 가로질러 다른 쪽에 있는 문으로 사라져 버렸다.

웨이터 세 명이 이렇게 번개처럼 지나간 후에야 둘은 통찰력을 끌어모아 어느 웨이터를 불러 세웠다. 그는 몸을 돌려 의심스러운 듯 두 사람을 바라보더니 여차하면 발길을 돌려 달아나려는 심산인지 고양이처럼 사뿐사뿐 다가왔다.

키가 입을 열었다.

"저기, 저기 말입니다. 제 형님을 아십니까? 여기에서 웨이터로 일하는데요."

"성은 키예요."

로즈가 주석을 달았다.

마침 웨이터는 키를 알았다. 위층에 있는 것 같다고 했다. 가장 큰 무도회장에서 성대한 댄스파티가 열릴 예정이었다. 웨이터는 말을 전해 주겠다고 했다.

10분 후에 조지 키가 나타나 더없는 의혹을 품고 동생에게 인사했다. 동생이 돈을 요구할 거라는 생각이 가장 먼저, 가장 자연스럽게 떠올랐다.

조지는 키가 크고 턱이 쑥 들어갔는데 동생과 닮은 점은 그것으로 끝이었다. 이 웨이터의 눈은 멍하지 않았고 약삭빠르게 반짝거렸으며 태도는 세련되고 부드러운 데다 거만한 구석이 있었다. 둘은 형식적으로 안부를 나누었다. 조지는 결혼해서 자녀를 셋 두었다. 그는 동생인 캐럴 키가 해외 파병을 다녀왔다는 소식에 어렴풋이 관심을 보이는 듯했지만 감동한 것 같지는 않았다. 그 모습에 동생 캐럴은 실망했다.

"조지 형."

예의를 차릴 만큼 차린 후 동생이 말했다.

"술을 마시고 싶은데 아무도 우리한테 팔지 않을 거야. 형이 좀 줄 수 있어?"

조지가 곰곰이 생각했다.

"물론이지. 줄 수 있을 것 같다. 하지만 삼십 분은 걸릴 거야."

"좋아, 기다릴게."

키가 말했다. 그 말에 로즈가 안락의자에 앉으려고 했지만 분개한 조지 때문에 벌떡 일어났다.

"어이! 조심해, 당신! 여기 앉으면 안 돼! 이 방은 열두 시 연회를 위해 준비를 마친 곳이야."

"내가 해를 끼치진 않을 겁니다."

로즈가 발끈하며 말했다.

"해충 소독을 받았단 말입니다."

"상관없어."

조지가 엄하게 말했다.

"여기에서 이야기하는 모습을 수석 웨이터한테 들켰다간 날 마구 짓밟을걸."

"아."

수석 웨이터라는 말은 다른 두 남자에게 완벽한 설명이었다. 그들은 챙 없는 군모를 초조하게 만지작거리며 지시를 기다렸다.

잠시 입을 다물었던 조지가 말했다.

"자, 두 사람이 기다릴 수 있는 장소가 있어. 날 따라오기만

하면 돼."

둘은 그를 따라 멀리 떨어진 문으로 나갔고 인기척 없는 식품 저장실을 지나 컴컴한 나선 계단을 통해 위층으로 올라갔다. 마침내 작은 방에 들어가게 되었는데 양동이와 세탁용 솥이 잔뜩 쌓여 있었고 어두한 전등 하나가 빛을 내고 있었다. 조지는 2달러를 달라고 하더니 삼십 분 안에 위스키 병을 가지고 돌아오기로 하고 두 사람을 떠났다.

"조지 형은 돈벌이가 잘되고 있어, 분명."

키가 뒤집힌 양동이에 걸터앉으며 우울하게 말했다.

"틀림없이 일주일에 오십 달러는 벌 거야."

로즈가 고개를 끄덕이고 침을 탁 뱉었다.

"내 생각에도 그래."

"아까 무슨 댄스파티라고 했지?"

"대학생들이 많이 온다잖아. 예일대학교."

두 사람은 서로 마주보며 진지하게 고개를 끄덕였다.

"그 군인들은 지금 어디에 있을까?"

"모르지. 내가 걸어가기에는 빌어먹을 정도로 멀리 있을 거라는 사실만 알아."

"나도 마찬가지야. 난 죽어도 그렇게 멀리까지 걷진 않을 거다."

10분 지나자 초조함이 둘을 사로잡았다.

"저 밖에 뭐가 있는지 봐야겠어."

로즈가 다른 문으로 조심조심 다가갔다. 녹색 베이즈(*당구대나 책상보 등으로 쓰는 녹색 모직 천.)로 만든 반회전문이었는데 그는 문을 아주 조심스럽게 밀어서 열었다.

"뭐라도 보여?"

로즈가 대답으로 날카롭게 숨을 들이마셨다.

"맙소사! 여기 술이 있어!"

"술?"

키는 문간에 있는 로즈에게 다가가 열심히 눈을 굴렸다.

"하늘에 맹세코 술이야."

잠시 뚫어져라 바라보던 키가 말했다.

그들이 있는 방보다 두 배쯤 큰 방이었다. 그리고 눈부신 증류주의 향연이 준비되어 있었다. 흰 천으로 덮인 테이블 두 개를 따라 여러 종류의 술병들이 번갈아 길게 놓여 있었다. 위스키, 진, 브랜디, 프랑스산과 이탈리아산 베르무트,(*와인에 브랜디와 당분, 향료, 약초 등을 섞어 만든 술.) 오렌지주스에다 정렬된 탄산수 병은 말할 것도 없고 크고 텅 빈 펀치 그릇도 있었다. 방에는 아직 사람이 없었다.

"곧 시작하는 댄스파티용이야."

키가 속삭였다.

"바이올린 소리 들리냐? 으, 이런. 되게 춤추고 싶네."

둘은 문을 살며시 닫고 서로의 마음을 다 안다는 듯이 눈빛을 주고받았다. 서로 의향을 떠볼 필요도 없었다.

"저 술 두어 병이라도 가져오고 싶다."

로즈가 단호히 말했다.

"나도."

"들킬까?"

키는 생각에 잠겼다.

"사람들이 술을 마시기 시작할 때까지 기다리는 게 좋겠어. 지금은 저렇게 늘어놓았으니 몇 병이나 있는지 알 거야."

둘은 몇 분간 그 문제로 입씨름을 벌였다. 로즈는 누군가 방에 들어오기 전에 당장 저 병 하나를 들고 외투 속에 쑤셔 넣으면 된다고 주장했다. 그러나 키는 조심하자는 의견이었다. 형이 곤란해질까 봐 걱정스러웠다. 술병을 약간이라도 딸 때까지 기다리면 하나쯤 가져와도 괜찮을 것이고 다들 대학 친구 중 한 명이 가져갔을 거라고 생각할 터였다.

둘이서 계속 옥신각신하는 동안 조지 키가 방으로 허둥지둥 들어와서 그들에게 투덜거릴 짬도 없이 녹색 베이즈 문으로 사라졌다. 잠시 후 코르크 마개를 펑 따는 소리에 뒤이어 얼음이 깨지고 술이 텀벙텀벙 튀는 소리가 들렸다. 조지가 펀치를 섞고 있었던 것이다.

두 병사는 기쁨에 차서 마주 보며 히죽거렸다.

"아, 맙소사!"

로즈가 속삭였다. 조지가 다시 나타났다.

"목소리 낮추고 있어라."

조지가 재빨리 말했다.

"오 분 안에 너희 몫을 가져다줄테니."

그는 들어온 문으로 사라졌다.

그의 발소리가 계단을 따라 약해지자마자 로즈가 조심스럽게 살핀 후에 환희의 방으로 쏜살같이 들어갔다가 손에 술병을 하나 들고 되돌아왔다.

"내 말 들어 봐."

즐겁게 앉아 첫 잔을 소화하면서 그가 말했다.

"형이 올라올 때까지 기다리자. 그냥 여기 있으면서 형이 가져온 술을 마셔도 되느냐고 묻는 거야, 응? 술 마실 곳이 딱히 없다고 하면서 말이야, 응? 그런 다음엔 저쪽 방에 사람이 없다 싶으면 살그머니 들어가 외투 속에 술을 숨겨서 가져오는 거지. 이틀 동안 내리 마실 정도는 생기겠지, 응?"

"아무렴."

로즈가 열렬하게 맞장구쳤다.

"참! 마음만 먹으면 언제든지 군인들에게 팔 수도 있잖아."

둘은 잠시 입을 다물고 정말 그 기대대로 될 수도 있겠다고 생각했다. 그러다 키가 손을 올려 일직 사관용 외투의 칼라를 떼어 냈다.

"여기 덥지 않냐?"

로즈가 진심으로 동의했다.

"더워 죽겠다."

4

탈의실에서 나온 그녀는 아직 화가 난 상태였고 무도회장으로 이어지는 중간 응접실을 예의 바르게 가로질렀다. 어쨌든 사교 생활을 하다 보면 사건이야 흔히 겪기 마련이므로 일 자체 때문에 화가 난 것은 아니었다. 다름 아닌 오늘 저녁에 일어났다는 사실 때문이었다. 그녀는 마음속으로 조금도 망설이지 않았다. 늘 그랬듯이 품위와 말없는 동정을 알맞게 섞은 태도로 일관했다. 그를 간단하고도 능숙하게 무시한 것이다.

두 사람이 탄 택시가 빌트모어 호텔을 떠나고 있을 때 벌어진 일이었다. 반 블록도 채 못 갔을 때였다. 그가 어색하게 오른팔을 들더니(그녀는 그의 오른쪽에 앉아 있었다.) 진홍색 털을 두른 그녀의 오페라 망토를 폭 감싸 안으려 했다. 그 행동부터 실수였다. 순순히 따라 줄지 확신할 수 없는 여자를 포옹하려 할 때는 우선 멀리 있는 팔을 뻗어 가볍게 두르는 것이 절대적으로 더 점잖은 행동이다. 그러면 가까이 있는 팔을 어색하게 움직이지 않아도 되었다.

그의 두 번째 무례는 무의식적인 것이었다. 그녀는 오후 내내 미용실에서 시간을 보냈다. 머리에 재난이 닥칠지 모른다는 생각은 하기도 싫었다. 그런데 피터가 그 불운한 시도를 하다가 팔꿈치 끝으로 그녀의 머리를 살짝 스치고 말았다. 이것이 두 번째 무례였다. 두 번이면 넘칠 만큼 충분했다.

그가 투덜거렸다. 투덜거리는 소리가 나자마자 그녀는 그가 고작 애송이 대학생이라고 결론을 내렸다. 이디스는 스물두 살이었다. 어쨌든 전쟁 이후 이런 형태로는 처음 열리는 댄스파티 때문에 연상 작용처럼 다른 뭔가가 점점 짧은 간격으로 떠올랐다. 다른 댄스파티와 다른 남자, 그녀가 사춘기적 우울함에 불과한 감정과 슬픈 표정으로 대했던 한 남자가 말이다. 이디스 브래딘은 고든 스터렛을 달콤하게 회상했다.

그래서 그녀는 델모니코의 탈의실에서 나와 잠시 문가에 섰다. 앞에 선 검은 드레스의 어깨 너머로, 품위 있는 검은 나방들처럼 계단 꼭대기에서 경쾌하게 돌아다니는 예일대 남자들을 바라보았다. 그녀가 나온 방에서는 향수를 뿌린 아름다운 아가씨들이 많이 드나든 탓에 짙은 향기가 흘러나왔다. 강렬한 향수와 아스라한 기억을 실은 향기로운 분가루 냄새였다. 흘러나온 그 향기는 복도의 알싸한 담배 연기를 실은 후 관능적으로 계단에 머물며 감마 프사이 댄스파티가 열릴 연회장으로 스며들었다. 그녀가 잘 아는, 흥미롭고 자극적이며 초조할 만큼 감미로운 향기…… 사교계 댄스파티의 향기였다.

그녀는 자신의 모습을 떠올렸다. 드러난 팔과 어깨는 분을 발라 크림색이 감도는 흰색이었는데 매우 보드라워 보였다. 그녀는 오늘 밤 검은 배경들 덕분에 그 윤곽이 더욱 도드라지고 우윳빛으로 빛나리란 사실을 알고 있었다. 머리 모양도 성공이었다. 불그스름한 머리채를 높이 끌어 올려 단단히 뭉친 다음 주름을 잡아 도도하고 경이롭게 움직이는 곡선을 만들었다. 입술은 짙은 선홍색으로 정교하게 그려졌고, 눈동자의 홍채는 도자기로 만든 것처럼 섬세하고 깨질 듯한 푸른색이었다. 복잡한 머리 모양에서부터 작고 가느다란 두 발에 이르기까지 매끈한 선이 쭉 떨어지는 그녀는 완벽하고 한없이 우아하며 흠 잡을 데 없는 미의 화신이었다.

이디스는 오늘 밤 이 흥청대는 자리에서 무슨 말을 할지 생각했다. 높고 낮은 웃음소리와 실내화에서 나는 발소리, 계단을 오르내리는 쌍쌍들로 인해 이미 뿌듯함이 가슴을 물들였다. 그녀는 여러 해 동안 해 온 말을 대사처럼 되풀이할 것이다. 요즘 유행하는 표현에다 신문 용어 약간과 대학의 은어를 엮어 무심하고 은근히 도발적이며 미묘하게 감상적이지만 자연스러움 자체인 그런 말을 할 것이다. 근처 계단에 앉아 있던 소녀의 말을 듣고 이디스는 살며시 웃음을 지었다.

"자기가 잘 모르고 하는 말이야!"

그렇게 웃음을 짓자 잠시 화가 누그러졌다. 그녀는 눈을 감고 유쾌함을 깊이 들이마셨다. 두 팔을 옆으로 늘어뜨리자 몸매를 감싸면서도 은근히 드러내는 매끈한 드레스가 살짝 스쳤다. 몸이 이토록 부드럽게 느껴지고 새하얀 팔이 이토록 마음에 든 때는 일찍이 없었다.

'나에게선 향긋한 내음이 나.'

그녀가 천진난만하게 생각했고 곧 다른 생각이 뒤따랐다.

'난 사랑을 하기 위해 태어난 존재야.'

그녀는 그 표현의 울림이 좋아서 머릿속으로 반복했다. 그러다 새삼 날뛰게 된 고든에 대한 몽상이 필연적으로 뒤따랐다. 두 달 전, 그녀의 상상력은 그를 다시 보고 싶다는 뜻밖의 바람을 드러냈다. 두 달 전, 이제는 그 방향을 바꾸어 이 댄스파티, 이 시간으로 그녀를 이끌어 온 것 같았다.

이디스는 그토록 매끈한 미모를 지녔지만 진지하고 신중한 아가씨였다. 내면에는 깊이 있게 생각하고 싶다는 열망이 있었고, 그녀의 오빠를 사회주의자이자 평화주의자로 바꾼 이상주의가 번쩍였다. 오빠인 헨리 브래딘은 경제학 강사로 몸담았던 코넬대학을 떠나 뉴욕으로 와서는 급진적 주간지의 칼럼난에 구제할 수 없는 악을 고치는 최신 치료법을 쏟아 냈다.

오빠보다 덜 어리석었던 이디스는 고든 스터렛을 치료할 수 있다면 그것으로 만족했을 터였다. 고든에게는 그녀가 돌봐 주고 싶은 나약한 면모가 있었다. 그녀가 보호해 주고 싶은 무력감이 있었다. 또한 이디스는 자신을 오랫동안 알아 온 누군가를, 자신을 오랫동안 사랑해 온 누군가를 원했다. 그녀는 약간 지쳐 있었다. 결혼하고 싶었다. 편지 뭉치와 대여섯 장의 그림과 그만큼 많은 추억들과 피로감 때문에, 그녀는 다음번에 고든을 만나면 둘의 관계에 변화를 일으키기로 결심했다. 변화를 불러올 어떤 말을 하기로 했다. 그리고 오늘 밤이 있었다. 그녀의 밤이었다. 모든 밤이 그녀의 밤이었다.

순간 그녀의 생각은 표정이 엄숙한 대학생 때문에 중단되었다. 그는 상처받은 표정으로 부자연스러울 만큼 딱딱하게 그녀 앞으로 다가오더니 유별나게도 깊이 허리를 숙여 인사했다. 그녀와 함께 온 남자, 피터 히멀이었다. 그는 키가 크고 유머 감각이 있었으며 뿔테 안경을 꼈고 매력적인 변덕스러움을 풍겼다. 이디스는 갑자기 그가 무척 싫어졌다. 그가 그녀에게 하려던 키스를 성공하지 못한 탓일 수도 있었다.

그녀가 입을 열었다.

"저, 아직 나한테 화났어요?"

"전혀요."

이디스는 한 걸음 다가가 그의 팔을 잡았다.

"미안해요."

그녀가 부드럽게 말했다.

"내가 왜 그렇게 날카롭게 굴었는지 모르겠어요. 이상한 이유 때문에 오늘 밤은 기분이 안 좋아요. 미안해요."

"괜찮습니다. 그런 말은 하지 말아요."

그가 중얼거렸다. 하지만 그는 불쾌할 만큼 당황스러웠다. 지나간 실패를 일부러 꼬집어 말하고 있는 것일까?

"실수였어요."

그녀가 좀 전처럼 의도적인 부드러움이 느껴지는 말투로 말을 이었다.

"우리 둘 다 잊어버리기로 해요."

그 말에 그는 그녀가 몹시 미웠다.

몇 분 후 둘은 댄스 플로어로 천천히 나갔다. 그러는 동안 특별히 고용된 재즈 오케스트라의 단원 대여섯 명이 몸을 흔들고 한숨을 토하며 혼잡한 연회장에 "색소폰과 저만 남으면, 그러면 둘씩 짝을 지으세요!"라고 알려 주었다.

콧수염을 기른 남자가 둘에게 끼어들었다.

"안녕하십니까."

그는 책망하듯이 말을 꺼냈다.

"저를 기억 못하시는군요."

"이름이 생각 안 나는 것뿐이에요."

이디스는 태연하게 말했다.

"당신을 잘 알고 있답니다."

"저와 만난 곳은……."

짙은 금발의 한 남자가 끼어드는 바람에 그의 목소리가 쓸쓸하게 흐려졌다. 이디스가 그 낯선 사람에게 "정말 고마워요…… 나중에 다시 와 주세요."라고 틀에 박힌 대답을 소곤거렸다.

짙은 금발 남자는 악수를 하자고 마구 우겨 댔다. 이디스는 자신이 알고 있는 수많은 짐 중에 한 명일 거라고 생각했다. 성은 짐작조차 할 수 없었다. 그가 별난 리듬을 타며 춤을 춘다는 사실까지 기억났고, 춤을 추기 시작하자 그 생각이 옳았음을 알게 되었다.

"여기에 오래 머물 예정입니까?"

그가 은밀히 속삭였다. 그녀는 몸을 젖히며 그를 쳐다보았다.

"이 주요."

"어디에 묵습니까?"

"빌트모어예요. 언제 한번 연락하세요."

"그러겠습니다."

그가 장담했다.

"반드시 연락하겠습니다. 차라도 마시러 갑시다."

"그러세요…… 꼭."

까무잡잡한 남자가 굉장히 격식을 차리며 끼어들었다.

"저 기억 안 나시죠?"

그가 진지하게 말했다.

"기억나는걸요. 성함이 할란이시잖아요."

"아니, 발로우입니다."

"뭐, 어쨌든 첫소리가 비슷하긴 하잖아요. 하워드 마셜의 친구 초대 파티에서 우쿨렐레를 무척 능숙하게 연주한 분이죠."

"제가 연주한 건 맞지만…… 그다지……."

뻐드렁니 남자가 끼어들었다. 이디스는 약한 위스키 향을 맡았다. 그녀는 술을 마신 남자가 좋았다. 그런 남자들은 훨씬 유쾌하고 고마워할 줄 알며 듣기 좋은 말을 잘했다. 대화하기 훨씬 편했다.

"제 이름은 딘입니다. 필립 딘."

그 남자가 유쾌하게 말했다.

"저를 기억 못하겠지만 당신은 제가 사 학년 때 같은 방을 쓴 친구와 뉴헤이븐에 오곤 했죠. 고든 스터렛 말입니다."

이디스가 재빨리 고개를 들었다.

"맞아요. 그 사람과 두 번 갔었어요. 펌프앤슬리퍼 댄스파티와 삼 학년 학년말 댄스파티에요."

"물론 그 친구를 만났겠군요."

딘이 무심히 말했다.

"오늘 밤 여기에 왔거든요. 전 좀 전에 봤습니다."

이디스는 흠칫 놀랐다. 그러나 실은 그가 여기 있을 거라고 줄곧 확신하고 있었다.

"어머, 아니에요. 아직⋯⋯."

뚱뚱한 빨간 머리 남자가 끼어들었다.

"안녕, 이디스."

그가 입을 열었다.

"어머⋯⋯ 안녕하세요⋯⋯."

이디스가 발을 헛디뎌 약간 비틀거렸다.

"미안해요."

그녀는 기계적으로 중얼거렸다.

고든을 본 것이었다⋯⋯ 고든은 매우 창백하고 무기력한 얼굴로 출입문 한쪽에 몸을 기대고 담배를 피우며 연회장을 들여다보고 있었다. 야위고 핼쑥한 그의 얼굴이 이디스의 눈에 들어왔다. 담배를 들고 입술 가까이로 올린 손은 떨리고 있었다. 이제 이디스는 그와 꽤 가까운 거리에서 춤을 추었다.

"쓸데없이 남자들을 많이 초대해서 당신이……."

키 작은 남자가 말했다.

"안녕, 고든."

이디스는 파트너의 어깨 너머로 외쳤다. 심장이 세차게 쿵쾅거렸다.

그의 크고 검은 눈이 그녀를 응시했다. 그는 그녀가 있는 쪽으로 한 걸음 내딛었다. 파트너가 그녀의 몸을 돌렸다. 푸념을 늘어놓는 목소리가 들렸다.

"하지만 짝 없이 온 남자들 중 절반은 술에 취해서 금세 떠나버리죠. 그러니……."

그때 그녀의 옆에서 낮은 목소리가 들렸다.

"실례 좀?"

그녀는 어느새 고든과 춤을 추고 있었다. 그의 한쪽 팔이 그녀를 감싸고 있었다. 그 팔이 순간순간 그녀의 몸을 조이는 것이 느껴졌다. 손가락을 편 채로 그녀의 등에 올린 그의 손이 느껴졌다. 작은 레이스 손수건을 쥔 그녀의 손을 그의 손이 꽉 쥐고 있었다.

"어머, 고든."

그녀가 숨을 헐떡이며 입을 열었다.

"안녕, 이디스."

이디스는 다시 발을 헛디뎠다. 중심을 잡다가 몸이 앞쪽으로 홱 기울며 얼굴이 그의 검은 야회복 천에 닿았다. 그녀는 그를 사랑했다. 그를 사랑한다는 사실을 알고 있었다. 그런데 잠시 침묵이 흐르는 동안 어느새 이상한 불안감이 가슴속에 퍼졌다. 뭔가 잘못된 느낌이었다.

무엇이 잘못되었는지 깨닫자 갑자기 가슴이 쓰리며 뒤집혔다. 그는 불쌍하고 비참했으며 술에 약간 취했고 심하게 지쳐 있었다.

"아아."

그녀가 무심코 외쳤다.

그의 눈이 그녀를 내려다보았다. 그녀는 그의 눈이 충혈되었으며 제멋대로 왔다 갔다 하고 있음을 깨달았다.

"고든."

그녀가 중얼거렸다.

"우리 앉아요. 앉고 싶어요."

둘은 거의 댄스 플로어 한가운데 있었다. 이디스는 방 맞은편에서 두 남자가 이쪽으로 다가오는 모습을 보고서는 춤을 멈추고 고든의 힘없는 손을 붙잡고 여기저기 사람들을 헤치고 부딪치며 그를 데리고 나왔다. 그녀는 입을 꾹 닫았고 화장한 얼굴은 어딘지 창백했으며 눈에서는 눈물이 글썽이고 있었다.

그녀는 부드러운 양탄자가 깔린 계단의 높은 칸에 자리를 잡았고 그는 느릿느릿 그녀의 옆에 앉았다.

"저기 말이야."

그가 흔들리는 눈으로 그녀를 응시하면서 말을 꺼냈다.

"널 만나게 되어 정말 기뻐, 이디스."

이디스는 대답 없이 그를 바라보았다. 지금 이 일은 그녀에게 헤아릴 수 없는 영향을 미쳤다. 그녀는 오랜 세월 동안 삼촌들로

부터 운전기사에 이르기까지 여러 단계의 술 취한 남자들을 보았고 그때마다 느낀 감정도 즐거움에서 혐오감에 이르기까지 다양했지만, 지금 처음으로 새로운 감정이 엄습했다. 말로 표현할 수 없는 공포였다.

"고든."

그녀가 비난하듯이, 울음을 터뜨릴 것처럼 말했다.

"당신, 꼴이 비참해 보여요."

그가 고개를 끄덕였다.

"문제가 있었어, 이디스."

"문제?"

"온갖 문제들이지. 가족들에게는 말하지 마. 난 끝장났어. 엉망진창이 됐어, 이디스."

그의 아랫입술이 처지고 있었다. 고든은 그녀를 거의 보지 않는 것 같았다.

"혹시…… 혹시."

그녀는 망설였다.

"혹시 나에게 이야기해 줄 수 있어요, 고든? 내가 늘 당신에게 관심이 있다는 거 알잖아요."

그녀는 입술을 깨물었다. 더 강경한 말을 하려 했으나 결국 꺼낼 수 없다는 사실을 깨달았다. 고든이 천천히 고개를 저었다.

"말할 수 없어. 넌 좋은 여자야. 좋은 여자에게는 할 수 없는 이야기야."

"헛소리!"

그녀가 반항하듯이 말했다.

"그런 식으로 좋은 여자라고 부르는 건 누군가에게는 더없는 모욕이에요. 욕이라고요. 술을 많이 마시는군요, 고든."

"고맙군."

그가 엄숙하게 고개를 숙였다.

"알려 줘서 고마워."

"왜 술을 마셔요?"

"빌어먹을 정도로 비참하니까."

"술을 마시면 더 나아진다고 생각해요?"

"지금…… 날 선도하려고 하는 거야?"

"아니에요, 도우려고 하는 거예요, 고든. 무슨 일인지 얘기해 줄 수 없어요?"

"난 완전히 엉망진창이 됐어. 네가 해 줄 수 있는 최선은 날 모르는 척하는 거야."

"왜요, 고든?"

"춤에 끼어들어서 미안해. 부당한 짓이었어. 넌 순수한 여자야…… 맑고 깨끗하고 그런 사람이지. 자, 너와 춤출 다른 사람을 데려올게."

그는 어설프게 일어섰다. 그녀가 팔을 뻗어 옆에 주저앉혔다.

"이봐요, 고든. 당신은 어처구니가 없군요. 내 마음을 아프게 하고 있어요. 꼭, 꼭 미친 사람처럼 굴고 있잖아요."

"알아. 난 좀 미쳤어. 난 어딘지 이상해졌어, 이디스. 뭔가가 날 떠나 버렸다고. 상관없지만."

"상관있으니 말해 봐요."

"별 거 아니야. 난 늘 괴상했지…… 다른 남자들과 좀 달랐어. 대학 다닐 때는 괜찮았지만 이제는 다 잘못되었어. 지난 넉 달 동안 내 속에 있는 것들이 드레스에 달린 작은 호크들처럼 툭 툭 끊어졌어. 이제 호크가 몇 개만 더 떨어지면 옷이 금방이라도 벗겨질 거야. 난 아주 천천히 미쳐 가고 있어."

그가 그녀를 똑바로 쳐다보며 웃기 시작했다. 그녀는 몸을 빼며 움츠렸다.

"대체 왜 그래요?"

"그냥 나 때문에."

그가 되풀이했다.

"난 미쳐 가고 있어. 이 장소 자체가 꿈같아…… 이 델모니코……."

고든이 말하는 동안 이디스는 그가 완전히 변해 버렸음을 깨달았다. 밝고 쾌활하고 자연스러운 모습은 찾아볼 수 없었다. 거대한 무기력과 낙담이 그를 사로잡은 것이다. 혐오감이 일었고 뒤이어 어렴풋한 지루함이 불쑥 찾아왔다. 그의 목소리는 머나먼 허공에서 들려오는 것 같았다.

"이디스."

고든이 말했다.

"난 내가 똑똑하고 재능 있는 예술가인 줄 알았어. 이제는 아무것도 아니란 걸 알아. 그림을 그릴 수가 없어, 이디스. 너에게 왜 이 이야기를 하고 있는지 모르겠어."

그녀가 멍하니 고개를 끄덕였다.

"난 그림을 그릴 수도 없고 아무것도 할 수가 없어. 난 교회에 사는 쥐처럼 찢어지게 가난해."

그는 씁쓸하게 그리고 너무 크다 싶게 웃음을 터뜨렸다.

"난 빌어먹을 거지가 되어 버렸어. 친구들의 피를 빨아먹는 거머리지. 난 낙오자야. 죽을 만큼 가난해."

혐오감이 점점 커졌다. 그녀는 거의 고개를 끄덕이지도 않고 자리에서 일어설 틈만 엿보았다.

갑자기 고든의 눈에 눈물이 차올랐다.

"이디스."

그는 분명 자제력을 발휘하려고 기를 쓰며 그녀에게 고개를 돌렸다.

"나에게 관심을 보여 주는 사람이 한 사람이라도 남았다는 사실을 알게 되어 얼마나 마음이 벅찬지 모르겠어."

그가 손을 뻗어 그녀의 손을 쓰다듬었고 그녀는 자신도 모르게 손을 뺐다.

"넌 정말 훌륭한 여자야."

그가 다시 말했다. 이디스는 그의 눈을 들여다보며 천천히 말했다.

"뭐, 옛 친구를 만나면 누구나 반갑기 마련이니까요. 하지만 이런 모습을 보게 되어 유감이에요, 고든."

잠시 침묵이 흘렀고 둘은 서로를 바라보았다. 그의 눈에 순간 열망이 일렁였다. 그녀는 자리에서 일어나 무표정한 얼굴로 그를 보았다.

"춤출래요?"

'사랑은 깨지기 쉬운 거야.'라고 그녀는 생각했다. 그러나 깨진 조각들은 그대로 남을 것이다. 입술 위를 맴돌던, 밖으로 꺼낼 수도 있었던 그 말들이 남을 것이다. 새로운 사랑의 말, 새로 깨우치게 된 다정함은 다음 연인을 위해 간직하면 되는 것이다.

5

아름다운 이디스의 호위자인 피터 히멀은 냉대에 익숙하지 않았다. 그래서 냉대를 받은 그는 상처 입고 당황했으며 수치스러웠다. 그는 이디스 브래딘과 약 두 달 동안 속달 우편을 주고받은 사이였다. 속달 우편을 보내는 이유와 핑계는 단 하나, 감정적인 서신에 의미를 부여했다는 뜻이므로 근거가 꽤 확실하다고 믿었다. 단순한 키스 때문에 그녀가 왜 그런 태도를 보였는지 이유를 찾아보았지만 알 수가 없었다.

그래서 콧수염을 기른 남자가 끼어들었을 때 피터는 복도로 나가 문장을 만들어 마음속으로 여러 차례 되뇌었다. 상당 부분을 삭제하면 이런 내용이었다.

'그래, 여자가 남자를 유혹하고서는 그 뒤에 충격을 주었다면, 그녀가 그랬지…… 내가 나가서 기분 좋게 취한대도 나무라진 못할 거야.'

그래서 그는 만찬장을 지나 옆에 딸린 작은 방으로 들어갔다. 저녁에 미리 봐 둔 곳이었다. 방에는 큰 펀치 그릇 여러 개가 있었고 그 옆으로 많은 술병들이 늘어서 있었다. 피터는 술병들이 놓인 테이블 옆에 앉았다.

하이볼을 두 잔째 들이켜자 지루함과 혐오감, 단조로운 시간, 혼란스러운 사건들이 희미한 배경에 파묻혔다. 그리고 그 앞에 반짝이는 거미줄이 생겼다. 모든 것이 서로 알아서 화해하고 원래 자리로 조용히 물러났다. 그의 어려움이 가지런히 대형을 갖추고는 그의 간략한 퇴거 명령에 따라 행군하며 사라져 버렸다. 그리고 걱정이 떠난 자리에 상징주의가 나타나 눈부신 빛을 사방에 퍼뜨렸다. 이디스는 변덕스럽고 시시해서 고민할 가치가 없는 그런 여자가 되었다. 그녀는 그의 주변에 형성된 피상적 세계에 꿈속의 인물처럼 들어맞았다. 그 자신도 어느 정도 상징성을 띤 존재가 되었다. 금욕적인 술꾼이자 노닥거리는 몽상가가 된 것이다.

그러다 상징적인 분위기가 흐려졌다. 하이볼을 석 잔째 홀짝이자 그의 상상력이 따뜻한 술기운에 항복했으며 그는 기분 좋은 물속에 누워 둥둥 떠다니는 것과 비슷한 상태로 빠져들었다. 바로 그때 그는 가까이 있던 녹색 베이즈 문이 오 센티미터쯤 열렸으며 그 틈으로 두 눈동자가 자신을 유심히 지켜보고 있다는 사실을 알아차렸다.

"흠."

피터가 차분하게 중얼거렸다.

녹색 문이 닫혔다. 그리고 곧 다시 열렸다. 이번에는 손톱만큼.

"까꿍."

피터가 중얼거렸다.

문은 움직이지 않았지만 곧 긴장된 귓속말이 이어졌다 끊어졌다 들려왔다.

"남자 하나야."

"뭐 해?"

"앉아서 보고 있어."

"얼른 물러나지. 또 한 병 가져와야 하는데."

피터는 그 말들이 자신의 의식으로 흘러들 때까지 귀를 기울였다.

'아니, 이거 참 신기한 일이군.'

그가 생각했다. 흥분이 되었다. 기쁨이 넘쳤다. 어떤 수수께끼와 마주치게 되었다는 느낌이 들었다. 그는 치밀하게도 무심한 척하며 자리에서 일어나 테이블 주변을 서성였다. 그러다 몸을 휙 돌리고 녹색 문을 잡아당겼다. 로즈 이병이 방 안으로 곤두박이쳤다.

피터가 머리를 숙여 인사했다.

"안녕하십니까."

로즈 이병은 한 발을 다른 발보다 조금 앞에 놓고 싸우거나 달아나거나 타협할 자세를 취했다.

"안녕하십니까."

피터가 정중하게 되풀이했다.

"됐어요."

"술 좀 드릴까요?"

로즈 이병은 빈정거리는 말이라고 의심하며 날카롭게 피터를 바라보았다.

"좋지요."

그가 마침내 말했다. 피터가 의자를 가리켰다.

"앉으시지요."

"친구가 있는데."

로즈가 말했다.

"저 안에 친구가 있다고요."

그가 녹색 문을 가리켰다.

"당연히 들어오셔야죠."

피터는 그쪽으로 가서 문을 열고 키 이병을 환영했다. 키는 몹시 의심스러워했으며 불안과 죄책감을 느꼈다. 의자를 찾은 세 사람은 펀치 그릇 주변에 앉았다. 피터는 두 사람에게 하이볼을 한 잔씩 주고 자기 담뱃갑에서 담배를 꺼내 내밀었다. 두 사람 모두 약간 주저하며 담배를 받았다.

"그럼."

피터가 편안하게 말을 이었다.

"두 분께서 왜 여가 시간을 저 방에서 보내기로 하셨는지 여쭤 봐도 되겠습니까? 제가 보기에 가구라고는 세탁용 솥뿐인데 말입니다. 또 인류가 일요일을 제외하고 매일 의자 일만 칠천 개를 제작하는 수준에 이른 현재……."

그는 말을 멈추었다. 로즈와 키가 그를 멍하니 바라보았다. 피터가 말을 이었다.

"말씀해 주시겠습니까? 두 분이 왜 한곳에서 다른 곳으로 물을 나르기 위해 만든 물건에 앉아 있기로 하신 건지?"

이 말에 로즈가 투덜거리는 소리로 대답을 대신했다.

"그리고 마지막으로."

피터가 말했다.

"거대한 벽걸이 촛대들이 아름답게 걸린 건물에서 왜 이 저녁 시간을 힘없는 전등 하나에 의지해 보내려 했는지 말씀해 주시겠습니까?"

로즈는 키를 보았다. 키는 로즈를 보았다. 둘은 웃음을 터뜨렸다. 배꼽이 떨어져라 웃어 댔다. 웃지 않고서는 서로를 볼 수 없었다. 그러나 그 남자와 함께 웃고 있는 것은 아니었다. 그를 비웃고 있는 것이었다. 그들은 이런 식으로 이야기하는 남자라면 굉장히 취했거나 제대로 돈 사람이라고 생각했다.

"아마 예일대 분들이시겠죠."

피터가 하이볼을 다 마시고 또 한 잔을 따르며 말했다. 둘은 다시 웃음을 터뜨렸다.

"아닌데요."

"그래요? 난 우리 대학에서 급이 떨어지는 셰필드 과학학교 학생들인 줄 알았습니다."

"아닌데요."

"흠. 그렇다면 안됐군요. 여러분은 신문에서 말하듯이 이……이 남보라색 낙원에서 익명성을 유지하려고 하는 하버드대 사람들이 분명하군요."

"아닌데요."

키가 비꼬듯 말했다.

"우린 그냥 누구를 기다리고 있었는데요."

"아."

피터는 두 사람의 술잔을 들어 술을 따르며 외쳤다.

"참 흥미롭군요. 청소부랑 데이트라도 있나 봐요?"

둘 다 발끈하며 그 말을 부인했다.

"괜찮습니다."

피터가 안심시켰다.

"변명하지 마세요. 청소부도 세상 여느 여자와 마찬가지로 훌륭하죠. 키플링은 '평범한 여자나 주디 오그래디나 한 꺼풀 벗기면 마찬가지'라고 말했습니다."

"그렇죠."

키가 로즈에게 대놓고 윙크를 하며 말했다.

"예를 들어 제 경우에는 말입니다."

피터가 술잔을 비우고 말을 이었다.

"버릇없는 여자와 여기 왔습니다. 지금껏 만나 본 여자 중에서 가장 버릇이 없어요. 제 키스를 거부했거든요. 딱히 이유도 없으면서. 키스하고 싶다고 생각하도록 일부러 유혹을 한 다음에 쿵! 저를 내던졌다니까요! 젊은 세대가 어디로 가고 있는 겁니까?"

"운이 나빴군요."

키가 말했다.

"끔찍하게 운이 나빴어."

"아, 저런!"

로즈가 말했다.

"한 잔 더?"

피터가 말했다.

"우린 잠시 싸움 같은 것에 휘말렸다오."

잠시 말이 없던 키가 이야기했다.

"그런데 장소가 너무 멀었지."

"싸움? 바로 그거야!"

피터가 비틀거리며 자리에 앉았다.

"나가서 쓸어버려! 저도 군대에 있었습니다."

"이건 어떤 볼셰비키 녀석을 상대하는 거였소."

"바로 그겁니다!"

들뜬 피터가 외쳤다.

"제 말이 그거예요! 볼셰비키를 죽여라! 몰살하라!"

"우린 미국인이죠."

로즈가 굳건하고 도전적인 애국심을 풍기며 말했다.

"물론입니다."

피터가 말했다.

"세상에서 가장 위대한 종족이죠! 우린 모두 미국인이에요! 한 잔 더 하시죠."

그들은 술을 한 잔 더 마셨다.

6

한 시에 특별 오케스트라가, 특별 오케스트라 중에서도 특별한 오케스트라가 델모니코에 도착했다. 오케스트라 단원들은 피아노 근처에 오만하게 자리를 잡고 감마 프사이 댄스파티에 음악을 제공하는 중책을 짊어졌다. 유명한 플루트 연주자가 단장이었는데, 물구나무를 서서 어깨를 마구 흔들며 플루트로 최신 재즈곡을 연주하는 묘기로 뉴욕 전역에 이름을 떨쳤다. 그가 연주하는 동안 다른 전등은 모두 꺼지고 플루트 연주자를 비추는 스포트라이트와 이리저리 움직이며 비추는 다른 조명만 빛났다. 그 조명은 춤추는 무리 위로 깜빡거리는 그림자와 변화무쌍하고 다채로운 빛깔을 던졌다.

이디스는 춤을 추면서 사교계 새내기들에게만 습관처럼 나타나는 나른하고 꿈결 같은 상태에 빠졌다. 고귀한 영혼이 하이볼을 여러 차례 들이켠 후 느끼는 화끈거림 같은 것이었다. 그녀의 생각은 음악의 품속을 흐릿하게 떠돌았다. 그녀의 파트너들은 다채롭게 변하는 어스름 속에서 비현실적인 환영으로 바뀌었고, 이런 혼수상태에서는 댄스파티가 시작되고 며칠이 지난 것처럼 느껴졌다. 이디스는 수많은 남자들과 단편적인 이야기를 수없이 나누었다. 키스를 한 번 받았고 구애를 여섯 번 받았다. 이른 저녁에는 여러 대학생들이 그녀와 함께 춤을 추었지만 이제는 그곳의 인기 많은 여자들처럼 그녀에게도 추종자들이 생겼다. 멋진 남자 대여섯 명이 그녀만 지목하거나 선별한 다른 미인들과 번갈아 가며 매력을 즐기고 있었다. 그 남자들은 규칙적으로, 불가피하게 연달아 그녀의 춤에 끼어들었다.

이디스는 몇 차례 고든을 보았다. 손바닥으로 머리를 감싸고 멍한 눈으로 눈앞 바닥에 있는 점을 한없이 바라보며 계단에 오래도록 앉아 있었다. 몹시 우울해 보였고 술에 잔뜩 취한 것 같았다. 그러나 이디스는 그때마다 재빨리 시선을 돌렸다. 모두 오래전 일처럼 여겨졌다. 이제 그녀의 정신은 적극성을 잃었고 감각은 비몽사몽 잠들었다. 그녀의 발만이 춤을 추었고 그녀의 목소리만이 막연하고 감상적인 농담을 계속했다.

그러나 이디스는 피터 히멀이 거나하고 기분 좋게 취해 그녀의 춤에 끼어들었을 때 도덕적으로 분개하지 못할 정도로 피곤하지는 않았다. 이디스는 헉하고 숨을 쉬며 그를 쳐다보았다.

"어머, 피터!"

"나 쪼금 취했어요, 이디스."

"어머, 피터. 얼굴이 새빨갛잖아요, 정말로! 이건 술고래나 할 행동이라고 생각하지 않아요? 나랑 같이 왔으면서!"

그러던 그녀는 마지못해 웃음을 지었다. 그가 바보처럼 씰룩씰룩 웃으면서 올빼미처럼 감상적이고 다채로운 표정으로 그녀를 바라보고 있었기 때문이었다.

"사랑하는 이디스."

그가 열정적으로 말하기 시작했다.

"내가 당신을 사랑한다는 거 알죠?"

"똑똑히도 말해 주네요."

"당신을 사랑해요…… 난 그저 당신이 나에게 키스해 주기를 바랐을 뿐인데."

그가 서글프게 덧붙였다. 그의 곤혹스러움과 수치심은 모두 사라지고 없었다. 그녀는 온 세상에서 가장 아름다운 여자였다. 저 하늘의 별들처럼 눈동자가 아름다웠다. 그는 사과를 하고 싶었다…… 우선은 주제넘게도 그녀에게 키스하려 했던 행동을, 둘째로는 술을 마신 것을 말이다. 그러나 이마저도 그녀가 화났다고 생각했기 때문에 낙담해서 마신 것이었다.

뚱뚱한 빨간 머리 남자가 끼어들어 이디스를 쳐다보며 환하게 웃음을 지었다.

"동행 있으세요?"

그녀가 물었다. 아니, 뚱뚱한 빨간 머리는 짝이 없었다.

"그럼, 혹시…… 정말 번거로우시겠지만…… 오늘 밤 저를 집까지 데려다주실 수 있나요?"(이 극도의 겸양은 이디스가 이용하는 매력적인 속임수였다. 그녀는 뚱뚱한 빨간 머리가 즉시 발작을 일으킬 정도로 기뻐하리란 걸 알고 있었다.)

"번거롭다니요! 아니, 이런, 저에게는 더없이 기쁜 일이죠! 더없이 기쁜 일입니다."

"얼마나 감사한지 모르겠어요! 몹시 친절한 분이시네요."

그녀가 손목시계를 힐끔 보았다. 한 시 반이었다. '한 시 반'이라고 중얼거리다가 오빠가 점심때 한 말이 어렴풋이 떠올랐다. 매일 밤 한 시 반이 넘도록 신문사 사무실에서 일한다고 했다.

이디스는 현재의 파트너에게 몸을 휙 돌렸다.

"저, 델모니코가 어느 거리에 있죠?"

"거리요? 아, 물론 5번가에 있죠."

"제 말은, 동서로 뻗은 거리로 말이에요."

"음, 어디 보자…… 44가네요."

짐작한 대로였다. 헨리의 사무실은 길 건너 모퉁이를 돌면 있는 게 분명했다. 잠시 빠져나가 오빠를 놀래 주자는, 새로 산 진홍색 오페라 망토를 입은 아름다운 모습으로 오빠에게 날아가서 '기운을 북돋아' 주자는 생각이 번쩍 들었다. 그런 행동이야말로 이디스가 큰 기쁨을 느끼는 것이었다. 관습에 얽매이지 않은 유쾌한 행동. 그 생각이 그녀의 상상력을 장악했다. 이디스는 잠시 망설이다 결정을 내렸다.

"머리가 다 풀어지려고 해요."

그녀가 파트너에게 상냥하게 말했다.

"잠시 매만지러 다녀와도 될까요?"

"물론입니다."

"참 멋진 분이군요."

몇 분 후 그녀는 진홍색 오페라 망토를 걸치고 건물 옆쪽 계단을 경쾌하게 내려가고 있었다. 이 자그마한 모험으로 흥분한 탓에 뺨이 발그레했다. 이디스는 문에 서 있던 남녀를 지나쳤다. 턱이 쑥 들어간 웨이터와 화장을 너무 짙게 한 젊은 여자가 격렬한 입씨름을 하고 있었다. 그녀는 덧문을 열고 따뜻한 5월의 밤 속으로 들어갔다.

7

화장을 짙게 한 젊은 여자가 잠시 매서운 눈길로 이디스를 좇았다. 그러고는 턱이 쑥 들어간 웨이터에게 다시 몸을 돌리고 주장을 계속했다.

"올라가서 그 사람한테 내가 여기 있다고 전하라니까요."

그녀가 반항하듯이 말했다.

"안 그럼 내가 직접 올라가겠어요."

"아니, 안 됩니다!"

조지가 단호히 말했다. 여자는 비꼬듯이 웃음을 지었다.

"아, 난 안 된다는 말이죠? 이거 봐요, 당신이 평생 동안 만나 본 대학생들보다 내가 알고 나를 아는 대학생이 더 많다는 사실을 말해 두죠. 그런 사람들은 나를 파티에 기쁘게 데려간단 말이에요."

"그렇더라도……."

"그렇더라도?"

그녀가 말을 잘랐다.

"오, 금방 뛰어나간 여자 같은 이들은 괜찮고…… 저 여자가 어디 갔는지 누가 알겠어요? 여기에 초대받은 저런 여자들은 마음 내키는 대로 드나들어도 괜찮다는 거군요. 하지만 친구를 만나고 싶어 하는 나에게는 햄이나 매달고 도넛이나 나르는 하찮은 웨이터를 보내서 못 들어가게 막는단 말이지."

"이봐요."

조지가 발끈하며 말했다.

"난 해고당하기 싫다고요. 당신이 말하는 그 사람은 당신을 만나고 싶어 하지 않을 수도 있고."

"아, 물론 그 사람은 나를 만나고 싶어 해요."

"어쨌든 저 사람들 속에서 찾아낼 수나 있겠소?"

"오, 저기 있을 거예요."

그녀가 자신 있게 말했다.

"그냥 아무한테나 고든 스터렛이 누구냐고 물어보면 지목해 줄 거예요. 저 사람들은 서로를 다 아니까요."

그녀는 망사 가방을 꺼내 1달러 지폐를 끄집어내서 조지에게 건넸다. 그녀가 말했다.

"자, 이건 뇌물이에요. 그 사람을 찾아서 내 말을 전해 줘요. 오 분 안에 내려오지 않으면 내가 올라가겠다고."

조지는 안 되겠다는 듯이 고개를 저었고 잠시 그 문제를 생각하며 몹시 망설이다가 사라졌다.

제한 시간인 5분도 되지 않았는데 고든이 아래층으로 내려왔다. 그는 저녁 무렵보다 더욱 취했고 상태도 달라져 있었다. 딱

딱한 빵 껍질처럼 술이 그의 몸을 덮고 있는 것 같았다. 동작이 굼떴고 비틀거렸다. 말할 때는 앞뒤가 거의 안 맞았다.

"안녕, 주얼."

그가 탁한 목소리로 말했다.

"곧장 내려왔어. 주얼, 그 돈을 못 구했어. 최선을 다했지만."

"돈은 상관없어!"

그녀가 날카롭게 외쳤다.

"열흘 동안이나 날 보러 오지 않았잖아요. 무슨 일이에요?"

그는 천천히 고개를 저었다.

"몸이 너무 안 좋았어, 주얼. 아팠어."

"아팠으면 나한테 말하지 그랬어요. 그 돈이 그렇게 절실한 건 아니야. 당신이 날 무시하며 대하기 전까지는 돈 때문에 당신을 괴롭히지도 않았잖아요."

이번에도 고든은 고개를 저었다.

"당신을 무시한 적 없어. 절대로."

"안 그랬다니! 삼 주가 되도록 나에게 가까이 오지도 않았잖아요. 술에 너무 취해서 자기가 무슨 행동을 하는지 모를 때가 아니면."

"난 아팠어, 주얼."

그가 지친 눈을 그녀에게 돌리며 되풀이했다.

"여기 와서 학교 친구들하고 놀 기운은 있잖아요. 나와 만나서 저녁을 먹기로 했으면서. 돈도 가져다주겠다고 했고. 그런데 나한테 전화조차 하지 않았어."

"돈을 못 구했어."

"내가 상관없다고 말했잖아요? 난 다름 아닌 당신을 만나고 싶었어요. 그런데 당신은 다른 사람을 더 좋아하는 것 같아."

그는 비통하게 그 말을 부인했다.

"그럼 모자 가지고 따라와요."

그녀가 말했다. 고든은 망설였다. 그때 갑자기 그녀가 바짝 다가와 두 팔로 그의 목을 휘감았다.

"나랑 같이 가요, 고든."

그녀가 속삭이다시피 말했다.

"데비너리스로 가서 술 한잔하고 내 아파트로 가면 돼."

"그럴 수 없어, 주얼……."

"그럴 수 있어요."

그녀가 격한 목소리로 말했다.

"난 너무 아프다고!"

"그러니까 여기 남아서 춤추면 안 된다는 말이에요."

그는 안도감과 절망이 뒤섞인 얼굴로 주변을 힐끔대며 머뭇거렸다. 그때 그녀가 갑자기 그를 잡아당겨 부드럽고 촉촉한 입술로 그에게 키스했다.

"좋아."

그가 괴로운 듯이 말했다.

"모자 가져올게."

8

맑고 푸른 5월의 밤 속으로 들어온 이디스는 거리에 인기척이 없다는 사실을 깨달았다. 대형 상점들의 창문은 컴컴했다.

문 위로 거대한 철가면이 내려와 그날의 화려함을 간직한 어두운 무덤이 되어 버렸다. 42가 쪽을 살피니 밤새 영업하는 식당들의 뒤섞인 불빛이 흐릿하게 보였다. 6번가 위에서는 불꽃이 사납게 용솟음치며, 역에서 나란히 줄지어 깜빡거리는 불빛 사이로 거리를 가로질러 상쾌한 어둠 속으로 달려갔다. 그러나 44가는 무척 조용했다.

이디스는 망토를 당겨 몸에 두르고 재빨리 대로를 건넜다. 혼자인 남자가 그녀를 지나치며 쉰 목소리로 "어디 가려고, 아가?" 하고 속삭이는 바람에 그녀는 초조하게 발걸음을 옮겼다. 어린 시절의 어느 날 밤, 잠옷을 입고 동네를 돌아다니다가 누구 집인지 알 수 없는 넓은 뒷마당에서 개가 짖어 대던 기억이 떠올랐다.

그녀는 금세 목적지에 도착했다. 44가에 있는 비교적 낡은 2층짜리 건물이었는데 위층 창문에서는 고맙게도 빛이 한 줄기 새어 나오고 있었다. 창문 옆에 걸린 간판을 알아볼 수 있을 만큼 외부 불빛이 훤했다. '뉴욕 트럼펫'. 그녀는 컴컴한 복도로 들어갔고 구석에서 계단을 발견했다.

잠시 후 이디스는 길쭉하고 천장이 낮은 방에 들어와 있었다. 책상이 많았고 신문철이 사방에 걸려 있었다. 그곳에 있는 사람은 둘뿐이었다. 그들은 방의 양 끝에 앉아 있었고 각자 녹색 보안용 챙 모자를 쓰고 책상 조명 하나에 의지해 글을 쓰고 있었다.

이디스는 잠시 어정쩡하게 문가에 서 있었다. 그때 두 남자가 동시에 고개를 돌렸고, 그녀는 오빠를 알아보았다.

"아니, 이디스!

그가 벌떡 일어나 챙 모자를 벗으며 놀란 표정으로 이디스에게 다가왔다. 키가 크고 호리호리하고 가무잡잡했으며 무척 두꺼운 안경 너머에서는 검은 눈이 예리하게 빛났다. 꿈꾸는 듯한 그 눈은 대화를 나눌 때면 늘 상대의 머리 너머에 못 박힌 것처럼 보였다.

그가 손으로 그녀의 두 팔을 감싸고 뺨에 입을 맞추었다.

"어떻게 된 거야?"

그가 약간 놀란 목소리로 물었다.

"길 건너 델모니코에서 열린 댄스파티에 왔어, 헨리 오빠."

그녀가 들떠서 말했다.

"오빠를 보러 부리나케 달려오고 싶어 못 견디겠더라고."

"잘했어."

그의 얼굴에서 경계심이 금세 사라지고 평소처럼 모호한 표정이 되살아났다.

"그래도 밤에 혼자 다니면 안 돼, 알았지?"

방의 다른 쪽 끝에 있던 남자가 궁금한 듯이 두 사람을 바라보고 있다가 헨리가 손짓하자 가까이 다가왔다. 그는 푸근하게 살이 쪘고 작은 눈은 반짝거렸으며 칼라와 넥타이를 벗은 탓에 일요일 오후를 보내는 중서부 지방 농부 같은 인상을 주었다.

"내 여동생이야."

헨리가 말했다.

"날 보러 잠깐 들렀어."

"안녕하십니까?"

뚱뚱한 남자가 웃음을 지으며 말했다.

"제 이름은 바솔로뮤입니다, 브래딘 양. 브래딘 양의 오빠는 오래전에 제 이름을 잊어버렸지만 말입니다."

이디스는 얌전하게 웃음을 터뜨렸다. 그가 말을 이었다.

"자, 여긴 호화로운 장소라고 말하기는 좀 그렇지요?"

이디스가 방을 둘러보았다.

"무척 멋진데요."

그녀가 대답했다.

"폭탄은 어디에 보관하세요?"

"폭탄이요?"

바솔로뮤가 웃으며 따라 말했다.

"정말 재미있군요…… 폭탄이라니. 들었어, 헨리? 우리가 폭탄을 어디에 보관하는지 알고 싶다는군. 정말 재미있어."

이디스는 몸을 휙 돌려 빈 책상에 앉고는 발을 책상 끄트머리에 걸치고 대롱거렸다. 헨리가 동생 옆에 앉았다.

"자."

그가 멍하게 물었다.

"이번 뉴욕 여행은 어떠니?"

"나쁘지 않아. 호이트 가족들이랑 일요일까지 빌트모어에 묵을 거야. 내일 점심 먹으러 올 수 없어?"

그는 잠시 생각했다.

"지금은 유난히 바빠."

그가 거절했다.

"그리고 난 떼로 모인 여자들이 싫어."

"알았어."

이디스는 침착하게 받아들였다.

"내일 오빠랑 나랑 둘이서 먹자."

"아주 좋지."

"열두 시에 전화할게."

바솔로뮤는 분명 책상으로 돌아가고 싶은 눈치였지만 재미난 대화로 마무리하지 않고 가 버리는 것은 무례한 행동이라고 생각하는 모양이었다.

"저기 말입니다."

그가 어색하게 말을 꺼냈다. 두 사람이 그에게 고개를 돌렸다.

"저, 우리는…… 우리는 저녁 무렵에 흥미진진한 시간을 보냈답니다."

두 남자는 눈빛을 주고받았다.

"더 일찍 오지 그랬어요."

용기를 약간 얻은 바솔로뮤가 말을 이었다.

"보드빌 정기 공연이 있었거든요."

"정말이에요?"

"일종의 세레나데였어."

헨리가 말했다.

"거리 저쪽에서 군인들이 잔뜩 모여서는 간판에다 소리를 질러 대는 거야."

"왜?"

이디스가 물었다.

"군중이니까."

헨리가 무심하게 말했다.

"모든 군중은 울부짖어야 하거든. 앞장서서 제대로 이끌어 줄 사람도 없었어. 아니면 아마 여기로 밀고 들어와서 죄다 박살 냈겠지."

"맞아요."

바솔로뮤가 이디스에게 고개를 돌리며 말했다.

"더 일찍 왔어야 한다니까요."

그는 이쯤 했으면 물러나도 괜찮다고 생각한 듯 갑자기 몸을 돌려 책상으로 돌아갔다.

"군인들은 모두 사회주의자를 반대하는 거야?"

이디스가 오빠에게 물었다.

"내 말은, 오빠를 난폭하게 공격해?"

헨리는 다시 챙 모자를 쓰고 하품을 했다.

"인류는 먼 길을 왔지."

그가 아무렇지도 않은 듯이 말했다.

"하지만 사람들은 대부분 퇴보했어. 군인들은 자기들이 무엇을 원하는지, 아니면 무엇을 싫어하는지, 무엇을 좋아하는지 몰라. 단체 행동을 하는 데 익숙하지. 시위를 벌여야 한다고 생각하나 봐. 우연히 그 대상이 우리가 된 거고. 오늘 밤 도시 곳곳에서 폭동이 일어났어. 알겠지만 노동절이잖아."

"여기에서 일어난 소동은 많이 심각했어?"

"전혀."

그가 비웃듯이 말했다.

"아홉 시경에 스물다섯 명 정도가 거리에 멈춰 서서 달을 향해 소리를 질렀지."

"아."

이디스가 화제를 돌렸다.

"날 보니까 반가워, 오빠?"

"그럼, 물론이지."

"안 그래 보여."

"아니야."

"오빠는 내가…… 헤프게 산다고 생각할 거야. 세계 최악의 쾌락주의자랄까."

헨리가 웃음을 터뜨렸다.

"조금도 그렇지 않아. 젊은 시절에는 즐겁게 보내야지. 왜 그렇게 생각했어? 내가 고지식하고 진지한 청년처럼 보여서?"

"아니야."

이디스는 잠시 입을 다물었다.

"하지만 왠지 내가 다니는 파티가…… 오빠의 그 모든 목적과 상반된다는 생각이 들기 시작했어. 뭐랄까, 서로…… 어울리지가 않아. 안 그래? 난 그렇게 파티에 가고, 오빠는 이곳에서 그런 파티가 더는 열리지 못하게 만들 뭔가를 위해 애쓰고 있잖아. 오빠의 계획대로 될 경우에 말이야."

"난 그렇게 생각하지 않아. 넌 젊고 배운 대로 행동하고 있을 뿐이야. 주저하지 마…… 즐겁게 보내."

하릴없이 흔들리던 그녀의 발이 움직임을 멈추었고 그녀의 목소리는 한층 낮아졌다.

"오빠가…… 오빠가 해리스버그로 돌아와서 즐겁게 지냈으면 좋겠어. 오빠가 올바른 방향으로 가고 있다고 확신해?"

"아름다운 스타킹을 신고 있구나."

그가 말을 잘랐다.

"대체 뭘 한 거야?"

"자수를 놓았어."

이디스는 아래를 흘끗 보며 대답했다.

"정교하지 않아?"

그녀가 치마를 들어 올리며 실크에 싸인 가느다란 종아리를 드러냈다.

"아니면 오빠는 실크 스타킹을 반대해?"

약간 화가 치밀었는지 그의 검은 눈이 날카롭게 그녀에게 쏠렸다.

"어떻게든 내가 너를 비난한다는 사실을 밝히고 싶은 거니, 이디스?"

"그게 아니라……."

그녀는 입을 다물었다. 바솔로뮤가 투덜거리고 있었던 것이다. 그녀가 고개를 돌리자 책상을 떠나 창가에 서 있는 바솔로뮤가 보였다.

"왜 그래?"

헨리가 물었다.

"사람들이야."

바솔로뮤가 이렇게 말하고 잠시 후에 덧붙였다.

"빼곡히도 모였네. 6번가에서 오고 있는데."

"사람들?"

뚱뚱한 남자는 유리창에 코를 대고 눌렀다.

"군인들이야, 이런!"

그가 단호하게 말했다.

"돌아올 줄 알았어."

이디스는 바닥으로 폴짝 뛰어내려 창가에 선 바솔로뮤 옆으로 달려갔다.

"엄청 많아요!"

그녀가 신 나서 외쳤다.

"이리 와, 오빠!"

헨리는 챙 모자를 바로잡고 그대로 앉아 있었다.

"불을 끄는 게 좋지 않을까?"

바솔로뮤가 제안했다.

"아니, 금방 물러가겠지."

"아니야."

이디스는 창밖을 응시하며 말했다.

"물러갈 생각은 눈곱만큼도 없어 보여. 더 많이 몰려오는걸. 봐…… 사람들이 다같이 6번가 모퉁이를 돌고 있어."

그녀는 가로등의 노란 불빛과 푸른 그림자 덕분에 인도가 남자들로 북적이는 모습을 볼 수 있었다. 대개 군복 차림이었고 어떤 사람들은 제정신이었지만 어떤 사람들은 미친 듯이 취해 있었으며 산만하고 시끄러운 아우성이 군중 전체를 뒤덮고 있었다.

헨리가 자리에서 일어나 창가로 다가갔다. 사무실 불빛을 등진 긴 윤곽이 드러났다. 그 즉시 고함 소리가 규칙적인 구호로 변했고 작은 미사일들이 덜거덕덜거덕 쏟아지는 일제 사격이 시작되었다. 담배꽁초, 담뱃갑, 심지어 작은 동전들까지 창문을 때렸다. 어느새 접이문이 돌아가면서 시끄러운 소리가 계단을 타고 날아오기 시작했다.

"올라오고 있어!"

바솔로뮤가 외쳤다. 이디스는 걱정스럽게 헨리에게 고개를 돌렸다.

"사람들이 올라오고 있어, 오빠."

1층 복도에서 이제는 어지간히 알아들을 수 있는 고함이 들렸다.

"빌어먹을 사회주의자들!"

"친독주의자들! 독일군을 지지한 놈들!"

"이 층이야, 앞으로! 어서!"

"이 망할 놈의 자식들을⋯⋯."

그 후 5분은 꿈결처럼 지나갔다. 이디스는 그들 세 사람 위로 갑자기 비구름 같은 아우성이 쏟아졌음을, 계단을 오르는 수많은 발걸음이 천둥처럼 울려 퍼졌음을, 헨리가 그녀의 팔을 붙잡고 사무실 뒤쪽으로 끌고 갔음을 자각했다. 그러다 문이 열렸고 남자들이 우르르 방으로 밀려들었다. 주동자들은 아니었고 우연히 앞에 선 사람들이었다.

"어이, 이봐!"

"늦게까지 있었군, 응?"

"너랑 네 여자랑 말이야. 빌어먹을 놈!"

이디스는 술이 몹시 취한 두 군인이 억지로 떠밀려 앞으로 나왔음을 눈치챘다. 그 둘은 얼빠진 듯이 비틀거렸다. 그중 한 명은 키가 작고 가무잡잡했으며 다른 한 명은 키가 크고 턱이 쑥 들어간 얼굴이었다.

헨리가 한 걸음 나서며 손을 들었다.

"친구 여러분!"

소동이 잠시 잠잠해지다가 투덜거리는 소리가 이어졌다.

"친구 여러분!"

그는 꿈꾸는 듯한 눈을 군중의 머리 너머에 못 박고 다시 말했다.

"오늘 밤 이 난입으로 다치는 사람은 다름 아닌 여러분 자신입니다. 저희가 부자처럼 보입니까? 독일인처럼 보입니까? 저는 여러분이 공명정대하게……."

"목소리 죽여!"

"너나 그래!"

"이봐. 같이 있는 그 여자는 누군가, 친구?"

테이블을 마구 긁어 헤치던 민간인 차림의 한 남자가 갑자기 신문 하나를 들어 올렸다.

"여기 있다!"

그가 외쳤다.

"독일군이 전쟁에서 이기기를 바랐던 거야!"

계단에서 새로운 무리가 어깨를 밀치며 몰려들었다. 갑자기 방은 한구석에 몰린 창백한 소수를 에워싼 남자들로 가득해졌다. 이디스는 턱이 쑥 들어간 키 큰 군인이 아직도 앞에 서 있는 것을 보았다. 작고 가무잡잡한 군인은 사라지고 없었다.

그녀가 슬금슬금 뒷걸음질 치며 열린 창문에 가까이 섰다. 창문으로 시원한 밤공기의 맑은 숨결이 흘러들었다.

곧 방에서 큰 소동이 벌어졌다. 이디스는 군인들이 파도처럼 앞으로 밀려오고 있음을 깨달았고, 그 뚱뚱한 남자가 머리 위로 의자를 휘두르는 모습이 언뜻 보였다. 곧바로 불이 꺼졌다. 이디스는 거칠거칠한 옷을 입은 후끈후끈한 몸들이 밀치락거리고 있음을 느꼈다. 귓가에는 고함과 쿵쿵 짓밟는 소리와 가쁜 숨소리만 가득했다.

어디에선가 비틀거리는 형체가 갑자기 나타나 그녀 곁을 휙 지나갔고 옆으로 밀려나더니 열린 창문으로 허망하게 사라졌다. 겁에 질린 한 마디 비명이 들리다가 아우성에 파묻혀 빠르게 사라졌다. 이 구역 뒤편에 있는 건물에서 흘러나온 희미한 빛 덕분에 이디스는 그것이 턱이 쑥 들어간 키 큰 군인임을 순간적으로 알 수 있었다.

그녀의 몸속에서 깜짝 놀랄 만한 분노가 치솟았다. 그녀는 두 팔을 사납게 휘두르며 가장 시끄러운 소리가 들리는 곳을 향해 무턱대고 움직였다. 끙끙거리는 소리와 욕, 주먹이 옷에 퍽퍽 부딪치는 소리가 들렸다.

"헨리 오빠!"

그녀가 미친 듯이 소리쳤다.

"오빠!"

그러다가 몇 분이 지났고 그녀는 문득 방에 다른 존재들이 있음을 직감했다. 낮고 고압적이며 권위적인 목소리였다. 난장판 여기저기에서 번뜩이는 노란 불빛이 보였다. 비명 소리가 더욱 산만하게 흩어졌다. 요란한 싸움 소리가 커지다가 뚝 그쳤다.

갑자기 방에 불이 들어왔다. 방은 곤봉으로 이쪽저쪽 때려 대는 경찰들로 가득했다. 낮은 목소리가 우렁우렁 울려 퍼졌다.

"그만해! 그만! 그만!"

그 목소리가 다시 들렸다.

"입 다물고 밖으로! 이제 그만!"

방은 세면기처럼 텅 빈 것 같았다. 구석에서 난투를 벌이던 경찰이 붙잡고 있던 상대 군인을 놓아주고 문을 향해 마구 떠밀기 시작했다. 낮은 목소리가 계속 들렸다. 이디스는 그 목소리가 문 근처에 서 있던 목 굵은 경찰서장에게서 나온다는 사실을 깨달았다.

"그만해! 절대 안 돼! 너희 군인들 중 하나가 뒤쪽 창문으로 떠밀려 죽었단 말이다!"

"헨리 오빠!"

이디스가 외쳤다.

"오빠!"

그녀는 두 주먹으로 앞에 있던 남자의 등을 마구 때렸다. 그리고 다른 두 남자 사이를 비집고 지나갔다. 그녀는 싸우고 비명을 지르고 주먹을 마구 휘두르며, 책상 근처 바닥에 앉아 있는 몹시 창백한 형체에게 다가갔다.

"오빠!"

그녀가 격렬하게 소리쳤다.

"왜 그래? 무슨 일이야? 다친 거야?"

눈이 감겨 있었다. 헨리는 신음하다가 고개를 들어 지긋지긋하다는 듯이 말했다.

"내 다리를 부러뜨렸어. 이런 멍청이들!"

"그만해!"

경찰서장이 외쳤다.

"이제 그만! 그만해!"

9

매일 아침 여덟 시, '59가의 차일드'는 대리석 테이블의 넓이든 프라이팬의 광택이든 다른 식당과 별로 차이가 없는 곳이었다. 그곳에서는 가난한 사람들이 잔뜩 보일 것이다. 눈 한 귀퉁이에 잠을 그득 담고서, 다른 가난한 이들을 보지 않으려고 앞에 놓인 제 몫의 음식만 똑바로 보려고 하는 사람들이다. 그러나 네 시간 전의 59가의 차일드는 오리건 주의 포틀랜드에서부터 메인 주의 포틀랜드에 이르기까지 존재하는 어떤 차일드와도 무척 달랐다. 창백하지만 위생적인 벽 안에서는 코러스 걸과 남자 대학생, 사교계 새내기, 난봉꾼, 매춘부들이 시끄럽게 뒤섞인 소리가 들렸다. 브로드웨이에서, 심지어 5번가에서 가장 유쾌한 무리를 대표적으로 조합했다고 할 수 있다.

5월 2일의 이른 아침, 그곳은 유달리 혼잡했다. 마을 하나쯤은 소유한 아버지를 둔 말괄량이들이 흥분한 얼굴을 테이블의 대리석 상판 위로 숙였다. 그들은 입맛을 다시며 메밀 케이크와 스크램블드에그를 맛있게 먹고 있었는데, 네 시간 후 같은 장소에서 다시 하라면 절대 이룩하지 못할 위업이었다.

거기 모인 사람들은 대부분이 델모니코에서 열린 감마 프사이 댄스파티에서 온 이들이었다. 한밤중의 공연을 끝내고 온 코러스 걸 몇 명이 있기는 했는데 그들은 보조 테이블에 앉아 공연을 마치고 화장을 조금만 더 지울걸 그랬다고 생각했다. 곳곳에서는 이 자리와 몹시도 안 어울리는 쥐를 닮은 칙칙한 인물들이 고달프고도 어리둥절한 호기심으로 사교계 여인들을 지켜보았다. 그러나 그런 칙칙한 인물은 예외였다. 지금은 노동절 다음 날 아침이었고 여전히 축제 분위기가 감돌았다.

술은 깼지만 약간 몽롱한 거스 로즈는 쥐를 닮은 인물로 분류되어야 한다. 그는 폭동 이후에 어떻게 44가에서 59가로 왔는지 기억이 가물가물했다. 캐럴 키의 시신이 구급차에 실려 멀어지는 모습을 보았고 그 후에는 군인 두세 명과 함께 시내를 걷기 시작했다. 44가와 59가 사이의 어딘가에서 다른 군인들은 여자들을 만나 사라졌다. 로즈는 콜럼버스 광장으로 터덜터덜 걸어갔다가 커피와 도넛을 먹고픈 욕망을 채울 곳으로 차일드의 반짝이는 불빛을 선택한 것이다. 그는 들어가서 자리에 앉았다.

주변에서는 온통 활기차고 사소한 잡담과 카랑카랑한 웃음소리가 떠돌았다. 처음에는 이해하지 못했지만 어리둥절한 5분을 보내고 나서는 이것이 어떤 유쾌한 파티의 뒤풀이임을 깨닫게 되었다. 정신없이 법석대는 젊은 남자가 테이블 사이를 돌아다니며 형제처럼 가족처럼 닥치는 대로 악수를 했고, 가끔 멈춰 우스갯소리를 나불거렸다. 그러는 동안 흥분한 웨이터들은 케이크와 계란 요리를 높이 들어 올리며 말없이 그 젊은 남자에게 욕을 하고 몸을 부딪쳐 앞길에서 밀어냈다. 가장 눈에 띄지 않고 가장 사람이 적은 테이블에 앉은 로즈에게는 이 모든 장면이 미인과 떠들썩한 기쁨이 어우러진 생생한 서커스였다.

잠시 후 그는 무리에게 등을 돌리고 대각선 맞은편 자리에 앉은 남녀가 이곳에서 가장 흥미로운 한 쌍임을 서서히 알게 되었다. 남자는 취해 있었다. 야회복 차림이었는데 넥타이는 헝클어졌고 셔츠는 물과 와인 얼룩으로 부풀어 있었다. 흐릿하고 충혈된 그의 눈은 부자연스럽게 좌우를 두리번댔다. 입술 사이로 가쁜 숨이 새어 나왔다.

'꽤나 흥청거렸군.'

로즈가 생각했다.

여자는 술을 아예 마시지 않았거나 거의 깬 듯했다. 검은 눈동자에다 열이 나는 것처럼 혈색이 붉은 예쁜 여자였고 빈틈없이 경계하는 매처럼 동행인에게서 활동적인 눈동자를 떼지 않았다. 그녀는 이따금씩 남자에게 몸을 기울여 열심히 소곤거렸고, 그는 괴로운 듯이 머리를 숙이거나 유난히 오싹하고 기분 나쁘게 눈을 끔뻑이며 대답을 대신했다.

로즈가 얼마 동안 말없이 그들을 쳐다보고 있는데 여자가 화난 눈으로 그를 날카롭게 쏘아보았다. 로즈는 눈을 돌려, 테이블 여러 개를 붙여 만든 자리에 있던 댄스파티 참석자들 중 가장 눈에 띄게 유쾌한 두 사람을 보았다. 놀랍게도 그중 한 명은 델모니코에서 그를 익살맞게 접대해 준 젊은 남자였다. 덕분에 그는 두려움이 섞인 어렴풋한 감상에 젖어 키를 떠올리게 되었다. 키는 죽었다. 10미터 높이에서 떨어졌고 두개골이 갈라진 코코넛처럼 쪼개졌다.

'무지 좋은 녀석이었어.'

로즈는 슬픔에 잠겨 생각했다.

'무지 좋은 녀석이었지, 그럼. 운이 지독하게 나빴을 뿐.'

댄스파티 참석자 두 명이 다가와 로즈의 테이블과 다음 테이블 사이를 지나가며 아는 사람이건 모르는 사람이건 구분하지 않고 유쾌하고 친근하게 말을 걸었다. 갑자기 로즈는 뻐드렁니가 보이는 금발 남자가 걸음을 멈추고 맞은편 남녀를 불안하게 바라보다가 못마땅하다는 듯이 고개를 좌우로 흔들기 시작하는 모습을 발견했다.

눈이 충혈된 남자가 고개를 들었다.

"고디."

뻐드렁니가 보이는 댄스파티 참석자가 말했다.

"고디."

"여어."

셔츠가 얼룩진 남자가 탁한 목소리로 말했다.

뻐드렁니는 그 한 쌍에게 비관적으로 손가락을 흔들며 여자에게는 차가운 비난의 눈초리를 던졌다.

"내가 뭐라 그랬냐, 고디?"

고든이 앉은 채로 몸을 흔들었다.

"꺼져!"

그가 말했다. 딘은 계속 그대로 서서 손가락을 흔들었다. 여자가 화를 내기 시작했다.

"저리 가요!"

여자가 사납게 외쳤다.

"당신은 술에 취했어요. 그렇다고요!"

"이 친구도 마찬가지죠."

딘이 손가락을 계속 흔들며 그 손가락으로 고든을 가리켰다. 피터 히멀은 짐짓 점잔을 빼며 연설이라도 하려는 듯 그쪽으로 느긋하게 다가갔다.

"이제 그만."

그는 아이들 사이에 벌어진 시시한 말다툼을 해결하러 온 듯이 말했다.

"문제가 뭡니까?"

"친구를 데리고 저리 가시죠."

주얼이 쏘아붙였다.

"우리를 괴롭히고 있다고요."

"뭐라고요?"

"들었잖아요!"

그녀가 높고 날카로운 목소리로 말했다.

"취한 그 친구를 데리고 가라고 말했어요."

그녀의 높아진 목소리가 시끄러운 식당 위에 울려 퍼졌고 웨이터가 서둘러 다가왔다.

"좀 조용히 해 주시죠!"

"저 작자는 취했어요."

그녀가 외쳤다.

"우리를 모욕하고 있단 말이에요."

"아하, 고디."

피고인이 고집을 부렸다.

"내가 뭐라 그랬냐?"

그는 웨이터에게 고개를 돌렸다.

"고디랑 저는 친굽니다. 저 친구를 도와주려는 거예요. 안 그래, 고디?"

고디가 고개를 들었다.

"나를 도와줘? 천만에!"

주얼이 벌떡 일어나서 고든의 팔을 붙잡고 일어서도록 거들었다.

"어서요, 고디!"

그녀가 그에게 몸을 기울이고 속삭이듯이 말했다.

"여기에서 나가요. 이 사람은 꼴사납게 취했어요."

고든은 재촉받은 대로 일어나서 문을 향해 걸음을 옮기기 시작했다. 순간 주얼이 고개를 돌리더니 자리를 뜨게 만든 장본인에게 말했다.

"당신이 어떤 인간인지 다 알아!"

그녀가 사납게 말했다.

"참 친절한 친구더군요, 정말. 이 사람한테 다 들었다고요."

그런 뒤 그녀는 고든의 팔을 붙잡았다. 둘은 호기심 가득한 무리를 헤치고 계산을 한 뒤 밖으로 나갔다.

"앉으셔야죠."

두 사람이 사라진 후 웨이터가 피터에게 말했다.

"뭐? 앉아?"

"네…… 아니면 나가시든지."

피터가 딘에게 고개를 돌렸다.

"자, 이 웨이터를 두들겨 줄까요?"

피터가 제안했다.

"좋지."

둘은 험악해진 표정으로 웨이터에게 다가갔다. 웨이터가 뒤로 물러났다.

갑자기 피터가 옆 테이블의 접시에 손을 뻗어 다진 고기 요리를 한 주먹 쥐고는 공중으로 던졌다. 그것은 나른한 포물선을 그리며 근처에 앉아 있던 사람들의 머리 위로 눈송이처럼 떨어졌다.

"어이! 진정해!"

"밖으로 내보내!"

"앉아, 피터!"

"제발 그만둬!"

피터가 웃음을 터뜨리며 허리를 숙였다.

"따뜻한 응원에 감사드립니다, 신사 숙녀 여러분. 누군가 저에게 다진 고기 추가분과 실크해트를 빌려 주신다면 이번 막을 계속 진행하겠습니다."

경비원이 다그쳤다.

"가시죠!"

"천만에!"

"그 사람은 내 친구야!"

딘이 화가 나서 끼어들었다. 웨이터들이 우르르 몰려들었다.

"저 사람을 내보내!"

"나가는 게 좋겠다, 피터."

잠시 몸싸움이 벌어졌고 둘은 조금씩 뒤로 밀려났다.

"내 모자와 외투가 여기 있어!"

피터가 외쳤다.

"그럼 잽싸게 가져오시오!"

경비원이 피터를 손에서 놓아주었다. 피터는 우스꽝스럽게도 더없이 교활한 표정을 지으며 즉시 다른 테이블로 쪼르르 달려가 조롱 섞인 웃음을 터뜨리면서 엄지를 코에 대고 분노한 웨이터들을 약 올렸다.

"난 좀 더 뭉그적거려야겠는걸."

그가 선언했다.

추격이 시작되었다. 웨이터 넷은 이쪽으로, 다른 넷은 반대쪽으로 피터를 포위하러 갔다. 딘이 두 웨이터의 외투를 움켜잡았고, 피터를 붙잡으려는 추격전이 재개되기도 전에 다른 몸싸움이 벌어졌다. 피터는 설탕 그릇 하나와 커피 잔 여러 개를 뒤엎은 후에야 붙들렸다. 계산대에서 또 다른 언쟁이 벌어졌다. 피터가 경찰들에게 던질 작정으로 다진 고기 요리를 새로 사려고 했던 것이다.

그러나 그의 퇴장 때문에 일어난 소란은 다른 현상으로 인해 사소한 일이 되어 버렸다. 식당의 모든 사람들이 찬탄하며 눈을 빛냈고 자신도 모르게 "오오오!" 하고 길게 탄성을 질렀다.

식당 정면의 커다란 판유리가 진한 크림색이 감도는 푸른색으로, 맥스필드 패리시(*초현실적이고 다채로운 색감으로 유명한 미국 삽화가.)의 달빛 색으로 변했던 것이다. 사람들이 보기에 그 푸른색은 식당으로 헤집고 들어오려는 것처럼 유리창에 달라붙어 눌러 대고 있었다. 콜럼버스 광장에 새벽이, 숨이 멎을 듯 황홀한 새벽이 밝아 온 것이다. 새벽은 거대한 동상인 불멸의 크리스토퍼의 윤곽을 드러내며 희미해져 가는 실내의 노란 전등 빛과 기이하고 신비롭게 어우러졌다.

10

입구 씨와 출구 씨는 인구 조사원의 명단에 기재된 이름이 아니다. 사교계 인명록이나 출생 기록, 결혼 기록, 사망 신고 기록, 식료품점 외상 장부를 뒤져 보아도 그들의 이름을 찾지 못할 것이다. 망각이 그들을 집어삼켰고 그들이 존재했다는 증언은 모호하고 불분명해서 법정에서 인정되지 못한다. 그러나 나는 잠시 동안이지만 입구 씨와 출구 씨가 살았고 숨을 쉬었고 이름을 부르면 대답했으며 나름대로 강렬한 개성을 뽐냈다는 정보를 가장 확실한 소식통으로부터 입수했다.

그들은 짧은 일생 동안 태어나면서부터 입고 있었던 옷을 입고 위대한 나라의 위대한 대로를 걸었다. 비웃음을 당했고 욕을 들었으며 쫓기다가 그곳에서 달아났다. 그 후로는 자취를 감추었고 영영 소식도 들리지 않았다.

여명이 어른거리는 5월의 새벽, 택시 한 대가 지붕을 열고 브로드웨이를 쌩 달리고 있을 때부터 그들의 존재는 어렴풋하게나마 모습을 드러냈다. 그 택시 속에는 입구 씨와 출구 씨의 영혼이 앉아 이야기를 나누고 있었다. 크리스토퍼 콜럼버스의 동상 뒤로 펼쳐진 하늘을 눈 깜짝할 사이에 물들인 푸른빛에 대해 놀라워하며 이야기를 나누었다. 일찍 일어난 늙은 잿빛 얼굴들이,

잿빛 호수 위로 바람에 날려 간 종잇조각처럼 창백하게 거리를 스쳐 지나가는 모습에 대해 당황스러워하며 이야기를 나누었다. 둘은 차일드 식당 경비원의 불합리함에서부터 삶 자체의 불합리함에 이르기까지 모든 것에서 의견이 일치했다. 그들은 아침이 그들의 불타는 영혼 속에 일깨운 더없이 감상적인 행복 때문에 아찔했다. 정말이지 살아 있다는 기쁨이 어찌나 새롭고도 힘차게 약동하던지 크게 소리치며 표출해야 할 것만 같았다.

"야아아아!"

피터가 두 손을 확성기 삼아 고함을 질렀다. 딘도 동참했는데 똑같이 의미 있고 상징적이긴 했지만 말이 아닌 소리로 울려 퍼지는 외침이었다.

"요호! 이에! 요호! 요부바!"

53가에는 검은 단발머리 미녀가 탄 버스가 있었다. 52가에는 거리 청소부가 있었다. 그는 재빨리 물러서서 비키며 "똑바로 보고 다녀!"라고 침통하면서도 화난 목소리로 고함쳤다. 50가에서는 새하얀 건물 앞의 새하얀 인도에 모여 있던 남자들이 고개를 돌려 그들의 등 뒤에 소리쳤다.

"어이, 대단한 파티였나 봐!"

49가에서 피터는 딘을 보았다.

"아름다운 아침이네요."

그는 올빼미 같은 눈을 가늘게 뜨며 엄숙하게 말했다.

"그런 것 같군."

"아침 좀 먹을까요, 응?"

딘이 동의하며 덧붙였다.

"알코올을 곁들인 아침."

"알코올을 곁들인 아침."

피터가 따라서 말했고 둘은 마주 보며 고개를 끄덕였다.

"그래야 논리적이지."

두 사람은 크게 웃음을 터뜨렸다.

"알코올을 곁들인 아침! 그래, 그거야!"

"그런 건 없는데."

피터가 말했다.

"그렇게 안 차려 줄까요? 상관없어. 어떻게든 가져오라고 하면 되죠. 압박을 가하라."

"논리를 펼쳐라."

택시가 갑자기 브로드웨이를 벗어나 교차 도로로 접어들어 달리더니 5번가에 있는 거대한 무덤 같은 건물 앞에 섰다.

"왜 그래요?"

택시 기사가 이곳이 델모니코라고 알려 주었다.

약간 당혹스러운 일이었다. 그런 지시를 내렸다면 그만한 이유가 있었을 것이므로 둘은 몇 분 동안이나 진지하게 생각을 집중해야 했다.

"외투가 어쩌고 했잖소."

택시 기사가 말했다.

그거였다. 피터의 외투와 모자. 델모니코에 두고 왔던 것이다. 이렇게 결론을 내린 두 사람은 택시에서 내려 나란히 팔짱을 끼고 입구 쪽으로 슬슬 걸어갔다.

"이봐요!"

택시 기사가 말했다.

"뭐요?"

"돈 줘야죠."

둘은 뜬금없이 말도 안 되는 소리를 한다는 듯 고개를 저었다.

"나중에요, 지금은 안 돼요…… 명령하는데 여기서 기다려요."

택시 기사는 거부했다. 지금 돈을 달라고 했다. 둘은 어마어마한 자제심을 발휘하는 사람들처럼 냉소적으로 생색을 내며 돈을 지불했다.

안에 들어간 피터가 컴컴하고 사람이 없는 휴대품 보관소를 뒤지며 외투와 중산모를 찾았지만 소득이 없었다.

"없어진 것 같아요. 누가 훔쳐 갔군."

"셰필드 과학학교 놈이겠지."

"분명 그렇겠죠."

"신경 쓰지 마."

딘이 품위 있게 말했다.

"내 것도 여기 두고 가지…… 그럼 우리 둘 옷차림이 똑같아지잖아."

그는 외투와 모자를 벗어 걸고 있었다. 그런데 두리번거리던 눈길이 휴대품 보관소의 문에 붙은 커다란 네모판지 두 개에 꽂히더니 자석처럼 거기 달라붙었다. 왼쪽 문에 붙은 판지에는 크고 검은 글자로 '입구'라고 쓰여 있었고, 오른쪽 문에 붙은 판지도 똑같이 '출구'라는 글자를 뽐내고 있었다.

"저기 봐!"

그가 만족스럽게 소리쳤다. 피터의 눈이 딘의 손가락을 따라 갔다.

"뭐예요?"

"저 표지판 말이야. 가져가자."

"좋은 생각이네요."

"무척 희귀하고 가치 있는 표지판인 것 같아. 쓸모가 있을 거야."

피터가 왼쪽 표지판을 문에서 떼어 품에 숨기려고 애썼다. 표지판은 크기가 상당해서 쉽지가 않았다. 아이디어가 반짝 떠올랐다. 피터는 엄숙한 신비로움을 풍기며 등을 돌렸다. 잠시 후 그는 극적으로 몸을 빙글 돌리고 두 팔을 펼쳐 자신의 모습을 보여 주었다. 딘이 그것을 감탄하며 바라보았다. 그 표지판을 조끼 속에 넣어 셔츠 앞부분을 뒤덮었던 것이다. 꼭 셔츠 위에 크고 검은 글자로 '입구'라는 단어를 쓴 것만 같았다.

"요호!"

딘이 환호했다.

"입구 씨로군."

그는 똑같은 방식으로 자기 표지판을 넣었다.

"출구 씨 등장!"

그가 의기양양하게 선언했다.

"입구 씨가 출구 씨를 만나다."

둘은 다가서서 악수를 나누었다. 다시 웃음이 폭발해 둘은 몸을 마구 흔들며 배꼽이 빠지도록 웃어 댔다.

"요호!"

"아침을 배 터지게 먹어야겠어요."

"가자…… 코모도어로."

둘은 팔짱을 끼고 문밖으로 힘차게 걸어 나왔다. 그리고 44가에서 동쪽으로 돌아 코모도어를 향해 갔다.

두 사람이 나왔을 때 무척 핼쑥하고 지친 얼굴로 힘없이 인도를 터덜터덜 걸어오던 키 작고 가무잡잡한 군인이 고개를 돌려 그들을 바라보았다.

그는 말을 걸려는 듯 두 사람에게로 다가가다가 두 사람이 즉시 누구냐는 듯 위압적으로 쏘아보자 걸음을 멈추고 기다렸다. 두 사람은 휘청휘청 거리를 걷기 시작했고 군인은 마흔 발자국쯤 떨어져 두 사람을 따라가며 혼자 킬킬대거나 기쁘고 들뜬 목소리로 "오, 이런!" 하고 중얼거렸다.

그러는 동안 입구 씨와 출구 씨는 장래 계획에 관한 농담을 주고받고 있었다.

"우리는 알코올을 원해. 우리는 아침을 원해. 하나가 빠지면 소용없어. 그 둘은 한 몸이지."

"우린 둘 다 원해!"

"둘 다!"

이제는 사방이 꽤 훤했고 행인들이 이 한 쌍에게 호기심 어린 시선을 던지기 시작했다. 둘은 대화에 몰입했고 둘 다 무척 즐거워하는 것 같았다. 이따금씩 발작처럼 터진 웃음이 들이닥쳐 두 사람은 팔짱을 낀 채로 포복절도하곤 했다.

코모도어에 도착한 두 사람은 잠이 덜 깬 얼굴인 문지기와 짤

막한 음담패설을 주고받고는 회전문을 어렵사리 통과한 후 많지는 않았지만 놀라서 쳐다보는 사람들을 헤치고 로비를 지나 식당으로 들어갔다. 웨이터가 어리둥절한 얼굴로 구석의 어두침침한 테이블로 안내했다. 둘은 어이없다는 표정으로 메뉴판을 살펴보고 당황해서 서로에게 메뉴판 내용을 소곤거렸다.

"여긴 술이 없군요."

피터가 나무라는 투로 말했다. 웨이터가 그 말을 들었지만 이해하지는 못했다.

"다시 말하죠."

피터는 끈기 있고도 관대하게 말을 이었다.

"이 메뉴판에는 설명도 없고 불쾌하게 술까지 없단 말이죠."

"내게 줘 봐!"

딘이 자신 있게 말했다.

"내가 처리하지."

그는 웨이터를 쳐다보며 말했다.

"우리에게…… 우리에게……."

그가 걱정스러운 눈으로 메뉴판을 훑었다.

"샴페인 한 병 갖다 주고…… 음…… 음…… 햄 샌드위치면 되겠지."

웨이터가 미심쩍은 눈초리로 바라보았다.

"가져와!"

입구 씨와 출구 씨가 입을 모아 으르렁거렸다.

웨이터는 헛기침을 하고 사라졌다. 잠시 기다리는 동안 수석 웨이터가 자신들을 면밀히 관찰하고 있음을 둘은 조금도 알지 못했다. 곧 샴페인이 도착했고 그것을 본 입구 씨와 출구 씨가 환호했다.

"우리가 아침으로 샴페인을 마신다고 사람들이 항의하는 광경을 상상해 봐. 한번 상상해 봐."

둘 다 그런 기막힌 광경을 떠올리려고 정신을 집중했지만 너무 벅찬 일이었다. 둘의 상상력을 합치더라도, 아침으로 샴페인을 마시는 사람에게 항의하는 세상을 떠올리기란 불가능했다. 웨이터가 요란한 펑 소리를 내며 코르크 마개를 뽑았다. 순식간에 두 사람의 유리잔에서 연노란 거품이 보글보글 일었다.

"건강을 위하여, 입구 씨."

"그대의 건강을 위하여, 출구 씨."

웨이터가 물러났다. 몇 분이 지났다. 샴페인 병이 바닥나고 있었다.

"굴욕적이야."

딘이 불쑥 말했다.

"뭐가 굴욕적이에요?"

"우리가 아침으로 샴페인을 마신다고 사람들이 항의할 거란 생각."

"굴욕적?"

피터가 잠시 생각했다.

"그래, 그거네요…… 굴욕적."

이번에도 둘은 웃다 자지러졌고 큰 소리로 법석을 떨며 의자에서 몸을 앞뒤 좌우로 흔들었다. '굴욕적'이라는 말을 서로에게 마구 되풀이했는데 되풀이하면 할수록 그 말은 더더욱 어처구니없게 느껴질 따름이었다.

홍겨운 시간이 몇 분 더 지난 후 둘은 술을 한 병 더 마시기로 했다. 불안해진 담당 웨이터는 직속상관과 상의했고 그 신중한 상관은 샴페인을 더 내주면 안 된다는 뜻으로 어떤 지시를 내렸다. 계산서가 전달되었다.

5분 후 두 사람은 팔짱을 끼고 코모도어에서 나와 호기심 어린 눈으로 응시하는 인파를 헤치며 42가를 걷다가 밴더빌트 가를 따라 빌트모어 호텔로 갔다. 그곳에 이르자 순간적으로 머리를 굴려 위기를 모면하고 로비를 가로질렀다. 억지스레 몸을 꼿꼿이 세우고 재빨리 걸음을 옮긴 것이다.

일단 식당으로 들어간 두 사람은 똑같은 행동을 되풀이했다. 간간이 발작하듯이 웃음을 터뜨리다가 뜬금없이 정치와 대학과 자신들의 명랑한 성격에 관해 이야기를 나누었다. 두 사람의 손목시계는 지금이 아홉 시라고 알려 주었다. 기억에 남을 파티에 참석했으며 언제까지나 잊지 못할 거라는 생각이 어렴풋이 싹텄다. 그들은 두 병째 샴페인을 느릿느릿 마셨다. '굴욕적'이라는 말만 나오면 둘 다 숨이 찰 만큼 정신없이 웃어 댔다. 이제 식당은 윙윙거리며 움직이고 있었다. 기묘한 쾌활함이 퍼지며 후텁지근한 공기를 정화했다.

둘은 계산을 하고 로비로 나갔다.

바로 그때 호텔 현관문이 그날 아침 천 번째로 회전하며 몹시 창백하고 아리따운 아가씨를 로비로 들여보냈다. 눈 밑에는 짙은 그늘이 드리워졌고 심하게 구겨진 이브닝드레스를 입은 여자였다. 그녀는 못생기고 뚱뚱한 남자와 함께였는데 분명 어울리는 수행원은 아니었다.

이 남녀가 계단 꼭대기에서 입구 씨, 출구 씨와 마주쳤다.

"이디스."

입구 씨가 유쾌하게 그녀에게 다가가 허리를 넙죽 숙이며 말했다.

"이디스, 안녕."

뚱뚱한 남자는 미심쩍은 눈빛으로 이디스를 힐끗 쳐다보았다. 허락만 하면 이 남자를 당장 저쪽으로 내던지겠다는 표정이었다.

"제가 너무 편하게 얘기했군요."

피터가 나중에 생각난 듯이 덧붙였다.

"이디스, 좋은 아침이에요."

그는 딘의 팔꿈치를 잡고 잘 보이는 위치로 떠밀었다.

"제 절친한 친구, 출구 씨를 소개하지요. 둘도 없는 친구입니다. 입구 씨와 출구 씨는."

출구 씨가 앞으로 나서며 허리를 숙였다. 너무 가까이에서 너무 낮게 숙인 탓에 몸이 앞으로 살짝 기울었다. 그는 손으로 이디스의 어깨를 살짝 짚어 겨우 균형을 잡았다.

"저는 출구 씨입니다, 이디스."

그가 즐겁게 소곤거렸다.

"출구 씨와 입구 씨죠."

"출구 씨와 입구 씨."

피터가 의기양양하게 말했다.

그러나 이디스는 두 사람의 옆쪽을 응시했다. 그녀의 시선은 위쪽 발코니의 보이지 않는 점에 못 박혀 있었다. 이디스가 뚱뚱한 남자에게 살짝 고갯짓을 했고 그는 황소처럼 나서서 억세고 기운찬 몸짓으로 입구 씨와 출구 씨를 양쪽으로 밀었다. 그렇게 난 사잇길로 남자와 이디스가 걸어갔다.

그런데 열 걸음쯤 내딛던 이디스가 다시 발을 멈추었다. 그리고 키가 작고 가무잡잡한 군인을 손가락으로 가리켰다. 그는 얼떨떨하고 황홀한 경외감 같은 것을 느끼며 거기 있는 사람들 전체를, 특히 입구 씨와 출구 씨가 연출하는 인상적인 장면을 구경하고 있었다.

"저기요."

이디스가 외쳤다.

"저길 봐요!"

그녀의 목소리가 높아지며 약간 날카로워졌다. 대상을 가리키는 그녀의 손가락이 파르르 떨렸다.

"오빠의 다리를 부러뜨린 군인이에요."

여기저기에서 고함이 터졌다. 모닝코트 차림으로 프런트 근처에 있던 남자가 자리를 떠나 날쌔게 전진했다. 뚱뚱한 남자는 그 작고 가무잡잡한 군인을 향해 번개처럼 달려들었고 곧 로비에 작은 무리가 바글거리며 입구 씨와 출구 씨의 시야를 가렸다.

그러나 입구 씨와 출구 씨에게 이 사건은 윙윙거리고 빙빙 도는 세상의 다채로운 무지갯빛 조각일 뿐이었다.

두 사람의 귀에 고함 소리가 들렸다. 뚱뚱한 남자가 펄쩍 뛰어오르는 모습이 보였다. 그러다 갑자기 시야가 흐릿해졌다.

어느덧 두 사람은 높이 올라가는 엘리베이터에 타고 있었다.

"몇 층으로 가십니까?"

엘리베이터 운행원이 말했다.

"아무 층이나."

입구 씨가 말했다.

"꼭대기 층."

출구 씨가 말했다.

"여기가 꼭대기 층입니다."

엘리베이터 운행원이 말했다.

"한 층 더 올라가요."

출구 씨가 말했다.

"더 높이."

입구 씨가 말했다.

"하늘까지."

출구 씨가 말했다.

11

6번가 바로 옆 작은 호텔방에서 고든 스터렛이 깨어났다. 뒤통수가 지끈거렸고 모든 핏줄이 욱신거리며 아팠다. 그는 호텔방 구석구석을 뒤덮은 거무스름한 잿빛 그림자를 보았다. 오래 써서 외피가 벗겨진 커다란 가죽 의자를 보았다. 그는 옷을, 뒤죽박죽 헝클어진 옷을 보았고 퀴퀴한 담배 냄새와 고약한 술 냄새를 맡았다. 창문은 굳게 닫혀 있었다. 밖에서는 눈부신 햇빛이 먼지투성이 빛줄기를 창밑으로 던지고 있었다. 그 빛줄기는 그가 잠을 잔 넓은 나무 침대의 머리 부분에서 꺾였다. 그는 몹시 조용히 누워 있었다. 혼수상태에 빠진 사람처럼 몽롱한 상태로 눈을 크게 떴고, 생각은 기름을 바르지 않은 기계처럼 거칠게 딸가닥거렸다.

먼지 가득한 햇살과 커다란 가죽 의자의 찢어진 부위를 인식하고 30초가 지난 때였을 것이다. 그는 바로 옆에 생명체가 있음을 감지했다. 그리고 다시 30초가 지났을 때 주얼 허드슨과 돌이킬 수 없는 결혼을 해 버렸음을 깨달았다.

30분 후 그는 밖으로 나와 스포츠 용품점에 가서 회전식 연발총을 하나 샀다. 그리고 택시에 몸을 싣고 그가 사는 동쪽 27가의 방으로 갔다. 그림 재료가 놓인 테이블 위로 몸을 구부린 후 총을 관자놀이 옆에 대고 방아쇠를 당겼다.

자기와 분홍

    작은 여름용 별장 1층의 어느 방. 그림이 그려진 띠 벽지가 위쪽 벽을 두르고 있다. 띠 벽지의 그림은 발치에 그물이 쌓인 어부와 진홍색 바다에 뜬 배 한 척, 발치에 그물이 쌓인 어부와 진홍색 바다에 뜬 배 한 척, 발치에 그물이 쌓인 어부와 진홍색 바다에 뜬 배 한 척, 이렇게 이어진다. 한 부분에서는 띠 벽지가 겹쳐져, 발치에 반쪽짜리 그물이 쌓인 반쪽짜리 어부와 반쪽짜리 진홍색 바다에 뜬 배 반 척이 눅눅하게 따닥따닥 붙어 있다. 띠 벽지는 플롯에 포함되지 않지만 솔직히 나를 매료시킨다. 띠 벽지 이야기만 무한정 늘어놓을 수도 있지만 방에 있는 두 물체 중 하나에 나는 주의를 빼앗긴다. 파란 자기 욕조다. 이 욕조는 개성이 있다. 최신 경주용 차체는 아니지만 높은 뒷좌석이 딸린 자그마한 몸통에다 펄쩍 뛰어오를 것 같은 인상이다. 그러나 애석하게도 다리가 짧아서 주위 환경과 몸을 덮은 하늘색 페인트에 온순히 굴복한 모습이다. 그러나 욕조는 어떤 고객도 다리를 쭉 펴지 못하게 심술을 부린다. 그래서 우리는 방에 있는 다른 물체로 깔끔하게 건너뛴다.

그것은 소녀다. 분명 욕조의 부속물로 머리와 목구멍만 보인다(아름다운 소녀들은 목이 아니라 목구멍을 지니고 있다.). 그리고 욕조 옆쪽으로 어깨인 듯한 부분이 살짝 올라와 있다. 연극이 시작하고 처음 10분 동안 관객은 소녀가 옷을 전혀 입지 않고 정정당당하게 게임에 참여하고 있는지, 아니면 눈가림일 뿐 옷을 입고 있는지 그 생각에만 골몰한다.

소녀의 이름은 줄리 마비스다. 욕조 속에서 몸을 꼿꼿이 세우고 당당하게 앉은 모습에서, 우리는 그녀의 키가 그리 크지 않다는 사실과 자세가 좋다는 사실을 추론한다. 그녀가 웃을 때는 윗입술이 살짝 말려 부활절 토끼가 떠오른다. 그녀는 스무 살을 코앞에 둔 나이다.

한 가지 더. 욕조의 오른편 위쪽에 창문이 하나 있다. 창문은 좁고 창턱은 넓다. 햇빛은 풍부하게 들여보내되 창문을 들여다보는 사람에게는 욕조가 보이지 않도록 해 주는 기능을 한다. 이야기가 어떻게 진행될지 슬슬 감이 오는가?

연극은 그야말로 평범하게 노래로 시작하지만 앞쪽 절반은 깜짝 놀라 헐떡이는 관객의 숨소리에 묻혀 버리기 때문에 나머지 부분만 기록하겠다.

줄 리 (경쾌하고 열정적인 소프라노로)

카이사르는 시카고를 출 때면

180

품위 있는 아이였다네.

그 신성한 닭들은

난리 법석을 떨었지.

순결한 여사제들은 미쳐 날뛰었지.

네르비 족이 용기를 내볼라치면

카이사르는 지독히도 조롱했고

그들은 와들와들 떨었지.

집정관 블루스 그리고

로마 제국 재즈에.

(뒤이어 격렬한 박수갈채가 쏟아지는 동안 줄리가 겸손하게 두 팔을 움직여 수면에 물결을 일으킨다. 적어도 관객의 생각에는 그렇다. 그때 왼쪽 문이 열리고 로이스 마비스가 들어온다. 옷을 입고 있지만 옷가지와 수건을 들고 있다. 로이스는 줄리보다 한 살이 많고 얼굴과 목소리는 쌍둥이처럼 닮았다. 그러나 로이스의 옷과 표정에서는 보수적인 티가 난다. 그렇다, 짐작대로다. 인물을 혼동하는 것은 이야기의 방향을 바꾸는 오래되고 녹슨 회전축이다.)

로이스　(흠칫 놀라며) 어머, 미안. 네가 여기 있는지 몰랐어.

줄 리　어, 어서 와. 작은 음악회를 열고 있었어…….

로이스　(말을 끊으며) 문은 왜 안 잠갔니?

줄 리　그랬나?

로이스　물론이지. 내가 문을 뚫고 들어왔겠니?

줄 리 열쇠로 연 줄 알았지, 언니.

로이스 넌 참 조심성이 없더라.

줄 리 맞아. 난 청소부의 개만큼이나 행복하고 작은 음악회
를 열던 중이야.

로이스 (엄하게) 나잇값 좀 해!

줄 리 (분홍빛 팔 하나를 방 쪽으로 휘두르며) 벽이 소리를
반사하잖아. 그래서 욕조 속에서 노래를 부르는 건
무척 아름다운 일이야. 탁월한 아름다움을 연출해 준
다니까. 한 곡 불러 줘?

로이스 욕조에서 서둘러 나오기나 해.

줄 리 (생각에 잠겨 고개를 저으며) 서두를 수 없어. 지금
여기는 내 왕국이란 말이야. 경건함 양.

로이스 왜 그리 그윽한 이름을 갖다 붙이니?

줄 리 언니는 지금 청결함 다음에 있으니까.(*청결을 강조하
는 격언인 '청결함은 경건함 다음으로 중요하다.'를 이용한
농담이다.) 제발 아무것도 던지지 마!

로이스 얼마나 있으려고?

줄 리 (잠시 생각하다가) 최소한 십오 분, 최대한 이십오
분.

로이스 나에 대한 애정의 표시로 십 분 안에 끝내 주면 안 되
니?

줄 리 (회상하며) 오, 경건함 양. 지난 1월의 추웠던 어느 날
이 기억나? 부활절 토끼 같은 웃음으로 유명한 줄리
가 외출을 해야 하는데 뜨거운 물이 거의 없어서, 어

린 줄리는 그 자그마한 몸을 씻으려고 직접 욕조에 물을 가득 채웠지. 그런데 심술궂은 언니가 들어와서 그 속에 몸을 담그는 바람에 어린 줄리는 어쩔 수 없이 콜드크림으로 목욕재계를 해야 했어. 무척 사치스럽고 빌어먹을 정도로 번거로운 목욕이었지.

로이스 (조바심 내며) 그래서 서두르지 않을 거라고?

줄 리 왜 그래야 되는데?

로이스 데이트가 있단 말이야.

줄 리 여기, 집에서?

로이스 넌 몰라도 돼.

(줄리가 수면 위로 보이는 어깨 끝부분을 으쓱하고는 물을 휘저어 잔물결을 일으킨다.)

줄 리 마음대로.

로이스 아, 맙소사, 그래! 여기 집에서 데이트가 있어…… 어떤 의미에서는.

줄 리 어떤 의미에서는?

로이스 그 사람은 들어오지 않을 거야. 나를 불러내면 함께 산책할 거야.

줄 리 (눈썹을 추켜올리며) 아, 그림이 딱 나오는군. 그 문학적인 캘킨스 씨로구나. 그 사람을 집에 초대하지 않기로 엄마하고 약속했을 텐데.

로이스 (절실하게) 엄마는 정말 바보야. 그 사람이 이혼했다는 이유만으로 싫어해. 물론 엄마가 나보다 경험이 풍부하지만…….

줄 리 (사려 깊게) 엄마 말에 속지 마! 경험은 세상에서 가장
큰 황금 벽돌이다. 나이 든 사람들은 죄다 그 말을 팔아
넘긴다니까.

로이스 난 그 사람이 좋아. 우린 문학 얘기를 한단다.

줄 리 아, 그래서 요새 집 곳곳에서 그 무거운 책들이 눈에
띄었구나.

로이스 그 사람이 빌려 줬어.

줄 리 뭐, 그 사람한테 맞춰 줘야 하니까. 로마에 가면 로마
법을 따르는 게 좋지. 하지만 난 책이랑은 안녕이야.
교육도 다 받았으니까.

로이스 넌 너무 일관성이 없어…… 지난여름에는 날마다 책
을 읽었잖아.

줄 리 내가 일관성이 있었으면 아직도 우유병으로 따뜻한
우유를 빨며 살고 있을 거야.

로이스 맞아, 그건 아마 내 우유병일 테고. 하지만 난 캘킨스
씨가 좋아.

줄 리 난 만난 적이 없는데.

로이스 자, 서둘러 줄래?

줄 리 알았어. (잠시 침묵하다가) 물이 미지근해지기를 기다
렸다가 뜨거운 물을 더 넣을래.

로이스 (비꼬듯이) 참도 재미있겠네!

줄 리 우리가 했던 '거품 놀이' 기억나?

로이스 그래…… 열 살 때였지. 네가 아직도 그 놀이를 하지
않는 게 정말이지 놀랍다.

줄 리 아직도 해. 곧 할 거고.

로이스 바보 같은 놀이야.

줄 리 (다정하게) 아니, 안 그래. 담력을 기르는 데 좋아. 언니는 방법을 잊어버렸겠지.

로이스 (도전적으로) 아니, 안 잊었어. 그게…… 그게 욕조에 비누 거품을 잔뜩 채우고 가장자리에서부터 미끄러져 내려가는 거잖아.

줄 리 (깔보듯이 고개를 저으며) 흥! 그건 고작 일부분이고. 미끄러질 때는 손이나 발을 잡으면 안 되고…….

로이스 (다급하게) 아, 이런! 무슨 상관이야? 여름에 여기를 그만 오든지 욕조가 두 개 딸린 집을 구하면 좋겠다.

줄 리 작은 양철 목욕통이나 호스를 이용해서…….

로이스 오, 입 닫아!

줄 리 (느닷없이) 수건은 뒤.

로이스 뭐?

줄 리 갈 때 수건은 두고 가라고.

로이스 이 수건?

줄 리 (귀엽게) 응, 수건을 깜빡했어.

로이스 (처음으로 주변을 둘러보며) 어머, 이 바보! 실내복도 안 가져왔잖아.

줄 리 (따라서 둘러보며) 어, 그랬나 봐.

로이스 (점점 의심을 키우며) 여기에는 어떻게 왔니?

줄 리 (웃음을 터뜨리며) 아마…… 아마…… 여기까지 부리나케 내려왔겠지. 알겠지…… 하얀 형체가 계단을 휙 내려와서…….

로이스 (깜짝 놀라며) 어머, 이 철면피 아가씨야, 넌 자존심이
　　　나 자긍심도 없니?

줄 리 둘 다 많지. 그 행동 덕분에 드러난 것 같은데. 내 몸
　　　은 무척 건강해 보였어. 난 정말이지 자연스러운 상
　　　태일 때가 더 사랑스럽잖아.

로이스 아니, 넌…….

줄 리 (생각을 소리 내어 말하며) 사람들이 아예 옷을 안 입
　　　었으면 좋겠다. 난 이교도나 원주민으로 태어났어야
　　　하는데.

로이스 넌…….

줄 리 어젯밤에 꿈을 꾸었는데, 어느 일요일에 작은 소년이
　　　옷을 끌어당기는 자석을 교회로 가져왔어. 그 아이가
　　　모든 사람들의 옷을 싹 끌어당겨 버렸어. 사람들은 끔
　　　찍한 상태에 빠졌어. 울고 비명을 지르면서 자기 피부
　　　를 처음 발견한 것처럼 법석을 떠는 거야. 오직 나만이
　　　아무렇지도 않았어. 그래서 난 그냥 웃었어. 아무도 하
　　　지 않으려고 해서 내가 헌금 접시를 돌려야 했어.

로이스 (그 말을 조금도 귀담아듣지 않고) 그럼 내가 오지 않
　　　았으면 뛰어서 방으로 돌아가려고 했단 말이니? 완전
　　　히…… 발가벗고?

줄 리 '자연 상태'라는 표현이 훨씬 나은걸.

로이스 거실에 누가 있었다고 생각해 봐.

줄 리 아직까지는 그런 적 없는데.

로이스 아직까지? 맙소사! 대체 언제부터…….

줄 리 게다가 보통은 수건이 있어.

로이스 (자제력을 잃고) 세상에! 넌 좀 맞아야 돼. 한 번 된통 걸렸으면 좋겠다. 네가 나왔을 때 거실에 열 명이 넘는 목사님들이 있었으면 좋겠어. 사모님과 딸 들까지 다.

줄 리 '거실에는 그 사람들이 있을 공간이 없어요.'라고 세탁 교구의 깔끔한 케이트가 대답했답니다.

로이스 좋아. 네가 직접 준비했으니…… 이 욕조 말이야. 그 속에 누워 있으렴.

(로이스가 단호한 모습으로 문을 향해 걸음을 옮긴다.)

줄 리 (놀라서) 언니! 언니! 실내복은 괜찮지만 수건은 필요해. 비누 조각이나 젖은 얼굴 수건으로 물기를 닦아 낼 수는 없잖아.

로이스 (완고하게) 이런 인간의 비위를 맞춰 줄 생각은 없어. 재량껏 물기를 닦아 내렴. 옷을 전혀 입지 않는 동물들처럼 몸을 바닥에 굴리든지.

줄 리 (다시 만족스럽게) 알았어. 나가!

로이스 (거만하게) 흥!

(줄리는 차가운 물을 틀고 손가락을 대서 물줄기가 포물선을 그리며 로이스를 향하게 만든다. 로이스는 재빨리 물러서더니 나가며 문을 쾅 닫는다. 줄리가 웃음을 터뜨리고 수도꼭지를 잠근다.)

줄 리 (노래로)

애로 칼라를 단 남자가

저키스 아가씨를 만나네.

연기가 나지 않는 산타페 철도에서

그녀의 페베코 웃음

그녀의 루실 스타일

음음음음 하루는……

(줄리가 노래를 휘파람으로 바꾸고 수도꼭지를 틀려고 몸을 앞으로 내밀었지만 수도관에서 쿵 소리가 세 번 들려 깜짝 놀란다. 잠시 정적이 흐른다. 그러다 그녀는 수도꼭지가 전화기라도 되는 듯이 입을 가까이 댄다.)

줄 리 여보세요! (대답이 없다.) 배관공인가요? (대답이 없다.) 수도국에서 나오셨나요? (크고 둔탁하게 쿵 소리가 난다.) 용무가 뭐예요? (대답이 없다.) 유령인가 보군요. 맞아요? (대답이 없다.) 뭐, 그럼 쿵 소리 좀 그만 내세요. (줄리는 손을 내밀어 온수 수도꼭지를 튼다. 물이 나오지 않는다. 줄리가 다시 수도꼭지 가까이에 입을 댄다.) 배관공이라면 비열한 재주네요. 필요한 사람에게 물 좀 줘요. (크고 둔탁한 쿵 소리가 두 번 들린다.) 입씨름하지 말아요! 난 물이 필요해요…… 물! 물!

(창문에서 젊은 남자의 머리가 나타난다. 가느다란 콧수염과 호의적인 눈을 갖춘 얼굴이다. 그 눈은 열심히 응시하다가, 그물과 함께 있는 수많은 어부와 수많은 진홍색 바다 말고는 아무

것도 보이지 않지만 말을 걸기로 마음먹는다.)

남 자 누가 기절했습니까?

줄 리 (화들짝 놀라며 곧장 귀를 쫑긋 세운다.) 심장이 팔짝
       튀어나오겠네!

남 자 (도와주려는 듯이) 물은 발작에 별 도움이 안 돼요.

줄 리 발작? 누가 발작 얘기를 했다고!

남 자 뛰고 어쩐다는 얘기를 했잖아요.

줄 리 (단호하게) 안 했어요!

남 자 글쎄요. 그 얘기는 나중에 하기로 합시다. 나올 준비
       됐어요? 아니면 아직도 나와 나가면 모두가 입방아를
       찧을 거라고 생각하고 있나요?

줄 리 (웃으며) 입방아라니! 그럴까요? 입방아 정도가 아닐
       텐데요. 대단한 추문에 시달리게 될 거예요.

남 자 아니, 너무 심각하게 생각하는군요. 당신 가족은 다
       소 언짢아하겠지만 순수한 사람에게는 모든 게 유혹
       처럼 보이는 법이죠. 아무도 신경 쓰지 않을 겁니다.
       일부 나이 든 여자들을 빼고는. 어서 갑시다.

줄 리 당신은 지금 당신이 뭘 하자고 하는지 모르는군요.

남 자 사람들이 무리 지어 우리를 따라올 거라고 생각해요?

줄 리 무리? 한 시간마다 뉴욕을 떠나는, 몸체가 죄다 강철
       로 만들어졌고 식당차까지 딸린 특별 기차가 따라올
       걸요.

남 자 혹시 집 안 대청소 중인가요?

줄 리 왜요?

남 자 벽에서 그림을 싹 떼어 낸 것 같아서요.

줄 리 어머, 이 방에는 원래 그림이 없어요.

남 자 이상하군요. 그림이나 태피스트리나 화판이 없는 방
    이라니, 들어 본 적이 없는데요.

줄 리 여기에는 가구도 전혀 없답니다.

남 자 이상한 집이로군요!

줄 리 당신이 어느 각도에서 보느냐에 따라 다르죠.

남 자 (감상적으로) 당신과 이렇게 얘기하니 참 좋군요. 목
    소리만 들리니 말이에요. 모습이 안 보이니 오히려
    재미있어요.

줄 리 (고마워하며) 저도 그래요.

남 자 몸에 걸친 건 어떤 색이에요?

줄 리 (어깨를 비판적으로 살펴본 후) 뭐, 분홍빛이 감도는
    흰색이라고 해야겠군요.

남 자 당신에게 잘 어울리나요?

줄 리 무척 잘 어울리죠. 이건…… 이건 오래된 거거든요.
    예전부터 갖고 있었죠.

남 자 당신이 오래된 옷을 싫어하는 줄 알았어요.

줄 리 맞아요…… 하지만 이건 생일 선물이라서 반드시 입
    고 있어야 한달까.

남 자 분홍빛이 감도는 흰색이라. 음, 분명 눈부시게 아름
    다울 거예요. 유행에 따른 것인가요?

줄 리 매우 단순한 표준 모델이죠.

남 자 목소리가 정말 감미롭군요! 멋지게 울려 퍼져요! 가끔

눈을 감으면 당신이 저 먼 외딴섬에서 나를 부르는 모습이 보이는 것 같아요. 나는 당신이 부르는 목소리를 들으며 당신을 향해 파도 속으로 풍덩 뛰어들죠. 당신의 양편에서는 물이 펼쳐져 있고…….

(비누가 욕조 옆면에서 미끄러져 풍당 빠진다. 젊은 남자가 눈을 깜빡거린다.)

남 자 뭐였습니까? 내가 꿈을 꾼 건가요?

줄 리 그래요. 당신은…… 당신은 매우 시적인 사람이군요. 그렇죠?

남 자 (꿈꾸듯이) 아닙니다. 난 산문을 쓰죠. 운문은 마음을 휘젓는 게 있을 때만 써요.

줄 리 (중얼거리듯) 숟가락이 휘저었을 때 말이지…….

남 자 하지만 시를 늘 사랑했어요. 지금까지도 내가 처음 외운 시를 기억하고 있어요. 「에반젤린」이었지요.

줄 리 거짓말.

남 자 내가 「에반젤린」이라고 말했나요? 그게 아니라 「갑옷 입은 해골」이에요.

줄 리 난 교양이 부족해요. 하지만 처음 외운 시는 기억할 수 있죠. 연이 하나뿐이었어요.

파커와 데이비스가

울타리에 앉아

십오 센트로

일 달러를 벌려고 했다네.

남 자 (간절히) 문학이 점점 좋아지나 봐요?

줄 리 너무 오래되었거나 복잡하거나 우울하지 않으면요.
사람들도 마찬가지예요. 사람들이 너무 오래되었거나
복잡하거나 우울하지 않으면 대개는 좋아해요.

남 자 물론 저는 엄청나게 많은 책을 읽었어요. 어젯밤 당신
은 월터 스콧(*스코틀랜드 소설가로 중세 시대를 배경으
로 하는 역사 연애소설을 썼다.)을 무척 좋아한다고 말했
지요.

줄 리 (생각하며) 스콧? 어디 보자. 맞아요. 난『아이반호』
와『모히칸 족의 최후』를 읽었어요.

남 자 그건 쿠퍼가 쓴 책입니다.

줄 리 (발끈하며)『아이반호』가요? 말도 안 돼! 나도 알만큼
알아요. 읽었다고요.

남 자 『모히칸 족의 최후』가 쿠퍼란 말입니다.

줄 리 무슨 상관이람! 난 오 헨리를 좋아해요. 그런 이야기
들을 어떻게 썼는지 모르겠다니까요. 대부분은 감옥
에서 썼지요.『리딩 감옥의 노래』는 감옥에서 쓴 것이
랍니다.

남 자 (입술을 깨물며) 문학…… 문학! 나에게는 얼마나 큰
의미인지 모릅니다!

줄 리 뭐, 개비 데슬리스가 베르그송 씨에게 말했죠. 내 외
모와 당신의 두뇌를 합치면 못할 게 없다고요.

남 자 (웃음을 터뜨리며) 당신은 정말이지 따라잡기 힘들

군요. 하루는 몹시도 유쾌하더니 다음날이면 우울해
하죠. 내가 당신의 기질을 제대로 이해하지 못했다
면…….

줄 리 (참지 못하고) 아, 당신도 그런 성격 분석 애호가인
가 봐요? 오 분 만에 사람들을 판단하고 그 사람들 이
름이 나올 때마다 잘 안다는 표정을 짓죠. 난 그런 게
무척 싫어요.

남 자 당신을 판단했다고 허풍 떠는 게 아니에요. 솔직히 당
신처럼 신비로운 사람은 처음입니다.

줄 리 역사상 신비로운 사람은 둘뿐이에요.

남 자 누굽니까?

줄 리 철가면을 쓴 남자와 통화 중일 때 '억, 어구, 어구, 어
구.' 하고 말하는 사람이죠.

남 자 당신은 정말 신비로워요. 사랑합니다. 당신은 아름답
고 지적이고 고결해요. 그 모두를 갖춘 사람은 몹시
드물지요.

줄 리 당신은 사학자죠. 역사에 등장한 욕조가 있다면 말해
줘요. 내 생각엔 욕조가 놀랄 만큼 무시당해 왔거든
요.

남 자 욕조라니! 어디 보자. 음, 아가멤논은 욕조에서 칼에
찔려 죽었죠. 또 샬럿 코데이는 욕조에 있는 마라를
찔렀고요.

줄 리 (한숨을 쉬며) 옛날 옛적이군요! 태양 말고는 새것이란
없어요. 그렇죠? 바로 어제 희가극 악보를 하나 꺼냈

는데 적어도 이십 년은 되어 보였어요. 표지에는 〈노르망디의 시미〉라고 쓰여 있었는데, '시미'의 스펠링이 옛날식으로 시(C)로 시작하는 거 있죠.

남 자 난 그런 현대식 춤이 싫어요. 오, 로이스. 당신을 볼 수 있으면 좋겠군요. 창가로 와요.

(수도관에서 큰 소리가 쿵 들리더니 열어 둔 수도꼭지에서 갑자기 물이 나오기 시작한다. 줄리가 재빨리 수도꼭지를 잠근다.)

남 자 (당황해서) 대체 뭐였습니까?

줄 리 (재치 있게) 나도 무슨 소리를 들었어요.

남 자 물이 흐르는 소리 같던데요.

줄 리 그랬어요? 그랬다니 이상하네요. 사실 난 금붕어 어항에 물을 채우는 중이었거든요.

남 자 (여전히 당황한 채로) 그 쿵 소리는 뭐였을까요?

줄 리 금붕어 한 마리가 금빛 턱을 탁 닫는 소리겠죠.

남 자 (갑자기 단호하게) 로이스, 사랑해요. 나는 평범한 사람이 아니라 척척…….

줄 리 (즉시 흥미를 보이며) 오, 완전 멋지네요.

남 자 척척 나아가는 사람입니다. 로이스, 당신을 원해요.

줄 리 (의심하듯이) 흥! 당신이 진정 원하는 것은 세상이 차려 자세를 취하고 당신이 "쉬어!" 하고 말할 때까지 그대로 서 있는 거죠.

남 자 로이스, 난…… 로이스, 난…….

(남자는 로이스가 문을 열고 들어오며 등 뒤로 문을 쾅 닫는 모습을 보고 입을 다문다. 로이스가 불만스럽게 줄리를 보다가

194

문득 창가에 있는 젊은 남자의 모습을 발견한다.)

로이스 (경악하며) 캘킨스 씨!

남 자 (놀라며) 아니, 분홍빛이 도는 흰색 옷을 입었다고 하
        지 않았나요?

(로이스는 절망스럽게 쳐다보다가 비명을 지르고 항복했다는
듯이 두 손을 들며 바닥에 털썩 주저앉는다.)

남 자 (무척 놀라) 맙소사! 기절했어! 당장 들어가겠소.

(줄리의 시선이 로이스의 기운 없는 손에서 미끄러진 수건에
꽂힌다.)

줄 리 그렇다면 난 당장 나가야겠군.

(줄리가 두 손으로 욕조 양옆을 짚고 몸을 일으켜 나온다. 객
석에서는 헐떡임과 한숨이 반씩 섞여 웅얼대는 소리가 물결친
다. 벨라스코풍 어둠이 재빨리 내려와 무대를 가린다.)

막이 내린다.

리츠칼튼 호텔만 한 다이아몬드

1

존 T. 엉거는 미시시피 강 유역의 작은 도시 하데스에서 수 세대 동안 명성을 유지한 가문에서 태어났다. 존의 아버지는 치 열한 대회들을 많이 거쳐 아마추어 골프 선수권을 보유하게 되 었다. 엉거 부인은 지역 특유의 경구처럼 '담배 연기 가득한 골 방에서부터 범죄 소굴에 이르기까지' 정치 연설로 이름을 떨쳤 다. 그리고 막 열여섯 살이 된 젊은 존 T. 엉거는 긴 바지를 입 기 전부터 뉴욕에서 최신 유행하는 춤을 빠짐없이 추었다. 그리 고 이제 일정 기간 동안 집을 떠나 있게 되었다. 뉴잉글랜드의 교육은 모든 지방 도시의 몰락의 원인이었는데, 해마다 각 지방 의 가장 전도유망한 젊은이들이 고향을 떠나 뉴잉글랜드로 빠져 나간 탓이다. 그리고 존의 부모 역시 뉴잉글랜드의 교육이 최고 라는 생각에 사로잡혔던 것이다. 존을 보스턴 인근의 세인트미 다스 스쿨에 보내는 방법 외에는 만족스러운 대안이 없었다. 그들의 사랑스럽고 재능이 탁월한 아들을 감당하기에 하데스는 너무 좁은 곳이었다.

가 본 적이 있다면 알겠지만, 지금 하데스에서는 이보다 더 수준 높은 사립 고등학교와 대학의 이름이 거의 의미가 없다. 주민들은 세상과 너무 오래 동떨어져 살아서, 드레스와 예의범절과 문학에 있어 유행을 따라가고 있다며 자랑하지만 대부분을 풍문에 의지하고 있다. 하데스에서는 세련되게 여겨지는 연회를 시카고 정육업계 거부의 딸이 보면 '좀 저속한 것 같아.'라고 소리칠 것이 분명했다.

존 T. 엉거가 떠나기 전날이었다. 엉거 부인은 어머니들이 어리석게 늘 그렇듯이 아들의 트렁크를 리넨 양복과 선풍기로 꽉 채웠고 엉거 씨는 돈이 두둑하게 든 석면 지갑을 주었다.

"기억해라. 여기 돌아오면 언제든 환영이다."

엉거 씨가 말했다.

"우리가 집이 불에 타지 않도록 지킬 테니 믿어도 된다, 아들아."

"알아요."

존이 쉰 목소리로 대답했다.

"네가 누구이며 어디 출신인지 잊지 마라."

아버지가 당당하게 말을 이었다.

"그리고 해가 될 일은 하지 마라. 너는 엉거 집안사람이다. 하데스 출신이고."

그리고 나서 아버지와 아들은 악수를 했고 존은 눈물을 주르르 흘리며 떠났다. 10분 후 존은 도시 경계를 벗어나 걸음을 멈추고 마지막으로 돌아보았다. 도시 입구 위로 보이는 고리타분한 빅토리아풍 표어가 묘하게도 마음을 끌어당겼다. 그의 아버지는 그 표어를 좀 더 박력 있고 활기찬 것으로 바꾸려고 몇 번이나 노력했다. '하데스, 당신의 기회'라든지 아니면 평범하게 '환영합니다.'라고 쓴 표지판을 전깃불로 반짝이는 정겨운 악수 모양 장식 위에 붙이자고 했다. 엉거 씨는 예전 표어가 조금 우울하다고 생각했다. 그러나 지금은……

이렇게 존은 그 광경을 바라본 다음 목적지 쪽으로 결연히 얼굴을 돌렸다. 그리고 그가 돌아설 때 하늘을 배경으로 펼쳐진 하데스의 불빛은 따뜻하고 열정적인 아름다움으로 가득 찬 것처럼 보였다.

세인트미다스 스쿨은 보스턴에서 롤스피어스 자동차로 30분 걸리는 거리에 있다. 실제 거리는 결코 알 수 없을 것이다. 존 T. 엉거를 제외하고는 롤스피어스 없이 그곳에 도착한 사람이 아무도 없었고, 아마 앞으로도 없을 것이기 때문이다. 세인트미다스는 세계에서 가장 학비가 비싸고 가장 배타적인 남자 사립 고등학교다.

존이 그곳에서 보낸 첫 두 해는 유쾌하게 지나갔다. 모든 학생들의 아버지는 대부호였고 존은 여름 방학마다 상류층의 휴양지를 방문했다. 존은 그렇게 찾아간 친구들 모두를 무척 좋아했지만 친구들의 아버지들은 비슷비슷해 보였다. 몹시 닮은 그 모습을 보며 존은 종종 소년답게 의아하기도 했다. 존이 자신의 고향을 말하면 그들은 유쾌하게 묻곤 했다.

"아래 지방은 무척 덥지?"

그리고 존은 가까스로 희미하게 웃으며 대답하곤 했다.

"정말 그래요."

다들 이런 농담을 하지 않았더라면 그는 좀 더 진심에서 우러난 대답을 했을 터였다. 최대한 변화를 줘 봤자 "아래 지방은 너한테도 너무 덥지?" 정도였고 존은 그 말도 몹시 싫었다.

2학년 중반쯤에 퍼시 워싱턴이라는 과묵하고 잘생긴 소년이 존의 학급에 들어왔다. 새 학생은 예의가 발랐으며 세인트미다스임을 감안하더라도 옷차림이 굉장히 고급스러웠다. 그러나 어떤 이유에서인지 그는 다른 학생들과 어울리지 않았다. 가까이 지내는 유일한 사람은 존 T. 엉거였지만 존에게조차 집이나 가족에 관해서 입도 뻥긋하지 않았다. 그가 부유하다는 것은 말할 필요도 없었지만 존은 그만그만한 추론을 몇 가지 해 볼 뿐 친구에 관해 거의 알지 못했다. 그래서 퍼시가 '서부에 있는' 자기 집에서 여름 방학을 보내자고 초대했을 때 존은 호기심을 채워 줄 풍요로운 제과점을 기대해도 되겠다고 생각했다. 그는 주저 없이 초대를 받아들였다.

함께 기차에 오르고 나서야 퍼시의 입에서 처음으로 이야기가 술술 흘러나왔다. 하루는 식당차에서 점심을 먹으며 학교 친구들 몇몇의 성격적 결함에 관해 이야기를 나누고 있었는데 퍼시가 갑자기 말투를 바꾸며 뜻밖의 이야기를 꺼냈다.

"지금까지는 우리 아버지가 세계 최고로 부자야."

그가 말했다.

"아."

존은 예의 바르게 말했다. 그 자신만만한 이야기에 대답할 말이 조금도 떠오르지 않았다. '굉장하구나.'라는 말을 생각했지만 무의미하게 느껴졌고, '정말?'이라는 말을 꺼내려다가 퍼시의 말을 의심하는 것처럼 보일까 봐 그만두었다. 그리고 그토록 놀라운 주장은 결코 의심할 수 없는 것이었다.

"지금까지는 세계 최고야."

퍼시가 되풀이했다. 존이 입을 열었다.

"『세계 연감』을 읽었는데 미국에 연간 수입이 오백만 달러가 넘는 남자가 한 명 있고 삼백만 달러가 넘는 남자는 넷, 그리고……."

"아, 그 사람들은 아무것도 아니야."

퍼시의 입이 비웃음 어린 반달 모양으로 변했다.

"돈만 벌면 그만인 줄 아는 자본가들, 경제 분야 조무래기, 하찮은 상인과 대부업자들이지. 우리 아버지는 그 사람들의 전 재산을 사들여도 티가 안 날 정도야."

"하지만 어떻게……."

"어떻게 아버지의 소득세가 누락되었느냐고? 전혀 내지 않았거든. 사소한 것 정도는 납부하지. 하지만 실제 수입으로는 조금도 내지 않아."

"굉장한 부자시구나."

존이 간단히 말했다.

"다행이다. 난 부자들이 참 좋거든. 부자일수록 더 좋아."

존의 거무스름한 얼굴에 정직한 열정이 어렸다.

"지난 부활절에 순리처 머피 가족을 방문했어. 비비안 순리처 머피는 달걀만 한 루비를 갖고 있었고 사파이어는 속에 빛이 들어 있는 지구본 같았는데…….”

“나도 보석이 좋아.”

퍼시가 신이 나서 맞장구를 쳤다.

“물론 학교 사람 누구에게도 알리고 싶지 않지만 나도 꽤 모았어. 우표 대신 보석을 수집했거든.”

“다이아몬드도.”

존이 열심히 말을 이었다.

“머피네에는 호두만 한 다이아몬드가 있었는데…….”

“그건 아무것도 아니야.”

퍼시는 몸을 앞으로 기울이고 목소리를 낮추어 속삭였다.

“정말 아무것도 아니라고. 우리 아버지한테는 리츠칼튼 호텔보다 더 큰 다이아몬드가 있어.”

2

몬태나의 석양이 거대한 멍처럼 두 산 사이를 물들였고 거기에서 검은 동맥들이 독에 물든 하늘로 뻗어 나왔다. 그 하늘에서 아래로 한없이 떨어진 곳에, 아주 작고 황량하며 존재조차 기억되지 않는 피시 마을이 웅크리고 있었다. 처음에 피시 마을에는 남자 열두 명이 살았다고 한다. 그 음침하고 불가사의한 영혼 열둘은 말 그대로 헐벗은 바위에서 찔끔찔끔 나오는 젖을 빨아먹었는데 인구를 늘리는 신비한 힘이 그들에게 선사한 바위였다. 피시 마을의 이 열두 남자는 별개의 종족이 되었다. 일찍이 자연이 즉흥적으로 낳았다가 나중에 생각이 변해 그냥 허덕허덕 살다가 멸종되라고 버린 종 같았다.

저 멀리 검푸른 멍에서 길게 줄지어 나온 불빛들이 황량한 땅 위를 기어 오고 있었다. 피시 마을의 열두 남자는 판자로 만든 기차역에 유령처럼 모여들었다. 시카고에서 출발한 대륙 횡단 급행열차인 일곱 시 기차가 지나가는 모습을 보기 위해서였다. 대륙 횡단 급행열차는 짐작도 할 수 없는 어떤 관할권을 통해 일 년에 여섯 번쯤 피시 마을에 정차했고 그럴 때마다 한 사람 정도 가 기차에서 내려 반드시 어스름 속에서 나타난 사륜마차에 올 라타고는 멍든 석양을 향해 떠났다. 이 무의미하고 터무니없는 현상을 관찰하는 것이 피시 마을 주민들에게는 일종의 숭배 의 식이 되었다. 관찰하는 것, 그것으로 끝이었다. 그들 속에는 놀 라움이나 궁금증을 유발하는 데 필요한 환상이라는 활력이 전 혀 없었다. 그렇지 않았다면 이 신비로운 방문을 둘러싸고 종교 가 발생했을지도 몰랐다. 그러나 피시 마을 주민들은 모든 종교 를 초탈한 존재였다. 기독교의 가장 기본적이고 가장 난폭한 교 리들도 이 황량한 바위에 발붙이지 못했을 것이다. 그래서 그곳 에는 재단도, 사제도, 제물도 없었다. 그저 매일 저녁 일곱 시에 판자로 만든 기차역 옆에 조용히 모여 생기 없는 경이를 어렴풋 이 담아 기도를 올릴 뿐이었다.

6월의 저녁, 그들이 누군가를 숭배하고자 했다면 신성한 주 인공으로 당연히 선택했을 '위대한 보조 차장'은 일곱 시 기차가 피시 마을에 인간(아니면 인간이 아닌) 기탁물을 내려놓도록 예 정해 두었다. 일곱 시 이 분에 퍼시 워싱턴과 존 T. 엉거가 기차 에서 내리더니, 넋을 잃고 입을 딱 벌린 채 두려운 눈으로 바라보는 피시 마을의 열두 남자를 서둘러 지나쳤다. 그 둘은 분명 난데없이 나타난 사륜마차에 올라 사라졌다.

30분 후 땅거미가 굳어 어둠이 되었을 때 말없이 사륜마차를 몰던 흑인이 어둠 속 저 앞 어딘가에 있는 흐릿한 형체를 소리쳐 불렀다. 그 형체는 흑인의 외침에 응답하며 동그란 빛을 그들에게 비추었고 그 빛은 끝을 가늠할 수 없는 어둠 속에서 악의에 찬 눈으로 그들을 바라보았다. 거리가 가까워지자 존은 그것이 거대한 자동차의 미등임을 알게 되었다. 그것은 존이 지금껏 본 그 어떤 자동차보다 크고 으리으리했다. 차체는 니켈보다 화려하고 은보다 가벼운 번쩍이는 금속이었으며, 바퀴 중앙에는 보는 각도에 따라 색깔이 변하는 초록색과 노란색의 기하학무늬 장식들이 붙어 있었다. 그것이 유리인지 보석인지 존은 감히 추측할 수 없었다.

흑인 두 명이 런던 왕실 행렬의 사진에서처럼 번쩍이는 제복을 입고 자동차 옆에 차려 자세로 서 있었다. 두 젊은이는 마차에서 내리며 손님 쪽에서는 알아듣지 못하는 언어로 환영 인사를 받았다. 남부의 심한 흑인 사투리인 것 같았다.

"타."

퍼시가 친구에게 말했고 둘의 트렁크는 리무진의 새까만 지붕 위에 실렸다.

"여기까지 마차로 데려와서 미안해. 하지만 기차에 탄 사람들이나 신에게 버림받은 피시 주민들이 이 자동차를 보는 건 가당찮은 일이지."

"와! 굉장하다!"

차 내부로 들어가자 감탄이 절로 나왔다. 존은 좌석 덮개가 몹시 섬세하고 정교한 실크 태피스트리이며 금색 천에 보석과 자수까지 엮어 만든 것임을 알 수 있었다. 두 사람이 느긋하게 앉은 안락의자의 시트는 듀베틴(*벨벳 중에서도 특히 화려하고 값비싼 종류.)과 비슷한 소재로 덮여 있었지만 셀 수 없이 많은 타조 깃털 끄트머리를 엮어 만든 것처럼 보였다.

"굉장한 차야!"

존이 놀라서 다시 외쳤다.

"이게?"

퍼시가 웃음을 터뜨렸다.

"뭐, 이건 짐 옮길 때나 쓰는 고물이야."

그때쯤 그들은 미끄러지듯이 어둠을 헤치며 두 산의 갈라진 틈을 향해 가고 있었다.

"한 시간 반 후에 도착할 거야."

퍼시가 시계를 보며 말했다.

"미리 얘기하는데 네가 지금껏 봤던 그 무엇과도 다를 거야."

그 자동차가 앞으로 보게 될 광경의 전조라면 존은 진심으로 놀랄 각오가 되어 있었다. 하데스에 널리 퍼진 단순한 신앙의 첫 번째 신조는 부자들을 진심으로 찬미하고 존경하라는 내용이었다. 존이 부자 앞에서 즐겁게 겸손을 표하지 않고 다른 생각을 품었다면 그의 부모는 불경죄를 저질렀다는 두려움을 느끼며 외면했을 것이다.

어느덧 그들은 두 산의 갈라진 틈에 도착했고 이윽고 그 속으로 들어갔다. 길은 순식간에 더더욱 거칠어졌다.

"달빛이 여길 비춰 주면 우리가 큰 협곡에 있다는 걸 알 수 있을 텐데."

퍼시가 창밖을 자세히 보려고 애쓰며 말했다. 그가 송화구에 대고 몇 마디 하자 즉시 하인이 탐조등을 켜고 어마어마한 광선을 쏘아 대며 산허리를 활주했다.

"그래, 암벽이 많아. 보통 차라면 삼십 분도 안 되어 조각나 버릴 거야. 사실 길을 모르면 탱크가 있어야 지나갈 수 있을 정도지. 이제 오르막길에 접어든 느낌이 들 거야."

그들은 분명 올라가고 있었고 몇 분 후 자동차는 높이 솟은 언덕을 가로질렀다. 저 멀리 새로 떠오른 창백한 달이 언뜻 보였다. 갑자기 차가 멈추더니 바로 옆 어둠 속에서 몇 사람이 모습을 드러냈다. 역시 흑인이었다. 이번에도 두 젊은이는 아까처럼 알 듯 말 듯한 사투리와 함께 경례를 받았다. 그 후 흑인들이 작업을 시작했고 머리 위에서 대롱거리던 거대한 쇠줄을 보석이 박힌 커다란 바퀴 중앙에 갈고리로 연결했다. "어어이!"라는 소리가 울려 퍼진 순간, 존은 자동차가 천천히 땅에서 떠오르는 느낌을 받았다. 위로, 더 위로. 양편으로 보이는 높고 높은 바위들을 지나 더 위로 올라갔다. 곧 존의 눈앞에 이제 막 벗어난 바위 수렁과 뚜렷한 대조를 이루며 굽이굽이 펼쳐진 달빛 골짜기가 나타났다. 한쪽에는 아직 암벽이 있었다. 그러다가 문득 주변을 둘러보니 바위가 전혀 보이지 않았다.

하늘을 향해 거대한 칼날처럼 수직으로 솟아오른 바위를 넘은 것이 분명했다. 그들은 곧 점점 아래로 내려가다가 마침내 매끄러운 땅에 살짝 부딪히며 착륙했다.

"고비는 넘겼어."

퍼시가 창밖을 힐끗 보며 말했다.

"여기에서 팔 킬로미터 정도만 가면 돼. 거기까지 쭉 우리 사유 도로야. 다채로운 태피스트리 벽돌(*색이 다양한 벽돌로, 속에 조명을 넣고 색색의 벽돌을 조합해 태피스트리를 보는 듯한 효과를 연출했다.)이 깔렸지. 여긴 우리 소유야. 아버지 말로는 여기가 미국이 끝나는 지점이야."

"여긴 캐나다인 거야?"

"아니. 몬태나 주 로키산맥 중앙이야. 하지만 지금 네가 있는 곳은 미국에서 단 한 번도 측량되지 않은 넓이 십이 제곱킬로미터의 땅이야."

"왜 측량이 안 됐지? 잊어버렸나?"

"아니."

퍼시가 빙그레 웃으며 말했다.

"시도는 세 번 있었지. 첫 번째 시도가 있었을 때는 우리 할아버지가 미국 측량국 전체를 매수했어. 두 번째 시도 때는 할아버지가 미국 공식 지도에 손을 댔어. 십오 년 동안 그 상태를 유지했지. 마지막은 좀 더 까다로웠어. 우리 아버지가 측량국 나침반 주변에 유례없이 강력한 인공 자기장을 일으켰거든. 아버지는 우리 영토가 드러나지 않도록 약간 결함이 있는 측량기 세트 전체를 제작했어. 그리고 그것을 원래 사용되어야 할 기구와 뒤바꾼 거야. 또 아버지는 강물의 방향을 바꾸고 강둑에 마을처럼 보이는 것을 건설했지. 정부에서 그것을 보고 골짜기에서 십오 킬로미터 떨어진 마을이라고 생각하도록 말이야. 아버지가 두려워하는 건 딱 하나야."

그가 말을 맺었다.

"세계에서 유일하게 우리를 발견할 수 있는 기구지."

"그게 뭔데?"

퍼시가 목소리를 낮추고 속삭였다.

"비행기. 우리한테는 대공포가 여섯 대 있고 지금까지는 잘 해결해 왔어. 하지만 사망자가 몇 명 나왔고 포로는 수없이 많지. 우리, 그러니까 아버지와 내가 그런 걸 신경 쓴다는 말은 아니야. 하지만 어머니와 여동생들은 심란해 해. 또 언젠가는 우리가 해결할 수 없는 위기가 분명 닥치겠지."

초록색 달이 빛나는 하늘에는 점잖은 구름들이 잘게 찢은 친칠라(*다람쥐와 비슷하게 생긴 포유류 친칠라의 모피로 만든 직물의 명칭.) 조각처럼 떠 있었다. 그 구름들은 타타르 족 왕의 검열을 받기 위해 늘어선 동양의 귀중품들처럼 초록색 달을 지나가고 있었다. 존에게는 지금이 낮이며 저 높은 하늘을 미끄러지듯이 날아가는 젊은이들이 보이는 것처럼 느껴졌다. 그 젊은이들은 바위에 둘러싸인 절망적인 촌락에 희망찬 메시지를 전하는 소책자와 특허 약품 광고지를 마구 뿌려 댔다. 그들이 구름 아래를 응시하는 모습이 보이는 듯했다. 그가 향하고 있는 그 어딘가의, 눈에 띄는 그 무엇을 응시하고 있는 것 같았다. 그러다가 어떻게 되었을까? 그들은 은밀히 작동하는 기기 때문에 그곳에 착륙했다가 심판의 날이 이를 때까지 특허 약품이나 소책자와 동떨어진 채 감금당하게 된 것일까? 아니면 덫은 피했지만 빠르게 날아오는 연기와 날카롭게 빗발치는 포탄 파편들 때문에 맥없이 땅으로 추락해 퍼시의 어머니와 여동생들을 '심란'하게 만든 것일까? 존은 고개를 저었고 벌어진 입술 사이로 공허한 웃음이 망령처럼 조용히 새어 나왔다. 이곳에는 어떤 지독한 거래가 숨겨져 있는 것일까? 기괴한 크로이소스(*교역을 통해 거대한 부를 축적했다고 알려진 리디아의 왕.)가 어떤 도덕적 편법을 쓰고 있는 것일까? 그 얼마나 끔찍한 황금빛 수수께끼가 숨어 있는 것일까?

친칠라 구름 조각은 어느새 사라졌고 바깥으로 보이는 몬태나의 밤은 낮처럼 밝았다. 바닥에 깔린 태피스트리 벽돌 위로 거대한 자동차 타이어를 매끄럽게 굴리며, 그들은 고요한 달빛 호수를 빙 돌아 갔다. 잠시 어둠 속으로 들어갔는데 알싸하고 시원한 소나무 숲이었다. 그들은 곧 잔디가 깔린 넓은 길로 빠져나왔다. 퍼시가 잠잠하게 내뱉는 "집에 도착했어."라는 말과 함께 존의 기쁜 탄성이 터졌다.

매우 아름답고 정교한 성이 별빛을 고스란히 받으며 호숫가 위에 서 있었다. 눈부시게 빛나는 대리석이 인접한 산의 절반 정도 되는 높이로 솟았다가, 완벽히 대칭된 반투명한 몸에서 여성스러운 나른함을 풍기며 소나무 숲에 밀집한 어둠 속으로 우아하게 녹아들었다. 수많은 탑의 비탈진 흥벽에는 가느다란 장식무늬가 새겨져 있었다. 깎아 놓은 듯 아름다운 노란 창문이 무수히 많았는데 창문마다 황금색 불빛이 직사각형, 육각형, 삼각형 모양으로 빛났다. 별빛과 푸른 차양이 맞닿는 면에서는 은은함이 사방으로 흩어졌다. 이 모든 광경이 존의 영혼 위에서 아름다운 화음처럼 진동했다. 가장 높고 밑부분이 가장 검은 탑의 꼭대기에는 옥외 조명이 설치되어 둥둥 떠 있는 동화 나라 같은 분위

기를 자아냈다. 존이 넋을 잃고 정신없이 쳐다보는데 희미하게
부서지는 바이올린 소리가 로코코 음악의 화음 속에서 흘러나왔
다. 존이 지금껏 들어 본 그 어떤 소리와도 달랐다. 곧 자동차는
넓고 높은 대리석 계단 앞에 멈추었다. 계단 주위의 밤공기는 수
많은 꽃들의 향기로 가득했다. 계단 위에서 커다란 문 두 개가
소리 없이 활짝 열렸다. 호박색 불빛이 어둠 위로 쏟아져 나오며
검은 머리를 높이 쌓아 올린 아름다운 여인의 실루엣이 드러났
다. 그 여인은 젊은이들을 향해 두 팔을 내밀었다.

"어머니."

퍼시가 말했다.

"여긴 제 친구, 존 엉거예요. 하데스에서 왔어요."

나중에 존은 그 첫날 밤이 수많은 색깔과 순식간에 지나가는
감각적인 인상, 사랑에 빠진 목소리만큼이나 부드러운 음악, 여
러 사물과 빛과 그림자와 몸짓과 얼굴의 아름다움으로 인해 눈
이 부시고 아찔했다고 기억했다. 백발 남자가 손잡이 부분이 금
으로 만들어진 작은 크리스털 잔으로 오색 코디얼주를 마시며
서 있었다. 꽃 같은 얼굴을 한 소녀는 타이테이니어(*셰익스피어
의 희곡 〈한여름 밤의 꿈〉에 등장하는 요정 여왕.)처럼 차려입었는데
머리는 사파이어로 장식되어 있었다. 어떤 방은 벽이 부드러운
순금으로 되어 있어 존이 손으로 누르자 자국이 그대로 남았다.
또 어떤 방은 감옥의 극치를 이상적으로 구상한 모습이었다. 천
장이며 바닥은 온통, 크기와 모양이 다양한 흠 없는 다이아몬드
덩어리로 이어져 있었다. 구석구석 놓인 높다란 보라색 등에 불
을 켜자 방은 그 무엇과도 비교할 수 없고 인간의 소망이나 꿈을

초월한 순백색으로 눈부시게 빛났다.

두 젊은이는 미로 같은 방들을 그렇게 돌아다녔다. 때로 발밑의 바닥은 아래에 설치된 조명 때문에 화려한 무늬로 번쩍이곤 했다. 조잡하고 조화롭지 못한 색깔을 번득이는 무늬도 있었고, 섬세한 파스텔 빛깔의 무늬나 순수한 흰색 무늬도 보였으며, 아드리아 해 연안의 어느 회교 사원에서 가져온 게 분명한 정교하고도 복잡한 모자이크 무늬 바닥도 있었다. 때로 겹겹이 쌓인 두꺼운 크리스털 밑에서 소용돌이치는 파란색이나 초록색 물이 보였다. 물속에는 생기발랄한 물고기들이 살았고 무지갯빛 잎들이 자라고 있었다. 두 사람은 질감과 색깔이 다양한 모피를 밟으며 걷거나, 색이 더없이 연한 상아로 이루어진 복도를 따라가기도 했다. 그 상아는 인류가 생기기 전에 멸종된 공룡의 거대한 어금니를 그대로 옮겨 온 것처럼 손상된 부분이 전혀 없었다.

그 후 흐릿한 기억 속에서 장면이 전환되었고 그들은 저녁을 먹고 있었다. 모든 접시는 견고한 다이아몬드를 이중으로 겹친 것이었는데 그 사이에는 초록색 공기를 얇게 깎아 넣은 것 같은 에메랄드층이 세공되어 있었다. 구슬프고 야단스럽지 않은 음악이 멀리 있는 복도를 따라 흘러왔다. 존이 포트와인 첫 잔을 마시자 허리 모양대로 구부러진 깃털 장식 의자가 그를 집어삼키고 맥을 못 추게 만들어 버리는 것 같았다. 존은 꾸벅꾸벅 졸면서도 질문에 답하려고 노력했다. 하지만 몸을 압도하는 감미로운 쾌락이 잠에 대한 환상을 더했다. 보석, 직물, 와인, 금속이 눈앞에서 흐려지며 달콤한 안개로 변했다……

"네."

그는 애써 예의를 차리며 대답했다.

"사실 아래 지방은 저한테도 너무 더워요."

존이 가까스로 희미한 웃음을 덧붙였다. 움직이지 않았는데도 몸이 붕 떠올라 사라지는 것 같았다. 꿈처럼 분홍빛으로 물든, 당의를 입힌 후식을 남겨 두고서…… 그는 잠이 들었다.

잠에서 깼을 때 그는 몇 시간이 지났음을 깨달았다. 그는 흑단목 벽으로 둘러싸인 크고 조용한 방에 있었는데 침침한 조명은 너무 희미하고 옅어서 빛이라고 부를 수도 없었다. 젊은 주인인 퍼시가 서서 그를 굽어보고 있었다.

"저녁 먹다가 잠들더라."

퍼시가 말했다.

"나도 그럴 뻔했어. 학교에서 일 년을 보내고 마음 편한 곳으로 돌아오니 얼마나 좋던지. 네가 자는 동안 하인들이 옷을 벗기고 몸도 씻겼어."

"이건 침대야, 구름이야?"

존이 탄식했다.

"퍼시, 퍼시…… 돌아가기 전에 내 사과부터 받아 줘."

"뭣 때문에?"

"네가 리츠칼튼 호텔만 한 다이아몬드가 있다고 말했을 때 의심했던 것."

퍼시가 씩 웃었다.

"안 믿을 거라고 생각했어. 이 산이 그거야."

"무슨 산?"

"이 성을 받치고 있는 산. 산 치고는 별로 크지 않아. 하지만 꼭대기에 솟은 십오 미터짜리 잔디밭이랑 자갈을 빼면 죄다 단단한 다이아몬드지. 모서리 길이가 1.6킬로미터 이상인 정육면체 다이아몬드가 통째로 있는 거야. 흠 하나 없이. 듣고 있어? 말하자면……."

그러나 존 T. 엉거는 다시 잠든 후였다.

3

아침이었다. 존은 잠에서 깨었고 졸린 와중에도 방에 햇빛이 가득하다는 사실을 감지했다. 한쪽 벽의 흑단목 판자들이 일종의 선로를 따라 옆으로 밀려간 덕분에 방이 아침을 향해 반쯤 열려 있었다. 흰 제복을 입은 덩치 큰 흑인이 그의 침대 옆에 서 있었다.

"좋은 저녁이군요."

존이 제멋대로 뛰쳐나간 정신을 불러들이며 중얼거렸다.

"좋은 아침입니다, 엉거 씨. 목욕할 준비는 되셨습니까? 아, 일어나지 않으셔도 됩니다. 잠옷 단추만 풀어 주시면 제가 옮겨 드리겠습니다…… 좋습니다. 감사합니다."

존은 잠옷이 벗겨지는 동안 조용히 누워 있었다. 기쁘고 즐거웠다. 시중을 들고 있는 이 흑인 가르강튀아(*프랑수아 라블레의 장편소설 『가르강튀아와 팡타그뤼엘』에 등장하는 기괴한 거인.)가 자신을 아이처럼 들어 올릴 줄 알았지만 그런 일은 일어나지 않았다. 대신 침대가 한쪽으로 서서히 기울어지는 느낌이 들면서 몸이 벽 쪽으로 천천히 굴러가기 시작해 깜짝 놀랐다. 벽에 다다르자 거기 있던 커튼이 열렸고 2미터쯤 더 미끄러져 내려간 후에 그의 몸과 온도가 같은 물속으로 스르르 떨어졌다.

그가 주변을 둘러보았다. 그를 싣고 온 통로인지 미끄럼대인지는 제자리에 조용히 접혀 있었다. 그는 다른 방으로 던져진 것이고 이제는 푹 파인 욕조 속에 앉아 머리를 내밀고 있었다. 방의 벽과 욕조의 옆면과 바닥까지 죽 이어진 주변의 모든 것들은 푸른 수족관이었다. 그가 앉아 있는 크리스털 바닥을 들여다보니 호박색 조명 사이를 헤엄치면서 그가 내민 발가락에는 조금도 흥미를 보이지 않고 슥 지나가 버리는 물고기들이 보였다. 물고기와 발가락 사이에는 두꺼운 크리스털만 있었다. 머리 위에서는 푸른 바다색 유리를 통해 햇빛이 내려왔다.

"엉거 씨, 오늘 아침에는 장미향이 풍기는 뜨거운 물과 비누 거품이 어떠실까 생각했습니다. 마무리로 차가운 소금물이 좋을 것 같습니다."

흑인이 옆에 서 있었다.

"좋아."

존은 바보처럼 웃으며 동의했다.

"알아서 해 줘요."

스스로의 변변찮은 생활 수준에 맞춰 목욕 방식을 주문하려 했다면 건방지고 자못 심술궂은 짓이었을 것이다.

흑인이 단추를 눌렀고 따뜻한 비가 머리 위에서 내리기 시작했다. 그러나 존이 잠시 후에 깨달았듯이 사실은 근처에 있던 분수 장치에서 나오는 것이었다. 물이 엷은 장밋빛으로 변했고 욕조 구석구석에 있던 해마 머리 모형 네 개가 비눗물 줄기를 뿜어냈다. 잠시 후 욕조 옆에 붙은 작은 물레방아 바퀴 10여 개가 그

혼합물을 휘저어 빛나는 분홍색 거품 무지개를 일으켰다. 거품은 기분 좋은 가벼움으로 그를 살포시 둘러쌌고 그의 몸 주위에서 반짝거리는 장밋빛 비눗방울을 터뜨렸다.

"영사기를 틀어 드릴까요, 엉거 씨?"

흑인이 공손하게 제안했다.

"오늘 영사기에 재미난 희극 영화 필름이 걸려 있답니다. 다른 분위기가 좋으시다면 진지한 작품을 얼른 넣어 드릴 수도 있습니다."

"아니, 괜찮아요."

존은 정중하지만 단호하게 대답했다. 목욕을 즐기고 있던 참이라 집중력을 흐트러뜨리고 싶지 않았다. 그러나 주의를 빼앗아 가는 것이 나타났다. 어느새 그는 밖에서 들리는 플루트 소리에 열심히 귀를 기울이고 있었다. 플루트는 폭포수 같은 멜로디를 이 방처럼 시원하고 푸르게 떨어뜨렸다. 여린 피콜로 소리도 함께였는데 그 소리는 그의 몸을 뒤덮고 매료시킨 비누 거품 레이스보다 더 가냘팠다.

그는 차가운 소금물로 원기를 회복하고 소금기 없는 차가운 물로 마무리를 한 다음 욕조에서 나와 폭신폭신한 가운을 걸쳤다. 그리고 같은 재질로 덮인 소파에 누워 오일과 알코올, 향료로 마사지를 받았다. 그 후에는 관능적인 의자에 앉아 면도를 하고 머리 손질까지 마쳤다.

"퍼시 씨가 엉거 씨의 거실에서 기다리고 계십니다."

모든 절차가 끝났을 때 흑인이 말했다.

"제 이름은 지그섬입니다, 엉거 씨. 매일 아침 엉거 씨를 뵙겠습니다."

존은 거실의 상쾌한 햇빛 속으로 들어갔다. 그곳에서 그를 기다리는 아침 식사와 흰색 염소 가죽 골프 바지를 멋지게 차려입고 안락의자에서 담배를 피우는 퍼시가 보였다.

4

이것은 아침을 먹는 동안 퍼시가 존에게 요약해 준 워싱턴 가문의 이야기다.

지금 살아 있는 워싱턴 씨의 아버지는 버지니아 태생으로, 조지 워싱턴과 볼티모어 경의 직계 후손이었다. 남북 전쟁이 종료되었을 때 그는 스물다섯 살의 대령이었고 수명이 다한 농장과 천 달러쯤 나가는 황금만 남았다.

피츠 노먼 컬페퍼 워싱턴, 이것이 젊은 대령의 이름이었다. 그는 버지니아 토지를 남동생에게 주고 서부로 가기로 했다. 가장 믿음직하고 그를 숭배하는 흑인 스물네 명을 고른 후 서부로 가는 기차표 스물다섯 장을 샀다. 그곳에 가면 자신들의 이름으로 땅을 얻어 양과 소를 기르는 목장을 시작할 생각이었다.

몬태나 주에서 지낸 지 한 달이 되지 않았을 때 상황은 정말이지 무척 나쁘게 돌아갔다. 그런데 그 무렵 그는 우연히 위대한 발견을 하게 되었다. 언덕에서 말을 달리다가 길을 잃었을 때였다. 음식을 먹지 못한 채 하루가 지나자 배가 고파 왔다. 소총이 없어서 하는 수 없이 다람쥐를 뒤쫓아야 했고, 추격전을 벌이던 중에 다람쥐가 입에 반짝이는 뭔가를 물고 있다는 사실을 알게 되었다. 다람쥐는 굴속으로 사라지기 직전에(신은 이 다람쥐로 그의 배고픔을 달래 줄 생각이 없었다.), 물고 있던 것을 툭 떨어뜨렸다. 어떻게 하면 좋을지 앉아서 생각하고 있던 피츠 노먼의 눈에 옆쪽 풀밭에서 번쩍이는 빛이 들어왔다. 10초 만에 그는 식욕을 완전히 잃었고 10만 달러를 얻었다. 약이 오를 만큼 집요하게 음식이 되기를 거부했던 다람쥐가 그에게 크고 완벽한 다이아몬드를 선물한 것이다.

그날 밤 늦으막이 그는 야영지로 가는 길을 찾아내었다. 그리고 열두 시간 후 그가 거느린 흑인들 중 남자들은 죄다 다람쥐 굴로 쫓아가 산허리를 맹렬하게 팠다. 그는 흑인들에게 라인석 광산을 찾았다고 말했고, 그들 중 작은 다이아몬드라도 직접 본 사람은 한두 명뿐이었으므로 흑인들은 의심 없이 그의 말을 믿었다. 발견의 규모가 어느 정도인지 분명해지자 그는 당혹스러웠다. 산 자체가 하나의 다이아몬드였다. 그야말로 순수한 다이아몬드였던 것이다. 그는 자루 네 개를 반짝이는 견본품으로 가득 채워서 말을 타고 세인트폴로 갔다. 그곳에서 작은 것 여섯 개를 간신히 처분했다. 좀 더 큰 다이아몬드를 팔려고 하자 상점 주인은 기절했고 피츠 노먼은 공공질서를 어지럽힌 죄로 체포되었다. 그는 감옥에서 탈출해 뉴욕행 기차를 탔고 거기에서 중간 크기 다이아몬드 몇 개를 내놓고 대신 20만 달러어치의 황금을 받았다. 그러나 이례적으로 큰 보석은 감히 꺼낼 수가 없었다. 사실 그는 시기적절하게 뉴욕을 떠났다. 보석업계에서 엄청난 동요가 일어났던 것이다. 다이아몬드의 크기 때문이라기보다는 출처가 비밀에 싸였기 때문이었다. 캐츠킬 산맥에서, 뉴저지 연안에서, 롱아일랜드에서, 워싱턴 광장 아래에서 다이아몬드 광산이 발견되었다는 소문이 제멋대로 퍼졌다. 곡괭이와 삽을 든 남자들로 꽉 찬 유람 열차가 정시마다 뉴욕을 떠나 인근의 온갖 엘도라도로 향하기 시작했다. 그러나 그 무렵 젊은 피츠 노먼은 몬태나로 돌아가는 길이었다.

2주가 지날 무렵 그는 산에 있는 다이아몬드가 대략 세상에 존재한다고 알려진 다이아몬드의 총량과 맞먹는다고 추정했다. 그러나 평범한 계산법으로는 가치를 매길 수 없었다. '순수한 다이아몬드가 통째로' 있었기 때문이었다. 팔려고 내놓는다면 시장이 뿌리째 흔들릴 것이다. 평범하게 산술적으로 계산해서 크기에 따라 가치를 매긴다면 온 세상 황금을 모아도 이것의 10분의 1도 사지 못할 터였다. 그리고 그렇게 큰 다이아몬드를 어디에 쓴단 말인가?

기가 막힐 난국이었다. 어떤 의미에서 그는 이 세상에 존재하는 그 누구보다도 부자였다. 그러나 과연 재산을 갖고 있다고 말할 수 있는 것일까? 비밀이 누설되면 정부에서 보석업계와 금업계의 공황을 방지하기 위해 어떤 조치를 취할지 알 수 없는 노릇이었다. 즉시 소유권을 주장하며 독점권을 행사할지도 몰랐다.

다른 대안이 없었다. 산을 비밀리에 매매해야 했다. 그는 남동생을 남부로 보내 자신을 숭배하는 흑인들을 관리하게 했다. 그 흑인들은 노예 제도가 폐지된 사실을 전혀 알지 못했던 것이다. 그는 확실히 처리하기 위해 자신이 작성한 선언문을 읽어 주었는데, 포레스트 장군이 흩어진 남군을 재건해 어느 접전에서 북군을 물리쳤다는 내용이었다. 흑인들은 그를 절대적으로 믿었다. 그들은 투표를 통해 그것이 잘된 일이라고 선언하고 즉시 부홍회를 열었다.

피츠 노먼은 10만 달러와 크기가 다양한 다이아몬드 원석으로 가득 찬 트렁크 두 개를 가지고 외국으로 나섰다. 그는 중국 정크선을 타고 러시아로 갔고 몬태나에서 출발한 지 여섯 달이 지났을 때는 세인트피터즈버그에 있었다. 그는 눈에 띄지 않는 숙소를 구하자마자 궁중 보석 세공사에게 연락해 황제에게 어울리는 다이아몬드가 있다고 알렸다. 그는 세인트피터즈버그에서 머문 2주 동안 끊임없는 살해 위협에 시달리며 숙소를 옮겨 다녔다. 그리고 두려운 나머지 그 2주 동안 트렁크가 있는 곳에 서너 번 이상 찾아가지 못했다.

그는 1년 안에 더 크고 훌륭한 다이아몬드를 가지고 돌아오겠다고 약속한 후에야 인디아로 떠날 허락을 받을 수 있었다. 그러나 떠나기 전에 궁중 재무관은 미국의 여러 은행에 그의 차명 계좌 네 개를 만들어 도합 1500만 달러를 넣어 주었다.

그는 2년이 조금 지난 1868년에 미국으로 돌아왔다. 그동안 22개국의 수도를 방문했고 황제 다섯 명, 왕 열한 명, 왕자 세 명 그리고 샤와 칸과 술탄을 한 명씩 만났다. 당시 피츠 노먼은 자신의 재산이 10억 달러라고 추정했다. 시종일관 한 가지 현상이 그의 비밀을 지켜 주었다. 크기가 더 큰 다이아몬드 중 어느 것도 세간의 이목을 일주일 이상 끌지 않았다. 바빌론 제1왕조 시대부터 세목을 사로잡아 온 온갖 재난과 연애 사건과 혁명과 전쟁의 역사에 묻혔던 것이다.

1870년부터 사망한 1900년까지 피츠 노먼 워싱턴의 역사는 긴 황금빛 서사시였다. 물론 지엽적인 문제들이 있었다. 그는 토지 측량을 적당히 빠져나갔고, 버지니아 태생의 여자와 결혼해 아들을 하나 낳았으며, 유감스럽고 복잡한 문제들이 줄줄이 이어져 어쩔 수 없이 동생을 살해했다. 인사불성이 될 만큼 술을 마시는 동생의 유감스러운 습관 때문에 그들의 안전이 몇 번이나 위험에 처했던 것이다. 그러나 이 만족스러운 발전과 확장의 시기를 얼룩지게 한 다른 살인은 거의 일어나지 않았다.

피츠 노먼은 죽기 직전에 방침을 변경해 외부 재산 중 몇 백만 달러를 제외한 전부를 희귀 광석을 대량으로 사들이는 데 쏟아부었다. 그것을 골동품이라고 표기해 전 세계 여러 은행의 안전 금고에 보관했다. 아들인 브래독 탈턴 워싱턴은 이 방침을 훨씬 긴장감 있는 규모로 따랐다. 광석을 모든 원소 중에서 가장 희귀한 라듐으로 바꾸었고, 덕분에 금 10억 달러어치에 맞먹는 양을 엽궐련 보관함보다 크지 않은 용기에 넣어 둘 수 있었다.

피츠 노먼이 죽고 3년이 지났을 때 아들 브래독은 사업이 충분히 확장되었다고 결론을 내렸다. 그와 그의 아버지가 그 산 덕분에 얻은 부는 정확한 계산이 불가능할 정도였다. 그는 무수한 거래 은행마다 보관된 라듐의 대략적인 양과 계좌의 차명을 암호로 기록한 공책을 갖고 있었다. 곧 그는 매우 단순한 조치를 취했다. 광산을 폐쇄한 것이다.

그는 광산을 폐쇄했다. 그동안 캐낸 것만으로도 장차 태어날 모든 워싱턴들이 비길 데 없이 호화로운 삶을 대대손손 누릴 수 있을 터였다. 유일한 걱정은 비밀을 보호해야 한다는 것이었다. 그렇지 않으면 비밀이 탄로 난 결과로 닥쳐올지 모르는 공황에 빠져, 세상의 모든 자산가들과 함께 철저한 가난 속으로 곤두박

질칠 것이다.

존 T. 엉거는 바로 이런 가족 틈에서 지내고 있었다. 이것이 그가 도착한 다음날 아침에 은으로 벽을 만든 거실에서 들은 이야기다.

5

아침 식사를 마친 존은 거대한 대리석 출입구로 나가 눈앞에 펼쳐진 광경을 흥미롭게 바라보았다. 다이아몬드 산에서 시작해 몇 킬로미터 떨어진 가파른 화강암 절벽까지 이어지는 골짜기 전체에서 금빛 아지랑이가 아른아른 피어올랐다. 그 아지랑이는 곡선으로 길게 이어진 잔디밭과 호수와 정원 위를 한가롭게 맴돌았다. 여기저기 무리 지은 느릅나무가 섬세한 그늘숲을 만들어, 검푸른 초록색으로 언덕을 넓게 장악한 억센 소나무 숲과 기묘한 대조를 이루었다. 존이 눈을 돌린 순간, 500미터 이상 떨어진 덤불에서 새끼 사슴 세 마리가 한 줄로 타닥타닥 달려 나왔다가 검은 골이 파인 다른 어두운 덤불로 어설프고 명랑하게 사라지는 모습이 보였다. 나무 사이에서 염소 다리가 나타나 노래하며 지나가거나 푸르디푸른 나뭇잎 사이로 님프의 분홍빛 피부와 흩날리는 노란 머릿결이 언뜻 보이더라도 존은 놀라지 않았을 것이다.

이런 멋진 소망을 품은 존이 대리석 계단을 내려왔다. 그리고 아래에서 자고 있던 부드러운 러시아산 울프하운드 두 마리에게 살짝 폐를 끼치고는 흰색과 파란색 벽돌이 깔린 길을 따라갔다. 딱히 어느 방향으로 이어지는 길은 아닌 것 같았다.

그는 그 순간을 한껏 즐겼다. 현재에 영원히 머물 수 없고 늘 찬란한 상상 속 미래를 그리며 하루하루를 되돌아보아야 하는 것이 젊음의 결점이자 지복이다. 꽃과 황금, 소녀와 별이 있는 그 미래는 비할 데 없고 실현 불가능한 젊은 꿈에 대한 예시이자 예언일 뿐이다.

완만하게 굽은 모퉁이를 돌았더니 밀집한 장미 덤불의 짙은 향기가 허공을 가득 채웠다. 존은 공원을 가로질러 나무 아래의 작은 이끼투성이 땅을 향해 걸음을 옮겼다. 이끼 위에 누워 본 적이 없어서 이끼가 정말 그 이름을 형용사로 쓸 만큼 부드러운지 느껴 보고 싶었다. 그때 풀밭을 지나 그에게 다가오는 소녀가 보였다. 그가 지금껏 본 어떤 사람보다도 아름다웠다.

소녀는 무릎 바로 아래까지 오는 희고 작은 실내복을 입었고, 머리에 푸른 사파이어 조각을 박은 목서초 화관을 두르고 있었다. 그녀가 다가올 때 분홍빛 맨발이 앞쪽으로 이슬을 흩뿌렸다. 그녀는 존보다 어렸다. 열여섯 살을 넘지 않은 듯했다.

"안녕하세요."

소녀가 은은한 목소리로 외쳤다.

"난 키스민이라고 해요."

존에게 그녀는 이미 그 이름 이상의 존재였다. 그가 그녀 쪽으로 걸음을 옮겼다. 그가 그녀의 맨 발가락을 밟지 않도록 천천히 다가가는 동안 그녀는 거의 움직이지 않았다.

"날 처음 보는 거죠?"

그녀의 은은한 목소리가 말했다. 그녀의 푸른 눈이 덧붙이고 있었다.

'오, 당신은 무척 많은 것을 놓쳤어요!'

"언니 재스민은 어젯밤에 만났을 거예요. 난 상추 식중독 때문에 아팠어요."

그녀의 은은한 목소리가 말하는 동안 그녀의 눈도 말을 이었다.

'그리고 난 아플 때면 아름다워진답니다…… 건강할 때도.'

'당신은 나에게 어마어마한 감동을 주는군요. 나 역시 따분한 사람은 아니랍니다.'

존의 눈이 대답했다.

"안녕하세요. 오늘 아침엔 나아졌기를 바랍니다."

그의 목소리가 말했다.

'……내 사랑.'

그의 떨리는 눈이 덧붙였다.

존은 자기가 그녀와 길을 따라 걷고 있다는 사실을 깨달았다. 그녀의 제안으로 두 사람은 함께 이끼 위에 앉았다. 이끼가 얼마나 부드러운지 존은 판단할 수가 없었다.

그는 여자에 관해 비판적이었다. 두꺼운 발목이나 쉰 목소리, 의안 등 결점이 하나만 있어도 관심이 싹 달아났다. 그런데 지금 육체적으로 완벽의 화신처럼 보이는 소녀가 옆에 있는 것이다.

"고향이 동부인가요?"

키스민이 황홀한 관심을 보이며 물었다.

"아닙니다."

존이 간단히 대답했다.

"하데스예요."

하데스라는 지명을 들어 본 적이 없었는지 아니면 그곳에 관해 언급할 기분 좋은 소감이 떠오르지 않아서였는지, 그녀는 그 이야기를 더 꺼내지 않았다.

"난 이번 가을에 동부에 있는 학교로 갈 거예요."

그녀가 말했다.

"그곳이 내 마음에 들까요? 뉴욕의 미스 벌지 학교로 갈 거예요. 무척 엄격한 곳이지만 주말은 뉴욕 저택에서 가족들과 보낼 거예요. 아버지가 듣기로 거기 여학생들은 둘씩 짝지어 산책을 나가야 한다네요."

"아버지는 당신이 당당해지기를 바라시는군요."

존이 말했다.

"맞아요."

그녀가 품위 있게 눈을 빛내며 대답했다.

"우리 중 누구도 벌을 받아 본 적이 없어요. 아버지는 절대 그러면 안 된다고 하셨죠. 한 번은 재스민 언니가 어렸을 때 아빠를 계단 아래로 밀었는데 아버지는 그냥 일어나서 절뚝이며 가 버렸어요."

그리고 이렇게 덧붙였다.

"엄마는…… 사실 약간 놀라셨어요. 당신 고향이 그…… 그곳이라는 말을 들으셨을 때 말이에요. 엄마 말로는 자기가 어렸을 때…… 하지만 어쨌든 엄마는 스페인 사람이고 고지식하니까요."

"여기에서 시간을 많이 보내나요?"

존이 그 말에 약간 상처를 받았다는 사실을 감추려고 물었다. 그 말은 존이 촌스럽다고 매정하게 암시하는 것 같았다.

"퍼시와 재스민 언니와 나는 여름마다 여기 와요. 하지만 재스민 언니는 내년 여름에 뉴포트로 갈 거예요. 올 가을로부터 일 년이 지나면 런던 사교계에 데뷔할 거고요. 왕실에도 모습을 선보일 거예요."

"저기 말이에요."

존이 머뭇거리며 말했다.

"당신은 내가 처음 보았을 때 생각했던 것보다 훨씬 세상 물정에 밝은 사람이군요."

"오, 아니, 아니에요."

그녀가 다급히 외쳤다.

"오, 그렇게 되고 싶지 않은걸요. 제 생각에 세상 물정에 밝은 젊은이들은 몹시 저속해요. 그렇지 않나요? 난 정말 그렇지 않아요. 제가 그런 사람이라고 말씀하신다면 울어 버릴 거예요."

그녀는 몹시 괴로운 나머지 입술을 떨었다. 존은 그게 아니라고 말할 수밖에 없었다.

"그런 뜻이 아니었어요. 그냥 놀리려고 해 본 말이에요."

"내가 정말 그런 사람이라면 신경도 쓰지 않을 거예요."

그녀는 집요했다.

"하지만 난 아니에요. 난 매우 순진하고 여성스러워요. 담배를 피우지도, 술을 마시지도 않고 시만 읽는단 말이에요. 수학이나 화학은 거의 몰라요. 옷도 무척 수수하게 입어요. 사실 차려입는 때가 거의 없죠. 세상 물정에 밝다는 말은 저와 정말 동떨어진 얘기라고 생각해요. 전 여자들이 건전한 방식으로 젊음을 즐겨야 한다고 믿어요."

"저도 마찬가지입니다."

존이 진심으로 말했다.

키스민은 다시 명랑해졌다. 존을 보고 빙그레 웃자 글썽거리던 눈물이 푸른 눈가에서 흘러내렸다.

"난 당신이 마음에 들어요."

그녀가 스스럼없이 소곤거렸다.

"여기 있는 동안 줄곧 퍼시하고만 시간을 보낼 거예요? 아니면 나한테 잘해 줄 건가요? 생각해 봐요…… 난 그 누구도 밟지 않은 순수한 땅이에요. 평생 남자와 사랑에 빠져 본 적이 없어요. 혼자서 남자를 '쳐다보는' 것조차 허락되지 않았어요. 퍼시를 제외하고는 말이에요. 당신과 마주칠까 싶어서 이 숲까지 온 거예요. 이 주변에는 가족들이 없으니까요."

몹시도 우쭐해진 존이 하데스의 댄스 학교에서 배운 대로 허리를 푹 숙여 인사했다.

"이제 가야겠어요."

키스민이 귀엽게 말했다.

"열한 시에 어머니를 만나야 하거든요. 당신은 나에게 한 번도 키스해 달라고 하지 않네요. 요즘 남자들은 늘 그러는 줄 알았는데."

존은 자랑스럽게 허리를 곧추 세웠다.

"어떤 남자들은 그렇지요."

그가 대답했다.

"하지만 난 아니에요. 여자들도 그렇게는 하지 않아요…… 하데스에서는."

둘은 나란히 집을 향해 걸어갔다.

6

존은 강렬한 햇빛 속에서 브래독 워싱턴 씨와 마주 보고 서 있었다. 이 연장자는 마흔 살 가량으로, 당당하고 무표정한 얼굴에 지적인 눈과 건장한 몸매를 지니고 있었다. 아침이면 그는 말 냄새를 풍겼다. 가장 훌륭한 명마의 냄새였다. 그는 커다란 오팔 덩어리로 손잡이를 만든 수수한 회색 자작나무 지팡이를 들고 있었다. 그와 퍼시는 존에게 여기저기를 구경시켜 주는 중 이었다.

"저기가 노예 숙소라네."

그의 지팡이가 그들 왼편에 있는 대리석 집채를 가리켰다. 산 허리를 따라 늘어선 우아한 고딕 양식 건물이었다.

"젊었을 때 난 한동안 터무니없는 이상주의에 사로잡혀 생업을 잠시 소홀히 했지. 그 시기 동안 노예들은 호사를 누렸어. 예를 들면 모든 노예들의 방에 타일 깔린 욕조를 갖추어 주었지."

"제 생각에는 말입니다."

존이 비위를 맞추려 웃으며 과감히 말했다.

"그 사람들은 욕조를 석탄을 저장하는 용도로 썼을 것 같네요. 슌리처 머피가 예전에 저에게 말하기를……."

"슌리처 머피 씨의 견해는 조금도 중요하지 않을걸세."

브래독 워싱턴이 차갑게 말을 잘랐다.

"내 노예들은 욕조에 석탄을 저장하지 않았네. 날마다 목욕하라는 명령을 받았고 거기에 따랐지. 그러지 않았으면 난 아마 황산으로 머리를 감으라고 명령했을 걸세. 하지만 전혀 상관없는 이유로 목욕을 중단시켰어. 몇 명이 감기에 걸려 죽었거든. 어떤 종족에게는 물이 좋지 않아…… 마실 때를 제외하고는."

존은 웃음을 터뜨렸다가 고개를 끄덕이며 진지한 동감을 표시하기로 마음먹었다. 브래독 워싱턴과 있으면 불편했다.

"여기 있는 흑인들은 모두 내 아버지가 북부로 데려온 흑인들의 자손이지. 이제는 이백오십 명 정도야. 자네도 눈치챘겠지만 그들은 세상과 너무 오래 떨어져 살아서 원래 쓰던 사투리가 알아듣기 힘든 은어로 변해 버렸어. 몇 명에게는 영어를 말하도록 가르쳤지…… 내 비서와 집 안에서 일하는 하인 두세 명."

그가 말을 이었다.

"여긴 골프 코스네."

그들은 벨벳처럼 부드러운 겨울 풀밭을 거닐었다.

"보다시피 모두 잔디밭이라네…… 페어웨이도, 러프도, 해저드도 없지."

그가 존을 보고 기분 좋게 웃음을 지었다.

"포로수용소에 사람이 많아요, 아버지?"

퍼시가 불쑥 물었다. 브래독 워싱턴은 휘청했고 무심코 욕을 뱉었다.

"있어야 하는 수보다 하나가 적지."

그가 음울하게 소리쳤다. 그리고 잠시 후 덧붙였다.

"곤란한 일이 있었다."

"어머니가 말씀해 주셨는데 그 이탈리아 어 선생이……."

퍼시가 소리쳤다.

"무시무시한 실수야."

브래독 워싱턴이 격분하며 말했다.

"하지만 물론 그를 잡을 가능성은 충분하다. 아마 숲 어딘가로 추락했거나 절벽에서 굴러떨어졌을 거다. 혹시 빠져나갔다고 해도 그의 이야기를 믿어 줄 사람이 없을 확률도 있지. 그렇기는 해도 스무 명이 넘는 사람들을 시켜 인근의 여러 마을을 수색했지."

"보람이 있었어요?"

"조금. 그중 열네 명이 내 대리인에게 저마다 인상착의가 일치하는 사람을 죽였다고 보고했으니까. 물론 그들이 원하는 건 사례금뿐이겠지만."

그가 말을 멈추었다. 어느새 땅속으로 움푹 들어간 커다란 구덩이에 이르렀던 것이다. 둘레가 회전목마만큼 컸고 견고한 쇠창살이 위를 덮고 있었다. 브래독 워싱턴이 손짓으로 존을 부르더니 지팡이를 쇠창살 사이로 넣어 밑을 가리켰다. 존은 가장자리로 다가가 살펴보았다. 곧 아래에서 들려오는 맹렬한 아우성이 귓전을 때렸다.

"어서 지옥으로 내려와라!"

"어이, 꼬마야. 그 위 공기는 어떠냐?"

"이봐! 밧줄을 이리 던져!"

"오래된 도넛이라도 구해다 주겠나, 친구? 아니면 먹다 남은 샌드위치라도!"

"어이, 거기! 같이 있는 그 작자를 여기로 밀어 주면 사람이 순식간에 사라지는 장면을 보여 주지."

"나 대신 그 남자한테 주먹 한 방 날려 줄래?"

너무 어두워서 구덩이 아래가 분명히 보이지는 않았지만, 존은 조잡한 낙천주의와 억센 활력이 느껴지는 말과 목소리로 보아 그들이 상대적으로 혈기 왕성한 미국 중산층 출신임을 알 수 있었다. 워싱턴 씨가 지팡이를 빼서 잔디 사이에 있던 단추를 건드리자 갑자기 아래쪽 광경이 훤히 드러났다.

"모험을 좋아하는 선원들인데 불행히도 엘도라도를 발견해 버렸지."

워싱턴 씨가 말했다.

발밑에 있는 땅에는 그릇 내부처럼 생긴 커다란 구멍이 있었다. 광택 유리로 만든 것이 분명했고 옆면은 가팔랐다. 약간 오목한 표면에는 무대 의상 같기도 하고 제복 같기도 한 비행복을 입은 남자들이 20여 명 서 있었다. 위로 향한 그들의 얼굴에는 분노, 적의, 절망, 냉소적인 기질이 번뜩였고 길게 자란 턱수염으로 뒤덮였지만, 눈에 띄게 여윈 몇 명을 제외하고는 살이 찌고 건강해 보였다.

브래독 워싱턴은 정원용 의자를 구덩이 언저리로 끌고 와서 앉았다.

"자, 어떠신가들?"

그가 다정하게 물었다.

너무 낙심해 소리도 칠 수 없는 몇몇을 제외한 모두가 입을 모아 저주를 합창했고 햇빛 찬란한 공중까지 울려 퍼졌다. 그러나 브래독 워싱턴은 태연자약하게 그 소리를 들었다. 마지막 울림이 사라지자 그가 다시 입을 열었다.

"이 어려움에서 벗어날 방법은 생각해 보았나?"

곳곳에서 대답이 떠올랐다.

"여기가 좋아서 쭉 머물기로 했다!"

"거기로 올려 주면 방법이 절로 생기겠지!"

브래독 워싱턴은 그들이 다시 잠잠해질 때까지 기다린 다음 말했다.

"상황이 어떤지 내가 말했을 텐데. 난 자네들이 여기 있는 게 싫다네. 아예 안 만났으면 얼마나 좋았을까. 바로 자네들의 호기심 때문에 여기 있게 된 거야. 자네들이 언제든 나와 내 이익을 보호해 줄 방법을 생각해 낸다면 기쁘게 참작해 주지. 하지만 자네들이 굴을 파는 데만 힘을 쏟는다면…… 그래, 새로운 굴을 파기 시작했다는 거 알고 있네. 멀리까지 파진 못할 거야. 자네들이 집에 있는 소중한 가족들이 보고 싶다고 울부짖을 만큼 이게 고통스러운 상황은 아니잖아. 집에 있는 소중한 가족들을 그토록 걱정할 사람들이었으면 애초에 비행을 나서지도 않았겠지."

키 큰 남자가 무리에서 이탈하더니 포획자의 주의를 끌기 위해 손을 들었다.

"몇 가지 질문 좀 합시다!"

그가 외쳤다.

"당신은 공정한 사람인 척하니까."

"이 무슨 터무니없는 말인가. 나 같은 위치에 있는 사람이 자네 같은 사람에게 어떻게 공정할 수 있겠나? 차라리 스페인 사람이 스테이크 조각을 공정하게 대한다고 말하는 게 낫지."

이 가혹한 발언에 스테이크 덩어리 20여 개가 맥 풀린 표정을 지었다. 키 큰 남자가 말을 이었다.

"좋아!"

그가 외쳤다.

"이건 전에도 다툰 문제지. 당신은 박애주의자도 아니고 공정하지도 않지만 인간이오…… 적어도 당신 말로는 그렇지. 그러면 우리의 처지를 헤아리고 한참 생각해야 하지 않소? 얼마나…… 얼마나…… 얼마나……."

"얼마나 뭐?"

워싱턴이 차갑게 물었다.

"얼마나 불필요한지……."

"난 아닌데."

"그럼, 얼마나 잔인한지……."

"그 얘기는 이미 했고. 자기 보호가 걸린 문제에서는 잔인함이란 게 성립되지 않아. 자네들은 군인이 아니었나? 그 점을 알 거야. 다른 구실을 대 보시지."

"음, 그럼 얼마나 어리석은지."

"그거야."

워싱턴이 말했다.

"그건 인정하지. 하지만 다른 걸 생각해 봐. 나는 자네들이 원한다면 자네들 모두나 일부를 고통 없이 죽여 주겠다고 제안했어. 자네들의 아내와 애인, 자녀, 어머니를 납치해서 여기로 데려다 주겠다고 했지. 나는 자네들이 지내는 그 아래를 확장하고 평생 먹이고 입혀 줄 거야. 영구적인 기억 상실에 걸리게 해 주는 방법이 있다면 나는 자네들 모두에게 그 방법을 시행한 후 즉시 내 사유지 바깥으로 풀어 줄 거야. 그러나 내 생각은 거기 까지야."

"당신을 밀고하지 않을 거라고 우리를 믿어 보는 건?"

누군가 외쳤다.

"진지하게 하는 제안은 아니겠지."

워싱턴이 경멸 어린 표정으로 말했다.

"딸에게 이탈리아 어를 가르치라고 한 남자를 빼 줬잖아. 그는 지난주에 달아났어."

약 스무 개의 목에서 갑자기 의기양양한 함성이 터져 나왔고 기쁨에 찬 대소동이 뒤따랐다. 포로들은 나막신 춤을 추듯이 발을 굴러 대고 환호하고 요들을 불렀으며 별안간 치솟는 혈기를 참지 못해 맞붙어 싸우기도 했다. 심지어 유리그릇의 옆면으로 있는 힘껏 뛰어올랐다가 다시 바닥으로 미끄러지며 천연 쿠션인 서로의 몸 위로 떨어졌다. 키 큰 남자가 노래를 부르기 시작했고 모두 입을 모았다.

오, 우린 카이저를 목매달아 죽이리라.
시큼한 사과나무에……

브래독 워싱턴은 노래가 끝날 때까지 수수께끼 같은 침묵을 지키며 앉아 있었다.

"보다시피."

다시 약간이나마 주목을 끌 수 있게 되자 그가 입을 열었다.

"나는 자네들에게 아무런 악감정이 없어. 자네들이 즐거워하는 모습을 보는 게 좋아. 그래서 이야기를 한꺼번에 다 해 주지 않은 거라고. 그 남자…… 이름이 뭐였지? 크리트크티키엘로? 내 대리인을 총에 맞았어. 열네 군데에."

그 열네 군데가 도시를 말하는 것이 아님을 직감했는지 기쁨에 찬 소동이 즉시 가라앉았다.

"그렇지만."

워싱턴이 화난 말투로 외쳤다.

"그는 도망치려 했어. 그런 일을 겪고도 내가 자네들 중 누군가에게 기회를 줄 것 같은가?"

다시 고함 소리가 연달아 터져 나왔다.

"당연하지!"

"당신 딸이 중국어를 배우고 싶어 하지 않을까?"

"이봐, 나도 이탈리아 어 할 수 있다고! 어머니가 이탈리아 인이거든."

"어쩌면 뉴요오옥 사투리를 배우고 싶어 할 수도!"

"눈이 크고 푸른 그 아가씨라면 내가 이탈이아 어보다 좋은 걸 아주 많이 가르쳐 줄 수 있는데 말이야."

"난 아일랜드 노래를 좀 아는데. 그리고 왕년에는 놋쇠도 좀 두들겼고."

워싱턴 씨는 지팡이를 불쑥 내밀더니 풀밭에 있는 단추를 눌렀고 아래쪽 광경은 즉시 사라져 버렸다. 검은 쇠창살 이빨로 음침하게 뒤덮인 크고 검은 입만 남았다.

"이봐!"

아래에서 한 목소리가 외쳤다.

"우리한테 축복도 안 해 주고 가는 거야?"

하지만 워싱턴 씨는 두 젊은이를 거느리고 이미 골프 코스 6번 홀을 향하고 있었다. 구덩이와 그 속에 든 것들은 경쾌한 골프채로 쉽게 빠져나올 수 있는 해저드에 불과하다는 듯이 한가롭게 걸었다.

7

다이아몬드 산의 무풍지대에서 7월은 담요가 필요한 밤과 따뜻하고 눈부신 낮으로 이루어졌다. 존과 키스민은 사랑에 빠졌다. 존은 그녀에게 준 자그마한 금빛 축구공('신과 조국과 세인트미다스를 위하여'라는 문구가 라틴 어로 새겨져 있었다.) 이 백금 사슬에 달려 그녀의 가슴을 스치는 것을 알지 못했다. 하지만 그랬다. 한편 키스민은 어느 날 그녀의 수수한 머리 장식에서 떨어진 커다란 사파이어가 존의 보석함 속에 다정하게 보관되어 있음을 알지 못했다.

어느 늦은 오후에 둘은 루비와 흰담비 모피로 꾸민 조용한 음악실에서 한 시간을 보냈다. 그가 그녀의 손을 잡았다. 그 눈빛에 그녀의 이름을 소리 내어 속삭이지 않을 수 없었다. 그녀가 그를 향해 몸을 기울였다. 그리고 망설였다.

"'키스민'이라고 말했나요?"

그녀가 은은한 목소리로 물었다.

"아니면……."

확인하고 싶어서였다. 그녀는 자신이 오해했을지도 모른다고

234

생각했다.

둘 다 키스를 해 본 적이 없었지만 그 한 시간이 지나는 동안 그 사실은 별 의미가 없는 듯했다.

오후가 멀어져 갔다. 그날 밤 가장 높은 탑에서 음악의 마지막 속삭임이 떠내려왔을 때 둘은 각자 잠들지 않은 채로 꿈같았던 그날의 순간순간을 행복하게 떠올렸다. 둘은 가능한 빨리 결혼하기로 했던 것이다.

8

워싱턴 씨와 두 젊은이는 매일 깊은 숲 속에서 사냥 또는 낚시를 하거나 몸을 지치게 만드는 코스를 돌며 골프를 치거나(존은 외교적 차원에서 집주인에게 우승을 양보했다.), 산속의 시원한 호수에서 수영을 했다. 존은 워싱턴 씨가 약간 엄격한 성격임을 알게 되었다. 그는 자기 자신이 아닌 다른 사람의 생각이나 견해에는 눈곱만큼도 관심이 없었다. 워싱턴 부인은 늘 쌀쌀맞고 말이 없었다. 그녀는 분명 두 딸에게는 관심이 없었고 오로지 아들 퍼시에게만 열중했다. 저녁 식사 때면 빠른 스페인 어로 아들과 끝없이 대화를 나누었다.

큰딸 재스민은 다리가 약간 밖으로 휘고 손발이 크다는 점을 제외하면 키스민과 외모가 비슷했지만 기질은 도무지 닮은 구석이 없었다. 재스민이 좋아하는 책은 홀로 남은 아버지를 위해 집을 돌보는 가난한 소녀들이 나오는 것이었다. 존은 키스민을 통해 재스민이 세계 대전이 끝났을 때 느낀 충격과 실망을 떨치지 못했다는 사실을 알게 되었다. 당시 그녀가 군인 무료 식당 전문가로서 유럽을 향해 출발하려던 참이었기 때문이다. 심지어 그녀는 얼마간 여위기도 했기 때문에 브래독 워싱턴은 발칸 반도에 새 전쟁을 일으키려고 조치를 취했다. 그러나 재스민은 세르비아 부상병들이 나오는 사진을 보고 그 활동 자체에 흥미를 잃어버렸다. 반면 퍼시와 키스민은 그 냉혹한 기품에 깔린 오만한 태도를 아버지로부터 물려받은 듯했다. 그 두 사람이 하는 모든 생각에는 순수하고도 일관된 이기심이 습관처럼 흘렀다.

존은 성과 골짜기의 경이로움에 매료되었다. 퍼시가 말하길 브래독 워싱턴은 정원 조경사와 건축가, 공식 무대 디자이너 그리고 지난 세기가 남겨 둔 프랑스의 퇴폐주의 시인을 납치했다. 그들에게 모든 흑인 노동력을 마음대로 쓰게 해 주고 그 어떤 재료라도 구해다 주겠다고 장담했으며, 자유롭게 구상하도록 내버려 두었다. 그러나 그들은 한 사람씩 자신들의 무익함을 드러냈다. 퇴폐주의 시인은 곧바로 봄을 맞은 가로수 길과 떨어져 지내야 하는 처지를 비탄하기 시작했다. 그는 향료와 유인원과 상아에 관해 모호한 이야기만 늘어놓을 뿐 실용 가치가 있는 것에 관해서는 아무 말도 하지 않았다. 무대 디자이너는 골짜기 전체에 여러 기교와 멋들어진 특수효과를 적용하고 싶어 했지만 워싱턴 일가는 그런 상태를 금세 지겨워할 것이다. 그리고 건축가와 정원 조경사의 경우에는 관습적인 방식으로만 생각했다. 그들은 이것은 이렇게 저것은 저렇게, 정해진 방식대로 해야 한다고 여겼다.

그러나 적어도 그들은 자신들을 어떻게 처리할지에 대한 문제는 해결했다. 분수의 위치에 관해 합의하려고 한 방에 모여 밤을 새우고 난 다음날 아침 일찍 모두 미쳐 버렸던 것이다. 그리고 지금은 코네티컷 주의 웨스트포트에 있는 정신 병원에 마음 편히 틀어박혀 있다.

존이 궁금한 듯 물었다.

"하지만 그 멋진 응접실과 현관과 통로와 화장실은 다 누가 설계한 거야?"

"그게 말이야."

퍼시가 대답했다.

"말하기 부끄럽지만 그건 영화 일을 하던 사람이었어. 우리가 찾아낸 사람 중에 그 남자만이 무한한 돈을 다루는 데 익숙했거든. 냅킨을 칼라에 쑤셔 넣는가 하면 글을 읽지도, 쓰지도 못하는 사람이긴 했지만."

8월이 끝을 향해 가자 존은 곧 학교로 돌아가야 한다는 사실이 아쉬워졌다. 그와 키스민은 다음해 6월에 함께 도망가기로 했다.

"여기에서 결혼하면 더 멋질 거예요."

키스민이 솔직히 말했다.

"하지만 당연히 아버지는 당신과의 결혼을 절대 허락해 주지 않겠죠. 그러니 도망가는 방법뿐이에요. 오늘날 미국에서 부자들이 결혼하기란 몹시 힘겨운 일이에요. 오래된 유품만 몸에 걸치고 결혼한다는 사실을 반드시 언론에 알려야 하니까요. 실은 아주 유서 깊은 진주를 잔뜩 걸고 외제니 황후(*나폴레옹 3세의 부인으로 사치로 유명했다.)가 입었던 레이스로 치장할 거면서 말이에요."

"맞아요."

존이 열렬하게 맞장구쳤다.

"내가 슌리처 머피의 집에서 묵고 있을 때 큰딸인 그웬돌린이 웨스트버지니아의 절반을 소유한 남자의 아들과 결혼했어요. 그녀가 집에 편지를 썼는데 은행원인 남편의 봉급으로 무척 힘들게 산다고 썼어요. 그리고 '감사하게도 어쨌든 저에게는 하녀가 넷 있으니 좀 도움이 되네요.'라는 말로 마무리했죠."

"어처구니없네요."

키스민이 말했다.

"세상에 사는 많고 많은 사람들을 생각해 봐요. 노동자나 하녀 둘만으로도 잘 꾸려 나가는 사람들 말이에요."

8월 말의 어느 오후, 키스민의 입에서 우연히 나온 말이 상황 전체의 양상을 바꾸고 존을 공포에 빠뜨렸다.

둘은 즐겨 찾는 숲 속에 있었다. 존은 키스와 키스 사이에 낭만적이지만 불길한 상상을 마음껏 펼쳤는데 그는 그것이 둘의 관계를 좀 더 애처롭게 만들어 준다고 생각했다.

"가끔 우리가 결코 결혼하지 못하리란 생각이 들어요."

그가 서글프게 말했다.

"당신은 너무 화려하고 너무 당당해요. 당신 같은 부자가 다른 여자와 같을 리 없죠. 난 오마하나 수시티에 사는 유복한 철물 도매상의 딸과 결혼해서 그녀의 오십만 달러에 만족해야 할 거예요."

"나도 철물 도매상의 딸과 알고 지낸 적이 있어요."

키스민이 말했다.

"당신은 그 여자에게 만족하지 못했을 거예요. 언니의 친구였죠. 여기에 왔었어요."

"아, 그럼 다른 손님도 있었어요?"

존이 놀라서 외쳤다. 키스민은 말을 꺼낸 것을 후회하는 눈치였다.

"아, 그래요."

그녀가 다급히 말했다.

"몇 명 있었죠."

"하지만 당신들은…… 당신 아버지는 그 사람들이 외부에 나가서 말할까 봐 걱정하지 않았나요?"

"아, 약간, 약간은요."

그녀가 대답했다.

"더 유쾌한 이야기를 해요."

하지만 존의 호기심이 깨어나고 있었다.

"더 유쾌한 이야기?"

그가 물었다.

"그 얘기는 왜 유쾌하지 않죠? 상냥한 여자들이 아니었나요?"

무척 놀랍게도 키스민이 눈물을 흘리기 시작했다.

"상냥했어요…… 그, 그래서…… 문제였어요. 난 그중 몇 명을 무, 무척 좋아하게 되었어요. 재스민 언니도 마찬가지였지만 언니는 어쨌든 계속 사람들을 초대했어요. 난 도무지 이해할 수가 없었어요."

음울한 의혹이 존의 가슴에 싹텄다.

"그럼 그 사람들이 밖에다가 얘기를 해서 당신 아버지가 그들을…… 제거했다는 말인가요?"

"더 나빴어요."

그녀가 띄엄띄엄 중얼거렸다.

"아버지는 그럴 기회조차 주지 않았어요. 그리고 재스민 언니는 편지로 계속 사람들을 초대했지요. 그들이 얼마나 즐겁게 지냈는지 몰라요!"

그녀는 발작처럼 솟구친 슬픔을 가누지 못했다.

뜻밖의 사실에 두려움으로 얼이 빠진 존은 입을 벌리고 자리에 앉아 있었다. 척추에 수많은 참새들이 내려앉아 지저귀는 것처럼 온몸의 신경이 떨려 왔다.

"이렇게 말해 버리고 말았네요. 하지 말걸 그랬어요."

그녀가 갑자기 차분해지며 검푸른 눈에서 눈물을 닦았다.

"그들이 떠나기 전에 당신 아버지가 그들을 '살해'했다는 뜻이에요?"

그녀는 고개를 끄덕였다.

"대개는 팔월에…… 아니면 구월 초에요. 우리에게는 그들로부터 얻을 수 있는 모든 기쁨을 얻는 게 무척 당연했으니까요."

"가증스럽게! 어떻게…… 아, 내가 미쳐 가고 있는 게 틀림없어! 당신이 정말 그런 일을 내버려 두었단……."

"그랬어요."

키스민이 어깨를 으쓱하며 말을 끊었다.

"저 비행사들처럼 가둘 수는 없었어요. 매일 그곳에서 우리를 끊임없이 비난할 테니까요. 또 재스민 언니와 나에게는 그 편이

편했어요. 아버지는 우리의 예상보다 빨리 일을 처리했으니까요. 그래서 우린 작별의 순간을 피할 수 있었고……."

"그래서 그 사람들을 살해했군요! 안 그래요?"

"무척 점잖은 방식으로 처리했죠. 그들이 잠든 동안 약물을 투여했거든요. 늘 가족들에게는 뷰트에서 성홍열에 걸려 죽었다고 전했어요."

"하지만…… 당신이 왜 계속 사람들을 초대했는지 도무지 모르겠어!"

"난 하지 않았어요."

키스민이 바락 소리쳤다.

"난 한 명도 초대하지 않았다고요. 재스민 언니가 했죠. 그리고 그 사람들은 무척 즐겁게 지냈어요. 마지막이 가까워지면 언니는 사람들에게 무척 근사한 선물을 했어요. 나도 아마 사람들을 초대하게 되겠죠…… 그 일에 무감각해지게 되겠죠. 우린 살아 있는 동안 삶을 즐겨야 하는데 죽음처럼 불가피한 것이 그걸 방해하게 내버려 둘 수는 없어요. 우리를 찾는 이가 아무도 없다면 이곳에서의 삶이 얼마나 외로울지 생각해 봐요. 아아, 아버지와 어머니도 우리처럼 절친한 친구들을 희생시켰어요."

"그래서!"

존이 비난하는 말투로 외쳤다.

"그래서 내가 당신과 사랑에 빠지게 만들고, 그 사랑에 화답하는 척하고, 결혼 얘기까지 했군요. 내가 결국 살아서 여기를 나가지 못하리란 사실을 잘 알고 있으면서……."

"아니에요."

그녀가 열렬히 주장했다.

"이제는 아니에요. 처음엔 그랬어요. 당신이 여기 있었으니까
요. 어쩔 수가 없었어요. 당신의 마지막 날들이 우리 둘 모두에
게 즐거운 시간이 되는 편이 낫다고 생각했죠. 하지만 난 당신을
사랑하게 되었어요. 그리고…… 그리고 당신이, 당신이 죽을 거
라는 사실이 정말 안타까워요. 당신이 다른 여자와 키스하느니
죽는 편이 낫겠지만요."

"아, 그래요? 정말 그래요?"

존이 사납게 소리쳤다.

"훨씬 나아요. 게다가 절대 결혼할 수 없는 남자라는 걸 알고
만나면 즐거움이 커진다는 말을 줄곧 들었단 말이에요. 아, 왜
당신에게 말했을까요? 이젠 당신의 유쾌한 시간이 모두 엉망이
되어 버렸겠죠. 당신이 몰랐을 때 우린 정말 즐거웠는데. 이게
당신을 우울하게 만드는 일이라는 거 알고 있었어요."

"아, 알았어요? 알았다고?"

존의 목소리가 분노로 떨렸다.

"이만하면 더 들을 필요도 없어요. 시체와 다름없다는 사실을
뻔히 아는 남자와 당신이 애정 행각을 벌일 만큼 자존심도 품위
도 없는 사람이라면, 난 당신과 더는 엮이고 싶지 않군요!"

"당신은 시체가 아니에요!"

그녀가 겁에 질려 주장했다.

"당신은 시체가 아니라고요! 내가 시체에게 키스했다고 말하
진 말아요!"

"난 그런 말은 안 했는데!"

"했어요! 내가 시체에게 키스했다고 말했어요!"

"안 했어!"

둘은 목소리를 높였지만 갑작스러운 방해에 즉시 입을 다물었다. 발소리가 길을 따라 그들을 향해 다가왔고 잠시 후 장미 덤불이 갈라지며 브래독 워싱턴이 나타났다. 잘생기고 무표정한 얼굴에 자리 잡은 지적인 두 눈이 그들을 꿰뚫을 듯 바라보고 있었다.

"누가 시체에게 키스를 해?"

그가 못마땅한 기색이 역력한 얼굴로 물었다.

"아니에요."

키스민이 재빨리 대답했다.

"그냥 농담하는 중이었어요."

"어쨌든 둘이 여기서 뭐 하고 있었지?"

그가 퉁명스럽게 물었다.

"키스민, 넌…… 넌 책을 읽거나 네 언니와 골프를 치고 있어야 하잖아. 가서 책을 읽어라! 골프를 치든지! 내가 돌아왔을 때 여기 있는 모습을 보이지 마라!"

그는 존에게 고개를 까딱하고 길을 따라 가 버렸다.

"알겠어요?"

이야기가 들리지 않을 만큼 아버지가 멀어지자 키스민이 시무룩하게 말했다.

"당신이 다 망쳐 버렸어요. 우린 다시는 만나지 못해요. 아버지가 당신을 못 만나게 할 거예요. 우리가 사랑에 빠졌다고 생각되면 당신을 독살할지도 몰라요."

"이제 우린 그런 사이가 아니야, 더 이상은!"

존이 사납게 외쳤다.

"그러니 워싱턴 씨는 그 부분에 대해서 마음을 놓아도 되겠지. 게다가 내가 여기에 계속 머물 거라는 바보 같은 생각은 하지 말아요. 난 여섯 시간 안에, 구멍을 파서라도 저 산들을 넘어 동부로 돌아갈 테니까."

두 사람은 자리에서 일어나 있었는데 그 말에 키스민이 가까이 다가와 팔짱을 꼈다.

"나도 갈래요."

"제정신이 아닌 게 분명……."

"당연히 가야죠."

그녀가 참지 못하고 말을 끊었다.

"절대 안 돼요. 당신은……."

"알았어요."

그녀가 조용히 말했다.

"그럼 지금 아버지를 따라가서 상의해요."

어쩔 수 없이 존은 창백하게 억지웃음을 지었다.

"알았어요, 내 사랑."

그는 힘없고 의심스러운 애정을 느끼며 동의했다.

"함께 가죠."

그의 마음에 그녀에 대한 사랑이 돌아와 평온하게 자리를 잡았다. 그녀는 그의 것이다. 그의 위험을 분담하며 함께 가려는 것이다. 그는 팔로 그녀를 감싸고 열렬히 키스했다. 어쨌든 그녀는 그를 사랑했다. 사실상 그를 구한 것이다.

둘은 그 문제를 상의하며 천천히 성을 향해 돌아갔다. 두 사람이 함께 있는 모습을 브래독 워싱턴이 보았으므로 다음날 밤에 떠나는 게 가장 좋겠다고 결론을 내렸다. 그럼에도 불구하고 저녁 식사 때 존의 입술은 유별나게 건조했다. 그가 초조하게 한 숟갈 듬뿍 떠서 삼킨 공작 수프는 왼쪽 폐로 들어가고 말았다. 그는 터키석과 흑담비 모피로 꾸민 카드놀이 방으로 옮겨졌고 하급 집사 하나가 등을 두드려 댔다. 퍼시는 그것을 몹시 재미나게 생각했다.

9

자정이 한참 지난 시각, 존의 몸에 신경질적인 경련이 일어났다. 그는 벌떡 일어나 앉아 방을 뒤덮은 졸음의 장막을 노려보았다. 푸르고 컴컴한 사각형, 즉 열린 창문을 통해 아득한 소리가 들려왔던 것이다. 그 소리는 불편한 꿈으로 뒤덮인 존의 기억이 정체를 알아내기도 전에 바람에 묻혀 사라져 버렸다. 그러나 뒤이어 날카로운 소리가 가까이에서, 방 바로 밖에서 들렸다. 문손잡이가 딸깍 돌아가는 소리, 발소리, 속삭이는 소리. 존은 영문을 알 수 없었고 뱃속 깊은 곳에 단단한 덩어리가 생겼다. 그가 소리를 잘 들으려고 괴롭게 안간힘을 쓴 순간 몸 전체에 통증이 퍼졌다. 다음 순간 장막 하나가 사라지는 것 같더니 문 옆에 선 희미한 형체가 보였다. 어둠 속에 윤곽만 흐릿하게 잡힌 모습이었다. 긴 장막의 주름들과 마구 뒤섞여 더러운 유리판에 비친 그림자처럼 일그러져 보였다.

공포 때문이었는지 굳은 결심 때문이었는지 그는 갑자기 몸을 움직여 침대 옆에 있는 단추를 눌렀다. 순식간에 옆방의 움푹 팬 초록색 욕조 속에 앉게 되었다. 욕조를 반쯤 채운 차디찬 물에 놀라 정신이 번쩍 들었다.

그는 욕조에서 후다닥 뛰어나왔고 젖은 잠옷에서 뚝뚝 흘러내리는 물방울을 뒤로 흩뿌리며 남청색 문을 향해 달려갔다. 그 문이 2층의 상아 층계참으로 이어졌음을 알고 있었다. 문은 소리 없이 열렸다. 저 위의 거대하고 둥근 천장에서 타오르는 진홍색 등 하나가 상아를 깎아 만든 계단의 웅장한 곡선을 통렬하면서도 아름답게 비추었다. 존은 주변에 밀집한 소리 없는 화려함에 오싹해진 나머지 잠시 머뭇거렸다. 홀로 흠뻑 젖어 상아 층계참에서 떨고 있는 이 작은 존재를 거대한 주름과 윤곽으로 감싸 버릴 것만 같았다. 그런데 두 가지 일이 동시에 발생했다. 그의 방 거실 문이 활짝 열리며 벌거벗은 흑인 셋이 복도로 뛰어들었다. 그리고 존이 미칠 듯한 공포 속에서 계단을 향해 움직였을 때 복도 반대편의 다른 문이 벽 속으로 쓰윽 들어가고 불 켜진 엘리베이터 속에 서 있는 브래독 워싱턴이 나타났다. 그는 모피 코트를 입고 무릎까지 올라오는 승마화를 신었는데 그 무릎 위에서 장미색 잠옷이 빛나고 있었다.

존을 향하던 세 흑인이 움직임을 멈추고 뭔가를 기다리는 듯이 엘리베이터 속 남자에게로 돌아섰다. 모두 존이 처음 보는 흑인들이었다. 전문 살인 집단이 틀림없다는 생각이 그의 머리를 스쳤다. 브래독 워싱턴의 입에서 긴급 명령이 벼락처럼 떨어졌다.

"여기 타! 셋 모두! 지체 말고 어서!"

그러자 세 흑인이 눈 깜짝할 사이에 엘리베이터로 달려갔다.

엘리베이터 문이 쓰윽 닫히며 직사각형 불빛이 사라졌다. 존은 다시 복도에 혼자 남았다. 그는 상아 계단에 힘없이 주저앉았다.

뭔가 엄청난 일이 일어난 게 분명했다. 잠시나마 그에게 닥칠 미미한 재앙을 연기할 만한 사건이 일어난 것이다. 무엇일까? 흑인들이 폭동을 일으켰나? 비행사들이 쇠창살을 강제로 밀어 젖혔나? 아니면 피시 마을 주민들이 무작정 산을 넘다가 암울하고 음산한 눈으로 이 현란한 골짜기를 응시하고 있었던 것일까? 존은 알 수 없었다. 엘리베이터가 다시 쌩 올라갔다가 금세 내려오며 희미하게 윙윙거리는 바람 소리가 들렸다. 퍼시가 서둘러 아버지를 도우러 가는 모양이었다. 지금이 키스민과 합류해 즉각적인 탈출을 감행할 기회라는 생각이 퍼뜩 떠올랐다. 그는 엘리베이터가 조용해질 때까지 몇 분 동안 기다렸다. 그리고 젖은 잠옷 사이로 매섭게 파고드는 서늘한 밤공기 때문에 몸을 바르르 떨며 방으로 돌아가 재빨리 옷을 갈아입었다. 그런 다음 길게 이어지는 계단을 올라 러시아 흑담비 양탄자가 깔린 복도로 접어들어 키스민의 화려한 방으로 향했다.

그녀의 방 거실문은 열려 있었고 등이 켜져 있었다. 앙고라 실내복을 입은 키스민은 귀를 기울이는 자세로 창 가까이에 서 있었는데 존이 소리 없이 방으로 들어가자 그에게 고개를 돌렸다.

"아, 당신이군요!"

그녀가 방을 가로질러 다가오며 속삭였다.

"당신도 들었어요?"

"들었어요. 당신 아버지의 노예들이 내······."

"아니."

그녀가 흥분하며 말을 잘랐다.

"비행기 소리요!"

"비행기? 나를 깨운 게 그 소리였나 보군."

"열 대가 넘는 것 같아요. 조금 전에 한 대가 정확히 달을 등지고 나타난 모습을 보았어요. 절벽 뒷머리에 있던 경비가 총을 쏘았는데 그래서 아버지가 일어난 거예요. 우린 즉시 포문을 열 거예요."

"일부러 여기 온 걸까요?"

"맞아요…… 달아난 이탈리아 인 때문이죠."

그녀의 마지막 말과 함께 날카로운 소리가 연달아 열린 창문으로 뛰어 들어왔다. 키스민이 작게 비명을 지르더니 손가락으로 화장대 서랍을 더듬어 동전을 꺼낸 다음 전등 하나를 향해 뛰어갔다. 순간 성 전체가 어둠에 휩싸였다. 키스민이 퓨즈를 끊어 버렸던 것이다.

"어서요!"

그녀가 존에게 외쳤다.

"옥상 정원으로 올라가서 거기에서 지켜봐요!"

그녀가 망토를 두르며 그의 손을 잡았고 두 사람은 길을 더듬어 문 밖으로 나갔다. 한 걸음 내딛으니 탑으로 가는 엘리베이터였다. 그녀가 위로 직행하는 단추를 누르자 존은 어둠 속에서 그녀를 감싸안고 입을 맞추었다. 마침내 존 엉거에게도 사랑이 찾아왔던 것이다. 잠시 후 둘은 별빛으로 새하얀 승강구에 발을 내딛었다. 위를 올려다보니 어렴풋한 달빛 속에서, 검은 날개가 달린 물체 10여 대가 달 아래 소용돌이치는 구름 조각들을 들락

거리며 끊임없이 빙빙 돌고 있었다. 골짜기 여기저기에서 그것
들을 겨냥해 뛰어오른 불꽃들이 번쩍거렸고 뒤이어 귀청을 찢을
듯한 폭발음이 들렸다. 키스민은 기뻐서 박수를 쳤지만 잠시 후
비행기가 예정 신호에 따라 폭탄을 떨어뜨리기 시작하자 그 기
쁨은 공포로 변했다. 골짜기 전체에, 낮게 울려 퍼지는 소리와
타오르는 붉은빛이 파노라마처럼 펼쳐졌다.

얼마 지나지 않아 공격자들의 목표는 대공포가 위치한 지점
들로 집중되었다. 다음 순간 대공포 하나가 거대한 재로 변해 장
미 덤불 공원 곳곳에서 연기를 피워 올렸다.

"키스민."

존이 애원했다.

"내가 살해당하기 직전에 이 공격이 개시되었다는 걸 알려 주
면 당신도 기쁠 거예요. 경비가 그 산길에서 총을 쏘지 않았다면
지금쯤 나는 꼼짝없이 죽었을 거고……."

"안 들려요!"

눈앞에 펼쳐진 광경에 정신이 팔린 키스민이 외쳤다.

"더 크게 말해 줘요!"

"그냥 성이 포격당하기 전에 빠져나가는 게 좋겠다고 말했어
요!"

존이 외쳤다.

갑자기 흑인 숙소의 기둥 현관 전체가 산산조각 났다. 기둥
밑에서 불꽃이 무섭게 치솟았고 들쭉날쭉한 대리석 파편들이 무
수히 쏟아지며 호숫가까지 날아갔다.

"오만 달러어치 노예가 사라진 거예요."

키스민이 외쳤다.

"그나마 전쟁 전 가격이죠. 소유권을 존중해 주는 미국인은 별로 없다니까요."

존은 억지로라도 그녀를 데려가려고 애를 썼다. 비행기들의 조준은 순간순간 더욱 정밀해졌고 보복 공격을 하고 있는 대공포는 두 대뿐이었다. 불에 둘러싸인 성채는 그리 오래 버티지 못할 것이 분명했다.

"어서!"

존이 키스민의 팔을 잡아끌며 외쳤다.

"가야 해요. 저 비행기들이 당신을 발견하면 무조건 죽일 거라는 사실을 몰라요?"

그녀가 마지못해 동의했다.

"재스민 언니를 깨워야 해요!"

함께 엘리베이터로 달려가던 키스민이 말했다. 그녀는 어린애처럼 즐거워하며 덧붙였다.

"우린 가난해질 거예요, 그렇죠? 책에 나오는 사람들처럼요. 난 고아가 될 테고 몹시 자유로워지겠죠. 자유롭고 가난하다니! 얼마나 재미있을까!"

그녀가 걸음을 멈추고 그를 향해 입술을 올려 기쁘게 키스를 했다.

"두 가지를 모두 갖기란 불가능해요."

존이 엄격하게 말했다.

"사람들은 이미 알고 있죠. 그리고 난 둘 중에서 차라리 자유를 선택할 거예요. 혹시 몰라 말해 두는데 보석함에 있는 것들을 주머니에 쏟아 넣어요."

10분 후 두 여자는 캄캄한 복도에서 존을 만났고 세 사람은 성의 1층으로 내려갔다. 그들은 웅장하고 화려한 복도를 마지막으로 지나가면서 잠시 테라스에 서서 불타는 흑인 숙소와 호수 저편에 추락한 비행기 두 대에서 이글거리는 불씨를 지켜보았다. 혼자 남은 대포는 여전히 굳건하게 포탄을 펑펑 터뜨렸고 공격자들은 그것이 두려워 더 낮게 내려오지 못하는 것 같았다. 그러나 혹시라도 탄환이 명중해 에티오피아 인 포병들을 전멸시킬 수 있을지 모른다는 생각에 대포 주변을 빙빙 돌며 벼락 같은 불꽃을 쏟아부었다.

존과 두 자매는 대리석 계단을 내려가서 왼쪽으로 휙 꺾어 좁은 길을 오르기 시작했다. 다이아몬드 산 주변을 고무 밴드처럼 휘감은 길이었다. 키스민은 반쯤 오르면 숲이 우거진 곳이 있어 몸을 숨긴 채로 골짜기에 펼쳐진 광란의 밤을 지켜볼 수 있다는 사실을 알고 있었다. 필요한 경우 최후의 수단으로 돌투성이 협곡에 설치된 비밀 통로로 탈출할 수 있을 것이다.

10

목적지에 이르렀을 때는 세 시였다. 친절하고 침착한 재스민은 커다란 나무줄기에 기대어 즉시 잠에 빠졌다. 하지만 존은 키스민의 어깨를 감싸고 앉아, 전날 아침에는 아름다운 정원이었던 폐허에서 절망적인 성쇠를 거듭하는 막바지 전투를 지켜보았다. 네 시가 지나고 얼마 안 있어 마지막 남은 대포가 덜거덩 소리를 내더니 붉은 연기를 휙휙 피워 올리며 작동을 멈추었다. 달이 이울자 날아다니는 물체들이 땅으로 더 가까이 내려와 빙빙 돌았다. 비행기들은 포위된 적들에게 남은 방책이 없음을 확신하게 되면 착륙할 것이고, 워싱턴 가문의 어둡고 화려했던 통치도 끝날 터였다.

발포가 중단되자 골짜기가 고요해졌다. 비행기 두 대의 타다 남은 불씨가 풀밭에 웅크린 괴물의 눈처럼 붉게 타올랐다. 성은 어둡고 조용하게 서 있었고, 빛이 없어도 햇빛 속에서처럼 아름다웠다. 네메시스(*그리스 신화에 등장하는 정의로운 복수의 여신.)가 나무를 달그락거리면서 투덜대는 목소리가 커졌다 작아졌다 하며 공중을 가득 채웠다. 그때 존은 키스민이 언니처럼 곤히 잠들었음을 깨달았다.

네 시가 한참 지났을 무렵 존은 자신들이 지나온 길에서 발소리가 들린다는 사실을 알아차렸다. 그는 발소리의 주인들이 그가 자리 잡은 전망 좋은 지점을 지나갈 때까지 숨을 죽이고 조용히 기다렸다. 이제 공중에는 인간에게서 비롯되지 않은 희미한 움직임이 일었고 이슬은 차가웠다. 존은 곧 동이 트리란 것을 알 수 있었다. 그는 발소리가 산 위로 멀어져 안전거리가 확보되고 소리가 들리지 않을 때까지 기다렸다. 그런 다음 뒤따라갔다. 가파른 정상까지 반쯤 남은 지점에 이르니 나무들이 쓰러져 있고 단단한 바위투성이 산마루가 밑에 있을 다이아몬드 위로 넓게 펼쳐졌다. 존은 바로 앞에 사람이 있으니 조심해야 한다는 동물적인 감각 때문에 속도를 줄였다. 그가 높은 바위로 다가가 가장자리 위로 조금씩 머리를 들어 올렸다. 궁금증을 가진 보람이 있었다. 다음과 같은 광경이 보였기 때문이다.

브래독 워싱턴이 꼼짝 않고 서 있었다. 소리도 없고 살아 있다는 표시도 없이 잿빛 하늘을 배경으로 몸의 윤곽을 드러내고 있었다. 동쪽에서 새벽이 모습을 드러내며 차가운 초록빛을 땅으로 던지자 그 고독한 형체는 새로 찾아온 날에 묻혀 존재가 거의 구별되지 않았다.

존이 지켜보는 동안 집주인은 잠시 알 수 없는 상념에 잠겨 있었다. 그러다가 발치에 웅크린 두 흑인에게 짐을 들라고 손짓했다. 흑인들이 버둥거리며 똑바로 섰을 때 첫 번째 노란 햇살이 정교하게 깎은 다이아몬드의 무수한 프리즘을 꿰뚫었다. 새하얀 광채가 나타나 샛별 조각처럼 공중에서 번쩍였다. 짐을 진 흑인들이 그 무게에 눌려 잠시 비틀거렸다. 곧 그들의 물결치는 근육은 촉촉이 빛나는 피부 밑에서 자리를 잡으며 단단해졌고 세 형체는 반항기 어린 무력한 모습으로 하늘을 앞에 두고 다시 꼼짝하지 않았다.

잠시 후 백인 남자가 고개를 들고 주목하라는 표시로 천천히 두 팔을 들어 올렸다. 어마어마한 군중에게 들으라고 요구하는 듯했지만 사실 군중은 없었다. 산과 하늘의 광대한 침묵뿐이었고, 이따금씩 나무 사이에서 희미하게 들리는 새들의 목소리가 그 침묵을 깨뜨렸다. 바위투성이 산마루에 선 그 형체가 억누를 수 없는 자긍심이 어린 묵직한 목소리로 입을 열었다.

"거기 있는 당신……."

그가 떨리는 목소리로 외쳤다.

"당신…… 거기……!"

그는 두 팔을 올린 채로 대답을 기다리듯 고개를 엄숙하게 쳐들고서 뜸을 들였다. 존은 산에서 내려오는 사람들이 있는지 눈을 부릅뜨고 살폈지만 산에는 인기척이 없었다. 하늘 그리고 나무 꼭대기를 휩쓰는 바람의 냉소적인 피리 소리뿐이었다. 설마 워싱턴이 기도를 한 것일까? 존은 잠시 생각했다. 착각은 곧 사라졌다. 그의 전반적인 태도에는 기도와는 정반대인 뭔가가 깃들어 있었다.

"아, 그 위에 있는 당신!"

강하고 당당해진 목소리였다. 처량한 간청이 아니었다. 혹시 그랬다고 해도 소름끼치는 우월감에 싸여 있었다.

"거기 당신……."

너무 빨리 이어져 알아들을 수 없는 말들이 줄줄 흘러나왔다. 목소리가 끊어졌다 이어졌다 하는 동안 존은 숨도 쉬지 않고 귀를 기울였다. 곳곳에서 조각난 문장이 귀에 들어왔다. 목소리는 강하게 따지는 듯하다가 힘없고 당혹스러운 조바심에 물들기도 했다. 그러다 유일한 청중에게 확신이 싹트기 시작했다. 깨달음이 엄습한 순간 피가 벼락처럼 동맥을 타고 퍼져 나갔다. 브래독 워싱턴은 신에게 뇌물을 바치는 중이었던 것이다!

그랬다. 의심할 여지가 없었다. 노예들의 품에 안긴 다이아몬드는 본보기로 우선 지급하는 것이다. 앞으로 더 많이 바치겠다는 약속이었다.

존은 잠시 후에 깨달았다. 그것은 그가 말한 문장들을 꿰고 있는 실이었다. 부유해진 프로메테우스는 이제는 잊혀 버린 제물, 잊혀 버린 의식, 그리스도의 탄생 이전에 흔적만 남기고 사라진 기도를 증거로 제시하고 있었다. 얼마 동안 그가 늘어놓는 이야기는 신이 인간에게 받기로 했던 이런저런 것들을 상기 시키는 형태였다. 그는 신에게 재앙에서 도시를 구해 주는 대신 성대한 교회를 받지 않았느냐고, 몰약과 황금을, 인간의 목숨과 아름다운 여인들과 포로가 된 군대를, 아이들과 왕비들을, 숲과 들의 짐승들을, 양과 염소를, 수확물과 도시들을, 신의 분노를 누그러뜨리기 위해 열성과 피를 희생해 바쳤던 모든 정복지를 선물로 받지 않았느냐고 말했다. 그리고 이제 다이아몬드의 황제이며 황금의 시대를 다스린 왕이자 사제요, 화려함과 호화로움의 결정권자인 이 브래독 워싱턴이 그 어떤 왕자도 꿈꾸어 보지 못했던 보물을 바치겠다고 했다. 애원하지 않고 당당한 모습으로 바치겠노라고.

그는 뒤이어 구체적인 내용을 언급했다. 세상에서 가장 큰 다이아몬드를 바치겠다는 것이었다. 그 다이아몬드의 깎인 면수는 나무에 달린 잎사귀들보다 훨씬 많아 수천 개에 이를 것이되 전체 크기는 파리보다 크지 않으면서도 완벽한 모양을 갖출 것이다. 수많은 사람들이 수많은 세월 동안 작업할 것이다. 금을 두들겨 펴서 만든 거대한 반구형 전당에 그것을 안치할 것이다. 그 전당에 아름다운 조각을 새기고 오팔과 표면이 단단한 사파이어로 문을 장식할 것이다. 중앙에는 예배할 수 있도록 빈 공간을 만들 것이다. 예배를 주관할 제단에서는 라듐이 무지갯빛으로 분해되어 끝없이 모습을 바꾸며 기도 중에 머리를 든 숭배자가 있다면 그 눈을 태워 버릴 것이다. 그리고 이 제단 위에서 신성한 은인의 즐거움을 위해 그가 선택한 그 누구라도 제물로 희생시킬 것이다. 그것이 살아 있는 인간들 중에서 가장 위대하고 가장 권세 있는 자일지라도.

워싱턴은 답례로 간단한 일 하나만 해 달라고 했다. 신에게는 어처구니없을 만큼 쉬운 일일 터였다. 지금 당장 상황을 어제처럼 돌려놓는 것 그리고 그 상태로 쭉 유지되는 것이었다. 얼마나 간단한 일인가! 그저 하늘을 열어 저들과 저들이 탄 비행기를 삼켜 버리면 되는 것이다. 그리고 다시 하늘을 닫기만 하면, 그의 노예들을 건강하게 되살려 돌려주기만 하면 되었다.

지금껏 그는 그 누구와도 교섭하거나 흥정을 벌인 적이 없었다.

그러나 지금 그는 자기가 뇌물의 양을 충분히 제시했는지 의심스러웠다. 신도 물론 원하는 값이 있을 것이다. 신은 인간의 형상대로 지어졌다고 했다. 그러니 원하는 값이 분명 있을 터였다. 그리고 그 값은 유례없는 거액일 터였다. 오랜 세월에 걸쳐 지어진 대성당과 인부 만 명이 건축한 피라미드도 이 대성당, 이 피라미드에 대적할 수는 없을 터였다.

그는 여기에서 잠시 입을 다물었다가 말을 이었다. 이것이 그의 제안이다. 모든 것은 그가 설명한 대로 될 것이며 그의 주장에는 천박하게도 저렴하다고 할 만한 부분이 조금도 없었다. 신에게 받아들이든지 말든지 알아서 하라는 뜻이었다.

마무리를 향해 가는 그의 문장은 뚝뚝 끊어지고 짧아지고 흐릿해졌다. 그의 긴장한 몸은 주변에서 땅을 살짝 스치거나 작게 소곤거리는 생물의 기척을 하나도 놓치지 않으려고 안간힘을 쓰는 것 같았다. 머리카락은 그가 말하는 동안 점차 하얗게 변해 버렸다. 이제 하늘을 향해 머리를 높이 쳐든 그의 모습은 장엄하고도 분노한 노선지자 같았다.

그때 아찔할 만큼 매료된 채 그 광경을 응시하던 존의 눈에 주변 어딘가에서 빚어지는 기이한 현상이 들어왔다. 하늘이 일순간 캄캄해진 듯했고, 돌풍 속에서 느닷없는 속삭임이 일고 아련한 트럼펫 소리와 거대한 실크 가운이 바스락거리는 듯한 한숨 소리가 들리는 것 같았다. 잠시 주변의 모든 자연이 이 어둠에 가담했다. 새들은 노래를 그쳤다. 나무들은 꼼짝하지 않았고 저 멀리 산 너머에서는 둔탁하고 위협적인 천둥소리가 우릉거렸다.

그게 전부였다. 바람은 골짜기의 키 큰 풀들을 따라 사라졌다. 새벽과 새로운 날이 금세 제자리를 찾았고, 떠오른 태양은 뜨겁게 물결치는 노란 안개를 발산해 앞길을 밝게 비추었다. 나뭇잎들이 햇빛 속에서 웃음을 터뜨렸고 그 웃음소리는 모든 나뭇가지가 동화 나라에 나오는 여학교처럼 떠들썩해질 때까지 나무를 흔들었다. 신은 뇌물을 받지 않겠노라고 대답한 것이다.

존은 의기양양하게 밝아 온 새날을 좀 더 지켜보았다. 그러다 고개를 돌렸을 때 호숫가로 펄럭이며 내려오는 갈색 날개가, 뒤를 이은 다른 날개와 또 다른 날개가 보였다. 금빛 천사들이 구름에서 내려오며 춤을 추는 모습 같았다. 비행기들이 땅에 내려앉은 것이다.

존은 바위에서 주르르 내려와 산허리를 따라 나무숲으로 달려갔다. 두 소녀가 깨어서 그를 기다리고 있었다. 키스민이 벌떡 일어나자 주머니 속의 보석들이 짤랑거렸고 벌어진 입술에 질문이 감돌았지만, 존의 본능은 그에게 말을 주고받을 시간이 없다고 알려 주었다. 단 한순간도 지체하지 않고 산을 떠나야 했다. 그는 두 사람의 손을 한쪽씩 붙잡았다. 이제 그들은 빛과 피어오른 안개에 흠뻑 젖은 나무줄기 사이를 말없이 헤치고 나갔다. 등 뒤 골짜기에서는 저 멀리에서 들려오는 공작의 푸념과 아침의 즐겁고 나직한 목소리 외에는 아무 소리도 들리지 않았다.

세 사람이 800미터쯤 걸어가서 넓은 정원을 피해 좁은 산책로에 들어섰는데 그 길은 옆 언덕으로 이어져 있었다. 언덕 꼭대기에서 그들은 걸음을 멈추고 돌아보았다. 그들의 눈은 이제 막 벗어난 산허리에 머물렀다. 금방이라도 비극이 들이닥칠 듯한 암울한 느낌이 그곳을 짓누르고 있었다.

하늘을 배경으로 낙담한 백발의 남자가 가파른 비탈을 느릿느릿 내려오는 모습이 선명히 드러났다. 몸집이 거대하고 무표정한 두 흑인이 뒤를 따랐는데 그들은 햇빛 속에서 여전히 번쩍번쩍 빛나는 무거운 짐을 들고 나르는 중이었다. 반쯤 내려왔을 때 다른 두 형체가 그들과 합류했다. 존은 그것이 워싱턴 부인과 팔로 어머니를 부축한 그녀의 아들임을 알 수 있었다. 비행사들은 비행기에서 기어 내려와 성 앞에 넓게 펼쳐진 잔디밭에 발을 내딛은 뒤 손에 소총을 들고 각개 전투 대형으로 다이아몬드 산을 오르기 시작했다.

그러나 모든 이들의 관심을 사로잡은 채 좀 더 위쪽에 모여 있던 작은 무리 다섯 명은 어느 바위 선반 위에 멈추어 섰다. 흑인들이 몸을 굽혀 산허리에 있는 조그만 문 같은 것을 당겼다. 그들은 모두 그 속으로 사라졌다. 백발의 남자가 가장 먼저, 그다음으로 아내와 아들이, 마지막으로 두 흑인이 들어갔다. 보석을 박은 머리 장식의 화려한 끝부분이 잠시 햇빛에 반짝인 후 그 작은 문이 내려가 모두를 삼켜 버렸다.

키스민이 존의 팔을 움켜잡았다. 그녀가 미친 듯이 소리쳤다.

"아아, 어디로 가는 거지? 뭘 하려는 거지?"

"지하 탈출구가 있는 모양⋯⋯."

두 소녀가 작게 내지른 비명이 그의 말을 막았다.

"모르겠어요?"

키스민은 걷잡을 수 없이 흐느꼈다.

"산에는 도화선이 깔려 있단 말이에요!"

그녀가 말을 하고 있었지만 그는 두 손을 들어 눈을 가렸다. 그들의 눈앞에서 산면 전체가 돌연 눈부시게 타오르는 노란빛으로 변했다. 인간의 손가락 틈으로 빛이 새어 나오듯이 그 노란빛은 산을 뒤덮은 잔디를 뚫고 치솟았다. 견딜 수 없을 만큼 찬란한 빛이 잠시 타오르다가 불 꺼진 필라멘트처럼 사라져 버렸다. 그 후 드러난 검은 폐허에서는 푸른 연기가 천천히 피어오르며 식물과 인간 육체의 잔해를 멀리 실어 갔다. 비행사들은 피도 뼈도 남기지 못했다. 산속으로 사라진 다섯 영혼과 마찬가지로 완전히 소멸되었다.

바로 그때 어마어마한 진동과 함께 성이 말 그대로 공중으로 솟구쳤다. 솟구치던 성은 불꽃을 터뜨리며 산산이 부서졌고 그 파편들은 굴러떨어져 호수 위에 쌓여 연기를 피우는 퇴적물이 되었다. 불꽃은 없었다. 연기가 햇빛에 섞여 흘러갔다. 한때 보석으로 장식된 저택이었던 거대하고 단조로운 돌 더미에서 대리석 가루가 먼지처럼 바람에 날렸다. 더는 어떤 소리도 들리지 않았고 골짜기에는 세 사람만 남았을 뿐이었다.

11

해질녘에 존과 두 동행인은 워싱턴 일가의 영토 경계선인 높은 절벽에 이르렀다. 뒤를 돌아보니 땅거미가 진 골짜기는 평온하고 아름다웠다. 세 사람은 재스민이 바구니에 담아 가져온 음식을 마저 먹으려고 자리에 앉았다.

"이거 봐!"

재스민이 식탁보를 펼치고 그 위에 샌드위치를 차곡차곡 쌓으며 말했다.

"먹음직스럽지 않니? 난 언제나 야외에서 먹는 음식이 더 맛있게 느껴지더라."

"그렇게 말하다니, 언니도 중산층이 되는구나."

재스민이 대답했다. 존은 간절한 목소리로 말했다.

"이제 호주머니 속에 있는 걸 다 꺼내 놔 봐요. 어떤 보석들을 가져왔는지 보자고요. 제대로 골랐다면 우리 셋이 여생을 안락하게 보낼 수 있을 테니."

키스민은 순순히 주머니에 손을 넣어 반짝거리는 보석 두 주먹을 그의 앞에 던져 주었다.

"나쁘지 않은데!"

존이 열광적으로 외쳤다.

"매우 크지는 않지만…… 아니!"

스러져 가는 햇빛을 향해 보석 하나를 들어 올린 존의 표정이 변했다.

"아니, 이건 다이아몬드가 아니잖아! 뭔가 잘못됐어!"

"어머나! 이런 바보짓을 하다니!"

키스민이 깜짝 놀란 얼굴로 소리쳤다.

"이런, 이건 라인석이야!"

존이 외쳤다.

"알아요."

키스민은 웃음을 터뜨렸다.

"엉뚱한 서랍을 열었어요. 재스민 언니를 찾아왔던 여자의 드레스에 달려 있던 것들이죠. 내가 그 여자에게 다이아몬드와 그걸 바꾸자고 했어요. 보석 말고 다른 건 본 적이 없었던 때라."

"그럼 낭신이 가져온 건 이게 다라고?"

"유감스럽지만 그래요."

그녀가 그 반짝거리는 것들을 아쉬운 듯이 만지작거렸다.

"난 이것들이 더 좋아요. 다이아몬드는 좀 지겹거든요."

"알겠어요."

존이 우울하게 말했다.

"우린 하데스에서 살아야 해요. 그리고 당신은 의심스러워하는 여자들에게 엉뚱한 서랍을 털어 왔다고 말해 주면서 늙게 되겠죠. 불행히도 당신 아버지의 통장도 주인과 함께 소멸되었으니."

"뭐, 하데스에 문제라도 있어요?"

"내가 내 또래 아내와 집으로 돌아가면 아버지는 석탄을 지고 불구덩이에 뛰어들지 말라고 할 거예요. 아래 지방에서는 그렇게 표현해요."

재스민이 말문을 열었다.

"난 빨래하는 게 좋아요."

차분한 목소리였다.

"내 손수건은 늘 직접 빨았답니다. 내가 세탁 일로 돈을 벌어서 두 사람을 부양할게요."

"하데스에도 세탁부가 있어요?"

키스민이 천진난만하게 물었다.

"물론이에요."

존이 대답했다.

"다른 곳들과 마찬가지에요."

"난…… 그곳이 너무 더워서 옷을 안 입고 다니는 줄 알았어요."

존이 웃음을 터뜨렸다.

"한번 그렇게 해 봐요!"

존이 제안했다.

"제대로 해 보기도 전에 사람들 때문에 기운이 다 빠질걸요."

"아버지도 거기 계실까요?"

재스민이 물었다. 존은 깜짝 놀라 그녀에게 고개를 돌렸다.

"당신 아버지는 죽었어요."

그가 암울한 목소리로 대답했다.

"그분이 왜 하데스에 가겠어요? 오래전에 사라진 다른 곳과 혼동한 모양이군요."

그들은 저녁을 먹은 후 식탁보를 접고 밤을 보낼 담요를 펼쳤다.

"굉장한 꿈이었어."

키스민이 별들을 물끄러미 쳐다보며 한숨을 쉬었다.

"단벌 드레스, 빈털터리 약혼자와 함께 여기 있다니 얼마나 기이한 일인지!"

그녀가 다시 말했다.

"게다가 이렇게 별빛을 받으며 말이에요. 전에는 별들을 눈여겨보지 않았어요. 별이란 누군가가 소유한 거대한 다이아몬드라고만 생각했죠. 이제는 저 별들이 두려워요. 별들을 보니 모든 게, 내 모든 젊음이 꿈인 것처럼 느껴져요."

"정말 꿈이었어요."

존이 조용히 말했다.

"모든 사람의 젊음은 꿈이에요. 화학적 광기의 한 형태죠."

"그럼 미치광이가 되면 무척 유쾌하겠어요!"

"그렇다고 들었어요."

존이 침울하게 말했다.

"나도 그 이상은 몰라요. 어쨌든 당신과 나, 우리 둘은 한동안 사랑하기로 해요. 일 년 정도는. 그것이 우리가 신성하게 만끽할 수 있는 유일한 취기니까요. 이 세상에는 다이아몬드만 있을 뿐이에요. 다이아몬드 그리고 어쩌면 환상을 일깨우는 비루한 선물만이. 뭐, 난 그 선물을 받았으니 아무 일도 일어나지 않은 것처럼 생각할 거예요."

그가 몸을 떨었다.

"외투 깃을 세워요, 꼬마 아가씨. 밤이 너무 싸늘해서 폐렴에 걸리고 말 거예요. 의식을 처음 발명한 사람은 아주 큰 죄를 지은 거예요. 우린 몇 시간 동안만이라도 의식을 잃기로 해요."

그렇게 그는 담요로 몸을 감싸고 잠에 빠졌다.

벤자민 버튼의 시간은 거꾸로 간다

1

1860년도처럼 아득한 옛날에는 가정 출산이 당연한 일이었다. 듣자하니 현대에는 의학계의 높은 신들께서 아이의 첫울음이 마취제 냄새가 풍기는 병원, 그것도 되도록 최고급 병원에서 터져야 한다고 선언하셨다고 한다. 그러니 젊은 로저 버튼과 그의 아내가 1860년대의 어느 여름날, 둘의 첫아기를 병원에서 낳아야겠다고 결심한 것은 유행을 50년이나 앞지른 행위였다. 이 시대착오적인 행동이 내가 앞으로 풀어놓으려는 기막힌 전기와 조금이라도 관계가 있는지는 결코 알 수 없는 일이다.

나는 일어난 일을 말할 뿐이며 판단은 독자의 몫이다.

로저 버튼 부부는 남북 전쟁 전 볼티모어에서 사회적으로나 경제적으로 선망 받는 위치였다. 둘은 이런저런 집안에 인맥이 있었고, 덕분에 남부 사람이라면 누구나 알듯이 남부 연합국의 상당수를 차지하는 그 거대한 귀족 계급의 일원이라는 자격을 획득했다. 아기를 낳는다는 황홀한 옛 관습을 처음으로 경험하는 때였으니 버튼 씨가 조바심을 내는 것은 당연했다. 그는 사내아이가 태어나 코네티컷의 예일대학에 보낼 수 있으면 좋겠다고 생각했는데, 그곳은 다름 아닌 버튼 씨가 4년 동안 '커프스'라는 다소 빤한 별명으로 불렸던 곳이기도 했다.

이 중차대한 사건으로 신성해진 9월의 아침, 그는 여섯 시 정각에 초조하게 일어나 옷을 차려입고 흠 잡을 데 없는 말을 매만진 다음 볼티모어의 거리를 헤치고 병원으로 급히 달려갔다. 어두운 밤이 새로운 생명을 낳아 가슴에 품었는지 확인하기 위해서였다.

메릴랜드 신사숙녀 사립 병원까지 100미터도 남지 않았을 때 가족 주치의인 킨 씨가 모든 의사들이 암묵적 직업윤리에 따라 해야 하는 동작, 즉 손을 씻듯이 두 손을 비비며 현관 계단을 내려오는 모습이 보였다.

철물 도매상인 로저 버튼 앤 컴퍼니의 사장인 로저 버튼 씨는 그 그림처럼 아름답던 시대에 남부 신사에게 요구되는 품위와는 거리가 먼 모습으로 킨 씨를 향해 헐레벌떡 뛰어가기 시작했다.

"킨 박사님!"

버튼 씨가 외쳤다.

"아, 킨 박사님!"

의사는 그의 목소리를 듣자 고개를 돌리고 자리에 서서 기다렸는데 버튼 씨가 가까워질수록 그의 냉엄하고 의사다운 얼굴은 기묘한 표정으로 물들었다.

"무슨 일입니까?"

버튼 씨가 숨 가쁘게 달려와 물었다.

"뭡니까? 아내는 어떻습니까? 아들입니까? 어느 쪽인가요? 어떻게……."

"알아듣게 말하게!"

킨 박사가 날카롭게 말했다. 짜증이 좀 난 듯했다.

"아이가 나왔습니까?"

버튼 씨가 간절하게 말했다. 킨 박사는 눈살을 찌푸렸다.

"뭐, 그래. 그랬다고 해야지…… 어느 정도는."

킨 박사는 다시 버튼에게 수상쩍은 눈초리를 던졌다.

"아내는 괜찮습니까?"

"그렇네."

"아들입니까, 딸입니까?"

"이제 그만!"

킨 박사가 울화통을 한껏 터뜨리며 외쳤다.

"가서 직접 보게나! 기가 막혀서!"

그는 마지막 단어를 거의 한 음절처럼 쏘아붙이고는 중얼거리기 시작했다.

"이런 사건이 내 직업적인 명성에 도움이 될 줄 아나? 이런 일이 한 번만 더 있어도 난 끝장이야. 누구라도 끝장이지."

"무슨 일입니까?"

기겁한 버튼 씨가 물었다.

"세쌍둥이입니까?"

"아니, 세쌍둥이는 아니네!"

의사가 매섭게 대답했다.

"차라리 그게 낫지, 직접 가서 봐. 그리고 다른 의사를 찾아보게. 나는 자네를 이 세상에 태어나게 해 주었네, 젊은이. 그리고 사십 년 동안 자네 집안의 주치의였네만 이젠 끝이네! 자네나 자네 가문 사람들을 다시는 보고 싶지 않아!"

의사는 매몰차게 돌아서더니 한 마디도 덧붙이지 않고 길턱 옆에서 대기 중이던 자신의 사륜마차에 올라탄 후 가차 없이 달려가 버렸다.

버튼 씨는 머리부터 발끝까지 벌벌 떨며 인도에 멍하니 서 있었다. 어떤 끔찍한 사고가 일어난 것일까? 메릴랜드 신사숙녀 사립 병원에 들어가고 싶은 생각이 싹 사라지고 없었다. 잠시 후 그는 간신히 힘겹게 계단을 올라 정문으로 들어갔다.

어두침침한 현관 책상 뒤에 간호사가 앉아 있었다. 버튼 씨는 수치심을 삼키며 간호사에게 다가갔다.

"안녕하세요."

간호사가 명랑하게 버튼 씨를 쳐다보며 말했다.

"안녕하십니까. 저, 저는 버튼이라고 합니다."

그 말에 간호사의 얼굴에 끔찍한 공포가 번졌고 그녀는 벌떡 일어났다. 현관에서 달아나고 싶은 마음을 애써 억누르고 있다는 사실이 빤히 보였다.

"아이를 보고 싶습니다."

버튼 씨가 말했다. 간호사는 작게 비명을 질렀다. 그녀가 신경질적으로 외쳤다.

"오…… 그러셔야죠! 위층이에요, 바로 위층. 가세요…… 위로!"

간호사가 방향을 가리켰다. 온몸이 식은땀투성이인 버튼 씨는 비틀비틀 몸을 돌려 2층으로 올라가기 시작했다. 2층 현관에서 그는 대야를 들고 다가온 다른 간호사에게 말을 걸었다.

"저는 버튼입니다."

가까스로 발음했다.

"보고 싶은데요, 제……."

텅! 대야가 바닥에 우당탕 떨어지더니 계단 쪽으로 굴러갔다. 텅! 텅! 대야는 이 신사가 널리 퍼뜨린 두려움에 자신도 물들었다는 듯이 질서 정연하게 떨어지기 시작했다.

"제 아이를 보고 싶다고요!"

버튼 씨가 비명을 지르다시피 말했다. 졸도하기 직전이었다.

텅! 대야가 1층에 도착한 소리였다. 간호사가 자제력을 되찾고 버튼 씨에게 강한 경멸이 어린 눈총을 쏘았다.

"네, 알겠어요, 버튼 씨."

간호사가 가라앉은 목소리로 응답했다.

"당연한 말씀이지요! 하지만 오늘 아침 그것이 저희 모두를 어떤 상태에 빠뜨렸는지 아신다면! 정말이지 기가 막힌 일이에요! 이 병원은 다시는 좋은 평판을 받지 못할 거예요. 이런……."

"어서요!"

버튼 씨가 쉰 목소리로 말했다.

"더는 견딜 수가 없습니다!"

"그럼 이쪽으로 오세요, 버튼 씨."

그는 느릿느릿 힘겹게 간호사를 따라갔다. 긴 복도 끝, 온갖 신음 소리가 흘러나오는 방에 이르렀다. 훗날 속어로 일명 '우는 방'이라고 알려지게 될 그런 방이었다. 둘은 방으로 들어갔다. 벽 주변에는 비스듬히 기울어진 흰색 사기질 간이침대 여섯 개가 나란히 놓였고 침대마다 머리 쪽에 꼬리표가 달려 있었다.

버튼 씨가 숨을 헐떡이며 말했다.

"자, 제 아이는 누굽니까?"

"저기요!"

간호사가 말했다.

버튼 씨의 눈은 간호사의 손가락을 따라 움직였고 그의 눈에 비친 광경은 다음과 같았다. 헐거운 흰색 담요에 싸여 간이침대 하나에 몸 일부를 비집어 넣고 앉은 사람은 분명 일흔 살쯤 된 노인이었다. 듬성듬성한 머리는 거의 백발이었고, 턱에는 긴 잿빛 수염이 주렁주렁 매달려서 창가에서 불어오는 산들바람을 타고 터무니없을 만큼 이리저리 물결쳤다. 그가 고개를 들어 곤혹스러운 질문이 담긴 어둡고 흐릿한 눈으로 버튼 씨를 쳐다보았다.

"제가 미친 겁니까?"

공포가 분노로 바뀐 버튼 씨가 쩌렁 소리를 질렀다.

"병원의 무시무시한 장난인가요?"

"저희에게는 장난처럼 보이지 않는군요."

간호사가 매섭게 대답했다.

"당신이 미쳤는지 아닌지는 모르겠어요. 하지만 저게 당신의 아이인 건 아주 분명합니다."

식은땀이 버튼 씨의 이마에 다시 솟아났다. 그는 눈을 감았다

가 뜨고 다시 바라보았다. 착각 따위는 없었다. 그가 바라보고
있는 것은 일흔 살 먹은 남자, 예순하고도 열 살을 더 먹은 '아
기', 아기 침대 양옆으로 발을 늘어뜨린 아기였다.

노인은 차분하게 잠시 한 사람에서 다른 사람으로 시선을 옮
기더니 갈라지고 노쇠한 목소리로 불쑥 물었다.

"당신이 내 아버지요?"

버튼 씨와 간호사가 화들짝 놀랐다. 노인이 불만스럽게 말을
이었다.

"혹시 그렇다면 나를 여기에서 좀 데려가 주셨으면 좋겠소.
아니면 최소한 저 애들을 이곳에 있는 편안한 요람에 넣어 주든
지."

"도대체 당신은 어디에서 왔습니까? 당신은 누구죠?"

버튼 씨가 미친 듯이 퍼부었다.

"내가 '정확히' 누구인지 어떻게 알겠소."

불만스럽게 칭얼대는 대답이었다.

"나는 태어난 지 몇 시간밖에 안 됐으니까 말이오. 하지만 제
성은 분명히 버튼입니다."

"거짓말! 당신은 사기꾼이야!"

노인이 맥없이 간호사에게 고개를 돌렸다.

"갓 태어난 아기를 멋지게도 환영해 주는구먼."

그가 허약한 목소리로 투덜거렸다.

"그게 아니라고 말씀 좀 해 주겠소?"

"그게 아니에요, 버튼 씨."

간호사가 매몰차게 말했다.

"이 사람은 당신의 아이이고 당신은 어쨌든 최선을 다해야 해
요. 최대한 빨리 이 사람을 집으로 데려가 주시면 좋겠네요. 오
늘 중으로 말이지요."

"집이라니요?"

버튼 씨가 못 믿겠다는 듯이 대답했다.

"그래요, 여기 둘 순 없잖아요. 정말 안 된다고요, 아시겠어
요?"

"정말 다행이군."

노인이 칭얼거렸다.

"여긴 조용한 걸 싫어하는 애송이들이나 머물기 좋은 곳이오.
이렇게 악을 쓰고 울어 대니 잠시라도 눈을 붙일 수가 있나. 먹
을 것 좀 달라고 부탁했더니."

이 대목에서 그의 목소리가 항의하듯 높고 날카로워졌다.

"우유병을 갖다 주지 뭐요!"

버튼 씨는 가까이에 있는 의자에 주저앉아 두 손으로 얼굴을
감쌌다.

"맙소사!"

그는 공포로 정신이 나가 중얼거렸다.

"사람들이 뭐라고 할까? 난 어떻게 해야 하지?"

"이 사람을 집에 데려가셔야죠."

간호사가 주장했다.

"당장 말이에요!"

고통스러워하는 남자의 눈앞에 기괴한 장면이 두려울 만큼
또렷이 나타났다. 이 오싹한 망령과 나란히 도시의 혼잡한 거리

271

를 걸어가는 자신의 모습이었다.

"못해. 난 못해."

그가 신음했다.

사람들이 걸음을 멈추고 그에게 말을 걸 텐데, 뭐라고 대답한단 말인가? 이…… 이 일흔 살짜리를 소개해야 할 것이다.

"여긴 오늘 아침 일찍 태어난 제 아들입니다."

그러면 노인은 담요를 덮어쓸 테고 둘은 터벅터벅 걸으며 분주한 상점들과 노예 시장(비밀스러운 한순간 버튼 씨는 아들이 차라리 흑인이었기를 간절히 바랐다.)을 지나고 주택지의 호화로운 집들을 지나고 양로원을 지나…….

"이봐요! 정신 좀 차리세요."

간호사가 명령조로 말했다.

"이보시오."

노인이 불쑥 말을 꺼냈다.

"내가 이 담요에 싸여 집으로 걸어갈 거라고 생각한다면 말도 안 되는 판단이오."

"아이들은 늘 담요에 싸여서 가는걸요."

노인이 작고 하얀 배내옷을 들어 올리고 탁탁 소리가 날 만큼 심술궂게 흔들었다. 그리고 떨리는 목소리로 말했다.

"이것 좀 보라고! 나한테 이런 걸 입으라고 준비했다니."

"아기들이 늘 입는 거예요."

간호사가 새침하게 대답했다. 노인이 말했다.

"그럼 이 아기는 이 분 후에 아무것도 입지 않고 있겠군. 담요가 따끔거려. 나한테 시트 한 장 정도는 주었어야지."

"입고 있어! 입고 있어!"

버튼 씨가 급히 말했다. 그는 간호사에게 고개를 돌렸다.

"제가 어떻게 해야 하죠?"

"시내로 가서 아드님이 입을 옷을 사셔야죠."

현관으로 향하는 버튼 씨에게 아들의 목소리가 따라붙었다.

"지팡이도요, 아버지. 지팡이가 있으면 좋겠소만."

버튼 씨는 덧문을 가차 없이 쾅 닫았다.

2

"안녕하십니까."

버튼 씨는 체서피크 포목상의 점원에게 초조하게 말했다.

"아이 옷을 좀 사고 싶은데요."

"자녀분이 몇 살입니까?"

"여섯 시간 정도."

버튼 씨는 충분히 생각해 보지도 않고 대답했다.

"아기 용품은 뒤쪽에 있습니다."

"아, 아니…… 제가 찾는 건 그게 아닌 것 같습니다. 그게…… 몸집이 유달리 크거든요. 보기 드물게, 음…… 커서요."

"보시면 큰 사이즈 아기 옷이 있습니다."

"남자아이 옷은 어디에 있습니까?"

버튼 씨는 필사적으로 화제를 바꾸었다. 점원이 자신의 수치스러운 비밀을 눈치챈 게 분명하다는 생각이 들었다.

"바로 여깁니다."

"어디……."

버튼 씨는 망설였다. 아들에게 성인의 옷을 입혀야 한다는 생각을 용납할 수가 없었다. 혹시라도 '무지' 큰 남자아이의 옷을 찾을 수만 있다면, 아들의 길고 끔직한 턱수염을 자르고 흰머리를 갈색으로 염색하면 어떻게든 최악의 상태를 감추고 자신의 자존심 정도는 유지할 수 있을 것 같았다. 볼티모어 사교계에서의 입지는 물론이고 말이다.

그러나 남자아이 옷가게를 미친 듯이 조사한 결과 갓 태어난 버튼에게 맞는 옷은 없었다. 그는 물론 가게를 비난했다. 이런 때는 가게를 비난하는 법이다.

"아드님이 몇 살이라고 하셨죠?"

점원이 이상한 듯이 물었다.

"그 앤…… 열여섯입니다."

"오, 죄송합니다. 여섯 시간이라고 말씀하신 줄 알았어요. 다음 통로를 보시면 청소년 코너가 있습니다."

버튼 씨는 딱한 모습으로 방향을 돌렸다. 그러다 걸음을 멈추고 얼굴을 빛내며 손가락으로 창가 진열대의 옷 입은 마네킹을 가리켰다.

"저겁니다!"

버튼 씨가 외쳤다.

"저기, 마네킹이 입은 저 옷으로 하겠습니다."

점원이 빤히 쳐다보았다. 점원이 말했다.

"글쎄요, 저건 아이 옷이 아닙니다. 혹시 입을 수도 있겠지만 가장무도회 의상으로나 어울리지요. 손님께서 직접 입으실 수도 있습니다!"

"저걸 싸 주세요."

손님이 초조하게 주장했다.

"저걸 사고 싶습니다."

놀란 점원은 그 말에 따랐다.

병원으로 돌아온 버튼 씨는 신생아실로 들어가 꾸러미를 던지다시피 아들에게 건넸다.

"네 옷이다."

버튼 씨가 쏘아붙였다. 노인은 꾸러미를 풀고 미심쩍다는 눈으로 내용물을 살폈다. 노인이 투덜거렸다.

"내가 보기엔 좀 괴상한데요. 난 웃음거리가 되고 싶지⋯⋯."

"너 때문에 난 이미 웃음거리가 됐어!"

버튼 씨가 사납게 대꾸했다.

"네가 얼마나 괴상하게 보일지는 신경 쓰지 마라. 그냥 입어⋯⋯ 아니면⋯⋯ 아니면 한 대 맞을 거다."

버튼 씨는 이 상황에 적당한 말이라고 느끼면서도 끝에서 두 번째 단어를 거북한 듯이 우물거렸다.

"알겠어요, 아버지."

자식다운 고분고분함을 기괴하게 흉내 낸 듯한 느낌이었다.

"저보다 오래 사셨으니 잘 아시겠죠. 말씀하신 대로 하지요."

이번에도 '아버지'라는 소리에 버튼 씨는 소스라치게 놀랐다.

"서둘러라."

"서두르고 있어요, 아버지."

아들이 옷을 입고 나자 버튼 씨는 우울하게 아들을 살펴보았다. 옷은 점무늬 양말과 분홍색 바지, 넓고 흰 칼라가 달리고 허리띠로 조여서 입는 블라우스였다. 블라우스 위로 길고 흰 수염이 넘실거리며 거의 허리까지 늘어졌다. 만족스럽지 못한 결과였다.

"잠깐!"

버튼 씨는 병원용 가위를 들고 재빠른 가위질 세 번으로 수염의 상당 부분을 잘라 냈다. 그러나 이런 개선에도 불구하고 전체적인 모습은 완벽과는 거리가 멀었다. 남아 있는 터부룩한 머리털, 물기 많은 눈, 닳고 닳은 이는 화사한 옷과 기이하게 어긋나 보였다. 그러나 버튼 씨는 완강했다. 그가 손을 내밀었다.

"가자!"

버튼 씨가 단호히 말했다. 버튼 씨의 아들은 의심 없이 손을 잡았다.

"저를 뭐라고 부르실 거요, 아빠?"

신생아실에서 함께 나오면서 그가 떨리는 목소리로 물었다.

"얼마 동안은 '아기'라고 부르실 거요? 좀 더 나은 이름이 생각날 때까지?"

버튼 씨는 툴툴거렸다.

"모르겠다."

그가 냉정하게 내뱉었다.

"므두셀라(*구약 성경에 따르면 구백 살이 넘도록 살았다는 인물로, 나이가 아주 많은 사람을 상징한다.)라고 부를까."

3

버튼 가족의 새 식구는 머리카락을 짧게 자르고, 엉성하고 부자연스러운 검은 머리로 염색을 하고, 당황한 재단사에게 주문

제작한 어린 소년의 옷을 차려입었다. 하지만 가족의 첫아기라고 하기에는 군색하다는 사실을 버튼 씨는 도저히 무시할 수가 없었다. 노인처럼 허리가 굽었음에도 벤자민 버튼은(가족들은 적합하지만 불쾌한 므두셀라라는 이름 대신 이렇게 불렀다.) 키가 170센티미터가 넘었다. 옷으로 키를 가릴 수 없었고, 눈썹을 깎고 염색해도 그 아래의 눈동자가 흐릿하고 물기가 많으며 피로해 보인다는 사실을 감출 수 없었다. 사실 미리 계약해 둔 유모는 아기를 한 번 보고는 무척 분개하며 집을 나가 버렸다.

　그러나 버튼 씨는 결심을 끈덕지게 밀고 나갔다. 벤자민은 아기였고 아기로 지내야 했다. 처음에 버튼 씨는 벤자민이 따뜻한 우유를 좋아하지 않으면 먹을 것을 아예 끊어 버리겠다고 선언했지만 결국 아들에게 빵과 버터를 허락하는 데까지 이르렀고 절충안으로 오트밀까지 주었다. 어느 날 그는 집에 딸랑이를 가져와서 벤자민에게 주며 그것을 '갖고 놀아야' 한다고 확실한 단어로 주장했다. 그 말에 노인은 지친 표정으로 딸랑이를 받았으며 고분고분하게도 가끔 그것을 흔드는 소리가 들렸다.

　그러나 의심의 여지없이 그는 딸랑이를 지겨워했고 혼자 남겨지면 마음을 좀 더 달래 주는 다른 흥밋거리를 찾았다. 예를 들어 어느 날 버튼 씨는 지난 일주일 동안 자신이 그 전보다 훨씬 많은 담배를 피웠다는 사실을 알게 되었다. 진실은 며칠 뒤에 밝혀졌다. 버튼 씨가 불쑥 아기 방에 들어갔다가 방이 흐리고 푸른 아지랑이로 가득 찼으며 벤자민이 죄진 듯한 표정으로 거무스름한 아바나산 시가 꽁초를 숨기려 드는 광경을 목격했던 것이다. 물론 이 일은 가혹한 매로 다스려야 할 일이었지만 버튼 씨는 그렇게 처리할 수 없다는 사실을 깨달았다. 아들에게 '성장에 방해'가 될 거라고 경고할 따름이었다.

그럼에도 버튼 씨는 고집스레 태도를 고수했다. 납으로 만든 병정을 사 오고 장난감 기차와 재미난 동물 봉제 인형을 가져왔다. 자신이 만들고 있는 환상을(자기 자신에게라도) 완성하기 위해, 장난감 가게 점원에게 '아기가 분홍색 오리 인형을 입에 넣으면 칠이 벗겨지는 건 아닌지' 열성적으로 질문했다. 그러나 아버지의 이 모든 노력에도 불구하고 벤자민은 흥미를 보이려 하지 않았다. 그는 뒷계단으로 살그머니 내려가 『브리태니커 백과사전』 한 권을 들고 다시 아기 방으로 돌아와서는 오후 내내 그 책에 열중하곤 했다. 그러는 동안 벤자민의 봉제 인형 소들과 노아의 방주는 바닥에 방치되었다. 버튼 씨가 노력해 보았지만 그런 고집 앞에서는 별 소용이 없었다.

처음에 볼티모어에는 엄청난 소란이 일어났다. 버튼 가족과 그 일가친척이 사회적으로 어느 정도의 재난을 감당했을지는 확실히 가늠할 수 없다. 남북 전쟁이 일어나 도시 전체의 관심이 다른 데로 쏠렸기 때문이다. 변함없이 예의 바른 몇몇 사람들은 버튼 부부에게 전할 인사말을 짜내느라 골머리를 앓았다. 그리고 마침내 정교하게 궁리해 낸 말이 아기가 할아버지를 닮았다고 확언하는 것이었다. 아기는 70대 남자라면 누구나 보이는 쇠약한 상태였기 때문에 부인할 수 없었다. 로저 버튼 부부는 달가워하지 않았고 벤자민의 할아버지는 수치스럽다고 날뛰었다.

벤자민은 병원에서 나온 후 다가오는 삶을 순순히 받아들였다. 어린 소년 몇 명이 벤자민과 어울리도록 집에 불려 왔다. 벤자민은 오후 내내 몸이 뻣뻣해지도록 팽이와 구슬에 흥미를 가져 보려고 노력했으며 심지어는 뜻하지 않게 새총으로 돌을 날려 부엌 창문 하나를 깨기도 했다. 벤자민의 아버지는 이 업적에 남몰래 흐뭇해했다.

그때부터 벤자민은 매일 어떻게 해서든 뭔가를 깨뜨리기 시작했다. 그렇게 한 까닭은 오로지 가족들이 그것을 기대했고 벤자민에게 천성적으로 남을 기쁘게 해 주려는 성향이 있었기 때문이었다.

그의 할아버지가 처음에 느꼈던 적대감이 차츰 사라지면서 벤자민과 이 신사는 함께 있음에 크나큰 기쁨을 느꼈다. 몇 시간이고 함께 앉아서, 나이나 경험으로 따지면 거리가 멀었지만 오랜 친구처럼 하루에 일어난 따분한 일들에 관해 피곤한 줄도 모르고 끊임없이 이야기를 나누곤 했다. 벤자민은 부모님보다 할아버지와 함께 있을 때가 더 편안했다. 부모님은 늘 벤자민을 어느 정도 두려워하는 것처럼 보였고, 그에게 독선적으로 권력을 휘두르면서도 '씨'라는 호칭을 붙여 부를 때가 많았다.

명백한 노인의 정신과 몸으로 태어났다는 사실에 벤자민 역시 다른 사람들만큼이나 당혹스러웠다. 의학 학술지를 읽으며 이런 문제에 관해 공부했지만 이전에 이런 사례가 기록된 적은 없었다. 아버지가 다그쳤기 때문에 다른 소년들과 놀려고 진심으로 노력했으며 상대적으로 가벼운 경기에는 자주 동참했다. 하지만 축구는 너무 힘에 부쳤고 골절이라도 되면 늙은 뼈가 다시 접합되지 않을까 봐 두려웠다.

다섯 살이 되자 벤자민은 유치원에 가야 했다. 그는 그곳에서 주황색 종이 위에 초록색 종이를 붙이는 법과 채색 지도를 맞추고 끝없이 이어지는 마분지 목걸이를 만드는 법을 배웠다. 벤자민은 이런 과제를 하던 중 꾸벅꾸벅 졸다가 잠에 빠지기 일쑤였다. 젊은 유치원 교사는 그의 습관에 대해 화가 나면서도 무서웠다. 벤자민에게는 다행스럽게도, 교사가 그의 부모에게 불만을 이야기했고 그는 유치원을 그만두어야 했다. 로저 버튼 부부는 친구들에게 벤자민이 너무 어린 것 같아 그랬다고 말했다.

벤자민이 열두 살이 될 무렵에는 부모도 그에게 익숙해진 상태였다. 정말이지 습관의 힘이란 참 대단해서 이제 그들은 벤자민이 여느 아이들과 다르다고 느끼지 못했다. 가끔 유별나게 이례적인 일이 일어나 그 사실을 자각하기는 했지만 말이다. 그러나 열두 살 생일이 몇 주 지난 어느 날, 벤자민은 거울을 보다가 사실인지 착각인지 놀라운 점을 발견했다. 눈이 거짓말을 한 것일까, 아니면 열두 해 동안 염색으로 숨겨 왔던 그의 머리카락이 흰색에서 진회색으로 바뀐 것일까? 얽혀 있던 얼굴 주름들이 좀 더 희미해지고 있는 걸까? 겨울이라 볼이 불그스름해졌다는 사실을 감안하더라도 피부가 더 건강하고 탱탱해지지는 않았나? 단정할 수는 없었다. 이제는 몸이 구부정하지 않았으며 어린 시절보다 상태가 나아졌다는 사실은 알고 있었다.

"혹시……."

그가 마음속으로 생각했다. 아니, 그보다는 가까스로 용기를 내어 그런 생각을 해 보았다.

벤자민은 아버지를 찾아갔다.

"전 자랐어요."

벤자민이 단호히 말했다.

"긴 바지를 입고 싶어요."

그의 아버지는 망설였다. 마침내 아버지가 말했다.

"흠, 모르겠구나. 긴 바지를 입으려면 열네 살은 되어야지. 넌 고작 열두 살이다."

"하지만 인정하셔야 할걸요."

벤자민이 항의했다.

"전 또래에 비해 커요."

아버지는 환상에 불과한 생각에 잠기며 아들을 쳐다보았다.

"오, 글쎄다. 나도 열두 살 땐 너만큼 컸지."

사실이 아니었다. 아들이 정상이라고 믿기 위해 로저 버튼이 자기 자신과 맺은 소리 없는 협정의 일부일 뿐이었다.

마침내 타협안이 나왔다. 벤자민은 계속 머리 염색을 하기로 했다. 또래 소년들과 놀기 위해 더욱 노력하기로 했다. 안경을 쓰거나 지팡이를 짚고 거리를 걷지 않기로 했다. 이렇게 양보하는 대신 그는 처음으로 긴 바지를 입도록 허락받았다.

4

벤자민 버튼의 열두 살에서 스물한 살까지의 삶에 대해서는 길게 이야기하지 않을 생각이다. 평범하게 성장한 시간이었다고 기록하면 충분할 것이다. 벤자민은 열여덟 살이 되자 쉰 살의 남자처럼 몸이 곧게 펴졌다. 머리카락은 더 많아졌고 검회색이 되었다. 걸음걸이는 힘찼으며, 갈라지고 떨리던 목소리가 낮아져 건강한 중저음이 되었다. 그래서 아버지는 그를 코네티컷으로 보내 예일대학교 입학시험을 치르게 했다. 벤자민은 합격했고 신입생이 되었다.

벤자민은 입학식 후 사흘째에 대학 교무과장인 하트 씨로부터 사무실에 들러 과목 시간표를 짜라는 연락을 받았다. 벤자민은 거울을 흘끗 보고는 머리카락을 갈색으로 다시 물들여야 한다고 판단했지만, 책상 서랍을 걱정스럽게 뒤지고 또 뒤져도 염색약 병은 거기에 없었다. 그때서야 기억이 났다. 전날 염색약을 모조리 쓰고 병을 버렸던 것이다.

진퇴양난이었다. 5분 후면 교무과장을 만나기로 한 시각이었다. 다른 방도가 없는 것 같았다. 그대로 가는 수밖에. 벤자민은 그렇게 했다.

"안녕하십니까."

교무과장이 점잖게 말했다.

"아드님 때문에 궁금해서 오셨군요."

"그게 실은, 제 이름은 버튼인데……."

벤자민이 입을 열었지만 하트 씨가 말을 잘랐다.

"만나 뵙게 되어 정말 반갑습니다, 버튼 씨. 아드님이 곧 여기로 올 겁니다."

"그게 접니다!"

버튼이 내뱉었다.

"제가 신입생입니다."

"네?"

"제가 신입생이란 말입니다."

"농담이시겠죠."

"아닙니다."

교무과장은 눈살을 찌푸리고 앞에 놓인 카드를 힐끗 보았다.

"글쎄요, 여기에는 벤자민 버튼 군의 나이가 열여덟 살이라고 적혀 있습니다만."

"그게 제 나이입니다."

벤자민이 얼굴을 살짝 붉히며 주장했다. 교무과장은 피곤한 얼굴로 그를 바라보았다.

"설마 버튼 씨, 저더러 그걸 믿으란 말씀은 아니시겠지요."

벤자민도 지친 기색으로 웃음을 지었다. 벤자민이 다시 말했다.

"전 열여덟 살입니다."

교무과장이 단호하게 문을 가리켰다.

"나가시오. 학교에서도, 이 도시에서도 나가요. 해로운 미치광이 같으니라고."

"전 열여덟 살입니다."

하트 씨가 문을 열면서 외쳤다.

"허튼소리! 그 나이에 신입생으로 들어오려고 하다니. 열여덟 살이라고 하셨소? 그렇다면 십팔 분을 줄 테니 이 도시에서 사라지시오."

벤자민 버튼은 위엄 있게 방을 나왔다. 복도에서 대기 중이던 재학생 대여섯 명이 호기심 어린 눈으로 그를 따라왔다. 벤자민은 조금 더 걸어가다가 몸을 돌리고 아직도 문간에 서 있던 격노한 교무과장에게 확고한 목소리로 되풀이했다.

"전 열여덟 살입니다."

재학생 무리에서 킥킥대는 웃음소리가 합창처럼 터져 나오는 가운데 벤자민이 걸음을 옮겼다.

그러나 그리 쉽게 빠져나갈 운명이 아니었다. 그는 기차역으로 우울하게 걸어가다가 대학생 몇 명이 뒤따라온다는 사실을 깨달았다. 그들은 곧 우르르 몰려오더니 마침내는 발 디딜 틈 없이 많은 학생들이 모였다. 어느 미치광이가 예일대 입학시험을 통과하고 열여덟 살 청년이라고 눈가림하려 했다는 소식이 학생들 사이에 퍼졌던 것이다. 격렬한 흥분이 교내에 퍼졌다. 남자들은 모자도 쓰지 않고 교실에서 뛰어나왔고, 축구팀은 연습을 집어치우고 군중에 합류했으며, 보닛 모자는 비뚤어지고 허리받이는 돌아간 교수의 아내들이 뒤에서 소리를 질렀다. 벤자민 버튼의 예민한 감수성을 겨냥한 말들이 끊임없이 터져 나왔다.

"떠돌이 유대 인이 분명해!"

"그 나이면 고등학교에 가야지!"

"신동 좀 봐라!"

"여기가 양로원인 줄 알았나 봐."

"하버드나 가셔!"

벤자민은 걷는 속도를 올리다가 곧 뛰기 시작했다. 보여 줄 것이다! 하버드에 가고 말 테고, 저들은 이렇게 무분별한 조롱을 퍼부은 것을 후회하게 될 것이다!

볼티모어행 열차에 안전하게 오르자 벤자민은 창문으로 머리를 내밀었다. 그가 외쳤다.

"모두 후회하게 될 거야!"

"하하!"

대학생들이 웃음을 터뜨렸다.

"하하하!"

예일대학교가 지금껏 저지른 최대의 실수였다.

5

1880년에 벤자민 버튼은 스무 살이었다. 그는 아버지 밑에서 일하려고 로저 버튼 철물 도매상에 나가는 것으로 생일을 색다르게 기념했다. 같은 해에 그는 '사교적 외출'을 시작했다. 아버지가 벤자민을 사교계 무도회 몇 군데에 데려가겠다고 고집했던 것이다. 로저 버튼은 이제 쉰 살이었고, 그와 그의 아들은 점점 더 친구처럼 어울리게 되었다. 실제로 벤자민이 머리 염색을 그만둔 후(머리카락은 아직 잿빛이었다.) 둘은 동년배로 보였으며 형제라고 해도 믿을 법했다.

8월의 어느 날 밤에 둘은 정장을 갖춰 입고 사륜마차에 올라 볼티모어 근교에 위치한 셰블린 가족 별장에서 열리는 무도회에 갔다. 매우 유쾌한 저녁이었다. 보름달이 광택 없는 백금색으로 길을 흠뻑 적셨고, 뒤늦게 활짝 핀 꽃들이 잠잠한 공중으로 들릴락 말락 나직한 웃음소리 같은 향기를 내뿜었다. 빛나는 밀을 둘러싼 울타리가 쭉 깔리고 탁 트인 시골 풍경은 낮처럼 투명했다. 하늘의 순수한 아름다움에 감동하지 않기란 거의 불가능했다…… 거의.

"직물 사업은 전망이 아주 좋지."

로저 버튼이 말했다. 그는 정신적인 사람이 아니었다. 미적 감각은 초보 수준이었다.

"나 같은 늙은이는 새 기술을 배울 수 없다."

그가 간절하게 말했다.

"근사한 미래가 펼쳐져 있는 건 활기와 생기가 넘치는 너희 젊은이들이지."

멀리 저편의 셰블린 가족 별장에서 나온 불빛들이 시야에 들어왔고 이내 이쪽으로 끊임없이 퍼져 오는 한숨 소리가 들렸다. 바이올린의 섬세한 한탄이거나 달빛 아래에서 은빛 밀이 바스락 속삭이는 소리일지도 몰랐다.

두 사람이 사륜마차 뒤에 멈추어 섰다. 그 마차의 승객들이 내리는 참이었다. 어떤 부인과 나이 지긋한 신사가 내리더니 뒤이어 다른 젊은 아가씨가 내렸는데 놀랄 만큼 아름다웠다. 벤자민은 흠칫했다. 화학적 변화라고 할 만한 현상이 나타나 몸속의 원소들을 죄다 분해한 후 재구성하는 것만 같았다. 온몸이 경직되었고 뺨과 이마로 피가 펄떡 솟구쳤으며 귓가에는 쿵쿵 소리가 끊이지 않고 들려왔다. 첫사랑이었다.

그 아가씨는 가냘프고 연약했으며 달빛 아래에서 잿빛이었던 머리칼은 현관의 쉭쉭거리는 가스등 아래에서 보니 꿀빛이었다. 어깨에는 부드럽기 그지없는 노란 스페인 베일을 둘렀는데 베일에는 검은 나비 모양이 수놓아져 있었다. 바스락거리는 드레스 단 언저리에서 반짝이는 단추 같은 두 발이 보였다.

로저 버튼이 아들에게 몸을 기울이고 말했다.

"저 애가 몽크리프 장군의 딸인 힐더가드 몽크리프다."

벤자민이 냉정하게 고개를 끄덕였다. 그리고 무심하게 말했다.

"예쁜 아이네요."

그러나 흑인 소년이 마차를 끌고 사라지자 벤자민은 말을 덧붙였다.

"아버지, 인사 좀 시켜 주세요."

두 사람은 몽크리프 양을 둘러싼 무리에게 다가갔다. 오랜 전통대로 자란 그녀는 벤자민 앞에서 무릎을 살짝 숙이며 예의 바르게 인사했다. 그렇다, 그는 어쩌면 춤을 추게 될 것도 같았다. 벤자민은 감사를 표하고 다른 곳으로 걸어갔다…… 비틀거리면서.

벤자민의 차례가 오기까지 시간은 끝없이 발을 질질 끌었다. 벤자민은 수수께끼 같은 표정으로 말없이 벽에 바싹 붙어 서서, 힐더가드 몽크리프의 주변에서 볼티모어의 젊은이들이 열렬한 찬탄의 눈빛으로 소용돌이치는 모습을 살기등등하게 지켜보았다. 벤자민의 눈에 그 젊은이들은 어찌나 역겹던지! 불그레한 혈색은 또 얼마나 밉살스럽던지! 동그랗게 말린 그들의 갈색 구레나룻이 벤자민에게 불러일으킨 감정은 소화 불량이라고 해도 좋을 것이었다.

그러나 드디어 차례가 되어, 파리의 최신 왈츠 음악이 흐르는 분주한 댄스 플로어로 그녀와 함께 나갔을 때 벤자민의 질투와 불안은 땅을 덮은 눈처럼 사르르 녹아 버렸다. 환희에 취한 벤자민에게 인생은 이제 막 시작된 것만 같았다.

"당신과 형님분은 저희와 같이 도착하셨죠?"

힐더가드가 눈부시게 파란 에나멜 같은 눈으로 그를 올려다보며 물었다.

벤자민은 망설였다. 그녀가 벤자민을 아버지의 동생으로 생각하고 있다면 사실을 깨우쳐 주는 것이 최선일까? 예일대에서의 경험이 떠올랐고 그래서 그렇게 하지 않기로 마음먹었다. 숙녀의 말을 반박하는 것은 무례한 행동일 터였다. 출생에 얽힌 괴기스러운 이야기로 이 완벽한 순간을 망치는 것은 범죄나 다름없을 터였다. 나중에 해도 될 것이다. 그래서 그는 고개를 끄덕이며 웃음을 지었고 귀를 기울였으며 행복해했다.

"전 당신 같은 연배의 남자가 좋아요."

힐더가드가 말했다.

"젊은 남자들은 정말 바보 같아요. 대학에서 마시는 샴페인이 얼마짜리인지, 카드놀이로 돈을 얼마나 잃었는지 따위의 이야기만 해요. 당신과 동년배 남자들은 여성의 진가를 알아볼 줄 알죠."

벤자민은 당장이라도 청혼하고 싶은 마음을 느꼈다. 그러나 그 충동을 애써 억눌렀다.

"당신 나이는 참 낭만적이에요."

힐더가드가 말을 이었다.

"쉰 살. 스물다섯은 너무 세상 물정에 밝고 서른은 과로로 활기를 잃기 쉽죠. 마흔은 시가 한 대를 다 피우며 들려줄 긴 사연이 많은 나이고요. 예순은…… 오, 예순은 일흔에 너무 가까워요. 하지만 쉰은 원숙한 나이예요. 난 쉰 살이 참 좋아요."

벤자민에게 쉰 살은 영예로운 나이처럼 여겨졌다. 그는 쉰 살이 되기를 열렬히 갈망했다.

힐더가드가 계속 말했다.

"전 늘 말했어요. 서른 살의 남자와 결혼해서 그 사람을 보살피느니, 쉰 살의 남자와 결혼해서 보살핌을 받겠노라고요."

벤자민에게 그날 저녁의 남은 시간은 꿀빛 안개에 젖은 듯했다. 힐더가드는 그와 두 번 더 춤을 추었고, 둘은 그날 일어난 모든 문제에 관해 놀라울 정도로 의견이 일치한다는 사실을 발견했다. 그녀는 다음 일요일에 그와 함께 드라이브를 가기로 했고 그 이상의 문제에 대해서는 그때 이야기를 나누기로 했다.

동트기 직전에 마차를 타고 집으로 향할 무렵 가장 먼저 일어난 꿀벌들이 붕붕댔고 희미해져 가는 달빛은 차가운 이슬 속에서 깜빡거렸다. 벤자민은 아버지가 철물 도매에 관해 말하고 있다는 사실을 어렴풋하게만 인식했다.

"그러면 망치와 못 다음으로 우리가 가장 주목해야 할 것이 무엇이라고 생각하느냐?"

나이 든 버튼이 말하고 있었다.

"사랑입니다."

얼빠진 벤자민의 대답이었다.

"상자?"

로저 버튼이 물었다.

"아니, 상자 문제는 좀 전에 얘기했잖느냐."

벤자민이 멍한 눈으로 아버지를 바라본 순간, 갑자기 빛줄기가 동쪽 하늘을 갈랐고 꾀꼬리 한 마리가 되살아난 숲 속에서 날카롭게 하품을 했다.

6

여섯 달 후 힐더가드 몽크리프 양과 벤자민 버튼 씨의 약혼이 알려졌을 때('알려졌다'고 표현한 까닭은 몽크리프 장군이 그 사실을 공표하느니 칼 위로 몸을 던지겠다고 선언했기 때문이다.), 볼티모어 사교계에서 일어난 동요는 유행병에 비길 만했다. 거의 잊혔던 벤자민의 출생 이야기가 다시 수면 위로 떠오르며, 악당 소설이나 믿기지 않는 형태로 각색된 추문이 일파만파 퍼졌다. 벤자민이 실은 로저 버튼의 아버지라거나, 40년 동안 수감되었던 로저 버튼의 동생이라거나, 사실은 위장한 존 윌크스 부스(*대통령 에이브러햄 링컨을 암살한 미국 배우.)라고도 했으며 심지어는 그의 머리에서 작은 원뿔 두 개가 자라고 있다는 풍문까지 나돌았다.

뉴욕 신문들의 일요 증보판은 물고기나 뱀, 심지어 견고한 놋쇠 몸에 벤자민 버튼의 머리가 달린 흥미진진한 스케치와 함께 이 사건을 대문짝만 하게 실었다. 벤자민은 신문 지상으로 '메릴랜드의 괴인'이라고 알려졌다. 그러나 대개 그렇듯이 진실은 아주 소수에게만 전해졌다.

어찌되었든 모두들 몽크리프 장군과 똑같이, 볼티모어의 어떤 멋쟁이와도 결혼할 수 있었을 아름다운 아가씨가 분명 오십은 되었을 남자의 품에 자신을 던져 버린 행동이 '범죄'에 가깝다고 생각했다. 로저 버튼은 아들의 출생증명서를 〈볼티모어 블레이즈〉에 큰 활자로 게재했지만 소용이 없었다. 누구도 믿지 않았다. 벤자민을 보기만 하면 다 알 수 있었던 것이다.

정작 사건의 당사자인 두 사람은 조금도 흔들리지 않았다. 약혼자에 관한 이야기들 중 너무나 많은 내용이 거짓이어서 힐더가드는 사실인 것조차 완강히 믿지 않았다. 몽크리프 장군이 쉰 살이 넘은 남자 아니, 적어도 쉰 살로 보이는 남자의 사망률이 높다고 지적했으나 허사였다. 철물 도매업의 불안정함을 이야기해도 소용이 없었다. 힐더가드는 원숙함이 좋아 결혼하기로 이미 결심한 뒤였고 정말로 결혼을 했다.

7

적어도 힐더가드 몽크리프의 친구들은 한 가지에 있어서 그릇된 판단을 내렸다. 철물 도매업이 놀랄 만큼 번창한 것이다. 벤자민 버튼이 결혼한 1880년에서 그의 아버지가 은퇴한 1895년까지 15년 동안 가문의 재산은 두 배로 불어났다. 그리고 이는 상당 부분이 회사의 젊은 직원 덕분이었다.

말할 필요도 없이 볼티모어는 결국 이 부부를 마음으로 받아들이게 되었다. 늙은 몽크리프 장군조차도, 벤자민이 돈을 댄 덕분에 그가 쓴 스무 권짜리 책 『남북 전쟁의 역사』를 출판하게 되자 사위와 화해했다. 그 책은 유명한 출판사 아홉 군데에서 거절당한 것이었다.

벤자민 자신에게도 15년 동안 많은 변화가 일어났다. 혈관 속 피가 새롭고도 기운차게 흐르는 것만 같았다. 아침에 일어나는 것, 햇빛 찬란하고 분주한 거리를 성큼성큼 걷는 것, 망치를 운송하고 못을 실으며 지칠 줄 모르고 일하는 것이 만족스럽게 느껴지기 시작했다. 1890년에 그는 유명한 사업상의 혁신을 단행했다. '못 선적용 상자에 못질된 모든 못들이 선적 당사자의 재산'이라는 의견을 제출한 것이다. 그 제안은 법규가 되고 포실 대법관의 승인을 받았으며, 덕분에 로저 버튼 철물 도매상사는 '매년 못 600개' 이상을 절약하게 되었다.

그뿐 아니라 벤자민은 자신이 인생의 쾌락적 측면에 점점 더 끌린다는 사실을 깨달았다. 그가 볼티모어 시에서 자동차를 소유하고 몰고 다닌 첫 번째 사람이라는 사실도 쾌락에 열중했음을 보여 주는 대표적인 사례다. 동시대 사람들은 거리에서 그를 만나면 건강과 활력의 화신과도 같은 모습을 부럽게 응시했다.

"매년 더 젊어지는 것 같다니까."

사람들은 이렇게 말하곤 했다. 그리고 이제 예순다섯 살이 된 로저 버튼은 처음에는 응당 환영해야 할 아들을 반갑게 맞아 주지 못했지만, 이제는 지나치다 싶을 정도의 찬사를 보내며 지난 날을 보상했다.

그리고 이제 우리는 가능한 재빨리 넘어가는 편이 좋을, 불쾌한 문제를 다뤄야 한다. 벤자민 버튼이 걱정하는 유일한 문제가 있었다. 아내가 더 이상 매력적으로 느껴지지 않는다는 사실이었다.

당시 힐더가드는 서른다섯 살이었고 열네 살인 아들 로스코도 있었다. 결혼 생활 초기에 벤자민은 그녀를 숭배했다. 그러나 세월이 흐르면서 그녀의 꿀빛 머리카락은 지루한 갈색으로 변했고 푸른 에나멜 같던 눈동자는 싸구려 도자기 같은 느낌을 풍겼다. 게다가 무엇보다도 그녀는 자기만의 방식에 안주하여 너무 차분했고 너무 만족스러워 했으며 흥분하는 때라곤 찾아보기 힘들었고 취향도 너무 수수했다. 새 신부 시절에는 벤자민을 무도회와 저녁 만찬 자리에 '끌고' 다닌 사람이 바로 그녀였지만 이제는 상황이 역전되었다. 그녀는 사교 모임에 동행하기는 했지만 열의가 없었고 불멸의 무력감, 언젠가는 우리 모두를 찾아와 끝까지 함께 머무를 무력감에 이미 함몰되어 있었다.

벤자민의 불만은 점점 커져 갔다. 1898년 미국-스페인 전쟁이 일어나자 가정에 매력을 거의 느끼지 못하던 그는 입대하기로 결심했다. 사업적 영향력 덕분에 그는 대위로 임관했고 임무 적응력을 증명해 소령으로 진급하더니 마침내는 중령이 되어 그 유명한 산후안 언덕 돌격에 때마침 동참하게 되었다. 그는 가벼운 부상을 입었고 훈장을 받았다.

벤자민은 활기차고 흥미진진한 군 생활에 강한 애착이 생긴 나머지 그만두기가 무척 아쉬웠지만 사업에 신경 써야 해서 퇴역하고 집으로 돌아갔다. 기차역에 내리니 관악대가 그를 맞이하고 집까지 호위했다.

8

힐더가드는 커다란 실크 깃발을 흔들며 현관에서 남편을 맞이했다. 그녀에게 키스를 한 바로 그 순간 그는 심장이 철렁하며 지난 3년이 둘에게 큰 타격을 입혔음을 깨달았다. 그녀는 이제 마흔 살의 여자였고 머리에서는 잿빛 머리카락들이 희미한 접전을 벌이고 있었다. 그 광경에 벤자민은 우울했다.

그는 방으로 올라가 친숙한 거울에 비친 자신의 모습을 보았다. 더 가까이 다가가서 걱정스럽게 얼굴을 뜯어보다가 참전하기 직전에 군복을 입고 찍은 사진과 비교해 보았다.

"맙소사!"

그가 큰 소리로 말했다. 과정은 여전히 진행 중이었다. 의심할 여지가 없었다. 이제 그는 서른 살의 남자처럼 보였다. 기쁘기는커녕 불안했다. 그는 점점 어려지고 있었다. 몇 년 후에 일단 신체 나이가 실제 나이와 동등해지면, 태어날 때부터 나타난 그 기괴한 현상이 작용을 멈추기를 바랐다. 지금까지는 말이다. 그는 몸서리를 쳤다. 끔찍하고 믿기 힘든 운명 같았다.

아래층으로 내려오니 힐더가드가 기다리고 있었는데 화난 표정이었다. 벤자민은 뭔가 잘못되었다는 사실을 그녀가 결국 알아낸 게 아닐까 하는 생각이 들었다. 그는 둘 사이의 긴장을 누그러뜨리려 노력하며 저녁 식사 때 섬세하다 싶은 방식으로 그 문제를 입 밖에 냈다.

"저기 말이오."

그가 대수롭지 않다는 듯이 말했다.

"다들 내가 전보다 젊어 보인다고 하는군."

힐더가드는 경멸 어린 눈으로 그를 보았다. 콧방귀를 뀌며 말했다.

"그게 무슨 자랑거리라도 된다고 생각해요?"

"자랑하는 게 아니오."

그는 거북하게 말했다. 힐더가드가 또다시 코웃음을 쳤다.

"그거 말인데요."

그녀는 잠시 뜸을 들이다가 말을 이었다.

"최소한 자존심이 있으면 그걸 멈춰야 한다고 생각해요."

"내가 어떻게 할 수 있겠소?"

그가 물었다.

힐더가드가 반박했다.

"당신과 논쟁하진 않겠어요. 하지만 일을 하는 데는 옳은 방법과 그른 방법이 있어요. 당신이 다른 사람들과 달라지기로 마음먹었다면 내가 당신을 말릴 수는 없겠죠. 하지만 그게 사려 깊은 행동이라고는 생각하지 않아요."

"하지만 힐더가드, 나로서도 어쩔 수가 없소."

"할 수 있어요. 그냥 고집을 부리는 거죠. 당신은 다른 사람과 똑같아지고 싶어 하지 않아요. 늘 그런 식이었어요. 앞으로도 그런 식이겠죠. 하지만 모두가 당신처럼 세상을 바라본다면 어떻게 될지 생각해 봐요. 세상이 어떻게 되겠어요?"

이것은 공허하고 답이 없는 논쟁이어서 벤자민은 아무런 대꾸를 하지 않았다. 그 후로 둘 사이는 더욱 벌어지기 시작했다. 벤자민은 대체 그녀가 어떤 매력으로 자신을 사로잡았던 건지 의아했다.

그런 단절 이외에도 벤자민은 신세기가 진행됨에 따라 쾌락에 대한 갈망이 더 커진다는 사실을 깨달았다. 그는 볼티모어에서 열리는 그 어떤 파티에도 빠지는 법이 없었다. 젊은 유부녀들 중에서도 가장 예쁜 여인들과 춤을 추었고, 사교계 새내기들 중에서도 가장 인기 있는 아가씨들과 잡담을 나누며 함께 흥겨운 시간을 보냈다. 그러는 동안 그의 아내는 불길한 징조와도 같은 중년 여성으로서 샤프롱들 사이에 앉아 가끔은 오만하게 비난하는 표정을 짓고 가끔은 우울하고 당혹스럽고 책망하는 눈빛으로 남편의 모습을 뒤쫓았다.

"저것 좀 봐!"

사람들은 말하곤 했다.

"정말 안됐다니까! 저렇게 젊은 사람이 마흔다섯 살이나 먹은 여자에게 매어 살다니. 아내보다 스무 살은 어릴 텐데 말이야."

으레 그렇듯이 사람들은 잊어버린 것이다. 1880년 당시에는 자신들의 어머니와 아버지도 이 어울리지 않는 한 쌍에 관해 수군거렸다는 사실을.

벤자민은 점점 불행해지는 가정생활을 수많은 새로운 관심사로 보상했다. 골프를 시작했고 큰 성공을 거두었다. 춤에도 마음을 붙였다. 1906년에는 '보스턴 왈츠'의 전문가가 되었고, 1908년에는 '머시셔 춤'의 달인으로 인정받는가 하면 1909년에는 '캐슬 워크 춤'으로 도시의 모든 청년들의 선망을 받았다.

물론 이런 사교 활동으로 사업에 어느 정도 지장이 생겼다. 하지만 그는 25년 동안 철물 도매상에서 열심히 일했고, 최근에 하버드를 졸업한 아들 로스코에게 곧 사업을 물려줄 수 있을 거라고 생각했다.

사실 사람들은 종종 그와 그의 아들을 착각했다. 벤자민은 만족스러웠다. 미국-스페인 전쟁에서 돌아왔을 때 엄습했던 그 음험한 공포를 금세 잊어버리고 점차 자신의 외모에서 순수한 기쁨을 느끼게 된 것이다. 유일한 옥에 티가 있었는데 아내와 함께 사람들 앞에 나서기가 무척 싫었다. 힐더가드는 거의 쉰 살에 이르렀고 그녀의 모습을 보면 어처구니없다는 느낌이 들었다.

9

1910년 9월 어느 날, 그러니까 로저 버튼 철물 도매상이 젊은 로스코 버튼에게 넘겨지고 몇 년이 지난 때였다. 분명 스무 살은 되었을 한 남자가 케임브리지의 하버드대학교에 신입생으로 들어갔다. 그는 자신이 다시는 쉰 살이 되지 못하리란 말이나, 그의 아들이 10년 전에 같은 학교를 졸업했다는 말을 꺼내는 실수를 저지르지 않았다.

그는 입학 허가를 받았다. 순식간에 동기들 사이에서 중요한 위치를 차지하게 되었는데, 부분적으로는 평균 연령이 열여덟 살 정도인 다른 신입생들보다 조금 더 나이 들어 보였기 때문이었다.

그러나 그가 성공한 가장 큰 이유는 예일대학과의 미식축구 경기에서 현란한 기량을 뽐냈기 때문이다. 냉혹하고 무자비한 분노를 터뜨리며 수없이 돌격해 하버드대학에게 터치다운 일곱 개와 필드골 열네 개를 선사했고, 예일대학 선수 열한 명이 차례로 의식을 잃고 경기장 밖으로 실려 나가게 만들었다. 그는 학교 최고의 유명 인사였다.

이상한 말이지만 3학년이 되면서 그는 팀에 거의 '들어갈' 수 없었다. 코치들은 그의 체중이 줄었다고 말했고 좀 더 예리한 코치들이 보기에는 키도 예전 같지 않았다. 벤자민은 터치다운을 하지 못했다. 사실 그를 팀에 남긴 주된 이유는 그의 어마어마한 명성이 예일대학 팀에게 두려움과 혼란을 불러일으키기를 바랐기 때문이었다.

4학년이 되자 그는 팀에 아예 들어가지 못했다. 매우 마르고 약해져서 어느 날은 2학년생들에게 신입생으로 오해받기도 했는데 그 사건으로 자존심이 몹시 상했다. 분명 열여섯 살 정도로밖에 보이지 않는데 4학년이었기 때문에 그는 일종의 천재로 알려졌다. 그는 동급생들이 내뱉는 세속적인 말에 종종 충격을 받았다. 공부는 더더욱 어려워지는 것 같았다. 수준이 너무 높다고 느껴졌다. 벤자민은 동급생들이 세인트미다스라는 유명한 고등학교 이야기를 하는 것을 들었는데, 그중 많은 학생들이 그곳에서 대학 입학 준비를 했다고 해서 졸업 후에 세인트미다스에 들어가기로 결심했다. 자신과 몸집이 비슷한 소년들 틈에서 아늑하게 사는 편이 더 잘 맞을 것 같았다.

1914년에 졸업한 그는 주머니에 하버드대학 졸업장을 넣고 볼티모어에 있는 집으로 돌아갔다. 힐더가드는 이제 이탈리아에서 거주하고 있어서 벤자민은 아들 로스코와 함께 지내러 갔다. 그러나 대체로 환영을 받기는 했지만 분명 벤자민을 대하는 로스코의 감정에는 온기가 없었다. 심지어 사춘기의 우울함에 빠져 집 안을 정처 없이 돌아다니는 벤자민을 성가시게 여기는 기미가 상당했다. 로스코는 가정을 꾸린 상태였고 볼티모어에서 중요한 입지에 있었으므로, 가족과 관련된 추문이 번져 나가지 않기를 원했다.

이제 벤자민은 사교계에 데뷔한 아가씨들이나 젊은 대학생들의 총아가 아니었고 이웃에 사는 열다섯 살짜리 소년들 서너 명과 어울릴 때를 빼면 많은 시간 동안 혼자였다. 세인트미다스 학교에 가야겠다는 생각이 다시 떠올랐다.

"있잖아."

어느 날 벤자민이 로스코에게 말했다.

"기숙 학교에 가고 싶다고 몇 번이나 말했는데."

"좋아요. 가세요, 그럼."

로스코가 짧게 대답했다. 거북한 문제라서 논의를 피하고 싶었다.

"혼자서는 못 가."

벤자민이 힘없이 말했다.

"네가 입학시켜 주고 나를 거기에 데려다줘야 해."

"전 시간이 없어요."

로스코가 퉁명스럽게 선언했다. 로스코는 눈을 가늘게 뜨고 불편한 기색으로 아버지를 바라보았다. 로스코가 말을 덧붙였다.

"솔직히 이 일을 더 길게 끌지 않으시는 편이 나을걸요. 당장 멈추세요. 이젠…… 이젠……."

로스코가 잠시 입을 다물었고 적당한 말을 찾느라 얼굴이 벌겋게 달아올랐다.

"당장 뒤돌아서서 반대 방향으로 걸어가세요. 농담이라기에는 너무 멀리 왔어요. 더는 재밌지도 않다고요. 제발…… 제발 처신 좀 똑바로 하세요!"

벤자민이 울음을 터뜨릴 듯한 얼굴로 아들을 쳐다보았다.

"그리고 한 가지 더."

로스코가 말을 이었다.

"집에 손님들이 오면 저를 '삼촌'이라고 부르세요. '로스코'가 아니라 '삼촌'. 아시겠어요? 열다섯 살짜리가 제 이름을 막 부르는 건 이상해 보여요. 차라리 평소에도 저를 '삼촌'이라고 부르시는 게 낫겠어요. 그럼 익숙해질 테니."

로스코는 매서운 눈빛으로 아버지를 본 후 고개를 돌렸다.

10

이 면담이 끝난 후 벤자민은 2층에서 울적하게 서성거리다가 거울에 비친 자신의 모습을 빤히 바라보았다. 면도를 안 한 지석 달째였지만 얼굴에는 굳이 신경 쓸 필요도 없어 보이는 희끄무레한 솜털뿐이었다. 벤자민이 하버드에서 집으로 돌아왔을 때 로스코가 다가와서 안경을 쓰고 뺨에 가짜 구레나룻을 붙이는 게 어떻겠느냐고 제안했었다. 잠시 어린 시절의 우스꽝스러운 연극이 반복되는 듯했다. 그러나 수염은 간질거렸고 수치스러웠다. 벤자민은 울었고 로스코는 마지못해 누그러졌다.

벤자민은 청소년소설인 『비니미 만의 보이 스카우트』를 펼쳐 읽기 시작했다. 그러나 벤자민은 전쟁에 관한 생각을 떨칠 수가 없었다. 미국은 지난달에 연합군에 합류했다. 벤자민은 입대하고 싶었지만 애석하게도 입대 자격이 열여섯 살 이상은 되어야 했고, 그는 그 정도 나이로도 보이지 않았다. 어쨌거나 진짜 나이인 쉰일곱 살도 자격 미달이긴 마찬가지였을 것이다.

방문을 두드리는 소리가 들리더니 집사가 한 귀퉁이에 커다란 공식 인장이 찍히고 벤자민 버튼 씨 앞으로 온 편지를 들고 나타났다. 벤자민은 간절한 마음으로 편지를 뜯어 내용을 읽으며 기뻐했다. 미국-스페인 전쟁 때 복무했던 예비역 장교 다수를 더 높은 계급으로 소집한다는 내용이었다. 즉시 출두하라는 명령과 함께 미군 준장 임명장도 동봉되어 있었다.

벤자민이 짜릿함에 몸을 떨며 벌떡 일어났다. 이것이야말로 원하던 것이었다. 그는 모자를 집었고 10분 후에 찰스 가의 커다란 양복점에 들어가 불안정하고 높은 목소리로 군복을 맞추기 위해 치수를 재 달라고 했다.

"병정놀이라도 하려고?"

점원이 무심코 물었다. 벤자민의 얼굴이 달아올랐다.

"이봐요! 내가 뭘 할지는 신경 쓰지 말라고요!"

벤자민이 화를 내며 맞받아쳤다.

"내 이름은 버튼이고 마운트 버넌 플레이스에 살아요. 그러니 비용은 걱정 안 해도 된다는 거 알겠죠."

"뭐."

점원은 망설이며 인정했다.

"네가 아니더라도 네 아버지가 내시겠지, 좋아."

벤자민은 치수를 쟀고 일주일 후 군복이 완성되었다. 하지만 적합한 계급장을 구하기가 어려웠다. 상인이 벤자민에게 멋진 YWCA 배지를 붙여도 충분히 근사할 것이고 놀기에도 훨씬 재미있을 거라고 우겨 댄 탓이었다.

벤자민은 어느 날 밤에 로스코에게는 알리지 않고 집을 나와 기차를 타고 사우스캐롤라이나의 모스비 군영으로 갔다. 그는 그곳 보병대를 지휘하기로 되어 있었다. 무더운 4월의 어느 날 그는 군영 입구에 이르러 역에서부터의 택시비를 지불하고 보초병에게 고개를 돌렸다.

"내 짐을 옮길 사람을 데려와!"

벤자민이 기운차게 말했다. 보초병은 나무라듯이 그를 보며 말했다.

"아니, 장군 복장을 하고 어딜 가느냐, 꼬마야?"

미국-스페인 전쟁 참전 용사인 벤자민은 눈을 이글거리며 보초병에게 몸을 휙 돌렸지만 아, 가엾게도 높은 변성기의 목소리가 나올 뿐이었다.

"차렷!"

벤자민이 있는 힘껏 크게 내질렀다. 그가 잠시 숨을 골랐다. 그런데 갑자기 보초가 발꿈치를 붙이고 받들어총 자세를 취하는 모습이 보였다. 벤자민은 살며시 만족스러운 미소를 지었지만 그 웃음은 옆을 본 순간 사라졌다. 보초를 복종시킨 장본인은 그가 아니라 말을 타고 다가오는 위풍당당한 포병대 대령이었다.

"대령!"

벤자민이 높고 날카롭게 외쳤다.

대령이 다가와 고삐를 당기고 눈을 반짝거리며 벤자민을 침착하게 내려다보았다. 대령이 친절한 말투로 물었다.

"어느 댁 아들이냐?"

"내가 어느 집 아들인지는 곧 분명히 알게 될 것이다!"

벤자민은 사나운 목소리로 대꾸했다.

"그 말에서 내려라!"

대령이 큰 소리로 웃음을 터뜨렸다.

"말을 원하십니까? 네, 장군님?"

"자!"

벤자민이 필사적으로 외쳤다.

"이걸 읽어 봐."

그리고 대령 쪽으로 임명장을 내밀었다. 그것을 읽은 대령은 눈이 튀어나올 듯 놀랐다.

"어디에서 얻은 거냐?"

대령은 그 문서를 주머니에 끼워 넣으며 물었다.

"정부에서 받았다! 곧 알게 되겠지만."

"같이 가야겠구나."

대령이 묘한 표정으로 말했다.

"본부로 가서 얘기해야겠다. 따라오너라."

대령은 방향을 돌리고 본부 방향으로 천천히 말을 몰았다. 벤자민은 최대한 위엄 있게 따라가는 수밖에 없었다. 대령에게 가차 없는 복수를 해 주리라 다짐하며.

그러나 그 복수는 실현되지 않았다. 대신 이틀 후에 아들 로스코가 볼티모어에서 급하게 달려오느라 짜증이 잔뜩 난 모습으로 나타났다. 로스코는 군복도 없이 눈물만 흘리는 장군을 집까지 호위했다.

//

1920년에 로스코 버튼의 첫 아이가 태어났다. 그러나 축하 잔치에서 틀림없이 열 살쯤 되어 보이는 지저분한 소년이, 납 병정과 서커스 모형을 가지고 노는 그 소년이 갓난아기의 할아버지라는 사실을 언급해야 한다고 생각하는 사람은 아무도 없었다.

누구도 맑고 쾌활한 얼굴에 어렴풋한 슬픔이 스치는 그 작은 소년을 싫어하지 않았다. 그러나 로스코 버튼에게 그 아이의 존재는 고민거리였다. 로스코는 자기 세대의 용어로 그 문제가 '효율적'이라고 생각하지 않았다. 그가 보기에 아버지는 예순 살로 보이기를 거부하며 '혈기왕성하고 건장한 남자'(로스코가 좋아하는 표현이었다.)답게 처신하지 않고 유별나고 비뚤어진 방식으로 행동했다. 정말이지 이 문제를 30분만 생각해도 머리가 돌아

버릴 지경이었다. 로스코는 '활동가'는 젊게 살아야 한다고 믿었지만 그 정도까지 실행하는 것은…… 그것은…… 비효율적이었다. 로스코의 생각은 거기까지였다.

5년 후 로스코의 아들은 같은 유모의 관리 감독하에 어린 벤자민과 어린이다운 놀이를 할 수 있을 만큼 자랐다. 로스코는 둘을 같은 날 유치원에 데려갔고, 벤자민은 긴 색종이 조각을 가지고 놀며 깔개와 사슬과 신기하고 아름다운 물건을 만드는 것이 세상에서 가장 흥미진진한 놀이임을 알게 되었다. 한 번은 나쁜 짓을 해서 구석에 서 있어야 했지만(그때 벤자민은 울었다.) 대부분은 창문으로 햇볕이 들어오는 쾌적한 방에서 즐겁게 지냈다. 이따금씩 베일리 선생님의 다정한 손이 벤자민의 헝클어진 머리카락 위에 잠시 머무르기도 했다.

로스코의 아들은 1년 후에 1학년으로 올라갔지만 벤자민은 유치원에 계속 남았다. 벤자민은 무척 행복했다. 다른 어린아이들이 자라서 무엇을 할지 이야기할 때면 벤자민의 작은 얼굴에는 그림자가 스치곤 했다. 어린 생각으로나마 어렴풋하게, 자신은 결코 그런 것을 누릴 수 없으란 사실을 알고 있는 것처럼.

세월은 단조로운 일들로 채워지며 흘러갔다. 벤자민은 3년째 유치원에 다녔지만 너무 어려서 밝게 빛나는 종잇조각들이 어디에 쓰이는 것인지 이해하지 못했다. 다른 남자아이들의 몸집이 더 컸고 그 아이들이 두려워서 벤자민은 울었다. 선생님이 말을 걸었지만 이해하려고 해도 무슨 말인지 이해할 수가 없었다.

벤자민은 유치원을 그만두어야 했다. 빳빳한 체크무늬 드레스를 입은 유모 나나가 그의 작은 세상의 중심이 되었다. 날씨가 좋은 날이면 둘은 공원을 거닐었다. 나나가 큰 회색 괴물을 가리키며 "코끼리."라고 말하면 벤자민이 따라서 말했다. 그날 밤 잠들기 전에 나나가 잠옷으로 갈아입혀 주는 동안 큰 소리로 "코끼이, 코끼이, 코끼이."라고 몇 번이고 말했다. 때로 나나는 벤자민이 침대에서 뛰도록 내버려 두었다. 엉덩이가 침대에 제대로 닿으면 몸이 통 튀어 올라 다시 다리를 펴며 일어날 수 있었고, 폴짝폴짝 뛰면서 한참 동안 '아.' 하고 말하면 매우 재미있게 떨리는 소리가 나서 무척 신이 났다.

벤자민은 모자걸이에서 큰 지팡이를 가져와 의자와 탁자를 치고 돌아다니며 "싸워, 싸워, 싸워." 하고 말하기를 무척 좋아했다. 사람들이 함께 있는 경우 나이 든 부인들은 벤자민을 보고 혀를 찼는데 벤자민은 그 소리가 무척 흥미로웠다. 하지만 젊은 아가씨들은 벤자민에게 입을 맞추려 해서 약간 심드렁하게 받아들였다. 그리고 오후 다섯 시가 되어 긴 일과가 끝나면 그는 나나와 함께 위층으로 올라가 나나가 숟가락으로 떠 주는 오트밀과 부드럽고 맛있는 죽을 먹었다.

그의 어린아이다운 잠 속에 괴로운 기억은 없었다. 늠름했던 대학 시절, 수많은 아가씨들의 가슴을 일렁이게 했던 빛나는 나날은 흔적도 떠오르지 않았다. 오로지 아기 침대의 희고 안전한 벽과 나나, 가끔 그를 보러 오는 어떤 남자 그리고 나나가 해질 무렵 취침 시간 직전에 가리키며 '해'라고 부르는 무척 큰 오렌지색 공만 있을 뿐이었다. 해가 사라지면 벤자민의 눈꺼풀은 무거워졌다. 어떤 꿈도, 그 어떤 꿈도 그에게 머무르지 않았다.

과거에 병사들을 이끌고 산후안 언덕으로 거칠게 돌진했던 순간, 결혼하고 처음 몇 년 동안 사랑하는 젊은 힐더가드를 위해 분주한 도시에서 여름 땅거미가 질 때까지 늦도록 일했던 기억, 그 이전에 먼로 가의 어두침침하고 낡은 버튼 저택에서 할아버지와 앉아 밤이 되도록 담배를 피우던 날들…… 이 모든 것이 아예 일어나지 않았던 듯 벤자민의 머릿속에서 실체 없는 꿈처럼 사라져 버렸다.

벤자민은 기억하지 못했다. 마지막으로 먹었던 우유가 따뜻했는지 아니면 차가웠는지, 하루하루가 어떻게 지나가는지…… 뚜렷이 기억하지 못했다. 아기 침대와 친숙한 나나의 존재만 느껴질 뿐이었다. 그러다가 그는 아무것도 기억하지 못하게 되었다. 배가 고프면 울었다. 그게 전부였다. 낮에도 밤에도 숨을 쉬었고, 저 위쪽에는 거의 들리지 않는 부드러운 속삭임과 어렴풋하게 구별되는 냄새, 빛과 어둠이 있었다.

그러다가 모든 것이 캄캄해졌다. 하얀 아기 침대와 위에서 움직이던 흐릿한 얼굴들, 따뜻하고 달콤한 우유 냄새마저 그의 머릿속에서 모조리 희미해졌다.

치프사이드의 타르퀴니우스

1

달리는 발소리…… 실론 섬에서 가져온 진기한 가죽 천으로 만든 가볍고 밑창이 부드러운 신발이 선두를 달린다. 두툼하고 미끈한 장화, 검푸른 색에 금박을 입힌 장화 두 켤레가 달빛을 받아 투박하게 얼룩덜룩 번쩍이며 돌을 던지면 닿을 만큼 아주 가깝게 뒤쫓는다.

부드러운 신발이 조각난 달빛 사이를 휙 지나가더니 미로처럼 꼬인 컴컴한 골목으로 뛰어들었고, 이제는 앞에 펼쳐진 어둠속 어딘가에서 허둥대는 발소리만 간간이 들려온다. 미끈한 장화들도 뛰어든다. 칼은 떨리고 기다란 깃털 장식은 비뚤어진 채 숨을 고르며 신과 런던의 컴컴한 뒷골목을 저주한다.

부드러운 신발이 흐릿한 문을 뛰어넘고 산울타리를 타닥타닥 비집고 지나간다. 미끈한 장화들도 문을 뛰어넘고 산울타리를 타닥타닥 비집고 지나간다. 그런데 놀랍게도 저 앞에 경비병이

307

서 있다. 네덜란드와 스페인을 행군한 후 입이 포악하게 비뚤어진 두 병사가 창을 들고 서 있다.

그러나 도와 달라는 외침은 들리지 않는다. 쫓기는 자는 돈지갑을 움켜쥐고 숨을 헐떡이며 경비병의 발치에 쓰러지지 않는다. 쫓는 자들 역시 소리 높여 고함치지 않는다. 부드러운 신발은 빠른 바람처럼 날쌔게 지나간다. 경비병들은 욕을 퍼붓고 망설이면서 도망자의 뒷모습을 힐끔 본 후 냉혹하게 창을 뻗어 길 위에서 교차시키고 미끈한 장화를 기다린다. 어둠이 거대한 손처럼 흐르는 달빛마저 막아 버린다.

그 손이 달에서 물러나자 창백하게 어루만지는 달빛 속에서 다시금 처마와 상인방(*창이나 문의 위를 가로지르는 목재로 벽 윗부분의 하중을 받쳐 준다.) 그리고 상처를 입고 흙 속을 뒹구는 경비병들의 모습이 드러난다. 거리 위쪽에서는 미끈한 장화 중 한 사람이 검은 얼룩을 뒤로 점점이 남기고 뒤뚝뒤뚝 달리면서 목에 걸린 최고급 레이스를 몸에 칭칭 감는다.

경비병들이 참견할 문제가 아니었다. 오늘 밤은 악마가 활개치고 있었고, 저 앞에서 흐릿한 모습으로 뒤꿈치와 무릎을 이용해 울타리를 스치듯 넘은 그 존재야말로 악마 같았다. 게다가 그 악마가 달리고 있는 곳은 집 주변이거나, 적어도 그의 천박한 변덕에 자신을 바친 런던의 어느 동네임이 틀림없었다. 거리가 그림 속의 길처럼 좁아지고 위쪽에서는 집들이 더더욱 몸을 숙여, 살인이나 살인의 극적 자매인 돌연사가 일어나기에 적합한 천연 매복지를 형성했기 때문이다.

사냥감과 사냥개들은 길고 고불고불한 골목을 이리저리 따라

308

갔다. 그들은 빛과 그림자로 이루어진 체커(*서양 놀이로 체스와 비슷하지만 12개의 말을 사용한다는 특징이 있다.) 판 위를 끊임없이 움직이는 퀸처럼 달빛을 들락거렸다. 저 앞에서는 가죽조끼마저 벗고 흐르는 땀으로 시야가 반쯤 가려진 사냥감이 양쪽을 필사적으로 살폈다. 결국 그는 갑자기 속도를 줄여 지나온 길을 몇 걸음 되짚어간 뒤 골목으로 뛰어들었다. 그 골목은 너무 어두워서 최후의 빙하가 으르렁거리며 땅 위를 천천히 뒤덮은 이래로 햇빛과 달빛마저 차단된 곳 같았다. 그는 20미터쯤 가다가 발을 멈추고 벽 속으로 움푹 들어간 자리에 몸을 우겨 넣었다. 몸을 웅크리고 조용히 숨을 몰아쉬는 그 모습은 형체도 윤곽도 어둠에 묻혀 사라진 기괴한 신과 같았다.

미끈한 장화 두 켤레가 가까이 다가와 골목을 따라 지나가더니 20미터 떨어진 저 앞에서 걸음을 멈추고 폐부에서 나온 들릴 듯 말 듯한 목소리로 속삭였다.

"난 그 허둥대는 발소리에 박자를 맞추고 있었어. 이젠 그쳤군."

"스무 보 이내야."

"숨은 거야."

"같이 있다가 가격해야겠어."

목소리가 흐릿해지며 낮게 저벅거리는 발소리만 남았다. 부드러운 신발은 잠자코 기다리며 귀를 기울이지만은 않았다. 날쌔게 껑충거리며 세 걸음 만에 골목 가로지르더니 위로 훌쩍 뛰어올라 거대한 새처럼 벽 위에서 잠시 파닥거리다 사라졌다. 굶주린 밤이 한입에 삼켜 버린 것이다.

2

그는 와인을 마시며 글을 읽었고, 침대에서도 읽었다.
숨 쉬는 동안에는 소리 내어 읽었다.
그의 모든 생각은 죽은 자들 곁에 있었고
그래서 그는 책을 읽다가 죽음에 이르렀다.

피츠힐 근처에 있는 오래된 제임스 1세의 묘지를 찾아간 사람이라면 누구나 이 조잡한 글귀를 읽었을 것이다. 웨셀 캑스터의 무덤에 쓰인 이 글은 의심할 여지없이 엘리자베스 여왕 시대 기록들 중 최악이다.

골동품 연구가들에 따르면 여기 묻힌 남자의 죽음은 서른일곱 살 때 닥쳤지만, 이 이야기는 어둠을 가르고 추격이 벌어지던 어느 날에 관한 것이므로 우리는 그가 아직 살아 있으며 아직 책을 읽는 모습을 볼 수 있다. 그의 눈은 약간 흐릿했고 배는 상당한 존재감을 과시했다. 그는 몸이 울룩불룩하고 게으른 남자였다. 오, 맙소사! 그러나 시대가 시대이니만큼 그리고 영국 여왕 엘리자베스 치세 때는 루터가 베푼 은총 덕분에 누구도 열광적인 기운을 피해 갈 수 없었다. 치프사이드의 모든 다락방에서는 새로운 무운시를 실은 〈마그눔 폴리움〉(잡지라는 뜻이다.)을 발행했다. 치프사이드의 배우들은 '그 반동적인 기적극에서 탈피'한 것이라면 뭐든 공연거리로 만들었고, 영문판 성경은 '특대판'으로 일곱 달 동안 7쇄를 찍었다.

그래서 젊은 시절에 바다를 떠돌았던 웨셀 캑스터는 이제 손에 넣을 수 있는 것은 뭐든 읽는 독서광이 되었다. 그는 경건한 우정을 품고 원고를 읽었다. 타락한 시인들과 저녁을 먹었고 잡지 〈마그나 폴리아〉를 발행하는 가게들 주변을 어슬렁거렸다. 젊은 극작가들이 자기들끼리 논쟁하고 입씨름하며 서로의 등에 대고 표절을 비롯해 생각해 낼 수 있는 모든 꼬투리를 잡아 신랄하고 심술궂게 비난을 퍼붓는 동안 그는 관대하게 귀를 기울였다.

오늘 밤 그에게는 책이 하나 있었다. 그가 보기에 질서란 게 없는 시이긴 하지만 상당히 탁월한 정치적 풍자를 담고 있다고 생각되는 작품이었다. 하늘거리는 촛불 아래로 에드먼드 스펜서가 쓴 『요정 여왕』이 옆에 놓여 있었다. 그는 시 한 편을 힘들여 읽었고 이제 다른 한 편을 읽으려는 참이었다.

브리토마티스, 순결의 전설

여기 순결에 관하여 쓰노라.
다른 모든 것을 뛰어넘는 가장 요정다운 미덕……

갑자기 다급하게 계단을 오르는 소리가 들리고 얇은 문이 삐걱거리며 벌컥 열리더니 한 남자가 방으로 뛰어 들어왔다. 조끼도 입지 않고 헐떡거리고 훌쩍이는 모습이 금방이라도 쓰러질 듯했다.

"웨셀."

목이 메어 어렵사리 나온 말이었다.

"날 어디에든 숨겨 줘, 제발!"

웨셀은 조심스레 책을 덮으며 일어나 다소 걱정스러운 얼굴로 문에 빗장을 질렀다.

"쫓기고 있어."

부드러운 신발이 외쳤다.

"맹세컨대 재치가 부족한 두 칼날이 나를 다진 고기로 만들려는 중이야. 거의 성공할 뻔했지. 내가 뒷담을 뛰어넘는 걸 봤다네!"

웨셀은 신기한 듯이 그를 바라보며 대답했다.

"자네를 세상의 보복으로부터 제대로 지켜 주려면 나팔총으로 무장한 대대 몇 개에다 무적함대 두세 척은 있어야 할 텐데."

부드러운 신발이 만족스럽게 웃음을 지었다. 훌쩍거리던 숨소리는 빠르고 정확한 숨소리로 변하고 있었다. 사냥꾼에게 몰린 듯한 분위기는 사라지고 불안이 어렴풋이 섞인 냉소가 나타났다.

"놀랍지도 않군."

웨셀이 말을 이었다.

"아주 음침한 원숭이 두 마리라네."

"다해서 셋이지."

"자네가 나를 숨겨 주지 않으면 둘이 되고 말 거야. 자, 자, 몸 좀 움직여. 저들이 눈 깜짝할 사이에 계단을 오를 거야."

웨셀은 구석에서 분해된 창 자루를 들고 와서는 천장에 닿도록 높이 들어 올려 위쪽 다락으로 이어지는 거칠거칠한 천장 문을 밀었다.

"사다리는 없네."

그는 긴 의자를 문 아래로 옮겼고 부드러운 신발은 의자에 올라가 몸을 웅크렸다가 멈칫하더니 다시 몸을 웅크린 다음 놀랍게도 위로 훌쩍 뛰어올랐다. 그는 구멍의 가장자리를 붙잡고 잠시 몸을 앞뒤로 흔들며 다른 곳을 붙잡았다. 마침내 그가 허리를 숙이며 그 위의 어둠 속으로 사라졌다. 문이 제자리로 돌아가는 동안 종종거리는 발소리와 쥐들이 우르르 이동하는 소리가 들렸다. 그리고 잠잠해졌다.

웨셀은 다시 독서용 책상으로 돌아가 「브리토마티스, 순결의 전설」을 펼쳤다. 그리고 기다렸다. 1분쯤 지나서 계단을 우당탕 오르는 소리가 들렸고 조급하게 문을 두드리는 소리가 들렸다. 웨셀은 한숨을 내쉰 후 촛불을 들고 일어났다.

"누구요?"

"문 좀 여시오!"

"누구냐니까?"

고통스러운 일격에 허약한 나무가 휘청하며 가장자리가 쪼개졌다. 웨셀은 주먹도 들어가지 않을 만큼 문을 빼꼼 열고 촛불을 높이 들었다. 소심하고 무척 점잖은 시민이 부끄럽지만 불안해하는 연기를 펼칠 예정이었다.

"유일한 휴식 시간인 밤이 아니오. 싸움꾼들한테는 무리한 부탁인가? 게다가……."

"쉿, 잡담은 됐소! 땀 흘리는 남자를 보았나?"

늠름한 두 그림자가 좁은 계단 위로 장대하게 너울거리는 윤곽을 늘어뜨렸다. 웨셀은 촛불로 그들을 비추며 자세히 살폈다. 분명 신사였다. 급히 걸친 듯했지만 비싼 옷을 입고 있었다. 그중 한 명은 손에 심각한 부상을 입었고 둘 다 사나운 증오 같은 것을 내뿜었다. 그들은 웨셀이 준비해 둔 오해를 일축하고 그를 밀치며 방으로 들어와서는 방 안에서 수상쩍어 보이는 캄캄한 구석이 있으면 주의 깊게 칼로 찔러 댔다. 그들은 웨셀의 침실까지 수색 범위를 넓혔다.

"여기 숨었나?"

부상 당한 남자가 사납게 물었다.

"누가 숨어요?"

"당신 말고 아무 남자나."

"제가 알기로는 둘뿐인데요."

그 남자들이 자신을 찌를 듯한 동작을 했기 때문에 웨셀은 농담이 너무 지나쳤나 싶어 더럭 겁이 났다.

"계단에서 발소리는 들었습니다."

웨셀은 서둘러 말했다.

"아마 오 분은 족히 지났을 겁니다. 분명 올라오지는 못했을 겁니다."

그는 『요정 여왕』에 몰두해 있었다는 설명을 덧붙이려 했지만 이 손님들은 적어도 그 순간만큼은 위대한 성자들처럼 문화에 무감각했다.

"무슨 일이 있었습니까?"

웨셀이 물었다.

"폭행!"

손을 다친 남자가 말했다. 웨셀은 그의 눈이 사납게 이글거리고 있음을 알게 되었다.

"내 여동생을. 아, 신이시여, 우리에게 그 작자를 넘겨주소서!"

웨셀이 움찔 놀랐다.

"그 작자가 누군데요?"

"이것 참! 그것도 모른다오. 저기 저 천장 문은 뭡니까?"

그가 갑자기 덧붙였다.

"못을 박아 둔 겁니다. 몇 년 동안 쓰질 않았죠."

그는 구석에 놓아 둔 장대를 떠올리고 가슴이 철렁했지만 몹시도 절망한 두 사람은 예리함마저 둔해져 있었다.

"곡예사가 아닌 다음에야 사다리가 필요하겠군."

부상 당한 남자가 맥없이 말했다. 동행인이 신경질적인 웃음을 터뜨렸다.

"곡예사라니. 아, 곡예사. 아……."

웨셀이 놀라서 두 사람을 빤히 바라보았다.

"내 비통한 마음에 쏙 드는 말이군."

그 남자가 외쳤다.

"아무도…… 그래, 아마도…… 올라갈 수 없겠지, 곡예사가 아닌 다음에야."

손을 다친 신사가 멀쩡한 쪽 손가락들을 초조하게 딱딱 꺾어댔다.

"옆집으로 가야 해…… 그 후에는 또 옆집으로……."

두 사람은 무력한 모습으로 폭풍이 휘날리는 컴컴한 하늘 밑을 걸어갔다.

웨셀은 문을 닫고 빗장을 지른 후 안타까운 마음에 눈살을 찌푸리며 잠시 문 옆에 서 있었다.

나직하게 "하!" 하고 내뱉는 소리에 그가 고개를 들었다. 부드러운 신발은 이미 천장 문을 들어 올리고 방을 내려다보고 있었다. 장난꾸러기 요정 같은 얼굴은 반은 혐오감, 반은 비웃음 섞인 즐거움으로 잔뜩 일그러져 있었다.

"투구를 벗으면서 자기 머리도 같이 벗어 버릴 위인들이야."

그가 낮은 목소리로 말했다.

"하지만 자네와 나는 말이야, 웨셀. 우리 둘은 영민한 사람들이지."

"이 저주받을 인간."

웨셀이 벌컥 화를 내며 외쳤다.

"자네가 개라는 건 알고 있었어. 하지만 이런 이야기는 반만 들어도 자네가 얼마나 더러운 똥개인지 알겠네. 그 머리통을 곤봉으로 후려치고 싶을 정도야."

부드러운 신발이 눈을 깜빡이며 그를 물끄러미 바라보았다. 그가 마침내 대답했다.

"어쨌든 이런 자세로 품위를 유지하기는 불가능하군."

그가 이렇게 말하며 천장 문으로 몸을 빼고 잠시 매달려 있다가 2미터 아래 바닥으로 털썩 뛰어내렸다.

"쥐 한 마리가 미식가 같은 눈빛으로 내 귀를 살펴보더군."

그가 두 손으로 엉덩이의 먼지를 털며 말을 이었다.

"그 녀석한테 쥐들 특유의 용어로 내가 치명적인 독이라고 말해 줬지. 그랬더니 가 버리더라니까."

"오늘 밤에 저지른 음탕한 행위나 털어놔!"

웨셀이 화를 내며 다그쳤다. 부드러운 신발은 엄지를 코에 대고 웨셀을 놀리듯이 다른 손가락들을 까딱거렸다.

"시정잡배 녀석!"

웨셀이 중얼거렸다.

"종이 없나?"

부드러운 신발이 뜬금없이 묻더니 갑자기 덧붙였다.

"자네 글을 쓸 줄은 아나?"

"내가 왜 종이를 줘야 하는데?"

"오늘 밤의 흥미로운 이야기를 듣고 싶어 했으니까. 그러니 들어야지. 나에게 펜과 잉크, 종이 뭉치 그리고 혼자 있을 방을 주게."

웨셀은 망설였다.

"나가게!"

그가 마침내 말했다.

"좋을 대로. 하지만 자네는 굉장히 흥미진진한 이야기를 놓친 거야."

웨셀은 흔들렸다. 그는 정말이지 태피(*설탕을 녹여 만든 말랑말랑한 사탕.)처럼 부드러웠다. 그래서 항복하고 말았다. 부드러운 신발은 웨셀이 마지못해 내준 필기구를 가지고 옆방으로 들어가 문을 꼭 닫았다. 웨셀은 투덜거리며 다시 『요정 여왕』을 폈다. 그래서 집에는 새로운 고요함이 내려앉았다.

3

세 시가 지나 네 시가 되었다. 방은 어스레했고 어두운 바깥은 습기와 냉기로 가득했으며 웨셀은 두 손으로 머리를 감싸고 책상 위로 몸을 바짝 구부리고 있었다. 그는 기사들과 요정들과 고통스러워하는 수많은 아가씨들이 번갈아 나타나는 이야기를 따라가고 있었다. 집 밖의 좁은 거리를 용들이 킬킬대며 지나갔다. 다섯 시 반에 잠이 덜 깬 병기공 조수가 작업을 시작했을 때 금속판과 거기 연결된 쇠사슬 갑옷이 철컹철컹 쩅쩅 둔탁하게 울리는 소리가 커지며 행군하는 기마행렬의 메아리에 겹쳐졌다.

첫 새벽빛과 함께 안개가 엄습했고 여섯 시가 되어 방이 잿빛 노란색으로 물들었을 때 웨셀은 벽장 침실로 살금살금 다가가 문을 당겨 열었다. 그의 손님이 양피지처럼 창백한 얼굴로 돌아보았는데 광기 어린 두 눈이 크고 붉은 글자처럼 타올랐다. 그는 웨셀의 기도대를 책상으로 삼아 의자를 바짝 당기고 앉아 있었다. 그 책상 위에는 글이 빽빽하게 적힌 종이들이 놀라울 만큼 잔뜩 쌓여 있었다. 웨셀은 긴 한숨을 내쉬고 이렇게 새벽이 밝아오는 데도 침대를 달라고 하지 못하는 자신을 바보라고 여기며 물러나 자신의 요정에게로 되돌아갔다.

밖에서 들리는 묵직한 발소리와 다락에서 다락으로 퍼지는 늙은 마귀할멈들의 깩깩 소리, 아침이면 들리는 단조로운 잡음 때문에 그는 불안해하다가 의자에 주저앉아 꾸벅꾸벅 졸았다. 소리와 색이 무겁게 들어찬 그의 머릿속은 속에 담긴 이미지를 벽찰 만큼 되새겼다. 이 불안한 꿈속에서 그는 태양 가까이에 쑤셔 박혀 신음하는 수많은 사람들 중 하나였는데, 그 사람들은 눈빛이 강렬한 아폴로를 향해 놓인 무기력한 다리였다. 꿈은 그를 잡아 뜯고 깔쭉깔쭉한 칼처럼 머릿속을 긁어 댔다. 뜨거운 손이 어깨에 닿자 그는 비명을 지르다시피 하며 깨어났다. 방 안에는 안개가 자욱했고 어렴풋한 잿빛 유령 같은 손님이 손에 종이 뭉치를 들고 옆에 서 있었다.

"약간 손을 봐야겠지만 이건 몹시 흥미진진한 이야기일 거야, 분명. 이걸 안전한 곳에 보관해 주고 부탁인데 잠 좀 자게 해 주겠나?"

그는 대답을 기다리지 않고 종이 뭉치를 웨셀에게 떠넘기고는 갑자기 뒤집힌 병에서 쏟아지는 액체처럼 구석의 소파 위로 그야말로 몸을 들이부었다. 그는 잠이 들어 고른 숨소리를 내면서도 기이하고도 어딘지 으스스하게 이마를 찌푸렸다.

웨셀은 졸음에 겨워 하품을 한 뒤 휘갈겨 써서 알아보기 힘든 첫 페이지를 매우 조용히 소리 내서 읽기 시작했다.

루크레티아의 능욕

모두가 제 위치를 지키는 포위된 아르데아에서,

그릇된 욕망이라는 믿을 수 없는 날개를 타고,

욕정을 내뿜는 타르퀴니우스가 로마 군을 떠나……

(*〈루크레티아의 능욕〉은 셰익스피어의 초기 작품이다. 이 작품으로 미루어 「치프사이드의 타르퀴니우스」 속 셰익스피어가 강간을 저질렀음을 암시한다. 〈루크레티아의 능욕〉은 로마 황제의 아들 타르퀴니우스에게 강간을 당한 후 자살한 루크레티아의 이야기를 자세히 묘사한다.)

"오, 적갈색 머리 마녀가!"

1

　멀린 그레인저는 문라이트 퀼 서점의 직원이었다. 당신이 가 보았을지도 모르는 이 서점은 47가에 있는 리츠칼튼 호텔에서 모퉁이만 돌면 나왔다. 문라이트 퀼 서점은 과거 얘기지만 무척 낭만적이고 자그마한 서점이었고 근사하고 신비스러운 곳으로 정평이 나 있었다. 내부를 살펴보면 숨이 멎을 만큼 이국적인 열정이 깃든 빨간색과 주황색 포스터들이 곳곳에 붙어 있었다. 그리고 종일 켜진 채로 머리 위에서 흔들리는 크고 납작한 진홍색 공단 램프 못지않게 불빛에 반짝이는 특별판 장정 역시 서점을 톡톡히 밝혔다. 참으로 감미로운 서점이었다. 문 위쪽에는 '문라이트 퀼'이라는 이름이 수를 놓은 듯 구불구불하게 새겨져 있었다. 창가는 늘 문학적 검열을 통과한 책들로 빈틈없이 가득 차 있었다. 표지는 진한 주황색이고 작고 하얀 사각형 종이에 제목이 쓰인 책들이었다. 그리고 서점 전체에서는 사향 냄새가 풍겼는데, 똑똑하고 수수께끼 같은 문라이트 퀼 씨가 곳곳에 뿌리라고 지시한 것이었다. 디킨스의 런던(*디킨스의 수많은 작품에서 런던은 단순한 배경에 그치지 않고 이야기의 중심을 차지한다.)에 있는 골동품 가게의 냄새와 따뜻한 보스포루스 해안에 있는 어느 커피점의 냄새가 반씩 뒤섞인 것이었다.

아홉 시부터 다섯 시 반까지 멀린 그레인저는 따분해 하는 검은 옷차림의 노부인들과 눈 밑이 검게 그늘진 젊은 남자들에게 이 작가를 좋아하는지, 혹은 초판에 관심이 있는지 물었다. 이 손님이 표지에 아랍 인이 그려진 소설이나 셰익스피어가 사우스다코타 주의 서턴 양에게 초자연적으로 받아쓰게 한 최신 소네트 모음집을 샀던가? 멀린은 코를 킁킁거리며 돌아다녔다. 사실 개인적인 취향은 후자 쪽이었지만 문라이트 퀼 서점의 직원으로서 그는 근무일이면 현실을 직시하는 전문가적 태도로 일관했다.

매일 오후 다섯 시 반이면 그는 창가 진열대로 천천히 다가가 서점 정면의 햇빛 가리개를 내렸다. 그 후에는 수수께끼 같은 문라이트 퀼 씨와 여직원 매크래큰 양과 여자 속기사인 매스터스 양에게 작별 인사를 하고 그녀, 캐럴라인을 향해 집으로 향했다. 그는 캐럴라인과 저녁을 먹지 않았다. 코티지치즈 근처에 칼라 단추들이 위험하게 흩어져 있고 멀린의 넥타이 끝이 우유 잔을 아슬아슬하게 비켜 간 그의 책상에서 캐럴라인이 음식을 먹겠다고 한다는 것은 있을 수 없는 일이다. 그는 캐럴라인에게 함께 저녁을 먹자고 해 본 적도 없었다. 혼자서 먹었다. 그는 6번가에 있는 브래그도트 조제 식품점에 들어가 크래커 한 상자와 안초비 페이스트 통 하나, 오렌지 몇 개, 그 외에도 소시지가 담긴 작은 병과 감자 샐러드와 청량음료 한 병을 사고 갈색 봉투에 넣어 58가의 오십 몇 번지에 있는 방으로 가서 저녁을 먹으며 캐럴라인을 보았다.

캐럴라인은 나이가 더 많은 여자와 함께 사는 매우 젊고 쾌활한 사람으로 열아홉 살쯤 되어 보였다. 그녀는 저녁이 될 때까지는 존재하지 않는다는 점에서 유령 같았다. 여섯 시 무렵 그녀의 아파트 방에 불이 켜지면 갑자기 살아났다가 늦어도 자정쯤에는 사라졌다. 센트럴파크 남쪽 면 맞은편, 하얀 석조 현관이 딸린 멋진 건물의 멋진 방이 그녀가 사는 곳이다. 그녀의 방 뒤편은 독신인 그레인저 씨가 사는 단칸방의 단 하나뿐인 창문과 마주하고 있었다.

그가 그녀를 캐럴라인이라고 부르는 까닭은 그 이름이 쓰이고 표지에 그녀와 닮은 그림이 실린 책이 문라이트 퀼 서점에 있기 때문이었다.

한편 밀런 그레인저는 몸이 여윈 스물다섯 살의 젊은이로 머리가 검었고 콧수염이나 턱수염이나 그 비슷한 것은 기르지 않았다. 캐럴라인은 눈부시게 아름답고 쾌활했으며 머리카락 대신 적갈색 물결이 어른거리는 늪이 있었고 키스가 떠오르는 얼굴이었다. 첫사랑이 그런 모습이었다고 생각했다가 옛 사진을 우연히 발견했을 때 그렇지 않았음을 깨닫게 되는 그런 얼굴이었다. 그녀는 대개 분홍색이나 파란색 옷을 입었지만 최근에는 가끔씩 날렵한 검은 드레스를 입었다. 그 드레스는 그녀의 특별한 자랑거리가 분명했는데 그 옷을 입을 때마다 벽의 특정 지점을 바라보며 서 있곤 했기 때문이다. 멀린은 그 지점에 틀림없이 거울이 있을 거라고 생각했다. 그녀는 보통 창가에 있는 가느다란 의자에 앉았지만 때로는 등불 옆에 있는 긴 침대의자에 영예를 허락하기도 했다. 그녀는 종종 의자에 등을 쭉 기대고 담배를 피웠는데 그럴 때 팔과 손이 움직이는 모습이 매우 우아하다고 멀린은 생각했다.

그녀가 창가로 와서 기품 있는 자세로 밖을 내다본 적도 있었다. 길을 잃은 달이 기이하기 짝이 없으며 시시각각 변모하는 광휘를 건물 샛길에 떨어뜨려, 풍경 속의 쓰레기통과 빨랫줄을 생생한 인상주의가 느껴지는 은빛 통과 거대하면서도 섬세한 거미줄로 바꾸어 버렸기 때문이다. 멀린은 시야가 확보된 곳에 앉아서 설탕과 우유를 얹은 코티지치즈를 먹고 있었다. 그런데 너무 서둘러 창문 도르래 줄로 손을 내밀다가 다른 손으로 코티지치즈를 쳐서 무릎에 엎고 말았다. 우유는 차가웠고 바지에는 설탕 얼룩이 졌으며 그는 어쨌든 그녀가 틀림없이 자신을 보았을 거라고 생각했다.

가끔 손님들이 보였다. 야회복 재킷을 입은 남자들이 모자를 손에 들고 외투를 팔에 걸친 채 서서 고개 숙여 인사하고 캐럴라인에게 말을 걸었다. 그러다가 그들은 더욱 고개를 깊이 숙이고 그녀를 따라 불빛에서 벗어났는데 공연장이나 댄스파티에 가는 게 분명했다. 또 다른 젊은이들은 자리에 앉아 담배를 피웠고 캐럴라인에게 뭔가를 이야기하려는 듯했다. 그녀는 가느다란 의자에 앉아 그들을 바라보며 열심히 귀를 기울이거나 등불 옆 침대의자에 앉아 있었는데 몹시 사랑스러웠고 젊은이다운 신비로움이 넘치는 듯했다.

　멀린은 그런 방문을 즐겁게 지켜보았다. 어떤 남자들에 대해서는 호의적인 인물로 판단했다. 또 어떤 남자들은 마지못해 묵인했고 한두 명은 무척 싫었다. 가장 자주 오는 방문객이 특히 싫었는데 그 남자는 검은 머리에 검은 염소수염을 기른 암흑처럼 어두운 사람이었다. 멀린은 그가 어렴풋이 낯익은 사람이라고 느끼면서도 누구인지 떠올릴 수 없었다.

　하지만 멀린의 모든 생활이 '스스로 구축한 이 낭만에만 매인' 것은 아니었다. 그때가 '하루 중 가장 행복한 시간'도 아니었다. 그는 때맞춰 도착해 캐럴라인을 '사악한 손아귀'에서 구해 내지도 않았고 결혼은 더더욱 하지 않았다. 이런 일보다 훨씬 기묘한 일이 일어났는데, 지금 여기에 적어 내려갈 이야기가 바로 그 기묘한 일이다. 그 일은 10월의 어느 오후에 그녀가 문라이트 퀼의 감미로운 내부로 활기차게 들어오면서 시작되었다.

　어두운 오후였다. 금방이라도 비가 쏟아지고 세상에 종말이 올 것만 같았으며 오직 뉴욕의 오후만이 탐닉하는 유난히 우울한 잿빛으로 가득했다. 산들바람이 시끄럽게 거리를 날아와 닳아빠진 신문들과 물건 조각들을 흔들어 댔고 창문마다 작은 불빛이 점점이 드러났다. 어찌나 황량했는지 암녹색이 감도는 저 높은 하늘에 묻혀 버린 초고층 빌딩 꼭대기가 안쓰러워 보였다. 이제 광대극은 끝나고 머지않아 모든 건물들이 카드로 만든 집처럼 무너져, 그 건물을 들락거리던 수백만 명의 머리 위로 먼지투성이 냉소덩어리가 쌓일 것이라는 확신이 들었다.

　적어도 이것이 창가에 서서 열 권이 넘는 책들을 나란히 정돈하던 멀린 그레인저의 영혼을 무겁게 짓누른 생각이었다. 흰 담비로 장식한 옷을 입은 부인이 서점을 한바탕 휩쓸고 간 후였다. 그는 몹시 우울한 생각에 가득 차 창밖을 내다보았다. H. G. 웰스의 초기 소설과 창세기와 30년 후에는 이 섬에 주택이 사라지고 넓고 시끄러운 시장만 남을 거라던 토머스 에디슨의 말 등을 생각했다. 곧 그는 마지막 책을 똑바로 놓고 몸을 돌렸다. 그때 캐럴라인이 서점으로 차분하게 들어왔다.

그녀는 멋스러우면서도 평범하고 가벼운 옷차림이었다. 이것은 그가 나중에 당시를 회고했을 때 든 생각이었다. 격자무늬 치마에는 아코디언처럼 주름이 잡혀 있었다. 재킷은 은은하면서도 밝은 황갈색이었다. 신발과 각반은 갈색이었고 작고 깔끔한 모자는 매우 비싸고 아름답게 채워진 사탕 상자의 뚜껑처럼 그녀를 완성시켜 주었다.

숨이 막힐 만큼 놀란 멀린이 초조하게 그녀 쪽으로 다가갔다.

"안녕하세요."

그는 이렇게 말한 다음 입을 다물었다. 왜 그랬는지는 알 수 없었다. 다만 그의 인생에 매우 중대한 일이 일어나려는 참이며 침묵 그리고 상황을 관망하는 적당한 집중력 외에는 어떤 장신구도 필요하지 않다는 생각이 들었다. 그리고 그 일이 일어나기 직전의 1분 동안 그는 숨 막히는 1초 1초가 정지되어 시간 속에 매달려 있다고 느꼈다. 작은 사무실의 경계가 되어 주는 유리 칸막이 너머로 편지 위에 몸을 구부린 고용주 문라이트 퀼 씨의 사악한 원뿔형 머리가 보였다. 매크래큰 양과 매스터스 양은 종이 더미 위로 기울인 머리 부분만 보였다. 그는 천장에 걸린 진홍빛 전등을 보면서 그것이 서점을 얼마나 즐겁고 낭만적인 곳처럼 만들어 주는지 깨닫고는 은근히 기뻤다.

그러다 그 일이 일어났다. 아니, 일어나기 시작했다. 캐럴라인은 책 더미 위에 엉성하게 놓여 있던 시집 한 권을 들고 가냘픈 흰 손으로 별생각 없이 만지작거리더니 갑자기 천장을 향해 가뿐한 몸짓으로 책을 던졌다. 책은 진홍색 전등 속으로 사라져 거기 머물렀고 빛을 받은 실크 갓을 통해 그 시커멓게 자리 잡은 사각형이 보였다. 그녀는 만족스러워했다. 그녀가 생기발랄하고 전염성이 강한 웃음을 터뜨렸고 멀린도 어느새 따라 웃었다.

"저기 틀어박혔네요!"

그녀가 명랑하게 외쳤다.

"저기 틀어박혔어요, 그렇죠?"

두 사람에게 그것은 더없이 멋지고도 터무니없는 상황처럼 보였다. 두 사람의 뒤섞인 웃음이 서점을 채웠고, 멀린은 그녀의 목소리가 풍부하고 마법으로 가득 차 있음을 알게 되어 기분이 좋았다.

"또 해 봐요."

멀린이 자신도 모르게 권했다.

"빨간 책으로 해 봐요."

그 말에 그녀의 웃음소리가 더욱 커졌고 그녀는 중심을 잡기 위해 두 손으로 책 더미를 짚어야 했다.

"또 해 보라니."

그녀가 터져 나오는 웃음 사이로 간신히 말을 내뱉었다.

"아, 맙소사. 또 해 보라니!"

"두 권 더 해 봐요."

"그래요, 두 권 더. 아, 웃음을 멈추지 않으면 숨이 넘어가겠어요. 자, 합니다."

그녀는 말한 대로 빨간 책을 집어서 던졌다. 천장을 향해 완만한 쌍곡선을 그리며 날아간 그 책은 전등갓 속으로 들어가 첫번째 책 옆에 자리를 잡았다. 몇 분 동안 두 사람은 기쁨을 주체하지 못하고 몸을 앞뒤로 흔들어 댈 수밖에 없었다. 그러다가 둘은 이 장난을 다시 한 번 하되 이번에는 함께하기로 합의했다. 멀린이 특별히 장정된 커다란 프랑스 고전을 붙잡고 빙글 돌리며 위로 던졌다. 그는 자신의 정확도에 갈채를 보낸 후 한 손에는 베스트셀러를, 다른 손에는 조개삿갓에 관해 쓴 책을 들고서 그녀가 책을 날리는 동안 숨죽여 기다렸다. 그러나 장난은 차츰 빠르고 맹렬해졌다. 가끔 그들은 교대로 책을 던졌고 지켜보던 그는 그녀의 모든 동작이 얼마나 유연한지 알게 되었다. 때로 둘 중 한 사람이 연달아 던지기도 했는데, 가장 가까이 있는 책을 골라 던지고 그 책을 잠깐 눈으로 좇은 다음 다른 책에 손을 뻗는 식이었다. 3분도 되지 않아 그들은 테이블의 좁은 공간을 텅 비웠고, 진홍색 공단으로 만든 전등갓은 책들로 불룩해져서 찢어질 것만 같았다.

"어리석은 경기예요, 농구는."

책 한 권이 손에서 떠날 때 그녀가 비웃듯이 외쳤다.

"고등학교 여자아이들은 끔찍한 바지를 입고 그걸 하잖아요."

"바보 같죠."

그가 맞장구쳤다. 그녀는 책 한 권을 던지려다가 갑자기 테이블 위에 그대로 돌려놓았다.

"이젠 함께 앉을 자리가 생긴 것 같네요."

그녀가 진지하게 말했다.

정말이었다. 그들은 두 사람이 앉기에 충분한 공간을 비운 것이다. 멀린은 어렴풋이 초조함을 느끼며 문라이트 퀼 씨의 유리 칸막이 쪽을 힐끗 보았지만 세 사람은 아직도 머리를 숙인 채 일에 열중하고 있었다. 서점에서 벌어진 일을 보지 못한 게 분명했다. 그래서 캐럴라인이 두 손으로 테이블을 짚고 몸을 들어 올리자 멀린도 침착하게 그녀를 따라 했고, 둘은 나란히 앉아 서로를 매우 진지하게 바라보았다.

"당신을 만나야 했어요."

그녀가 갈색 눈동자에 안타까움을 담고 입을 열었다.

"알아요."

"지난번 때문이에요."

그녀는 진정시키려 애썼음에도 약간 떨리는 목소리로 말을 이었다.

"겁이 나더라고요. 난 당신이 서랍장 위에서 식사하는 게 맘에 들지 않아요. 당신이…… 당신이 칼라 단추를 삼킬까 봐 얼마나 걱정이 되는지 몰라요."

"그런 적이 있긴 해요…… 거의 삼킬 뻔했죠."

그는 마지못해 고백했다.

"하지만 그렇게 쉬운 일은 아니지요. 그러니까 납작한 부분이나 다른 부분은 쉽게 삼킬 수 있죠. 따로따로 말이에요. 하지만 칼라 단추를 통째로 삼키려면 특수 제작한 목구멍이 필요할 겁니다."

그는 정중하면서도 적절한 말을 한 자신에게 놀랐다. 평생 처음으로, 단어들이 신중하게 정렬한 분대와 소대로 알아서들 모이고 꼼꼼한 부관들이 문단을 선물로 바치면서 써 달라는 함성과 함께 달려오는 것 같았다.

"그래서 두려웠어요."

그녀가 말했다.

"당신에게는 특수 제작한 목구멍이 필요하다는 걸 알았으니까요. 그리고 당신에게 그게 없다는 걸 알았어요. 적어도 확실히 느꼈어요."

그가 솔직하게 고개를 끄덕였다.

"없죠. 그런 걸 가지려면 돈이 많이 들어요. 불행하게도 내가가진 것보다 더 많은 돈이 필요하죠."

그는 이 말을 하면서 조금도 부끄럽지 않았다. 오히려 시인하면서 기쁨을 느꼈다. 그는 그가 할 수 있는 말과 행동 중 그녀가 이해 못할 내용은 없을 것임을 알고 있었다. 특히 그의 가난과 그 가난에서 벗어날 현실적인 가능성이 전혀 없다는 점마저 그녀는 잘 알 터였다.

캐럴라인이 손목시계를 내려다보고 작게 비명을 지르며 테이블에서 내려와 바닥에 섰다.

"다섯 시가 넘었어요."

그녀가 외쳤다.

"몰랐어요. 다섯 시 반에는 리츠칼튼에 있어야 하는데. 어서

이 일을 끝내요. 난 내기를 했거든요."

두 사람은 합심해서 일에 착수했다. 먼저 캐럴라인이 곤충을 다룬 책을 잡았다가 휙 날렸는데, 그 책은 결국 문라이트 퀼 씨가 들어앉은 유리 칸막이를 와장창 꿰뚫고 말았다. 사장은 성난 눈으로 고개를 휙 들더니 책상에서 유리 조각 몇 개를 쓸어 내고 다시 편지 읽기에 몰두했다. 매크래큰 양은 소리를 들었다는 티를 조금도 내지 않았다. 매스터스 양만이 화들짝 놀라 겁에 질린 비명을 작게 내지른 다음 다시 고개를 숙이고 일을 했다.

그러나 멀린과 캐럴라인에게는 그것이 중요하지 않았다. 그들은 기운을 폭발시키는 데 완벽히 열중해서 사방으로 책을 연달아 던졌다. 가끔 한 번에 서너 권이 공중에 떠올랐다가 책꽂이에 부딪히고, 벽에 걸린 그림의 유리 액자에 금을 만들고, 멍들고 찢긴 채로 바닥 곳곳에 쌓였다. 손님들이 들어오지 않아서 다행이었다. 혹시 들어왔다면 분명 다시는 찾아오지 않을 것이기 때문이다. 어마어마하게 시끄러웠다. 부딪히고 잡아 뜯고 찢는 소리에, 쨀랑거리는 유리 소리와 책을 던지는 두 사람의 가쁜 숨소리와 두 사람 모두 주기적으로 참지 못하고 터뜨리는 간헐적인 웃음소리가 뒤섞였다.

다섯 시 반에 캐럴라인은 마지막 책을 전등으로 던졌고 그렇게 전등이 감당하고 있는 무게에 마지막 자극을 주었다. 약해진 실크는 찢어져서 이미 어질러진 바닥에 흰색과 오색의 방대한 짐을 좌르르 쏟아 냈다. 그러자 그녀가 안도의 한숨을 내쉬며 멀린을 보고 손을 내밀었다.

"잘 있어요."

그녀가 짤막하게 말했다.

"가려고요?"

그렇다는 것을 그는 알고 있었다. 그 질문은 단지 그녀를 붙들어 그녀의 존재로부터 들이마신 눈부신 빛의 정수를 조금이라도 더 얻기 위해서, 그녀의 모습에서 느껴지는 크나큰 만족감을 연장하고 싶어서, 시간 끌기용으로 머리를 굴려 본 것이었다. 그녀의 모습은 키스와도 같았고 1910년에 알고 지낸 아가씨와 비슷하다고 생각했다. 그가 잠시 부드러운 그녀의 손을 꼭 잡았다. 곧 그녀는 웃음을 지으며 손을 빼고 그가 달려가 문을 열어 주기도 전에 직접 문을 열고는 47가를 맹렬히 뒤덮은 흐리고 불길한 땅거미 속으로 사라졌다.

미인이 세월의 지혜를 어떻게 생각하는지 알게 된 멀린은 문라이트 퀼 씨가 있는 작은 사무실로 들어가 그 자리에서 당장 일을 그만두었다고 그래서 훨씬 세련되고 고상하며 한층 모순적인 사람이 되어 거리로 나섰다고 독자에게 말해 주고 싶다. 그러나 진실은 훨씬 진부한 것이다. 멀린 그레인저는 자리에 서서 망가진 서점을 둘러보았다. 파손된 책들, 한때 아름다웠던 진홍빛 전등의 찢어진 실크 조각, 온 실내를 뒤덮은 무지갯빛 먼지 속에서 수정처럼 반짝이는 유리 파편 등이 보였다. 그는 빗자루를 세워 둔 구석으로 가서 청소를 하고 정리 정돈을 하면서 최선을 다해 서점을 이전 상태로 복구하기 시작했다. 일부 책들은 손상되지 않았지만 대부분은 저마다 다양한 정도로 고통을 받았음을 알게 되었다. 뒤표지가 벗겨진 책들, 페이지가 찢긴 책들이 있는가 하면 앞표지에 금만 살짝 간 책들도 있었다. 부주의하게 다루다 책을 환불하러 오는 사람들이 으레 그렇듯이 그 책은 제값으로 팔 수 없어 중고로 전락한다.

그럼에도 여섯 시 무렵 서점은 상당히 복구되었다. 그는 책을 원래 있던 자리에 돌려놓았고 바닥을 쓸었으며 천장의 소켓에 새 전구를 끼웠다. 붉은 갓은 돌이킬 수 없을 만큼 망가졌다. 그것을 교체하는 데 드는 비용을 봉급에서 내야 할지도 모른다고 생각하니 멀린은 조금 겁이 났다. 그래서 여섯 시, 최선을 다한 그는 정면 유리창 진열대로 천천히 다가가 블라인드를 잡아당겨 내렸다. 조심조심 뒷걸음질을 치던 그는 문라이트 퀼 씨가 책상에서 일어나 외투를 입고 모자를 쓰고 서점 안으로 들어오는 모습을 보았다. 그는 멀린에게 불가사의하게도 머리를 끄덕이고 문 쪽으로 향했다. 그가 손잡이에 손을 올리고 걸음을 멈추더니 고개를 돌려 이상하리만치 난폭함과 불안이 뒤섞인 목소리로 말했다.

"그 여자가 여기 다시 오면, 행동 똑바로 하라고 말해."

그는 그 말을 남기고 문을 열었다. 멀린이 고분고분하게 "네, 사장님." 하고 꺼낸 말은 삐걱거리는 문소리에 묻혀 사라져 버렸다.

멀린은 잠시 그 자리에 서 있다가 현재로서는 확률에 불과한 미래를 걱정하지 않는 것이 현명하다고 판단한 다음 가게 뒤로 들어가 매스터스 양에게 펄팻 프렌치 레스토랑에서 함께 저녁을 하자고 했다. 그곳에서는 위대한 연방 정부의 명령에도 불구하고 저녁에 레드 와인을 마실 수 있었다. 매스터스 양은 알았다고 했다.

"전 와인을 마시면 온몸이 따끔거려요."

그녀가 말했다.

멀린은 그녀를 캐럴라인과 비교하며 마음속으로 웃었다. 아니, 비교한 것은 아니었다. 비교할 수가 없었다.

2

문라이트 퀼 씨는 신비스럽고 이국적이며 동양적인 기질을 지닌 사람이었지만 그럼에도 결단력 있는 인물이었다. 그는 엉망이 된 가게 문제도 그런 결단력으로 대했다. 전체 재고의 원가와 동등한 금액을 지출하지 않으면(물론 이것은 그가 개인적인 이유로 택하고 싶지 않은 방법이었다.), 문라이트 퀼 서점을 예전처럼 계속 운영하기란 불가능할 터였다. 할 수 있는 일은 한가지뿐이었다. 그는 신속히 그의 서점을 최신 신간을 파는 서점에서 중고 책을 파는 서점으로 전환했다. 손상된 책들은 25퍼센트에서 50퍼센트까지 가격을 내렸고, 한때 구불구불한 자수를 도도하리만치 눈부시게 빛내던 문 위의 간판 역시 점점 칙칙해지고 표현할 수 없을 만큼 흐릿한 낡은 페인트 색깔을 띠도록 내버려 두었다. 구색 맞추기를 매우 좋아하는 사장은 심지어 빨간 싸구려 펠트로 만든 베레모를 두 개 사서 하나는 자신이 쓰고 하나는 직원인 멀린 그레인저에게 씌웠다. 그는 자신의 염소수염이 늙은 참새의 꼬리 깃털처럼 보일 때까지 계속 길렀고 예전에 입던 말쑥한 양복 대신 존경심을 불러일으키는 반질반질한 알파카 옷을 입었다.

캐럴라인이 대재앙처럼 서점에 다녀가고 1년도 되기 전에, 서점에서 시대에 걸맞은 외모를 조금이라도 유지한 사람은 매스터스 양뿐이었다. 매크래큰 양은 문라이트 퀼 씨의 예를 따라 견딜 수 없이 촌스러워졌다.

멀린 역시 충성심과 무기력함이 뒤섞인 감정으로 자신의 외모가 버려진 정원과 비슷해지도록 내버려 두었다. 그는 빨간 펠트 모자를 자신의 쇠퇴를 상징하는 것으로 받아들였다. '계집애'라는 별명으로 불리던 그는 뉴욕 고등학교 공작과를 졸업한 날부터 늘 옷과 머리와 치아, 심지어는 눈썹까지 집요하게 솔질을 했다. 그리고 세탁한 양말들을 무조건 발가락 부분끼리, 뒤꿈치 부분끼리 맞춰 서랍장에서도 일명 양말 칸이라는 특정 서랍에 정돈하는 일이 얼마나 중요한지 터득한 사람이었다.

그는 그런 면모 때문에 자신이 문라이트 퀼 서점의 가장 화려했던 시기에 자리할 수 있었다고 생각했다. 그리고 고등학교 때 숨 막히는 실용성과 함께 배웠던 '물건을 보관하기에 안성맞춤인 서랍장'을 만들면서, 그런 서랍장을 쓸 만한 사람들(아마 장의사들이 아닐는지)에게 파는 일을 하지 않아도 된 것이라고 생각했다. 그럼에도 진보적인 문라이트 퀼 서점이 퇴화된 문라이트 퀼 서점이 되었을 때 그는 함께 침몰하는 편을 택했다. 그래서 공기가 그의 양복을 듬성듬성 짓누르도록 내버려 두었고 양말을 셔츠 서랍이나 속옷 서랍에 닥치는 대로 던져 넣거나 심지어는 서랍에 아예 넣지 않게 되었다. 전과 달리 부주의해진 탓에 세탁한 옷을 한 번도 입지 않은 채로 다시 세탁소에 맡기는 일이 적지 않게 벌어졌는데 궁핍한 독신 남자들이 흔히 저지르는 기이한 행동이었다. 그것은 그가 즐겨 읽던 잡지의 표지에 적힌 말이었다. 당시 그 잡지는 성공한 작가들이 가난한 사람들의 지독한 몰염치를 비난하며 쓴 기사로 상당한 충격을 던졌다. 가난한 사람들이 착용감 좋은 셔츠와 좋은 부위의 고기를 사며, 이자 4퍼센트짜리 저축 은행에 투자하는 편보다 개인의 보석에 상당액 투자하는 편을 선호한다는 것이었다.

수많은 훌륭하고 경건한 사람들에게는 참으로 이상하고도 안타까운 형국이었다. 공화국 역사상 처음으로 조지아 이북에 사는 거의 모든 흑인들이 1달러짜리 지폐를 동전으로 바꿀 수 있게 되었다. 그러나 당시의 센트는 중국 동전의 구매력을 급속도로 따라잡고 있었고 가끔은 청량음료 하나를 산 후 받는 거스름돈에 불과했으며 정확한 몸무게를 재는 용도로만 쓰이기도 했으니, 이 현상이 처음 보았을 때만큼 이상한 것은 아니었을지도 모른다. 그러나 멀린 그레인저에게는 훨씬 기이한 사태가 벌어졌다. 바로 그가 취한 행동이었다. 위험하기 짝이 없고 거의 본의 아니게 취한 행동이었는데 바로 매스터스 양에게 청혼을 한 것이다. 훨씬 기이한 것은 그녀가 받아들였다는 사실이었다.

청혼 사건은 토요일 밤 펄펫 레스토랑에서 평범한 와인이 섞인 1달러 75센트짜리 물을 마시던 중 터졌다.

"전 와인을 마시면 온몸이 따끔거려요, 그렇지 않아요?"

매스터스 양이 명랑하게 재잘거렸다.

"그래요."

멀린은 멍하게 대답했다. 그리고 한참 의미심장한 침묵을 유지하다가 말했다.

"매스터스 양…… 올리브…… 하고 싶은 말이 있으니 잘 들어요."

무슨 일이 벌어질지 알고 있었던 매스터스 양은 몸이 더욱 따끔거렸고 급기야 몸에서 일어나는 긴장된 반응 때문에 금방이라도 감전될 지경에 이르렀다. 그러나 그녀는 내면의 동요를 조금도 드러내거나 내비치지 않고 "알았어요, 멀린." 하고 대답했다. 멀린은 입 속에서 느껴지는 길 잃은 공기를 꿀꺽 삼켰다.

"난 재산이 없어요."

그가 공식적인 발표를 하듯이 말했다.

"재산이 하나도 없어요."

둘의 눈이 마주쳐 얽히더니 서로를 탐내며 꿈꾸는 듯 아름답게 변했다.

"올리브."

그가 말했다.

"당신을 사랑해요."

"나도 당신을 사랑해요, 멀린."

그녀가 짧게 대답했다.

"와인 한 병 더 할까요?"

"그래요."

이렇게 외치는 그의 심장이 몹시도 빠르게 쿵쿵거렸다.

"그 말은……."

"우리의 약혼을 위해 건배해야죠."

그녀가 용감하게 끼어들었다.

"약혼이 어서 끝나기를!"

"아니죠!"

그가 주먹으로 테이블을 쾅 치며 외치다시피 말했다.

"영원히 지속되기를!"

"네?"

"내 말은…… 아, 당신이 무슨 뜻으로 한 말인지 알겠어요. 맞아요. 약혼 기간은 어서 끝나야죠."

그가 웃으며 덧붙였다.

"내 실수예요."

와인이 도착한 후 두 사람은 그 문제를 속속들이 의논했다.

"우선 작은 아파트를 구해야 해요."

그가 말했다.

"그리고 분명, 맞아요. 이런, 내가 사는 곳에 작은 아파트가 하나 있어요. 큰방 하나에다 옷방 겸 간이 부엌이 하나 있고 같은 층 욕실을 쓸 수 있어요."

그녀는 행복하게 손뼉을 쳤고, 그는 그녀가 정말이지 무척 아름답다고 생각했다. 그러니까 그녀의 얼굴 윗부분이 그랬다. 콧날 아래부터는 약간 어긋난 느낌이 들었다. 그녀가 신 나게 말을 이었다.

"그리고 형편이 풀리자마자 정말 근사한 아파트를 얻기로 해요. 엘리베이터와 전화 교환원이 딸린 곳으로 말이에요."

"그리고 그 후에는 전원주택을 구하는 거죠…… 자동차도."

"이보다 더 재미난 일은 상상할 수가 없어요. 안 그래요?"

멀린은 순간 침묵했다. 건물 4층 뒤편에 있는 자신의 방을 포기해야 한다는 생각을 하고 있었다. 그러나 이제는 중요한 문제가 아니었다. 지난 1년 반 동안, 정확히는 캐럴라인이 문라이트 퀼을 찾아왔던 바로 그날 이후로 그는 캐럴라인을 보지 못했다. 그 방문 이후로 일주일 동안 그녀의 전등은 줄곧 꺼져 있었다. 어둠이 건물 샛길을 내리덮었고 기대감에 찬 커튼 없는 그의 창문을 더듬거리는 것 같았다. 그러나 마침내 다시 불이 켜졌을 때는 캐럴라인과 그녀의 손님들 대신 재미없는 어느 가족이 나타났다. 꺼칠꺼칠한 콧수염을 기른 작은 남자와 가슴이 풍만하고 저녁마다 허리를 두드리며 골동품의 위치를 옮기는 여자였다. 그들이 나타나고 이틀이 지나자 멀린은 냉담하게 햇빛 가리개를 내려 버렸다.

그랬다. 멀린은 올리브와 함께 출세하는 것보다 더 재미난 일을 상상할 수 없었다. 교외에 작은 집을 얻게 될 터였다. 흰 회벽에 초록색 지붕을 얹은 그런 집보다는 수준이 조금 떨어지겠지만 파란 페인트를 칠한 집이 될 것이다. 집 둘레 잔디밭에는 녹슨 모종삽과 부서진 녹색 벤치, 왼쪽이 내려앉은 등나무 유모차가 있을 것이다. 그리고 잔디밭과 유모차와 집이 잔디밭을 둘러싸고 올리브의 두 팔이, 살이 좀 더 붙은 새로운 올리브 시대의 팔이 그의 모든 세상을 둘러쌀 것이다. 그 시대에 올리브가 걸어다닐 때면 얼굴 마사지를 너무 많이 받은 탓에 볼이 아주 약간이나마 위아래로 흔들릴 것이다. 그때 숟가락 두 개만큼 떨어진 곳에서 올리브의 목소리가 들렸다.

"당신이 오늘 밤에 말할 줄 알았어요, 멀린. 난 알 수⋯⋯."

그녀는 알 수 있었단다. 아, 문득 그는 그녀가 얼마나 많이 알수 있을지 궁금했다. 세 남자와 함께 들어와 옆 테이블에 앉은 여자가 캐럴라인이라는 사실도 알 수 있었을까? 아, 그녀는 알 수 있었을까? 남자들이 가져온 술이 펄펫의 빨간 잉크를 세 배 농축한 것보다 훨씬 독하다는 사실을 알 수 있었을까?

멀린이 숨을 죽이고 응시했다. 올리브는 기억에 남을 이 시간의 달콤함을 빨아 먹는 끈적진 꿀벌처럼 낮고 부드럽게 독백을 늘어놓았고 그는 먹먹해진 귓가로 그 독백을 건성건성 흘러보냈다. 그는 얼음이 쨍 부딪치는 소리와 그 네 사람이 어떤 농담에 왁자하게 터뜨린 웃음소리를 듣고 있었다. 그가 너무 잘 아는 캐럴라인의 웃음소리가 그를 뒤흔들고 들어 올렸다. 그 웃음소리는 그의 마음을 그녀가 앉은 테이블로 도도하게 불러들였다. 그리고 그의 마음은 순순히 따라갔다. 그는 그녀를 꽤 분명히 살펴볼 수 있었다. 지난 1년 반 동안 그녀가 아주 약간이지만 변했다는 생각을 했다. 조명 때문이었을까, 아니면 그녀의 뺨이 좀 홀쭉해지고 눈의 생기가 시들해진 탓이었을까? 나이보다는 술 때문에 그렇게 된 것일까? 그러나 그녀의 적갈색 머리카락은 여전히 보라색으로 그늘져 있었다. 키스가 떠오르는 입도 그대로였다. 이제는 진홍색 전등이 다스리지 않는 서점에 황혼이 깃들었을 때, 늘어선 책들을 바라보던 그의 눈앞에 이따금씩 나타나던 그 옆모습도 그대로였다.

그녀는 이미 술을 마시고 온 것 같았다. 뺨을 세 배나 짙게 물들인 홍조는 젊음과 와인과 훌륭한 화장품의 합작품이었다. 그는 알 수 있었다. 그녀는 왼쪽에 있는 젊은 남자와 오른쪽에 있는 뚱뚱한 남자에게 크나큰 즐거움을 선사했다. 맞은편에 앉은 늙은 남자도 마찬가지였다. 그가 이따금씩 깜짝 놀라면서도 온화하게 젊은 세대를 나무라며 낄낄대고 있었기 때문이다. 그녀가 뜨문뜨문 부르는 노랫말이 멀린의 귀에 들어왔다.

걱정 근심은 손가락으로 튕겨 버려요.
도착하기도 전에 미리 다리를 건너지 말아요.

뚱뚱한 남자가 그녀의 잔을 차가운 호박색으로 채웠다. 웨이터가 테이블로 몇 번 불려 와, 이 요리나 저 요리의 육즙에 대해 명랑하고 쓸데없는 설문 조사를 벌이는 캐럴라인을 무기력한 얼굴로 수없이 흘끔대더니 가까스로 주문 비슷한 것을 받아내 서둘러 사라졌다.

올리브가 멀린에게 말했다.

"그럼 언제요?"

올리브가 실망감으로 어렴풋이 그늘진 목소리로 물었다. 그는 좀 전에 그녀가 던진 어떤 질문에 자신이 안 된다고 대답했다는 사실을 깨달았다.

"아, 언제든."

"당신한테는…… 상관없나요?"

그 질문에 깃든 다소 애처로운 신랄함에 그의 눈이 그녀에게로 되돌아갔다.

"가능하면 빨리하지요."

그는 놀랄 만큼 부드럽게 대답했다.

"두 달 후, 유월에."

"그렇게나 빨리요?"

그녀는 기쁨으로 흥분해 숨이 멎는 듯했다.

"아, 그래요. 유월로 하는 게 좋겠어요. 기다릴 필요 없죠."

올리브는 두 달은 준비하기에 정말 너무 짧은 시간이라고 생각하는 척했다. 그는 얼마나 나쁜 남자인가! 그래도 그렇지, 이렇게 서두르다니! 그렇다면 그녀는 자신을 그렇게 빨리 차지할 수 없다는 사실을 그에게 알려 줄 생각이었다. 정말이지 너무 급작스러워서 그와 결혼해야 할지 마음을 확실히 정할 수가 없었다.

"유월."

그가 단호히 되풀이했다.

올리브는 한숨을 쉬고 웃음을 짓고 새끼손가락을 다른 손가락들보다 참으로 세련되게 높이 올리며 커피를 마셨다. 반지를 다섯 개 사서 그 손가락에 던지고 싶다는 뜬금없는 생각이 멀린의 머리를 스쳤다.

"맙소사!"

그가 큰 소리로 외쳤다. 머지않아 그녀의 손가락 하나에 반지를 끼워야 할 터였다.

그의 눈이 오른쪽으로 휙 움직였다. 일행인 네 사람이 너무 소란을 피워 수석 웨이터가 다가가 말을 걸었던 것이다. 캐럴라인은 그 수석 웨이터와 소리 높여 언쟁을 벌이고 있었는데, 목소리가 너무 또렷하고 생기발랄해서 레스토랑 전체가 귀를 기울이는 것만 같았다. 새로운 비밀에 푹 빠진 올리브 매스터스를 제외한 레스토랑 전체가.

"안녕하세요!"

캐럴라인이 말했다.

"포로가 된 수석 웨이터 중 가장 잘생긴 분이신 것 같군요. 너무 시끄럽다고요? 정말 안타깝네요. 뭔가 조치가 필요하겠어요, 제럴드."

그녀가 오른쪽 남자에게 말했다.

"수석 웨이터가 너무 시끄럽다고 하네요. 우리더러 그만하라고 항의하는데 뭐라고 대답할까요?"

"쉿!"

제럴드가 웃으며 타일렀다.

"쉿!"

그리고 멀린은 그가 나직하게 덧붙이는 소리를 들었다.

"부르주아들이 다들 들고 일어나겠어. 여긴 백화점 매장 감독들이 프랑스 어를 배우는 곳이야."

캐럴라인이 문득 정신을 차리며 허리를 똑바로 세웠다.

"매장 감독은 어디 있어요?"

그녀가 외쳤다.

"매장 감독을 보여 줘요."

일행은 그 말이 재미있었는지 함께 웃음을 터뜨렸다. 수석 웨이터는 진지하지만 포기했다는 태도로 마지막 경고를 하는 전형적인 프랑스 인답게 어깨를 으쓱하며 눈에 띄지 않는 곳으로 물러났다.

모두 알다시피 펄팻 레스토랑은 언제나 품위 있게 정찬을 제공하는 곳이다. 하지만 일반적인 의미에서 즐거운 곳은 아니다. 사람들은 여기에 와서 레드 와인을 마시고 야트막하고 연기가 자욱한 천장 아래에서 평소보다 좀 더 많이 좀 더 큰 소리로 대화를 나눌 것이며 그다음에는 집으로 돌아간다. 이곳은 아홉 시 반이면 어김없이 문을 닫는다. 경찰에게 돈을 주면서 부인에게 가져다 줄 와인 병까지 따로 챙기고, 외투 보관소 아가씨가 받은 팁을 수금원에게 넘겨주고 나면 어둠이 밀어닥쳐 작고 둥근 테이블들은 모습을 감추고 생기를 잃는다. 그러나 오늘 저녁 펄팻에는 흥미로운 일이 벌어질 예정이었다. 그것도 아주 다채롭게. 적갈색 머리에 보랏빛 그늘이 진 아가씨가 테이블 위로 올라가더니 그 위에서 춤을 추기 시작했다.

"사크레 농 드 디외!(*신의 이름을 포함한 욕을 좀 더 완곡하게 표현한 것으로, 해석하면 '하느님의 신성한 이름이여!'란 뜻이다.) 거기에서 내려와요!"

수석 웨이터가 외쳤다.

"그 음악 좀 멈춰요!"

그러나 악사들은 이미 무척 크게 연주하고 있었고 그래서 그 명령이 들리지 않는 척할 수 있었다. 한때 젊었던 그들은 그 어느 때보다도 크고 신 나게 연주했다. 캐럴라인은 우아하고 발랄하게 춤을 추었는데 얇은 분홍 드레스가 몸을 감싸며 소용돌이쳤고 민첩한 두 팔이 연기 자욱한 공기를 가르며 유연하게 하늘거렸다.

근처 테이블에 있던 프랑스 인들이 소리를 지르며 갈채를 보냈고 다른 일행들도 동참했다. 식당은 순식간에 박수와 함성으로 가득해졌다. 식사를 하던 사람들 중 절반이 일어나 몰려왔고, 그 언저리에서는 다급히 불려 온 사장이 최대한 빨리 사태를 수습하자고 잘 들리지 않는 목소리로 토로했다.

"……멀린!"

마침내 정신을 차리고 흥분한 올리브가 소리쳤다.

"정말 사악한 여자예요! 나가요…… 당장!"

마음을 빼앗긴 멀린은 아직 계산을 하지 않았다면서 힘없이 저항했다.

"괜찮아요. 테이블에 오 달러를 올려 둬요. 난 저 여자가 경멸스러워요. 도무지 보고 있을 수가 없어요."

올리브가 어느새 일어나서 멀린의 팔을 세게 잡아당겼다.

어쩔 수 없이, 무기력하게 그리고 순전히 마지못해서 멀린은 자리에서 일어나 묵묵히 올리브를 따라갔다. 올리브는 바야흐로 절정에 이르러 기억에 남을 만한 난동으로 번질 것만 같은 그 무아지경의 아우성을 뚫고 나갔다. 그는 순순히 외투를 들고 계단 대여섯 개를 비틀거리며 올라 축축한 4월의 공기 속으로 들어섰다. 하지만 귓가에는 아직도 테이블 위에서 움직이던 가벼운 발소리와 카페라는 작은 세상을 빈틈없이 가득 채우던 웃음소리가 쟁쟁했다. 두 사람은 말없이 버스를 타러 5번가 쪽으로 걸어갔다.

다음날이 되어서야 올리브는 그에게 결혼식 이야기를 꺼냈다. 날짜를 앞당겼다는 것이다. 5월 1일에 결혼식을 올리는 것이 훨씬 나을 것이라면서.

3

그리고 그들은 올리브가 어머니와 함께 살던 아파트의 샹들리에 아래에서 다소 케케묵은 방식으로 결혼식을 올렸다. 결혼식 이후에는 기분이 한껏 고조되었지만 곧 피로가 서서히 커져

갔다. 책임감이 멀린을 찾아왔다. 그들이 보기 좋게 살이 오르고 괜찮은 옷으로 그 증거를 가리려면 멀린이 주급 30달러를, 올리브가 20달러를 벌어야 한다는 책임감이었다.

둘은 몇 주 동안 레스토랑을 전전하며 처참하고도 굴욕에 가까운 실험을 한 후 조제 식품을 먹는 거대 집단에 합류하기로 했다. 그래서 그는 다시 예전 습관대로 저녁마다 브레그도트 조제 식품점에 들러 감자 샐러드와 햄 조각을 샀고 가끔은 충동적으로 사치를 부려 속을 채운 토마토를 샀다.

그 후에는 집을 향해 터덜터덜 걸어 컴컴한 현관으로 들어갔고, 무늬가 사라진 오래된 양탄자가 깔리고 무너질 듯 삐걱대는 계단을 세 층 올랐다. 복도에서는 아주 오래된 냄새가 났다. 1880년의 채소, '아담과 이브'라는 별명의 브라이언이 윌리엄 맥킨리를 상대로 대선에 출마했을 때 유행하던 가구 광택제, 먼지 때문에 1온스는 더 무거워진 칸막이 커튼, 닳아빠진 신발, 오래 전에 퀼트 조각이 되어 버린 드레스의 보푸라기에서 나는 냄새였다. 그 냄새는 그를 따라 계단을 올라왔고 층계참에 이를 때면 현대 요리 특유의 냄새와 어우러져 얼얼할 만큼 강렬해졌다가, 그가 다음 층을 오르기 시작하면 다시 죽은 세대의 죽은 일상에서 나는 냄새로 수그러들었다.

마침내 나타난 그의 집 문은 품위 없게도 저절로 스윽 열렸다가 "나 왔어, 여보! 오늘 저녁에 당신이 먹을 맛있는 것을 사 왔어."라는 말에 쿵쿵거리다시피 하며 닫히곤 했다.

'바람 좀 쐬기 위해' 늘 버스를 타고 집으로 돌아오는 올리브는 침대를 정돈하고 물건을 걸어 두는 중이었다. 그가 부르면 다가와 눈을 크게 뜨고 재빨리 키스를 했고, 그러는 동안 그는 그녀가 균형감 없는 물건이어서 손을 놓으면 바닥으로 뻣뻣하게 넘어가 버릴 것처럼 두 손으로 그녀의 팔을 사다리를 잡듯이 붙잡아 똑바로 세우곤 했다. 이것이 신혼 시절에 이어 결혼 2년차에 찾아오는 키스다(이런 일을 잘 아는 사람들의 말에 따르면, 신혼 시절의 키스는 기껏해야 연극적인 것으로 정열이 넘치는 영화를 흉내 내는 경향이 있다고 한다.).

그런 다음에는 저녁 식사를 했고 그 후에는 산책을 나가서 두 블록 떨어진 곳까지 갔다가 센트럴파크를 가로지르거나 가끔 영화를 보러 갔다. 그들과 같은 사람들에게 영화는 인생이 질서정연한 것이며 적법한 상사들에게 고분고분 순종하고 쾌락을 멀리한다면 머지않아 매우 웅대하고 근사하고 아름다운 일이 일어날 것이라고 가르쳐 주었다.

둘은 그렇게 3년을 보냈다. 그러다 삶에 변화가 생겼다. 올리브가 아기를 가졌고 그 결과 멀린에게 물적 자원이 새로 흘러 들어왔다. 올리브가 아이를 낳고 3주가 지났을 때 멀린은 한 시간 동안 초조하게 예행연습을 한 뒤 문라이트 퀼 씨의 사무실로 들어가 엄청난 봉급 인상을 요구했다.

"여기에서 일한 지 십 년째입니다."

그가 말했다.

"열아홉 살 때부터였죠. 저는 늘 서점이 번창하도록 최선을 다했습니다."

문라이트 퀼 씨는 생각해 보겠다고 했다. 다음날 아침 멀린으로서는 무척 기쁘게도, 문라이트 퀼 씨가 오래전부터 계획했던 일을 실행에 옮기겠다고 발표했다. 서점의 직접적인 업무에서 손을 떼고 정기적으로 들르기만 하되 멀린을 관리자로 삼아 주급 50달러와 판매 수익의 10분의 1을 주겠다는 것이었다. 노인이 말을 마쳤을 때 멀린의 뺨은 붉게 타올랐고 눈에서는 눈물이 그렁거렸다. 그는 사장의 손을 붙잡고 마구 흔들면서 몇 번이고 되풀이해서 말했다.

"정말 감사드립니다, 사장님. 정말 친절하신 분입니다. 정말, 정말 감사드립니다."

그렇게 서점에서 충실하게 10년을 보낸 후 마침내 그는 성공한 것이다. 돌이켜 생각하니 이 의기양양한 언덕을 향해 나아온 10년이 더 이상 구질구질하게 보이지 않았다. 근심과 잃어버린 열정과 꿈으로 암울해 보이지도 않았다. 건물 샛길을 비추던 달빛이 흐릿해지고 올리브의 얼굴에서 젊음이 사라져 간 그런 세월이 아니었다. 이곳은 그가 불굴의 의지로 단호히 장애물을 넘어 영광스럽게 정복한 고지였다. 그의 절망을 막아 준 낙관적인 자기기만은 이제 단호한 결단력이라는 황금 옷을 입고 있었다. 그는 문라이트 퀼을 떠나 비상하려고 대여섯 차례 조치를 취했지만 순전히 겁이 나서 제자리에 머물렀다. 정말 묘하게도 이제는 그런 시간들이 엄청난 인내심을 발휘해 그 자리를 지켜내려고 끝까지 싸우기로 '결단한' 것처럼 생각되었다.

어쨌든 이 순간만큼은 자신을 새롭고도 훌륭하게 바라보게 된 멀린을 못마땅해 하지 말자. 그는 도달한 것이다. 나이 서른에 중요한 위치에 오른 것이다. 그는 그날 저녁 무척 환한 얼굴로 서점을 나와서 주머니를 탈탈 털어 브래그도트 식품점에서 제공하는 최고의 진미를 사서는 멋진 소식과 거대한 종이봉지 네 개를 들고 비틀비틀 집으로 향했다. 올리브가 너무 아파서 음식을 먹을 수 없었고 그래서 그가 홀로 속을 채운 토마토 네 개를 어렵사리 먹어 치운 바람에 약간이지만 분명히 병이 났으며, 음식 대부분은 다음날 얼음 없는 냉장고에서 급속히 상해 버렸지만 그래도 이 경사를 망치지는 못했다. 결혼식을 올린 주간 이후 처음으로 멀린은 구름 없는 평화로운 하늘 아래에서 살았다.

어린 아들은 아서라는 이름으로 세례를 받았다. 삶에 품격과 의미가 찾아왔으며 마침내 중심이 잡혔다. 멀린과 올리브는 자신들만의 우주 속에서 이류로 사는 삶을 받아들였다. 그러나 그들은 개성을 잃은 대신 근본적인 자긍심을 되찾았다. 전원주택은 얻지 못했지만 여름마다 애스버리 파크의 민박집에서 한 달을 보내는 것으로 부족함을 채웠다. 그리고 멀린이 2주간 휴가를 받아 오면 이 여행은 정말 즐거운 소풍처럼 느껴졌다. 바다 위에 펼쳐진 것이나 다름없는 넓은 방에서 아이가 잠을 자는 동안 멀린이 올리브와 함께 혼잡한 해변 판자 보도를 걸으며 시가를 뻐끔거리고 1년에 2만 달러를 버는 사람처럼 굴 때면 더더욱 그랬다.

하루하루가 더 느리게 지나가는데 1년이 지나가는 속도는 더욱 빨라진다는 사실에 놀라면서, 멀린은 서른한 살, 서른두 살이 되었다. 그러다가 제아무리 사금을 일어도 젊음이라는 보석을 겨우 한 줌밖에 모을 수 없는 그런 나이에 돌진하다시피 이르고 말았다. 서른다섯이 된 것이다. 그리고 어느 날 그는 5번가에서 캐럴라인을 보았다.

일요일, 꽃이 활짝 핀 빛나는 부활절 아침이었다. 거리에는 백합과 모닝코트와 행복한 4월과 같은 빛깔의 보닛 모자 행렬이 이어졌다. 열두 시였다. 큰 교회들이 사람들을 내보내고 있었다. 세인트시몬 교회, 세인트힐다 교회, 사도행전 교회가 문을 커다란 입처럼 벌렸고 앞으로 쏟아져 나오는 사람들은 정말이지 행복한 웃음을 닮은 모습이었다. 그들은 서로 만나서 거닐며 잡담을 나누거나 대기 중인 운전사에게 하얀 꽃다발을 흔들었다.

사도행전 교회 앞에는 교회 위원 열두 명이 서서 유서 깊은 관습에 따라 교회에 다니는 사교계 새내기들에게 가루분을 바른 부활절 달걀을 나눠 주었다. 그들 주위에서는 놀랄 만큼 치장을 한 부잣집 아이들 2천 명이 기쁘게 춤을 추었다. 사랑스럽고 머리칼이 곱슬곱슬한 그 아이들은 제 어머니의 손가락에서 빛나는 작은 보석들처럼 반짝거렸다. 감상에 빠져서 가난한 집 아이들을 대변하고 있다고? 아니, 다만 부잣집 아이들은 깨끗하게 세탁한 옷을 입었고 달콤한 냄새를 풍겼고 혈색이 좋았으며 무엇보다 목소리가 부드럽고 사근사근했다는 말이다.

어린 아서는 다섯 살로 중산층 아이였다. 평범하고 눈에 띄지 않았으며 그리스 인의 열망을 실현할 용모가 될지도 모른다는 생각을 영원히 꺾어 버린 코를 지닌 아이였다. 아이는 어머니의 따뜻하고 끈적거리는 손을 꼭 잡고는 다른 쪽에 있는 멀린과 함께 귀가하는 군중을 헤치고 나갔다. 교회가 두 곳인 53가는 가장 붐볐고 정체가 가장 심했다. 어쩔 수 없이 그들은 어린 아서가 보조를 맞추는 데 조금도 어렵지 않을 정도로 걸음을 늦출 수밖에 없었다. 바로 그때 멀린은 덮개가 열린 붉디붉은 진홍색 랜도형 자동차가 멋진 니켈로 장식하고 보도 쪽으로 미끄러지듯 천천히 다가오더니 멈추어 서는 모습을 보았다. 그 안에는 캐럴라인이 앉아 있었다.

그녀는 검은 드레스를 입고 있었는데 가두리를 연보라색으로 장식한 꼭 달라붙는 드레스였다. 허리에는 꽃이 핀 듯 난초 코사지가 달려 있었다. 멀린은 흠칫 놀랐다가 두려워하면서 그녀를 바라보았다. 결혼하고 8년 만에 처음으로 이 아가씨와 다시 마주친 것이다. 그러나 이제는 아가씨가 아니었다. 몸은 전처럼 늘씬했다. 아니, 예전 같지 않은 것도 같았다. 소년처럼 활달한 발걸음, 사춘기의 무례함 같은 것이 사라졌기 때문이었다. 그러나 그녀는 아름다웠다. 이제는 기품이 엿보였고 운 좋은 스물아홉 살답게 몸이 매력적으로 굴곡져 있었다. 완벽하게 자연스럽고 침착한 모습으로 차에 앉은 그녀를, 그는 숨을 죽이고 지켜볼 수밖에 없었다.

갑자기 그녀가 웃음을 지었다. 부활절과 부활절 꽃들처럼 역사가 길고 환한 웃음이었는데 그 어느 때보다 감미로웠다. 그러나 어쩐지 9년 전 서점에서 처음 보여 주었던 그 웃음의 광채와 무한한 가능성이 사라진 느낌이 들었다. 좀 더 차갑고 환상에서 깨어난 듯 서글픈 웃음이었다.

그러나 여전히 부드러운 웃음이었고 모닝코트 차림의 두 청년이 달려가 땀에 젖은 무지갯빛 머리카락에서 실크해트를 들어 올리게 만드는 힘이 있었다. 그들은 랜도형 자동차 언저리로 다가와 어쩔 줄을 모르며 고개 숙여 인사를 했고, 그녀의 연보라색 장갑은 그들의 회색 장갑을 살짝 만졌다. 이내 두 청년 옆으로 다른 청년 둘이, 그다음에는 두 사람이 더 다가오면서 랜도형 자동차는 순식간에 엄청나게 불어난 사람들로 둘러싸였다. 옆에 있던 젊은이들이 아마도 얼굴이 잘생겼을 동행인에게 건네는 말소리가 멀린의 귀에 간간이 들려왔다.

"잠깐 실례해도 된다면 꼭 이야기를 나눠야 할 분이 있어서요. 먼저 가세요. 따라가겠습니다."

3분도 되지 않아 랜도형 자동차의 앞과 뒤와 옆은 발 디딜 틈 없이 남자들로 빽빽해졌다. 남자들은 물결치는 대화를 뚫고 캐럴라인에게 다가갈 재치 있는 문장을 만들려고 애를 썼다. 때마침 어린 아서의 옷 한쪽이 금방이라도 뜯어질 듯해서 올리브는 임시 수선이라도 하려고 어느 건물 쪽으로 서둘러 아이를 데려갔다. 멀린에게는 다행스러웠다. 그래서 그는 거리에서 열린 사교 모임을 방해받지 않고 지켜볼 수 있었다.

군중은 더 늘어났다. 첫 번째 줄 뒤에 줄이 하나 더 생겼고 그 뒤로 두 줄이 더 늘어났다. 한가운데에서는 캐럴라인이 검은 꽃다발 속에서 고개를 든 난초처럼, 인파에 묻힌 자동차 속 왕좌에 앉아 고개를 끄덕이고 소리쳐 인사를 건네고 진심으로 행복하게 웃음 지었다. 그러면 새로운 신사들이 아내와 동행인을 버려 두고 줄줄이 그녀를 향해 다가가는 것이었다.

이제 겹겹이 밀집한 군중은 단순히 호기심이 발동한 사람들 때문에 더욱 불어났다. 캐럴라인을 알 리 없는 남자들이 나이를 불문하고 밀치락달치락 다가가다가 지름이 끝없이 늘어나는 원 속으로 사라졌고, 결국 연보라색 여인을 중심으로 광대한 즉석 공연장이 형성되었다.

갖가지 얼굴이 그녀를 둘러쌌다. 말끔하게 면도한 얼굴, 구레나룻을 기른 얼굴, 늙은 얼굴, 젊은 얼굴, 나이를 가늠할 수 없는 얼굴에다 이제는 여기저기에서 여자들의 얼굴까지 보였다. 무리는 건너편 인도까지 급속도로 퍼져 갔고, 길모퉁이의 세인트앤서니 교회에서 관람객들을 내보내자 결국 보도가 넘쳐나 길 건너 어느 백만장자의 철제 말뚝 울타리까지 인파가 깔렸다. 5번가를 따라 달리던 자동차들은 어쩔 수 없이 멈추었고 한순간에 군중은 세 겹, 다섯 겹, 여섯 겹으로 늘어섰다. 차량 중에서도 거북이처럼 등이 무거운 이층 버스들이 이 혼잡한 상황에 뛰어들었다. 승객들이 몹시 흥분해서 버스 지붕 가장자리로 몰려들었고 군중의 끄트머리에서는 거의 보이지도 않는 한가운데를 내려다보았다.

군중은 어마어마하게 바글대고 있었다. 예일대학과 프린스턴 대학의 풋볼 경기를 보러 간 상류층 관중도, 월드시리즈에 몰려든 땀투성이 군중도, 검은색과 연보라색 옷차림의 여인 주변에서 말을 걸고 바라보고 웃고 경적을 울려 대는 집단과는 비교가 되지 않았다. 놀라운 광경이었다. 무시무시한 광경이었다. 그 블록에서 800미터쯤 떨어진 곳에서는 반쯤 정신이 나간 경찰이 관할서에 연락을 했다. 같은 길 모퉁이에서는 겁에 질린 시민이 화재경보기의 유리를 깨부수고 도시의 모든 소방차를 맹렬하게 불러들였다. 어느 고층 건물의 높은 층에서는 이성을 잃은 늙은 하녀가 금주 단속 담당 부서와 볼셰비즘 관리부와 벨뷰 병원의 산부인과 병동에 차례로 전화를 걸었다.

소란은 커져 갔다. 첫 소방차가 일요일의 공기를 연기로 채우면서 쨍쨍거리고 소리가 메아리치는 높은 벽을 따라 금속성 메시지를 큰 소리로 퍼뜨렸다. 끔찍한 재난이 도시에 닥쳤다는 생각에 흥분한 성당 부사제 두 명이 즉시 특별 예배를 지시하며 세인트힐다 교회와 세인트앤서니 교회의 거대한 종을 울리게 했다. 이에 질세라 세인트시몬 교회와 사도행전 교회의 종들도 합류했다. 심지어 멀리 떨어진 허드슨 강과 이스트 강에서도 이 소동의 소리가 들려, 페리선과 예인선과 원양 여객선들이 사이렌과 경적을 울렸다. 그 소리는 우울한 운율이 되어 날아갔다. 가끔은 변해 음을 이랬다저랬다 바꾸면서 리버사이드 드라이브에서부터 이스트사이드 아래쪽의 잿빛 부둣가에 이르기까지 도시 전체를 대각선으로 휩쓸었다.

검은색과 연보라색 옷을 입은 여인은 랜도형 자동차 중앙에 앉아 이 사람 저 사람과 즐겁게 잡담을 나누었다. 그들은 처음 군중이 몰려들었을 때 대화가 가능한 거리까지 뚫고 온 운 좋은 모닝코트 차림의 남자들이었다. 잠시 후에 그녀는 짜증이 늘어가는 표정으로 주위와 옆을 힐끔 둘러보았다.

그녀가 하품을 한 다음 가장 가까이 있는 남자에게 어디든 달려가서 물 한 잔을 가져다줄 수 있느냐고 물었다. 남자는 약간 당황하며 양해를 구했다. 손이든 발이든 움직일 수 없었던 것이다. 자신의 귀조차 긁을 수 없었다.

강에서 터진 첫 사이렌 소리가 허공을 가르며 울부짖었을 때 올리브는 어린 아서의 롬퍼스(*위아래가 붙은 편한 유아복.)에 마지막 안전핀을 잠그고 고개를 들었다. 멀린은 그녀가 화들짝 놀라더니 굳어 가는 회반죽처럼 서서히 경직되다가 놀라움과 불만이 깃든 숨을 작게 내뱉는 모습을 보았다.

"저 여자!"

올리브가 갑자기 외쳤다.

"아!"

그녀는 비난과 고통이 뒤섞인 눈빛으로 멀린을 획 쳐다보더니 말 한 마디 없이 한 손으로는 어린 아서를 안아 올리고 다른 손으로는 남편을 꼭 붙잡은 다음 놀랍게도 군중 속으로 뛰어들어 이리저리 부딪히며 천천히 전진했다. 앞에 있던 사람들은 그럭저럭 길을 비켜 주었고, 그녀는 그럭저럭 아들과 남편을 잡은 손을 놓치지 않을 수 있었다. 그녀는 지치고 흐트러진 모습으로 두 블록 떨어진 공터에 그럭저럭 들어섰으며 속도를 늦추지 않고 골목길로 돌진했다. 그러다가 마침내 그 아우성이 먼 곳에서 들려오는 희미한 소음처럼 잦아들자 그녀는 걸음을 늦추고 어린 아서를 내려놓았다.

"게다가 일요일인데! 자기 얼굴에 그 정도 먹칠을 하고도 성에 안 차나 보지?"

그녀가 한 말은 이것뿐이었는데 그마저도 아서를 향해서였다. 그리고 그날 나머지 시간 동안 그녀는 줄곧 아서에게만 말을 거는 것 같았다. 그렇게 피난하는 동안 내내 뭔가 기묘하고 난해한 이유가 있는지 그녀는 남편을 한 번도 쳐다보지 않았다.

4

서른다섯과 예순다섯 사이의 세월은 수동적인 사람들 앞에서는 설명할 수 없고 혼란스러운 회전목마처럼 돌아간다. 정말이지 그 세월은 불편한 걸음걸이로 숨을 헐떡이는 말들이 돌아가는 회전목마다. 처음에는 파스텔 색으로 칠했다가 칙칙한 회색과 갈색으로 덧칠했으나 당황스럽고 참을 수 없을 만큼 어지러울 뿐이다. 어린 시절이나 청소년 시절에 타던 회전목마도 아니요, 진행 경로가 확실하고 역동적인 젊은 시절의 롤러코스터도 아니다. 대부분의 남자와 여자에게 이 30년 세월은 삶에서 점차 물러나는 시간으로 점철된다. 처음에는 방공호가 많은 전선, 그러니까 젊은 시절의 즐거움과 호기심이 많은 전선에서 방공호가 적은 전선으로 물러나게 된다. 우리의 야망은 하나씩 떨어져 나가 하나의 야망만이 남고, 많던 오락거리도 하나만 남으며, 친구들도 무감각하게 대하는 몇 사람만 남는다. 그리고 결국에는 그렇게 견고하지도 않은 외롭고 황량한 요충지에 머물게 된다. 가끔은 포탄이 지겹도록 휙휙 날아다니고 가끔은 포탄 소리가 어렴풋하게만 들리는 그곳에서, 우리는 두려움과 지루함을 번갈아 느끼며 주저앉아 죽음을 기다린다.

이제 마흔 살이 된 멀린은 서른다섯 살 때와 다르지 않았다. 배가 좀 더 불룩해졌고 귓가에서는 잿빛 머리카락이 반짝거렸으며 걸음걸이는 좀 더 눈에 띄게 활력을 잃었다. 마흔다섯 살에도 왼쪽 귀가 약간 어두워진 것을 제외하면 마흔 살 때와 비슷했다. 그러나 쉰다섯 살에 이 과정은 무척 빠르게 일어나는 화학적 변화였다. 그는 해가 지날수록 가족에게 점점 '노인'으로 인식되었다. 아내는 그가 노망난 늙은이나 다름없다고 생각했다. 그 무렵 그는 서점의 온전한 주인이었다. 미망인도 남기지 않고 5년 전에 죽은 수수께끼 같은 문라이트 퀼 씨가 모든 재고와 가게를 멀린에게 양도했고 그래서 그는 여전히 그곳에서 하루하루를 보냈다. 그는 이제 인류가 3천 년 동안 기록한 거의 모든 사람의 이름에 통달한 인간 카탈로그가 되었다. 제본이나 장정, 2판과 초판본에 관해서 권위자였으며 자신이 결코 이해할 수도 없고 분명 작품을 읽어 본 적도 없는 수많은 작가들의 이름을 줄줄이 꿰고 있었다.

예순다섯 살의 그는 눈에 띌 만큼 노쇠해졌다. 일반적인 빅토리아 시대 희극에 등장하는 '노인 2'의 모습을 통해 그토록 자주 표현되었던 노년의 우울한 버릇을 갖고 있었다. 그는 잘못 놓아 둔 안경을 찾느라 거대한 창고와도 같은 시간을 소비했다. 그는 아내에게 잔소리를 늘어놓았고 반대로 잔소리를 듣기도 했다. 가족들이 모인 식탁에서 1년에 서너 차례는 똑같은 농담을 했고, 아들에게 처세와 관련해 기묘하고 터무니없는 방향을 제시했다. 정신적으로나 육체적으로나 그는 스물다섯 살의 멀린 그레인저와는 아예 딴판이 되어 그 이름을 그대로 유지하고 있다는 사실이 부적절하게 보일 정도였다.

그는 아직도 서점에서 일했는데 당연한 일이지만 조수로 쓰는 젊은이가 참으로 게으르기 짝이 없다고 생각했다. 새로 들어온 젊은 여직원 개프니 양도 있었다. 그와 마찬가지로 늙고 존경할 구석이라고는 없는 매크래큰 양이 여전히 회계를 맡았다. 젊은 아서는 당시 모든 젊은이들이 하는 일처럼 보였던 채권 판매에 동참하러 월 스트리트로 가 버렸다. 물론 당연한 일이었다. 늙은 멀린은 책을 통해 마법을 얻기 마련이며 젊은 아서 왕이 있어야 할 곳은 회계 사무소였다.

어느 날 오후 네 시, 그는 새로 생긴 습관대로 밑창이 부드러운 실내화를 신고 소리 없이 가게 앞쪽으로 다가갔다. 공정하게 말해서 그는 이런 식으로 젊은 직원을 염탐하는 버릇을 약간 부끄럽게 여기긴 했다. 그는 무심히 앞 창문을 통해 밖을 내다보면서 거리를 살피려고 흐릿한 눈에 힘을 주었다. 크고 거창하고 인상적인 리무진 한 대가 길턱 앞에 서 있었다. 운전사가 내려 차에 탄 사람들과 잠시 말을 주고받더니 몸을 돌려 당황한 모습으로 문라이트 퀼 서점의 입구를 향해 다가왔다. 그가 문을 열고 쭈뼛쭈뼛 들어와서는 베레모를 쓴 노인에게 머뭇거리는 시선을 던지며 굵고 탁한 목소리로 말을 걸었다. 안개를 헤치고 나오는 말처럼 들렸다.

"저…… 저기 주판 책 팝니까?"

멀린이 고개를 끄덕였다.

"산수 책은 서점 뒤에 있소."

운전사는 모자를 벗고 짧은 곱슬머리를 긁적였다.

"아, 아닙니다. 츄리 소설이라는데요."

그가 엄지손가락을 리무진 쪽으로 홱 젖혔다.

"저 여사님이 신문에서 봤대요. 주판본이라던가."

멀린의 관심이 부쩍 커졌다. 쏠쏠한 수입을 올릴 기회일지도 몰랐다.

"아, 판본 말이로군. 맞소, 초판본이 좀 있다고 광고를 했지…… 하지만 추리 소설이라…… 글쎄, 잘 모르겠는데. 제목이 뭐요?"

"잊어버렸습니다. 무슨 무슨 범죄였는데."

"범죄라. 일단…… 흠, 『보르지아 가문의 범죄』가 있소. 완벽한 모로코 가죽 장정에 1769년 런던 출판, 아름답게……."

"아닙니다."

운전사가 끼어들었다.

"범죄를 저지른 남자 이름인데요. 신문에 여기에서 판다고 나왔다던데요."

그는 예로 든 몇 개의 제목을 전문가 같은 태도로 거부했다.

"실버 본스."

잠깐 입을 다물었던 운전사가 갑자기 말했다.

"뭐요?"

멀린은 자신의 힘줄이 뻣뻣해졌다고 하는 말인가 싶어서 물었다.(*운전사가 말한 '실버 본스'는 영어로 '은색 뼈들'이라는 뜻.)

"실버 본스. 범죄를 저지른 남자 이름이에요."

"실버 본스?"

"실버 본스. 인디언인 것 같은데요."

멀린은 자신의 희끗희끗한 뺨을 쓰다듬었다.

"어휴, 사장님."

잠재 고객이 말했다.

"제가 호된 꾸중을 듣지 않게 해 주시려면 얼른 생각 좀 해 봐요. 일이 잘 풀리지 않으면 여사님이 무섭게 화내신단 말이에요."

그러나 멀린이 실버 본스라는 제목을 골똘히 생각해 보고 친절하게 서가를 다 뒤져 보아도 소득이 없었다. 5분 후 몹시 풀이 죽은 마부는 여주인에게 되돌아갔다. 멀린은 유리창을 통해 리무진 내부에서 무서운 소동이 벌어졌음을 암시하는 광경을 볼 수 있었다. 운전사는 온몸으로 미친 듯이 결백을 주장했지만 분명 아무 소용이 없었다. 몸을 돌려 운전석으로 돌아가는 그의 얼굴을 보니 상당히 낙담한 표정이었다.

잠시 후 리무진 문이 열리더니 창백하고 호리호리한 스무 살가량의 청년이 내렸는데 유행과는 거리가 먼 옷차림이었고 가느다란 지팡이를 들고 있었다. 그는 서점으로 들어와 멀린을 지나쳐 계속 걸어가더니 담배 하나를 꺼내 불을 붙였다. 멀린이 그에게 다가갔다.

"뭘 도와 드릴까요?"

"노인 양반."

청년이 차갑게 말했다.

"몇 가지 있소. 일단 리무진에 탄 저 할멈이 보지 못하도록 여기에서 담배를 좀 피우게 해 주시오. 그 할멈은 우연히도 내 할머니. 내가 성인이 되기 전에 담배를 피우는 걸 할머니에게 들키느냐 마느냐는 오천 달러가 걸린 문제란 말이오. 둘째로는 당신이 지난 일요일 〈타임스〉에 광고한 『실베스터 보나드의 범죄』 초판본을 찾아오시오. 저기 계신 우리 할머니께서 그걸 당신 손에서 가져가겠다고 하시니까."

추리 소설! 범죄를 저지른 사람! 실버 본스! 모든 것이 맞아떨어졌다. 살면서 뭐든 즐기는 습관을 가질 여유가 있었더라면 이 일도 즐길 수 있었으리라고 말하는 것처럼, 멀린의 얼굴에 변명하는 듯한 웃음이 스쳤다. 그는 보물들을 보관해 둔 가게 뒤편으로 비틀비틀 걸어가서 대규모 수집품 판매장에서 꽤 싼값에 구해 온 따끈따끈한 물건을 꺼냈다.

그가 책을 가지고 돌아왔을 때 젊은이는 담배를 빨았다가 어마어마한 연기를 내뿜으며 굉장히 만족스러워했다.

"나 참!"

젊은이가 말했다.

"할머니가 하루 종일 옆에 데리고 다니면서 바보 같은 심부름을 시켜 대는 통에 이게 여섯 시간 만에 처음 피우는 담배요. 나약한 시대의 기운 빠진 노파가 한 남자의 개인적인 악습을 좌우할 수 있다니, 대체 세상이 어떻게 되어 가고 있는지 말씀 좀 해 주시렵니까? 난 어쩔 수 없어서 좌우당하고 있는 거죠. 책 좀 봅시다."

멀린이 친절하게 책을 건넸고 젊은이는 책을 아무렇게나 펼치며 서점 주인의 심장을 순간 철렁하게 하더니 엄지로 책장을 훌훌 넘겼다.

"삽화도 없네?"

그가 말했다.

"자, 노인 양반. 값이 얼마요? 어서 말해요! 나로서는 이유를 모르겠지만 값을 제대로 쳐 드리라고 하셨소."

"백 달러요."

멀린이 눈살을 찌푸리며 말했다. 젊은이가 깜짝 놀라 휘파람을 불었다.

"휴! 이봐요. 당신 상대는 시골뜨기가 아니란 말이오. 난 도시에서 자란 남자고 우리 할머니도 도시에서 자란 여자요. 솔직히 할머니가 저 정도 유지하려면 특별히 세금 횡령이라도 해야 하겠지만 말이오. 이십오 달러로 합시다. 그 정도면 후하게 쳐

준 거요. 우리 집 다락방에도 책이 있는데 내가 예전에 장난감처럼 갖고 놀던 것들이지. 그건 이 책을 쓴 늙은이가 태어나기도 전에 쓰인 책들이란 말이오."

멀린의 표정이 굳어졌고 완고하고도 빈틈없는 불쾌함이 드러났다.

"할머님께서 이 책을 사라고 이십오 달러를 주셨단 말이오?"

"아니오. 오십 달러를 주셨지만 거스름돈을 받아 오란 말씀이겠지. 난 그 할멈을 알아요."

"할머님께 말씀드리시오."

멀린이 위엄 있게 말했다.

"아주 값싸게 나온 물건을 놓치셨다고."

"사십 달러 드리죠."

젊은이가 다그쳤다.

"이 정도로 하자고요…… 이성적으로. 우리한테 돈 좀 뜯어낼……."

멀린이 소중한 책을 옆구리에 끼고 사무실의 특별한 서랍에 되돌려 놓기 위해 휙 돌아서는데 갑자기 그를 가로막는 것이 나타났다. 서점 앞문이 전례 없이 웅장하게, 그러니까 활짝 열렸다기보다는 폭발하듯이 열리더니 어두운 실내로 검은 실크와 모피로 몸을 감싼 위풍당당한 유령이 들어왔다. 그 존재는 멀린에게 빠르게 돌진했다. 도시 청년의 손가락에서 담배가 펄쩍 튀어올랐고 그는 무심코 "빌어먹을!" 하고 내뱉었다. 그러나 이 등장으로 가장 두드러지면서도 가장 말이 안 되는 영향을 받은 사람은 다름 아닌 멀린이었다. 그 파급 효과가 얼마나 대단했던지,

서점 최고의 보물이 그의 손에서 미끄러져 바닥에 떨어진 담배 옆에 내려앉았다. 그의 앞에 캐럴라인이 서 있었던 것이다.

그녀는 나이 든 여자였지만 젊은 시절의 모습을 눈에 띄게 유지한 채 나이가 들었다. 그리고 보기 드물게 당당하고 보기 드물게 허리가 꼿꼿하게 나이 들었다. 그녀의 머리카락은 부드럽고 아름다운 백색이었는데 정성 들여 매만져 보석으로 장식했다. 귀부인 분위기로 연하게 화장한 그녀의 얼굴에서는 눈가의 잔주름과 코에서 입꼬리까지 기둥처럼 이어진 좀 더 깊은 주름 두 개가 보였다. 눈동자는 흐릿했고 심술궂었으며 불만스러워 보였다.

하지만 틀림없는 캐럴라인이었다. 쇠잔해졌지만 캐럴라인의 모습이었다. 불안정하고 뻣뻣하게 움직이긴 했지만 캐럴라인의 몸이었다. 매우 유쾌한 오만과 부러운 자신감이 뚜렷이 어우러진 캐럴라인의 태도였다. 그리고 무엇보다 갈라지고 떨리기는 했지만, 운전사에게 차라리 세탁물 배달 수레를 몰고 싶다는 생각을 유발하게 만들고 도시에서 자란 손자의 손가락에서 담배를 떨어뜨릴 수 있으며 실제로도 그렇게 해낸 울림을 간직한, 캐럴라인의 목소리였다.

그녀가 자리에 서서 코를 킁킁거렸다. 그녀의 시선이 바닥에 떨어진 담배에 꽂혔다.

"저건 뭐지?"

그녀가 외쳤다. 질문이 아니었다. 그 말에는 의심, 비난, 확인, 결론이 모두 담겨 있었다. 캐럴라인은 거의 한순간도 지체하지 않고 다가왔다.

"똑바로 서!"

그녀가 손자에게 말했다.

"똑바로 서서 네 폐에 있는 그 니코틴을 불어 내라!"

젊은이는 두려운 얼굴로 그녀를 바라보았다.

"불어!"

그녀가 명령했다. 그는 입을 살짝 오므리고 숨을 내쉬었다.

"불어!"

그녀가 한층 단호하게 되풀이했다. 그는 어쩔 수 없이, 어이 없게도 다시 입김을 불었다.

"네가 지금 오 분 만에 오천 달러를 잃었다는 사실을 알겠느냐?"

그녀가 기운차게 말을 이었다.

순간 멀린은 젊은이가 무릎을 꿇고 애원할 거라고 생각했다. 하지만 그것이 인간 본성의 고결함임에도 불구하고 그는 그대로 서 있었다. 심지어 청년은 다시 허공으로 입김을 불었는데 한편 으로는 초초함 때문이었고 한편으로는 분명 비위를 맞추려는 어 렴풋한 희망 때문이었다.

"애송이 녀석!"

캐럴라인이 소리쳤다.

"한 번, 단 한 번만 더 그러면 너는 대학을 그만두고 일을 해 야 할 거다."

이 협박은 청년에게 압도적인 영향을 미쳤다. 원래 창백한 그 의 안색이 훨씬 더 창백해졌다. 그러나 캐럴라인은 거기에서 멈 추지 않았다.

"너와 네 형제들이…… 그래. 그리고 네 어리석은 아비가 날 어떻게 생각하는지 모를 줄 알았느냐? 아니, 잘 알고 있다. 넌 내가 노망이 났다고 생각하지. 내 정신이 나갔다고 생각하지. 천만에!"

그녀는 자신이 근육과 힘줄 덩어리임을 증명하려는 듯 주먹으로 자기 몸을 세게 쳤다.

"그리고 네가 어느 화창한 날에 응접실에서 내 입관 준비를 하게 되더라도, 너와 다른 사람들이 가지고 태어난 머리보다 그 순간의 내 머리가 훨씬 뛰어날 거다."

"하지만 할머니……."

"입 다물어. 막대기 같이 말라빠진 녀석. 내 돈이 아니었으면 브롱크스에서 변변찮은 이발사 노릇이나 했을 거면서. 손 좀 보자. 윽! 이발사의 손이로군…… 네놈이 나를 상대로 주제넘게 머리를 굴려 보겠다 이거구나. 한때는 교황청 인사 대여섯 명은 말할 것도 없고 백작 셋과 정식 공작 한 명을 로마에서부터 뉴욕까지 따라오게 만들었던 나를 상대로 말이다."

그녀가 말을 멈추고 숨을 들이마셨다.

"똑바로 서! 불어!"

청년은 순순히 입김을 불었다. 그 순간 문이 열리더니 흥분한 중년 신사가 가게로 뛰어들어 캐럴라인에게 돌진했다. 그는 외투 차림에 털을 두른 모자를 쓰고 있었는데 그 털은 그냥 털이 아니라 그의 윗입술과 턱에 난 바로 그 털처럼 보였다.

"드디어 찾았네요."

그가 외쳤다.

"여사님을 찾으려고 온 시내를 돌아다녔습니다. 댁에 전화를 드렸는데 비서가 서점에 가신 것 같다고, 서점 이름이 문라이트……."

캐럴라인이 짜증 난 표정으로 그에게 고개를 돌렸다.

"내가 지나간 얘기나 듣자고 자네를 고용했나?"

그녀가 쏘아붙였다.

"자네는 내 선생인가, 중개인인가?"

"중개인입니다."

털을 두른 남자가 약간 당황하며 말했다.

"죄송합니다. 축음기 재고 때문에 왔습니다. 백오 달러에 팔 수 있습니다."

"그럼 팔아."

"알겠습니다. 제 생각에는……."

"가서 팔아. 지금 손자와 얘기 중이니."

"알겠습니다. 전……."

"잘 가게."

"안녕히 계십시오, 여사님."

털을 두른 남자는 가볍게 목례를 하고 약간 얼이 빠진 채로 허둥지둥 서점을 나섰다.

"너는 말이다."

캐럴라인이 손자에게 고개를 돌리고 말했다.

"그 자리에서 입 다물고 가만히 서 있어라."

그녀는 멀린을 보더니 적대적이지는 않은 눈으로 그를 쭉 훑어보았다. 그러더니 웃음을 지었고 멀린은 자신도 웃음을 짓고

365

있음을 깨달았다. 순간 두 사람은 갈라진 소리지만 그럼에도 자연스러운 웃음을 터뜨렸다. 그녀는 그의 팔을 붙잡고 가게 저편으로 얼른 데려갔다. 둘은 그곳에 마주 보고 서서 다시 한 번 노년의 기쁨을 발산하며 한참을 웃어 댔다.

"이 방법뿐이에요."

그녀가 헐떡이며 하는 말에는 기세등등한 앙심 같은 것이 서려 있었다.

"나 같은 늙은이들을 만족스럽게 해 주는 것이라고는 다른 사람들을 주위에 거느리는 것뿐이죠. 부유한 노인에게 가난한 후손이 있다는 것은 젊고 아름다운 여자에게 못생긴 자매가 있는 것과 마찬가지로 재미난 일이에요."

"아, 맞아요."

멀린이 킬킬거렸다.

"그렇죠. 부럽습니다."

그녀는 눈을 깜빡거리며 고개를 끄덕였다.

"마지막으로 여기 온 게 사십 년 전이네요."

그녀가 말했다.

"당신은 신 나게 즐기고 싶은 마음으로 가득한 청년이었죠."

"그랬어요."

그가 털어놓았다.

"내 방문이 당신에게는 큰 의미였겠군요."

"늘 그랬습니다."

그가 외쳤다.

"난 생각했어요······ 처음에는 당신이 실존 인물이라고, 그러니까 인간이라고 생각했죠."

그녀가 웃음을 터뜨렸다.

"많은 남자들이 내가 인간이 아니라고 생각하던데요."

"하지만 지금은 말입니다."

멀린이 흥분해서 말을 이었다.

"이해할 수 있어요. 우리처럼 나이 든 사람들에게는 이해할 수 있는 능력이 생기니까요. 이제는 그렇게 중요한 것도 없고요. 테이블 위에서 춤을 추었던 그날 밤의 당신은 그저 아름답고 심술궂은 여인을 향한 내 낭만적인 동경의 산물이었다는 걸 이제는 압니다."

그녀의 노쇠한 눈이 아련해졌고 목소리는 망각한 꿈의 메아리로 변했다.

"그날 밤 얼마나 멋지게 춤을 추었던지! 기억나요."

"당신은 나에게 도전하고 있었죠. 올리브의 팔이 내 몸을 두르고 있었으니까요. 당신은 나에게 자유로워져서 젊음과 무책임에 대한 나의 기준을 고수하라고 경고했어요. 하지만 그건 마지막 순간에 나타난 약효와도 같았어요. 너무 늦게 찾아온 거죠."

"당신은 무척 늙었네요."

그녀가 알쏭달쏭하게 말했다.

"몰랐는데."

"그리고 난 내가 서른다섯 살 때 당신이 나에게 한 일도 잊지 않았어요. 당신은 그 교통 체증으로 날 흔들었죠. 효과는 어마어마했어요. 당신이 발산한 그 아름다움과 힘! 내 아내까지 당신의 존재를 느끼고 두려워했어요. 몇 주 동안 나는 밤이면 집을 빠져나가 음악과 칵테일과 나를 젊게 만들어 줄 여자로 이 답답한 삶을 잊어버리고 싶다고 생각했죠. 하지만 그래 봤자…… 달리 방법을 알지 못했어요."

"이제 보니 당신은 너무나 늙었군요."

그녀는 일종의 두려움을 느끼며 그에게서 뒷걸음질 쳤다.

"그래요. 날 떠나요!"

그가 외쳤다.

"당신도 늙었어요. 영혼도 피부와 함께 쇠퇴하기 마련이죠. 당신은 그저 내가 잊어버리는 게 상책인 사실을 말해 주려고 여기 왔습니까? 가난한 노인은 부유한 노인보다 더 비참하다는 이야기를 하려고? 내 아들이 내 면전에다 우울하고 실패한 인생이라는 말을 퍼부어 댄다는 사실을 일깨워 주려고?"

"내 책 줘요."

그녀가 거칠게 명령했다.

"어서요, 늙은이!"

멀린은 한 번 더 그녀를 쳐다본 다음 침착하게 그 말을 따랐다. 그는 책을 들어 그녀에게 건넸고 그녀가 지폐를 내밀자 고개를 저었다.

"왜 돈을 지불하는 촌극 따위를 벌이려고 합니까? 한때는 나로 하여금 이 가게를 망가뜨리도록 부추겼으면서."

"그랬죠."

그녀가 화를 내며 말했다.

"그래서 다행이군요. 내 스스로를 망가뜨릴 짓은 충분히 했던 모양이에요."

그녀가 반은 경멸이 어리고 반은 제대로 감추지 못한 불안이 담긴 눈으로 그를 힐끗 쳐다보았다. 그리고 도시에서 자란 손자에게 딱딱하게 말을 던지며 문을 향해 다가갔다.

그런 다음 그녀는 사라졌다. 그의 가게에서, 그의 인생에서. 문에서 찰칵 소리가 났다. 그는 한숨을 내쉬며 몸을 돌리고 유리 칸막이 쪽으로 터덜터덜 되돌아갔다. 그곳에는 오랜 세월 동안 누렇게 변한 회계 장부와 원숙해지고 얼굴에 주름이 생긴 매크래큰 양이 있었다.

멀린은 기묘한 동정심을 느끼며 바싹 여위고 거미줄처럼 주름진 그녀의 얼굴을 바라보았다. 어쨌든 그녀는 인생에서 얻은 것이 그보다 적었다. 반항적이고 낭만적인 영혼이 청하지도 않았는데 튀어나와 기억할 만한 순간들을 통해 열정과 영광을 선사해 주지는 않았으니까 말이다.

그때 매크래큰 양이 고개를 들고 말을 걸었다.

"여전히 원기 왕성한 노파군요, 그렇죠?"

멀린은 흠칫 놀랐다.

"누가?"

"늙은 알리시아 데어 말이에요. 물론 이제는 토머스 앨러다이스 부인이지만요. 삼 년 됐죠."

"무슨 말이오? 알아들을 수가 없군."

멀린은 자신의 회전의자에 털썩 주저앉았다. 눈이 휘둥그레 커졌다.

"아니, 설마, 그레인저 씨. 십 년 동안 뉴욕에서 가장 악명 높았던 그 여자를 잊었다는 말씀은 아니겠지요. 참, 스록모턴 이혼 사건에서 간통으로 피소되었던 때 오 번가에서 이목을 하도 많이 끄는 바람에 교통이 마비됐었잖아요. 신문에서 읽으셨을 텐데."

"난 신문을 읽지 않아서."

오래된 그의 두뇌가 윙윙거리고 있었다.

"그럼 그 여자가 여기 들어와서 서점을 망쳐 버린 일은 잊지 않으셨겠죠. 정말이지 난 문라이트 퀼 씨에게 봉급을 받고 떠나 버릴 뻔했다니까요."

"그 말은 그럼…… 그럼 그 여자가 보였단 말이오?"

"보였다니요! 그렇게 소동을 피워 대는데 어떻게 안 볼 수가 있었겠어요. 하늘에 맹세코 문라이트 퀼 씨도 싫어했어요. 하지만 물론 그분은 아무 말도 하지 않았죠. 그 여자에게 미쳐 있었고 그 여자는 퀼 씨를 자기 마음대로 주무를 수 있었으니까요. 퀼 씨가 그 여자의 변덕에 대항하는 순간 부인한테 일러바친다고 협박했겠죠. 자업자득이죠. 예쁜 꽃뱀한테 빠지기나 하고! 물론 그 시절에 서점 수익이 괜찮았어도 퀼 씨는 그 여자 성에 찰 만큼 부자가 아니었죠."

"하지만 내가 그 여자를 보았을 때는……."

멀린이 더듬거리며 말했다.

"그러니까 내가 그 여자를 보았다고 생각했을 때는 어머니와 살고 있었는데."

"어머니라니, 허튼소리!"

매크래큰 양이 발끈하며 말했다.

"'이모'라고 부르는 여자가 있기는 했지만 나와 마찬가지로 친척도 뭣도 아닌 관계였어요. 아, 나쁜 여자였어요…… 하지만 똑똑했죠. 그 여자는 스록모턴 이혼 사건이 종결되자마자 토머스 앨러다이스와 결혼해서 안정된 삶을 살게 되었으니까."

"그 여자는 누구였소?"

멀린이 외쳤다.

"도대체 그 여자는 뭐였소? 마녀?"

"어머, 그 여자는 물론 무용수 알리시아 데어였어요. 그 시절에는 신문만 펼쳤다 하면 그 여자 사진이 보였죠."

멀린은 몹시 조용히 앉아 있었다. 머리가 갑자기 고단해 하며 멈추어 버렸다. 이제 그는 진짜 늙은이가 되어 버렸다. 너무 늙은 나머지 자신이 젊었던 적이 있었는지 꿈에도 생각할 수가 없었고, 너무 늙은 나머지 세상에서 느껴지던 황홀함이 사라지면서 자녀들의 얼굴이나 따뜻함과 삶이 주던 편안함에서 즐거움을 찾지 못하고 시력과 감정을 잃어버렸다. 봄날 저녁에 아이들이 외치는 소리가 그의 창가로 흘러 들어오다가 차츰 어린 시절 친구들로 모습을 바꾸어 마지막 어둠이 내리기 전에 나와서 놀자고 재촉해도, 다시는 웃음을 짓거나 자리에 앉아 오랜 몽상에 잠기지 못할 터였다. 이제는 추억하기에도 너무 늙어 버린 것이다.

그날 밤 그는 아내와 아들과 함께 저녁 식탁에 앉았다. 자신들의 맹목적인 목적을 위해 그를 이용한 사람들이었다. 올리브가 말했다.

"해골바가지처럼 그렇게 앉아 있지만 말고 말 좀 해 봐요."

"조용히 앉아 계시게 돼요."

아서가 화난 목소리로 말했다.

"어머니가 부추기면 이미 백 번이나 들은 얘기를 또 하실 거라고요."

아홉 시에 멀린은 매우 조용히 2층으로 올라갔다. 방에 들어가 문을 꼭 닫은 후 야윈 손발을 떨며 잠시 문 옆에 서 있었다. 자신이 줄곧 바보로 살았음을 이제는 알 수 있었다.

"오, 적갈색 머리 마녀가!"

그러나 너무 늦어 버렸다. 그는 너무 많은 유혹을 뿌리쳐서 신을 화나게 만든 것이다. 남은 것은 천국뿐이었다. 그곳에 가면 자신처럼 이생의 삶을 낭비해 버린 사람들만 만나게 될 터였다.

행복이 지나간 자리

1

금세기 첫 몇 해 동안 나온 옛 잡지 자료들을 훑어보면, 리처드 하딩 데이비스와 프랭크 노리스 및 오래전에 죽은 다른 이들의 이야기 사이에 낀 제프리 커튼의 작품이 보일 것이다. 장편소설이 한두 편, 단편은 아마 사오십 편 정도일 것이다. 관심이 있다면 작품명을 훑을 수 있겠지만 1908년쯤 되면 목록이 뚝 끊긴다.

그 작품들을 다 읽었다면 도무지 걸작이라고는 봐줄 수 없다고 확신하게 될 것이다. 지금 보면 약간 촌스럽지만 그런대로 재미난 이야기라고, 그러나 분명 치과에서 보내는 따분한 30분을 때워 줄 정도에 불과하다고 생각했을 것이다. 그 이야기를 쓴 사람은 꽤 똑똑하고 재능이 있고 입심이 좋으며 아마 젊었을 것이다. 거기에서 발견한 그의 작품 표본은 변덕스러운 삶에 대한 어렴풋한 관심 외에 다른 감동을 일으키지는 못했을 것이다. 마음

깊은 곳에서 우러나오는 웃음도 없을 것이며 공허함이나 비극의
전조도 느끼지 못했을 것이다.

그 작품들을 읽은 후 당신은 하품을 하고 잡지를 보관대에 되
돌려 놓을 것이며 혹시 도서관 열람실에 있다면 변화를 주는 의
미에서 그 시대 신문을 펼쳐 일본인들이 뤼순 항을 점거했는지
확인하자고 생각할 것이다. 그러나 우연히도 제대로 된 신문을
골라 연극 면을 착 펼친다면 당신의 눈길은 한곳에 못 박히듯 머
물고 적어도 1분 동안은 샤토 티에리를 잊어버린 것만큼이나 빨
리 뤼순 항을 잊어버리게 될 것이다. 운 좋게도 당신은 몹시 아
름다운 여인의 초상을 보고 있을 것이므로.

당시는 〈플로로도라〉와 육중창단의 시절이었기 때문이다. 잘
록 조인 허리와 부풀린 소매의 시절, 허리받이가 대세이고 발레
스커트가 절대적인 시절이었기 때문이다. 그러나 거기에는 길
들지 않은 딱딱함과 구식 의상에 가려지긴 했으나 의심할 바 없
는 나비 중의 나비가 있었다. 거기에는 부드러운 와인 같은 눈동
자, 가슴을 뒤흔드는 노래, 건배와 꽃다발과 춤과 저녁 만찬 등
그 시기의 흥겨움이 있었다. 거기에는 2인승 이륜마차의 비너
스, 눈부신 전성기에 이른 깁슨걸(*1890년대 유행하던 여성의 스
타일로, 꽉 끼는 코르셋과 셔츠웨이스트 드레스와 종 모양 치마를 입었
다.)이 있었다. 거기에는…….

거기에는 아래 쓰인 이름을 보면 알 수 있듯이 록산 밀뱅크가
있었다. 〈데이지 체인〉의 코러스걸이자 대역 배우였으나 주연
배우가 몸이 불편했을 때 탁월한 연기를 선보여 주인공 역할을
따낸 여자였다.

당신은 다시 보며 의아해할 것이다. 왜 이 여인의 이름을 한 번도 듣지 못했을까? 그녀의 이름은 왜 유행가와 보드빌의 농담과 시가 테두리에 등장하지 않았으며 릴리언 러셀과 스텔라 메이휴와 애너 헬드와 더불어 늙고 쾌활한 삼촌의 기억 속에 머무르지 않았을까? 록산 밀뱅크…… 그녀는 어디로 사라진 것일까? 어떤 캄캄한 다락문이 벌컥 열려 그녀를 삼켜 버린 것일까? 지난 일요일 증보판에 실린, 영국 귀족과 결혼한 여배우 명단에 그녀의 이름은 분명 없었다. 죽어 버린 모양이었다. 가엾고 아름다운 아가씨가…… 그리고 까맣게 잊힌 것이다.

내 꿈도 참 야무지다. 나는 당신에게 제프리 커튼의 작품 목록과 록산 밀뱅크의 사진을 우연히 발견하라고 하고 있다. 당신이 여섯 달 후의 신문 기사를, 단신을 보게 된다면 정말 놀라운 일일 것이다. 그 기사는 대중에게 〈데이지 체인〉으로 순회공연 중이던 록산 밀뱅크 양과 유명 작가 제프리 커튼 씨의 결혼 소식을 매우 잔잔하게 알리고 있었다. 기사는 "커튼 부인은 무대에서 은퇴할 것이다."라고 냉철하게 덧붙였다.

연애결혼이었다. 그는 매력적일 만큼 어리광을 부렸고 그녀는 저항할 수 없을 만큼 천진난만했다. 둘은 물에 뜬 통나무들처럼 정면으로 쾅 부딪쳐 서로를 붙잡고 함께 서둘러 떠내려갔다. 그러나 제프리 커튼이 40년 내내 글을 썼더라도, 자기 자신의 삶에 일어난 기이한 사건보다 더 불가사의한 내용을 작품에 집어넣지 못했을 것이다. 록산 밀뱅크가 마흔 종류에 가까운 인물을 연기하고 극장 5천 개를 가득 채웠더라도, 록산 커튼의 예정된 운명에서처럼 더 큰 행복과 더 큰 절망을 느끼는 배역을 맡지는 못했을 것이다.

둘은 1년 동안 호텔에서 지내며 캘리포니아와 알래스카로, 플로리다로, 멕시코로 여행을 가서 사랑하고 가볍게 다투고 그의 기지와 그녀의 아름다움을 황홀하게 희롱하며 기뻐했다. 그들은 젊었고 진지할 만큼 열정적이었다. 그들은 모든 것을 요구했다가 이타심과 자긍심에 도취되어 다시 모든 것을 양보했다. 그녀는 그의 빠른 말투와 광적이고 근거 없는 질투를 사랑했다. 그는 그녀의 가무잡잡한 얼굴빛과 흰 홍채, 따스하고 찬란한 열정이 담긴 웃음을 사랑했다.

"멋진 여자 아닙니까?"

그는 다소 들뜨고도 수줍게 묻곤 했다.

"근사하지 않아요? 혹시 이런……."

"그래요."

사람들은 빙그레 웃으며 대답하곤 했다.

"근사한 여인이에요. 당신은 행운아고요."

그해가 지났다. 둘은 호텔이 지겨웠다. 시카고에서 30분 떨어진 말로라는 소도시 근교에 있는 낡은 집과 땅 20에이커를 샀다. 작은 자동차도 샀다. 그리고 발보아도 무릎 꿇을 만한 개척자적 환상에 사로잡혀 요란하게 이사했다.

"여긴 당신 방이야!"

둘이 번갈아 가며 외쳤다. 그다음에는 이랬다.

"그리고 여긴 내 방!"

"아이를 낳으면 여기를 아이 방으로 해요."

"베란다 침실도 만들자고…… 그래, 내년에."

그들은 4월에 이사했다. 7월이 되자 제프리와 가장 친한 친구인 해리 크롬웰이 일주일을 머물기로 하고 찾아왔다. 그들은 긴 잔디밭 끝에서 그를 맞이하고 자랑스러워하며 서둘러 집으로 데려갔다.

해리 역시 결혼한 몸이었다. 아내는 여섯 달 전에 아이를 낳았고 뉴욕에 있는 친정에서 아직도 몸조리를 하는 중이었다. 록산은 제프리에게서 해리의 아내가 해리만큼 매력적이지는 않다는 얘기를 들었다. 제프리는 그녀를 한 번 만났는데 뭐랄까, '얄팍한' 사람이라는 인상을 받았다. 그러나 해리는 결혼한 지 2년 가까이 되었고 틀림없이 행복했기 때문에 그녀가 괜찮은 사람인 모양이라고 생각했다.

"비스킷을 굽고 있었어요."

록산이 진지하게 재잘거렸다.

"부인도 비스킷을 만드시나요? 요리사가 저에게 방법을 가르쳐 주고 있었어요. 제 생각에 여자들은 모두 비스킷을 구울 줄 알아야 해요. 마음을 녹여 줄 것 같잖아요. 비스킷을 만들 수 있는 여자는 분명 어떤⋯⋯."

"너도 여기 와서 살아야 해."

제프리가 말했다.

"우리처럼 시골에 집을 얻으라고, 너랑 키티도."

"넌 키티를 몰라. 시골을 무척 싫어한다고. 극장과 보드빌이 꼭 있어야 하는 사람이야."

"여기로 데려와."

제프리가 되풀이했다.

"촌락을 하나 만들자고. 여기에는 무척 괜찮은 사람들이 이미 와 있어. 아내를 데려와!"

어느덧 그들은 베란다 계단에 이르렀고 록산은 경쾌한 몸짓으로 오른쪽에 있는 헐어 빠진 건물을 가리켰다.

"차고예요."

그녀가 일러 주었다.

"이번 달 안에 제프리의 집필실이 될 거랍니다. 그건 그렇고 저녁 식사는 일곱 시예요. 그전에 칵테일을 만들게요."

두 남자는 2층으로 올라갔다. 정확히는 계단을 반쯤 올라갔다. 첫 층계참에서 제프리가 손님의 여행 가방을 떨어뜨리며 질문인지 외침인지 모를 말을 외쳤다.

"맙소사, 해리. 멋진 여자 아닌가?"

"이 층으로 올라가자고."

손님이 대답했다.

"가서 문은 좀 닫고."

30분 후 두 사람이 함께 서재에 앉아 있을 때 록산이 비스킷 팬을 들고 부엌에서 나왔다.

"모양이 정말 예쁜데, 여보."

남편이 들떠서 말했다.

"완벽하군요."

해리가 중얼거렸다. 록산의 얼굴이 환해졌다.

"하나 맛보세요. 두 분에게 다 보여 드리기 전에는 먼저 건드릴 수가 없었어요. 맛이 어떤지 알게 되기 전에는 가져갈 수 없어요."

"만나(*구약성서 「출애굽기」에 이집트를 탈출해 광야를 지나는 굶주린 이스라엘 백성에게 여호와가 내려 주었다는 음식.) 같아, 여보."

두 남자는 동시에 비스킷을 들어 올렸고 시험 삼아 한 입 베어 물었다. 둘 다 동시에 화제를 다른 데로 돌리려고 했다. 그러나 록산은 펜을 내려놓고 비스킷을 집었다. 다음 순간 그녀의 소감이 울적하고 단호하게 울려 퍼졌다.

"완전 엉망이잖아요!"

"그게 말이야……."

"아니, 난 전혀……."

록산이 폭소를 터뜨렸다.

"아아, 난 쓸모없는 인간이에요."

그녀가 웃음 사이로 외쳤다.

"날 쫓아내요, 제프리…… 난 기생충이에요. 도무지 쓸모 없는……."

제프리는 팔로 그녀를 감쌌다.

"여보, 난 당신 비스킷을 먹을 거야."

"어쨌든 모양은 예쁘잖아요."

록산이 주장했다.

"마치…… 마치 장식품 같습니다."

해리의 의견이었다. 제프리가 잔뜩 흥분해서 그 말을 받았다.

"바로 그거야. 장식품. 이건 걸작이야. 활용할 수 있겠어."

그는 부엌으로 달려가 망치와 못 한 움큼을 들고 돌아왔다.

"활용할 수 있겠어. 이야, 록산! 저걸 프리즈 장식(*벽 윗부분에 그림이나 조각을 띠 모양으로 걸어 만드는 장식.)으로 쓰는 거야."

"안 돼요!"

록산이 울부짖었다.

"이 아름다운 집에……."

"걱정 마. 시월에 서재를 다시 도배할 거잖아. 기억 안 나?"

"그래도……."

쾅! 첫 번째 비스킷이 벽에 박혔고 살아 있는 것처럼 잠시 제자리에서 바르르 떨었다.

쾅!

록산이 두 번째 칵테일 잔을 들고 돌아왔을 때 비스킷 열두 개는 원시 시대 창끝을 모아 둔 것처럼 수직으로 배열되어 있었다.

"록산."

제프리가 외쳤다.

"당신은 예술가야! 요리를 한다고? 당치 않아! 당신은 내 책에 삽화를 그려야 해!"

저녁 식사를 하는 동안 어스름이 주춤주춤 땅거미로 변해 갔다. 그 후 밖에는 별이 총총한 어둠이 내렸으며 록산의 흰 드레스에서 풍기는 가녀린 화사함과 나직하게 떨리는 그녀의 웃음소리가 어둠 가득 퍼져 나갔다.

어쩜 이렇게도 소녀 같을까, 해리는 생각했다. 키티처럼 나이 들어 보이지 않았다.

그는 둘을 비교해 보았다. 키티는 섬세하지 않으면서도 예민했고 둔하면서도 신경질적이었으며 급히 돌아다닐 뿐 사뿐히 걷는 법이 없었다. 록산은 봄날 밤처럼 싱그러웠고 그 품성이 사춘기 같은 웃음소리에 집약되어 있었다.

'제프리와 참 잘 어울리는구나.'라고 그는 다시 생각했다. 무척 젊은 이 두 사람은 아주 오래도록 젊음을 유지하다가 어느 날 문득 나이가 들었음을 깨닫게 될 그런 사람들이었다.

키티 문제로 가득 찬 그의 머릿속에 문득문득 그런 생각이 파고들었다. 키티를 떠올리면 우울했다. 키티는 어린 아들과 함께 시카고로 돌아올 만큼 회복된 것 같았다. 계단 아래에서 친구와 친구의 아내에게 잘 자라고 인사할 때 그의 머릿속에 키티 생각이 아물거렸다.

"당신은 우리 집에 처음으로 온 진짜 손님이에요."

록산이 그의 뒤에서 소리쳤다.

"신 나고 자랑스럽지 않으세요?"

그가 계단 모퉁이를 돌아 사라지자 록산이 제프리에게 고개를 돌렸다. 제프리는 난간 끝을 붙잡고 옆에 서 있었다.

"피곤해요, 여보?"

제프리가 손가락으로 이마 가운데를 문질렀다.

"약간. 어떻게 알았어?"

"오, 내가 당신에 대해 어떻게 모를 수 있겠어요?"

"두통이야."

그가 울적하게 말했다.

"머리가 쪼개질 것 같아. 아스피린을 먹어야겠어."

그녀는 손을 내밀어 딸깍하고 불을 껐고, 그는 팔로 그녀의 허리를 단단히 감은 채 함께 계단을 올랐다.

2

해리와 보낸 일주일이 지나갔다. 그들은 자동차를 타고 꿈결 같은 시골길을 달렸고 호숫가나 잔디밭에서 하릴없이 유쾌하게 빈둥거렸다. 저녁이면 남자들의 번쩍이는 시가 끄트머리가 하얀 재로 변하는 동안 록산은 실내에서 공연을 선보였다. 그러다 키티가 해리에게 동부로 와서 자신을 데려가라고 전보를 보냈다. 록산과 제프리는 결코 싫증나지 않을 듯한 개인적인 시간 속에 단둘이 남았다.

'단둘'이라는 사실에 그들은 다시 짜릿함을 느꼈다. 둘은 상대의 존재를 바로 곁에서 느끼며 집 안을 돌아다녔다. 둘은 신혼부부처럼 테이블의 한쪽에 나란히 앉았다. 서로에게 몹시도 열중했고 몹시도 행복했다.

말로라는 소도시는 비교적 오래된 마을이었지만 최근에야 '사교계'가 형성되었다. 오륙 년 전에 시카고가 칙칙하게 확장되는 사태에 놀란 젊은 부부 두세 쌍, 즉 '방갈로 족'이 이사를 왔다. 그리고 그 친구들이 뒤따라왔다. 제프리 커튼 부부가 왔을 때는 이미 '여건'이 마련되어 그들을 환영할 준비를 하고 있었다. 컨트리클럽, 무도회장, 골프 코스가 그들 앞에서 입을 벌렸고 브리지 게임 파티와 포커 게임 파티, 맥주를 마시는 파티, 아무것도 마시지 않는 파티도 있었다.

해리가 떠나고 일주일이 지났을 때 그들은 포커 게임 파티에 갔다. 테이블이 두 개였고 젊은 아내들 상당수가 담배를 피우면서 판돈을 불렀는데 당시로서는 몹시 과감하고 남성적인 모습이었다.

록산은 일찌감치 게임을 그만두고 여기저기 돌아다녔다. 식품실로 들어갔다가 포도 주스를 찾아냈다(맥주를 마시면 머리가 아팠다.). 테이블을 전전하며 사람들의 어깨너머로 패를 들여다보기도 했고 제프리를 지켜보며 차분하고 만족스러운 기분을 만끽했다. 제프리는 몹시도 열중한 모습으로 오색빛깔 칩들을 쌓고 있었는데, 록산은 미간에 깊이 팬 주름을 보고 그가 흥미를 느끼고 있음을 알게 되었다. 사소한 일에 흥미를 느끼는 그의 모습이 그녀는 보기 좋았다.

록산은 조용히 방을 가로질러 그의 의자 팔걸이에 걸터앉았다.

그녀는 5분 동안 거기 앉아서 남자들이 가끔 내뱉는 날카로운 말과 여자들이 재잘대는 소리를 들었다. 그 소리는 아련한 연기처럼 테이블에서 피어올랐지만 서로 거의 귀담아듣지 않고 있었다. 그러다 록산이 천진난만하게 손을 뻗어 제프리의 어깨에 올리려고 했다. 손이 닿자 그는 소스라치며 짧게 으르렁거렸고 팔을 사납게 뒤로 휘두르다가 그녀의 팔꿈치를 비스듬히 때렸다.

모두가 헉하고 숨을 죽였다. 넘어지던 록산은 균형을 잡고 작게 비명을 지르며 재빨리 일어섰다. 살면서 그렇게 큰 충격을 받은 적은 처음이었다. 친절과 배려 그 자체인 제프리가 이런 행동을, 이렇게 반사적으로 잔혹한 행동을 하다니.

숨죽인 좌중은 조용해졌다. 눈 열두 개가 제프리를 향했다. 제프리는 처음 보는 사람이라는 듯이 록산을 올려다보았다. 당혹스러운 표정이 그의 얼굴에 떠올랐다.

"아니…… 록산……."

그가 더듬거렸다. 여남은 이들의 머릿속에 순간 의혹이, 바람 같은 추문이 떠올랐다. 분명 깊이 사랑하는 것처럼 보이는 이 부부의 모습 뒤에 기묘한 혐오가 숨어 있는 것은 아닐까? 그렇지 않다면 구름 한 점 없던 하늘에 왜 이런 날벼락이 쳤단 말인가?

"제프리!"

록산의 목소리가 애원하고 있었다. 놀랐고 겁에 질렸음에도 그녀는 그것이 실수였음을 알고 있었다. 남편을 비난하거나 원망할 마음은 조금도 없었다. 그녀의 말이 떨며 간청하고 있었다.

'나에게 말해 줘요, 제프리. 록산에게, 당신의 록산에게 말해 줘요.'

"아니, 록산……."

제프리가 다시 말을 꺼냈다. 당혹스러운 표정이 고통으로 변했다. 그도 그녀만큼이나 놀란 게 분명했다.

"그러려던 건 아니었어."

그가 말을 이었다.

"놀라서 그랬어. 당신이…… 누군가가 나를 공격하는 것처럼 느껴졌어. 내가…… 아니, 어떻게 이렇게 어리석은 짓을!"

"제프리!"

말은 다시 기도가 되었다. 전에 없던 이 심원한 어둠을 헤치며 높이 있는 신에게 바치는 향이었다.

두 사람은 자리에서 일어섰다. 작별 인사를 하고 더듬거리며 사과와 더불어 해명을 했다. 쉽게 넘겨 버리려는 시도는 전혀 하지 않았다. 그것은 신성 모독일 터였다. 둘은 제프리가 몸이 좋지 않다고 말했다. 신경이 예민한 상태였다고 했다. 두 사람의 마음 깊은 곳에는 그 일격에서 비롯된 설명할 수 없는 공포가 자리 잡았다. 잠시나마 둘 사이를 갈라놓은 존재가 나타났다는 사실에 놀란 것이다. 처음에는 그의 분노와 그녀의 두려움이었고 지금은 분명 순간적이겠지만 두 사람의 슬픔이었다. 그러나 아직 시간이 있을 때 즉시, 곧바로 메워야 할 간극이었다. 그것은 둘의 발밑에서 휘몰아치는 급류였을까? 지도에 표시되지 않은 깊은 골짜기가 날카롭게 번득인 것이었을까?

가을의 보름달 아래에서 자동차에 앉아 그는 더듬더듬 이야기했다. 그것은…… 자신도 이해할 수 없는 행동이었다고 말했다. 포커 게임을 생각하고 있었다, 완전히 열중해서. 그리고 어깨에 닿는 손길이 공격처럼 느껴졌다. 공격이라니! 그는 그 말에 집착하며 방패처럼 내세웠다. 뭔가 자신을 건드리는 것이 싫었다고 했다. 손으로 그것에 충격을 주자 그것은 사라졌다. 그…… 초조함도. 그가 아는 것은 그뿐이었다.

말로의 고요한 거리가 휙휙 스쳐 지나가는 동안 두 사람은 눈물이 그렁거리는 눈으로 광활한 밤 아래에서 사랑을 속삭였다. 나중에 잠자리에 들 무렵에는 상당히 평온했다. 제프리는 일주일 동안 일을 쉬기로 했다. 이 초조함에서 벗어날 때까지 빈둥거리고 잠을 자고 긴 산책을 하기로 했다. 그렇게 결론을 내리자 록산의 마음에 안도감이 깃들었다. 머리 아래 놓인 베개가 부드럽고 친근하게 느껴졌다. 두 사람이 누운 침대는 창가에서 흘러 들어오는 빛줄기 밑에서 넓고 하얗고 견고하게 보였다.

닷새 후 늦은 오후의 냉기가 찾아오자마자 제프리는 참나무 의자를 들어 내던졌고 의자는 그의 방 앞창을 와장창 뚫고 지나 갔다. 그는 아이처럼 소파에 드러누워 애처롭게 울면서 죽게 해 달라고 애원했다. 구슬만 한 핏덩어리가 그의 뇌혈관을 막았던 것이다.

3

하루이틀 잠을 못 자면 때로 깬 채로 악몽을 꾸는 것 같은 기분이 든다. 극심한 피로와, 새로 뜬 태양과 더불어 주변 세상의 특징이 변해 버렸다는 느낌이 밀려오는 것이다. 어쨌든 현재 꾸려 가는 생활은 삶의 곁가지이며 삶과의 관계는 고작 영화나 거울을 보는 것과 같다는 그런 확신이 아주 뚜렷해진다. 사람, 거리, 집은 무척 아련하고 혼란스러운 과거의 그림자일 뿐이다. 제프리가 발병한 후 처음 몇 달 동안 록산은 바로 그런 상태였다. 그녀는 더없이 기진맥진할 때만 잠을 잤다. 그리고 먹구름에 싸여 일어났다. 냉정한 목소리로 길게 늘어놓는 진찰 결과, 복도에서 풍기는 희미한 약 냄새, 유쾌한 발소리로 가득하던 집에서 갑자기 살금살금 걸어야 하는 것, 그리고 무엇보다도 함께 쓰던 침대의 베개에 놓인 제프리의 창백한 얼굴…… 그녀는 이런 것들에 억눌려 돌이킬 수 없이 늙어 버렸다. 의사들은 희망이 있다고 말했지만 그뿐이었다. 그들은 긴 휴식과 안정이 필요하다고 했다. 그래서 책임은 록산의 몫이 되었다. 대금을 지불하고, 그의 은행 통장을 열심히 들여다보고, 그가 일하던 출판사들과 연락한 사람이 바로 그녀였다. 그녀는 부엌을 떠나지 못했다. 간호사로부터 남편의 식사를 준비하는 법을 배웠고 첫 달이 지난 후로는 환자 방을 전적으로 책임졌다. 경제적인 이유로 간호사를 내보내야 했던 것이다. 동시에 두 흑인 하녀 중 한 아이도 떠났다. 록산은 자신들이 단편소설 수입으로 빠듯하게 살아왔음을 깨달았다.

가장 자주 찾아오는 사람은 해리 크롬웰이었다. 그는 그 소식에 충격을 받고 우울증에 빠졌다. 이제는 아내와 함께 시카고에 살고 있었지만 시간을 내서 한 달에 몇 번씩 찾아왔다. 록산은 그가 보내는 연민이 반가웠다. 그 사람에게는 어떤 고통스러워하는 자질, 타고난 측은함이 있어서 곁에 있으면 마음이 편안했다. 록산의 성격에도 갑자기 깊이가 생겼다. 그녀는 때로 제프리를 잃고 있을 뿐 아니라 지금 그 무엇보다도 필요하고 있으면 좋았을 존재인 자녀들마저 잃고 있다고 느꼈다.

제프리가 쓰러진 지 여섯 달이 지나고 악몽이 희미해져 옛 세계가 아닌 새로운 세계, 더 창백하고 더 차가운 세계가 남았을 때 그녀는 해리의 아내를 만나러 갔다. 시카고에 갔다가 기차 출발까지 한 시간의 여유가 있다는 사실을 알게 되자 예의상 방문하기로 결심한 것이다.

문으로 발을 들여놓자마자 그 아파트가 전에 본 어떤 장소와 매우 비슷하다는 느낌이 들었다. 그리고 거의 동시에, 어린 시절 모퉁이를 돌면 나왔던 빵집이 떠올랐다. 분홍색 당의를 입힌 케이크들이 여러 겹으로 줄지어 있던 그 빵집…… 숨 막히는 분홍색, 음식이 된 분홍색, 의기양양하고 천박하고 무척 불쾌한 분홍색이었다.

그리고 이 아파트도 그랬다. 분홍색이었다. 냄새마저 분홍이었다!

크롬웰 부인은 분홍색과 검정색이 섞인 실내복 차림으로 문을 열었다. 그녀의 머리카락은 노란색이었다. 록산이 생각하기에는 매주 과산화수소를 끼얹은 물로 헹궈서 탈색된 것 같았다. 그녀의 눈은 흐릿하고 창백한 파란색이었다. 그녀는 아름다웠고 의식적으로 우아하게 행동했다. 친절한 인사말은 공격적이면서도 친밀했다. 적의가 순식간에 녹아 환대로 변한 탓에 그 두 가지 모두 얼굴과 목소리에서 드러나는 것처럼 보였다. 저 아래 마음 깊은 곳에 숨은 이기주의는 드러나지도 않고 건드릴 수도 없는 것 같았다.

그러나 록산에게 그런 것은 부차적인 문제였다. 록산의 눈길은 실내복의 으스스한 매력에 붙들려 고정되었다. 옷은 지독히도 지저분했다. 맨 아랫단에서 10센티미터까지는 바닥의 푸른 먼지로 완전히 찌들었고, 그 위로 7센티미터 정도는 회색이었으며 그 위로는 차차 경계가 흐려져 원래의 색, 그러니까 분홍색이 나타났다. 소매 역시 지저분했고 칼라는…… 그 여자가 고개를 돌리고 응접실로 안내할 때 록산은 그녀의 목이 더럽다는 사실을 확실히 알 수 있었다.

일방적으로 떠들어 대는 대화가 시작되었다. 크롬웰 부인은 좋고 싫은 것과 자신의 머리, 뱃속, 치아, 아파트에 관해 스스럼없이 털어놓으면서 일종의 오만한 세심함으로 록산의 삶에 관한 이야기를 피했다. 마치 충격적인 일을 겪은 록산이 자신의 삶에 관한 화제는 신중하게 피해 주기 바란다고 여기는 것처럼.

록산은 웃음을 지었다. 저 실내복! 저 목!

5분 후 어린 소년이 거실로 아장아장 들어왔다. 지저분한 분홍색 롬퍼스를 입은 지저분한 소년이었다. 얼굴이 얼룩투성이였다. 록산은 그 아이를 무릎에 앉히고 코를 닦아 주고 싶었다. 머리 근처의 다른 부분에도 관심이 필요했고 자그마한 신발은 발가락 부분이 삐져나와 있었다. 말로 표현할 수가 없었다!

"정말 사랑스러운 소년이군요!"

록산이 환하게 웃으며 외쳤다.

"나한테 오렴."

크롬웰 부인은 차갑게 아들을 보았다.

"꼭 더럽히고 만다니까. 저 얼굴 좀 봐요!"

그녀는 머리를 한쪽으로 기울이고 비난하는 눈으로 아들의 얼굴을 바라보았다.

"사랑스럽지 않나요?"

록산이 되풀이했다.

"롬퍼스를 보시라고요."

크롬웰 부인이 이렇게 말하며 얼굴을 찡그렸다.

"갈아입어야겠네. 안 그래, 조지?"

조지는 이상하다는 듯이 엄마를 빤히 바라보았다. 조지가 생각하기에 롬퍼스라는 말은 지금 입은 옷처럼 지저분한 것이 잔뜩 묻은 옷이라는 뜻이었다.

"오늘 아침에 저 아이를 부끄럽지 않은 꼴로 만들려고 했죠."

크롬웰 부인은 인내심에 지독한 시련을 당한 사람처럼 투덜거렸다.

"그런데 롬퍼스가 딱 떨어진 걸 알았죠. 그래서 아무것도 안 입히고 돌아다니게 하느니 저거라도 다시 입힌 거예요…… 그리고 얼굴은……."

"몇 벌이나 있는데요?"

록산의 목소리에서는 상냥한 호기심이 묻어났다. "깃털 부채가 몇 개나 있나요?"라고 묻기라도 하는 것 같았다.

"아……."

크롬웰 부인이 예쁜 이마를 찡그리며 생각에 잠겼다.

"다섯 벌일 거예요. 많아요, 내가 알죠."

"오십 센트면 한 벌 살 수 있어요."

크롬웰 부인의 눈에 놀라움이…… 그리고 아주 어렴풋한 우월감이 비쳤다. 롬퍼스 가격이라니!

"정말인가요? 몰랐어요. 많이 필요하긴 하지만 일주일 내내 세탁물을 맡길 시간도 없었는걸요."

그런 다음 그녀는 쓸데없는 이야기라는 듯이 화제를 넘겨 버렸다.

"보여 드릴 게 있어요……."

그들은 일어났고 록산은 열린 욕실 문을 지나 그녀를 따라갔다. 욕실 바닥에 어질러진 옷들을 보니 정말로 얼마간 세탁물을 맡길 시간이 없었던 모양이었다. 록산이 들어간 곳은 다른 방, 그러니까 말하자면 분홍색의 정수라고 할 만한 곳이었다. 크롬웰 부인의 방이었다.

이곳에서 여주인은 벽장문을 열고 록산의 눈앞에 놀라운 속옷 모음을 펼쳐 보였다. 놀랍도록 얇은 레이스와 실크로 만든 속

옷들이 수십 벌 있었는데 모두 깨끗하고 구김살이 없었으며 아직 건드리지도 않은 것 같았다. 옆 옷걸이에는 새 이브닝드레스 세 벌이 걸려 있었다.

"아름다운 옷이 좀 있죠."

크롬웰 부인이 말했다.

"하지만 입을 기회가 많지 않아요. 해리는 외출하는 걸 좋아하지 않거든요."

그녀의 목소리에 앙심이 스며들었다.

"그 사람은 나에게 낮에는 보모와 주부 역할, 저녁에는 다정한 아내 역할을 시키고 그걸로 더없이 만족하죠."

록산은 다시 웃음을 지었다.

"아름다운 옷들을 가지고 계시네요."

"그래요, 그렇죠. 보여 드릴 게……."

"아름답네요."

록산이 말을 끊으며 되풀이했다.

"하지만 기차 시간을 맞추려면 서둘러야겠어요."

록산은 손이 떨리고 있음을 느꼈다. 그 손으로 이 여자를 붙잡고 흔들고 싶었다. 그녀를 흔들어 대고 싶었다. 이 여자를 어딘가에 가두고 바닥을 북북 문질러 닦아 버리고 싶었다.

"아름다워요."

록산이 다시 말했다.

"그리고 전 잠시 들른 거라서요."

"어쨌든 해리가 집에 없어서 유감이네요."

둘은 문으로 다가갔다.

"그리고 참······."

록산이 말을 짜냈다. 그러나 목소리는 여전히 부드러웠고 입술은 미소 짓고 있었다.

"그 롬퍼스를 살 수 있는 가게 이름은 '아질'이에요. 안녕히 계세요."

기차역에 도착해서 말로로 가는 기차표를 산 후에야 록산은 깨달았다. 그 5분 동안 여섯 달 만에 처음으로 제프리를 생각하지 않았다는 사실을.

4

일주일 후 해리가 말로에 나타났다. 난데없이 다섯 시에 도착해 인도를 걸어와 기진맥진한 모습으로 베란다 의자에 털썩 주저앉았다. 록산 역시 바쁜 하루를 보내고 지칠 대로 지쳐 있었다. 의사들이 다섯 시 반에 뉴욕의 유명한 신경 전문의를 데리고 방문할 예정이었다. 그녀는 설레면서도 한없이 우울했지만 해리의 눈빛 때문에 그의 옆에 앉았다.

"무슨 일이에요?"

"아무 일 아닙니다, 록산."

그가 부인했다.

"제프가 어떤지 보러 왔어요. 신경 쓰지 말아요."

"해리."

록산은 완고했다.

"문제가 있잖아요."

"별일 아니에요."

그가 되풀이했다.

"제프는 어떻습니까?"

그녀의 얼굴이 근심으로 어두워졌다.

"좀 더 나빠졌어요, 해리. 주이트 박사님이 뉴욕에서 오시기로 했어요. 그분이 확실한 얘기를 해 주실 거라고들 해요. 이 마비가 처음의 핏덩어리와 관련이 있는지 알아보실 거래요."

해리가 일어났다.

"아, 미안해요."

그는 불쑥 말했다.

"진찰을 받으려고 기다리는 줄 몰랐어요. 알았으면 안 왔을텐데. 그저 여기 베란다에서 한 시간쯤 편히 있다 가려고……."

"앉아요."

그녀가 명령했다. 해리는 망설였다.

"앉아요, 해리. 어서요."

어느새 그녀의 친절함이 흘러넘쳐 그를 뒤덮었다.

"문제가 있다는 거 알아요. 백짓장처럼 얼굴이 창백하잖아요. 차가운 맥주 한 병 가져올게요."

해리는 그 즉시 의자에 주저앉았고 두 손으로 얼굴을 감쌌다.

"아내를 행복하게 해 줄 수가 없어요."

그가 천천히 말했다.

"노력하고 또 노력했는데. 오늘 아침에는 아침 식사 때문에 몇 마디 다퉜죠. 그동안 난 시내에서 아침을 먹었거든요. 그리고…… 음, 내가 사무실로 간 직후에 그녀는 조지와 레이스 속옷을 가득 채운 여행 가방을 들고 집을 나가 그녀의 어머니가 있는 동부로 가 버렸어요."

"해리!"

"그리고 난 도무지……."

자박자박 자갈 밟히는 소리가 들렸고 자동차 한 대가 진입로로 들어왔다. 록산이 작게 외쳤다.

"주이트 박사님이에요."

"아, 난……."

"기다리세요, 그러실 거죠?"

그녀가 멍하게 말을 잘랐다. 그는 고통스럽게 겉으로 드러난 그녀의 마음에서 자신의 문제가 이미 사라지고 없다는 것을 알 수 있었다.

당황스러운 한순간 동안 모호하고 짧게 인사말을 나눈 후 해리는 일행을 따라 안으로 들어가 그들이 계단 위로 사라지는 모습을 지켜보았다. 그리고 서재로 들어가 큰 소파에 앉았다.

그는 한 시간 동안 태양이 사라사 무명 커튼의 주름진 무늬를 타고 기어오르는 광경을 바라보았다. 깊은 고요 속으로 유리창에 갇혀 윙윙대는 말벌이 아우성을 퍼뜨리고 있었다. 이따금씩 위층에서 윙윙거리는 다른 소리가 들려왔는데 더 큰 말벌 몇 마리가 더 큰 유리창에 갇혀서 내는 소리처럼 느껴졌다. 그는 낮은 발소리, 병이 쨍쨍 울리는 소리, 시끄럽게 물을 붓는 소리를 들었다.

그와 록산이 무슨 짓을 했기에 삶이 이토록 요란하게 그들을 강타한 것일까? 위층에서는 친구의 영혼에 대해 생생한 검시가 이루어지고 있었다. 어린 시절 엄격한 고모의 강요로 한 시간 동안이나 의자에 앉아 잘못을 속죄해야 했던 바로 그때처럼 그는 이 조용한 방에 앉아 말벌의 하소연을 듣고 있었다. 하지만 누가 그를 여기에 앉혔는가? 그 어떤 포악한 고모가 하늘에서 몸을 쑥 내밀고 그에게 속죄를 요구한 것일까? 그리고 왜?

키티에게는 크나큰 절망을 느꼈다. 그녀는 너무 사치스러웠다. 고질병이었다. 갑자기 그녀가 몹시 미웠다. 그녀를 패대기치고 발로 차 주고 싶었다. 그녀에게 사기꾼이자 거머리라고…… 그리고 지저분하다고 말해 주고 싶었다. 게다가 그녀에게서 반드시 아들을 데려와야 했다.

그는 자리에서 일어나 방을 서성이기 시작했다. 동시에 정확히 같은 순간에 위층에서 누군가 복도를 따라 걷는 소리가 들렸다. 어느새 그는 그 사람이 복도 끝에 이를 때까지 함께 보조를 맞추어 걷게 되는 걸까 생각했다.

키티는 자기 어머니에게 가 버렸다. 그런 어머니에게 가다니, 하늘이 도우시길! 그는 두 사람이 만나는 장면을 그려 보려고 애썼다. 학대받은 아내가 어머니의 품으로 털썩 무너지는 모습을. 상상할 수가 없었다. 키티가 깊은 슬픔을 조금이라도 간직할 수 있다는 것은 믿을 수 없는 얘기였다. 그녀가 접근하기 어렵고 무정한 존재라는 생각이 그의 머릿속에 서서히 자라났던 것이다. 그녀는 물론 이혼할 것이고 결국 다시 결혼할 터였다. 그는 그 문제를 생각하기 시작했다. 그녀는 누구와 결혼을 할까? 그가 쓸쓸하게 웃다가 멈추었다. 눈앞에 한 장면이 스쳐 지나갔다. 키티가 얼굴이 보이지 않는 어떤 남자의 목에 팔을 두른 모습, 틀림없이 열정에 사로잡힌 키티의 입술이 다른 입술에 바짝 다가가 부딪치는 모습이었다.

"이런!"

그는 소리 내서 외쳤다.

"이런! 이런! 이런!"

이제 그 장면들은 물밀듯이 잇따라 밀려왔다. 오늘 아침에 본 키티의 모습이 흐려졌다. 지저분한 실내복은 돌돌 말려 사라졌다. 뿌루퉁한 입술과 분노, 눈물은 모두 씻겨 내려갔다. 그녀는 다시 키티 카, 노란 머리와 크고 아기 같은 눈을 지닌 키티 카였다. 아, 그녀는 그를 사랑했었다. 그녀도 그를 사랑했었다.

잠시 후 그는 자신에게 뭔가 문제가 있음을, 키티나 제프와는 전혀 상관없는 뭔가가, 종류가 다른 문제가 있음을 감지했다. 놀랍게도 그 문제는 마침내 불쑥 정체를 드러냈다. 배가 고팠던 것이다. 간단하기 짝이 없었다! 바로 부엌으로 가서 흑인 요리사에게 샌드위치를 만들어 달라고 하면 될 일이었다. 그 후에는 도시로 돌아가야 했다.

그는 벽 앞에서 잠시 걸음을 멈추고 둥그런 뭔가를 확 잡아 뜯어 멍하니 만지작거리더니 그것을 입속에 넣고 아기가 밝은색 장난감을 맛보듯이 그것을 음미했다. 이로 그것을 씹었다……아!

그녀는 그 빌어먹을 실내복, 그 지저분한 분홍색 실내복을 두고 갔다. 그걸 가져갈 정도의 체면은 있었을 텐데 하는 생각이 들었다. 그 옷은 이 지겨운 결혼 생활의 시체처럼 집에 걸려 있을 터였다. 그는 그것을 버리려고 하겠지만 그것을 직접 버리지는 못할 것이다. 그것은 키티처럼 부드럽고 나긋나긋한 동시에

둔감할 터였다. 키티를 움직일 수는 없었다. 키티에게 닿을 수는 없었다. 닿을 만한 것이 아에 없었다. 그는 그 사실을 알 수 있었다. 지금까지 잘 알고 있었다.

그가 벽으로 손을 뻗어 또 하나의 비스킷을 어렵사리 빼냈다. 못도 함께 딸려 왔다. 그는 중앙에 박힌 못을 신중하게 빼면서 첫 번째 비스킷과 함께 못을 먹은 건 아닌지 멍하니 생각했다. 터무니없긴! 기억하지 못할 리가 없었다. 큰 못이었으니까. 그는 배를 만져 보았다. 배가 몹시 고픈 게 분명했다. 그는 곰곰이 생각했다. 그리고 기억해 냈다. 어제저녁에 식사를 하지 않았다는 사실을. 가정부가 쉬는 날이었고 키티는 방에 누워 초콜릿 사탕을 먹고 있었다. 그녀는 '숨이 막힐 것' 같아서 그와 가까이 있지 못하겠다고 말했다. 그는 조지를 목욕시키고 침대에 데려간 뒤 저녁을 먹기 전에 잠시 쉬려고 소파에 드러누웠다. 그곳에서 잠이 들었고 열한 시쯤 깨어나 찾아보니 냉장고에는 감자 샐러드 한 숟가락밖에 없었다. 그는 그것을 먹고 키티의 옷장에서 발견한 초콜릿 사탕도 조금 곁들였다. 오늘 아침에는 출근 전에 시내에서 급하게 아침을 먹었다. 그러나 정오에는 키티가 걱정되기 시작했다. 집에 가서 그녀를 데리고 나와서 점심을 먹기로 했다. 그런 후에 베개에 놓인 쪽지를 본 것이다. 벽장에 있던 속옷 더미는 사라지고 없었다. 그리고 그녀가 남긴 것은 트렁크를 보내 달라는 지시 사항이었다.

이런 허기는 처음 느껴 본다고 생각했다.

다섯 시에 방문 간호사가 아래층으로 살금살금 내려왔을 때 그는 소파에 앉아 양탄자를 응시하고 있었다.

"크롬웰 씨?"

"네?"

"저, 커튼 부인께서 저녁 식사 때 뵙지 못하시겠대요. 몸이 좋지 않으세요. 선생님께 요리사가 음식을 마련해 드릴 거라고, 손님용 침실이 있다고 전해 달라셨어요."

"아프다는 말씀입니까?"

"방에 누워 계세요. 진찰은 막 끝났고요."

"그럼…… 그럼 어떤 결론이 났습니까?"

"네."

간호사가 조용히 말했다.

"주이트 박사님은 희망이 없다고 말씀하세요. 커튼 씨는 언제까지라도 살아 있을 수 있지만 다시 눈을 뜨거나 움직이거나 생각하지 못한답니다. 그냥 숨만 쉴 거래요."

"숨만?"

"네.

그제야 간호사는 알아차렸다. 책상 옆에서 기묘하고 둥근 물체 10여 개가 한 줄로 늘어선 모습을 본 기억이 나는데, 그것이 이국적인 장식품이라고 막연하게 생각했었는데, 이제는 하나만 남아 있었던 것이다. 다른 것들이 있던 자리에는 작은 못 자국이 줄지어 있었다.

해리가 멍하니 그녀의 시선을 따라가다가 자리에서 일어났다.

"자고 갈 생각은 아닙니다. 기차가 있을 거예요."

간호사가 고개를 끄덕였다. 해리는 모자를 들었다.

"안녕히 가세요."

간호사가 상냥하게 말했다.

"그럼 안녕히."

그는 자기 자신에게 말하듯 대답한 다음 마지못해 발걸음을 옮기며 문으로 가다가 걸음을 멈추었다. 간호사는 그가 벽에서 마지막 물체를 떼어 내 주머니에 넣는 모습을 보았다.

그 후 그는 방충문을 열고 현관 계단을 내려가 간호사의 시야에서 사라졌다.

5

얼마 지나지 않아 제프리 커튼 주택에 칠해진 깨끗하고 하얀 페인트는 수많은 7월의 태양들과 타협하기로 확정하고 회색으로 변함으로써 성의를 보였다. 페인트는 비늘처럼 떨어져 나갔다. 매우 부서지기 쉬운 낡은 페인트 껍질이 큼지막이 벗겨져, 괴상한 체조를 하는 노인처럼 몸을 뒤로 젖히더니 마침내는 아래에서 마구 자란 풀 사이로 떨어져 곰팡내 나는 죽음을 맞이했다. 집 앞면 기둥의 페인트는 갈라져 줄무늬가 생겼다. 왼쪽 문설주에 달려 있던 하얀 공은 떨어져 버렸고 초록색 햇빛 가리개는 거무스름해지다가 색채라는 가면을 모두 잃어버렸다.

소심한 사람들이 피해 가는 그런 집이 되고 있었다. 어떤 교회에서 그 집의 대각선 맞은편에 묘지로 쓸 땅을 샀다. '커튼 부인이 그 살아 있는 시체와 함께 지내는 곳'에 그런 상황까지 겹치니 도로의 그쪽 구역에는 유령 같은 분위기가 퍼질 만했다. 그렇다고 그녀가 혼자 남겨진 것은 아니었다. 남자들과 여자들이 그녀를 만나러 왔고, 시내로 장을 보러 나온 그녀와 만나기도 했으며, 차로 그녀를 집까지 데려다주기도 했다. 그리고 잠시 집에 들어와서 그녀의 미소가 변함없이 풍기는 황홀한 매력을 느끼며 이야기를 나누고 쉬기도 했다. 그러나 이제는 모르는 남자들이 거리에서 감탄하는 눈길로 그녀의 모습을 뒤쫓는 일은 없었다. 아주 얇은 베일이 그녀의 아름다움을 뒤덮어 그 생동감을 손상시켰지만 아직은 주름이 생기거나 살이 찌지 않았다.

그녀는 마을에서 인품이 좋은 인물로 통하게 되었다. 그녀에 관한 작은 일화들이 들려왔다. 어느 해 겨울에 시골길이 꽁꽁 얼어붙어 마차도, 자동차도 다닐 수 없게 되었을 때 그녀는 제프리를 오랫동안 혼자 두지 않고 식료품점과 약국에 재빨리 다녀올 수 있도록 스케이트 타는 법을 익혔다. 남편에게 마비가 온 후 매일 밤 그녀가 그의 침대 옆에 둔 작은 침대에 누워 그의 손을 잡고 잠든다는 이야기도 있었다.

제프리 커튼은 이미 죽은 사람으로 치부되었다. 세월의 흐름과 더불어 그를 알았던 사람들은 죽거나 이사를 갔다. 함께 칵테일을 마시고 서로의 아내를 이름으로 편하게 부르며, 제프가 말로 역사상 가장 기지 넘치고 가장 재능 있는 사람이라고 생각했던 옛 무리는 대여섯 명밖에 남지 않았다. 이제 우연히 들른 손님에게 제프리는 커튼 부인이 가끔 양해를 구하며 서둘러 위층으로 올라가는 구실에 지나지 않았다. 그는 일요일 오후의 후텁지근한 공기를 타고 조용한 거실로 들어오는 신음 소리나 날카로운 비명이었다.

제프리는 움직이지 못했다. 눈은 아주 멀었고 귀머거리였으며 의식이 전혀 없었다. 매일 아침 그녀가 방을 정돈하는 동안 휠체어로 옮겨질 때를 제외하고는 종일 침대에 누워 있었다. 마비는 그의 심장 쪽으로 서서히 기어오고 있었다. 처음에, 그러니까 첫해에 록산은 그의 손을 잡고 있다가 때로 응답과도 같은 아주 약한 압력을 느끼곤 했다. 그러다 그 반응은 어느 날 저녁 멈추더니 사라져 버렸고 다시는 나타나지 않았다. 록산은 이틀 밤을 동그랗게 뜬눈으로 꼬박 새우면서 어둠 속을 응시하며 무엇이 사라진 것인지, 그의 영혼에서 어떤 부분이 달아나 버린 것인지, 그 산산조각 난 신경이 아직도 뇌로 운반하는 마지막 지식의 티끌은 무엇인지 생각했다.

그 후로 희망은 죽었다. 그녀의 쉴 새 없는 보살핌이 아니었다면 그 마지막 불꽃은 오래전에 사라졌을 터였다. 아침마다 그녀는 남편에게 면도를 해 주고 목욕을 시켰으며 침대에서 의자로 그리고 다시 침대로 직접 그를 들어 옮겼다. 그녀는 늘 그의 방에 머무르면서 약을 챙기고 베개를 매만져 주었으며 마치 사람 같은 개에게 말을 걸 듯이 대답이나 의견을 기대하지 않고 말을 걸었다. 그리고 습관처럼 남은 흐릿한 신앙 때문에 믿음이 사라진 기도를 올렸다.

저명한 신경 전문의를 비롯해 적지 않은 사람들이 그녀에게 그렇게 신경을 써 보았자 쓸데없는 일이라고, 제프리가 의식이 있었다면 죽기를 바랐을 것이라고, 그의 영혼이 더 넓은 공중을 배회하고 있다면 그녀가 그런 희생을 치르지 않아야 한다는 생각에 동의할 것이라고, 육신이라는 감옥이 자신을 완전히 놓아주기만을 애타게 기다리고 있을 것이라고 말했다.

"하지만 아시잖아요."

그녀는 가만히 고개를 저으며 대답했다.

"전 제프리와 결혼했으니…… 그를 더 이상 사랑하지 않을 때까지 결혼 생활은 계속 지속되는걸요."

"하지만."

반박하는 이 말은 실제로는 "저런 존재를 사랑할 수는 없잖아요."라는 뜻이었다.

"예전 모습을 사랑하면 돼요. 달리 제가 뭘 하겠어요?"

전문의는 어깨를 으쓱하며 돌아갔고 커튼 부인이 범상치 않은 여자이며 천사처럼 다정하다고 말했다. 그러나 몹시도 가엾다고 덧붙였다.

"그녀를 돌봐 주고 싶어서 속을 태우는 남자가 있을 텐데. 아니, 많을 텐데……."

가끔 있기는 했다. 여기저기에서 누군가 희망을 품고 시작했다가 존경을 품고 끝냈다. 그 여자에게는 정말 기이하게도 삶과 세상 사람들에 대한 사랑만이 남아 있었다. 그녀는 넉넉지 않은 형편에도 자신이 음식을 나누어 주었던 떠돌이부터, 고기가 많은 진열대 너머로 자신에게 싸구려 스테이크를 팔았던 푸줏간 주인까지 모두를 사랑했다. 사랑의 다른 측면은 저 무표정한 미라 속 어딘가에 봉인되어 버렸다. 나침반 바늘처럼 기계적으로 늘 빛을 향해 얼굴을 돌리고 누워 마지막 파도가 심장을 덮치기를 잠자코 기다리는 저 미라 속에.

11년 후, 그는 5월 어느 날 한밤중에 죽었다. 라일락 향기가 창턱에 매달리고 산들바람이 창밖에서 개구리와 매미의 날카로운 울음소리를 실어 나르던 때였다. 두 시에 잠이 깬 록산은 마침내 집에 혼자 남았음을, 흠칫 놀라며 깨달았다.

6

그 후로 그녀는 풍파에 시달린 베란다에 앉아 수많은 오후를 보내며 흰색과 녹색이 어우러진 시내로 완만하게 물결쳐 내려가는 건너편 들판을 물끄러미 바라보았다. 이제 어떻게 살아야 할지 생각하고 있었다. 그녀는 서른여섯 살, 아름답고 강인하고 자유로웠다. 지난 세월이 제프리의 보험금을 먹어 치웠다. 그녀는 마지못해 왼쪽과 오른쪽 땅 일부를 팔았고 적은 액수지만 집을 담보로 대출까지 받았다.

남편의 죽음과 함께 크나큰 신체적 불안이 찾아왔다. 그녀는 그를 돌봐야 했던 아침이 그리웠고, 서둘러 시내로 달려가 정육점과 식료품점에서 짧지만 그래서 더 반갑게 이웃들을 만나던 때가 그리웠다. 두 사람 몫으로 요리를 하면서 그를 위해 고운 유동식을 준비하던 일이 그리웠다. 하루는 기운을 주체할 수 없어서 밖으로 나가 정원 전체를 삽으로 팠는데 오랫동안 하지 않은 일이었다.

그리고 그녀는 결혼 생활의 찬란함을, 나중에는 고통을 지켜본 방에서 홀로 밤을 보냈다. 알 수 없는 미래의 만남을 기대하기보다는 제프를 다시 만나기 위해서였다. 마음속으로 그 행복했던 시절, 격렬하고 열정적으로 서로에게 열중하며 함께 지냈던 그 시절로 돌아갔다. 가끔 잠에서 깨어 누운 채로 옆에 그 존재가 있었으면 좋겠다고 생각했다. 생기가 없지만 숨은 쉬는 존재, 여전히 제프인 그 존재가.

제프가 죽고 여섯 달이 지난 어느 날 오후, 그녀는 검은 드레스를 입고 베란다에 앉아 있었다. 그녀의 풍만한 몸매를 아예 연상할 수 없게 만드는 드레스였다. 인디언 서머였고 주변 모든 것이 황금빛 갈색이었다. 한숨짓는 나뭇잎들이 정적을 깨뜨렸다. 서쪽에서는 네 시의 태양이 불타는 하늘로 붉고 노란 줄무늬를 퍼뜨리고 있었다. 새들은 대부분 사라지고 없었고, 기둥 처마 장식에 둥지를 튼 참새 한 마리만이 간간이 짹짹 울며 때로 머리 위에서 힘차게 파드닥거렸다. 록산은 참새가 보이는 곳으로 의자를 옮겼고 그녀의 생각은 오후의 품에서 나른하게 빈둥거렸다.

해리 크롬웰이 시카고에서 저녁을 먹으러 오는 중이었다. 8년 전 이혼한 후 그는 자주 찾아왔다. 두 사람은 그들 사이에 전통으로 자리 잡은 행동을 늘 해 왔다. 그가 도착하면 둘은 함께 제프를 보러 갔다. 해리는 침대 가장자리에 앉아 진심 어린 목소리로 물었다.

"그래, 제프. 이보게, 오늘은 좀 어때?"

록산은 옆에 서서 제프를 유심히 바라보며, 이 망가진 정신에 옛 친구에 대한 희미한 인식이라도 스쳐 지나가지 않을까 꿈꾸었다. 그러나 창백하고 조각 같은 머리는 유일한 동작, 빛을 향해 서서히 움직이는 모습만 보여 줄 뿐이었다. 보이지 않는 눈 뒤의 뭔가가 오래전에 사라진 다른 빛을 더듬어 찾고 있는 것처럼.

이런 방문이 8년 동안 이어졌다. 부활절에, 크리스마스에, 추

수감사절에, 그리고 수많은 일요일에 해리가 찾아왔고 제프를 방문한 다음 베란다에서 한참 동안 록산과 이야기를 나누었다. 그는 그녀에게 헌신적이었다. 이 관계를 일부러 숨기지도 않았고 발전시키려고 하지도 않았다. 저기 침대에 누운 육체가 그의 가장 가까운 친구였듯이 그녀 역시 가장 가까운 친구였다. 그녀는 평화였고 휴식이었다. 그녀는 지난날이었다. 그의 비극을 아는 사람은 그녀뿐이었다.

그는 장례식에 참석했지만 그 후 회사에서 그를 동부로 발령한 탓에 출장이 있을 때만 시카고 근처에 오게 되었다. 록산은 올 수 있으면 오라고 편지를 보냈다. 그는 도시에서 하룻밤을 보낸 후 기차를 타고 나왔다.

둘은 악수를 했고 그는 그녀를 도와 흔들의자 두 개를 옮겨서 나란히 붙였다.

"조지는 어때요?"

"잘 있어요, 록산. 학교가 마음에 드는 모양이에요."

"물론 그 길밖에 없었을 거예요, 그 애를 보낸 거 말이에요."

"물론······."

"그 애가 몹시 보고 싶죠, 해리?"

"그래요······ 정말 보고 싶어요. 재미있는 아이죠······."

그는 조지 이야기를 많이 했다. 록산은 흥미를 느꼈다. 해리에게 다음 휴가 때 꼭 여기로 데려오라고 했다. 평생 그 아이를 본 것은 한 번뿐이었다······ 지저분한 롬퍼스를 입은 어린아이의 모습으로.

록산은 해리가 신문을 읽도록 놔두고 저녁을 준비했다. 오늘 밤에는 갈비 네 토막과 정원에서 직접 기른 철 지난 채소가 좀 있었다. 그녀는 음식을 모두 차린 다음 해리를 불렀고 두 사람은 함께 앉아 조지 이야기를 계속했다.

"저도 아이가 있었다면……."

그녀는 말하곤 했다.

그 후 해리는 투자에 관해 해 줄 수 있는 빈약한 조언을 했고 둘은 정원을 산책하며 여기저기에서 예전에 시멘트 벤치였던 것이나 테니스 코트가 있었던 곳을 알아보고 걸음을 멈추었다.

"기억나는지 모르겠는데……."

그러면 둘은 밀려오는 추억의 물결에 올라탔다. 함께 사진을 마구 찍어 대다가 제프가 송아지에 걸터앉은 모습을 찍던 그날. 제프와 록산이 풀밭에 팔다리를 쭉 뻗고 머리가 닿을 듯이 누운 모습을 그린 해리의 스케치. 제프는 비 오는 날에도 쉽게 갈 수 있도록 헛간 겸 집필실과 집을 연결하는 지붕 달린 격자 울타리를 만들 예정이었다. 격자 울타리는 만들어지기 시작했지만 부서진 삼각형 조각 말고는 아무것도 남지 않았고, 아직도 집에 붙어 있는 그 조각은 낡아 빠진 닭장과 비슷했다.

"그 박하 술!"

"제프의 공책! 우리가 그의 주머니에서 공책을 꺼내 한 페이지를 소리 내서 읽으며 얼마나 웃었는지 기억나요, 해리? 또 그이가 얼마나 당황하고 흥분했는지?"

"제정신이 아니었죠! 자기 글에 관해서라면 정말 애처럼 굴었으니까."

둘은 잠시 입을 다물었고 곧 해리가 말했다.

"우리도 여기에 집을 얻으려고 했었는데. 기억나요? 바로 옆에 있는 땅 이십 에이커를 사려고 했잖아요. 함께 파티를 열려고도 했었죠!"

다시 침묵이 찾아왔고 이번에 침묵을 깨뜨린 것은 나직하게 묻는 록산의 목소리였다.

"소식을 듣긴 해요, 해리?"

"아…… 그렇죠."

해리가 차분하게 대답했다.

"그 사람은 시애틀에 있어요. 호튼이라는 남자와 재혼했어요. 목재의 제왕이라나. 그녀보다 나이가 상당히 많을 거예요, 아마."

"처신은 잘하고요?"

"네…… 그렇다고 들었어요. 모든 것을 가졌잖아요. 저녁 식사 때 그 남자를 위해 옷을 차려입는 걸 빼면 별로 할 일도 없죠."

"그렇군요."

그는 아무렇지 않게 화제를 바꾸었다.

"집은 계속 가지고 있을 건가요?"

"아마도요."

그녀가 고개를 끄덕이며 말했다.

"전 여기에 참 오래 살았어요, 해리. 이사하면 끔찍할 것 같아요. 간호사 훈련을 받을까도 생각했는데 물론 그러려면 여기를 떠나야 하잖아요. 하숙집 여자가 되기로 거의 마음먹은 참이에요."

"하숙집에서 살겠다고요?"

"아니에요. 운영하려고요. 하숙집 주인이 되는 게 뭐 그리 이상한 일이겠어요? 어쨌든 흑인 여자 하나를 두고 여름에는 여덟 명쯤, 겨울에는 오겠다는 사람이 있으면 두세 명쯤 받는 거죠. 물론 집에 페인트를 새로 칠하고 내부도 점검해야 할 거예요."

해리가 생각에 잠겼다.

"록산, 음…… 잘할 수 있는 일이 뭔지 당연히 당신이 잘 알겠죠. 하지만 정말 놀라운 일이네요, 록산. 새 신부로 여기 온 사람인데."

"아마도, 그래서 하숙집 주인으로 여기 남는 게 아무렇지도 않나 봐요."

"어떤 비스킷 한 접시가 떠오르는군요."

"아, 그 비스킷!"

그녀가 외쳤다.

"그래도 당신이 그것들을 삼켰다는 얘기를 다 들었으니, 그게 그렇게 형편없었을 리는 없다고 생각해요. 그날 굉장히 울적했는데 간호사가 그 비스킷 이야기를 들려주니까 왠지 웃음이 나는 거예요."

"제프가 못을 박은 서재 벽에 자국이 아직 그대로 있던데요."

"맞아요."

이제는 무척 어두워졌고 공기도 서늘했다. 가볍게 휙 부는 바람에 마지막 나뭇잎들이 사방으로 흩어졌다. 록산은 살짝 몸을 떨었다.

"들어가는 게 좋겠어요."

그는 손목시계를 보았다.

"늦었어요. 떠나야 해요. 내일 동부로 갑니다."

"가려고요?"

그들은 현관 입구의 계단 바로 아래에서 잠시 미적거리며 저 먼 호수 쪽에서 눈덩이 같은 달이 떠오르는 모습을 지켜보았다. 여름은 지나갔고 지금은 인디언 서머였다. 풀은 차가웠고 안개도, 이슬도 없었다. 그가 떠나면 그녀는 안으로 들어가 가스등을 켜고 덧문을 닫을 것이고, 그는 인도를 걸어 마을로 들어갈 것이다. 이 두 사람에게 인생이란 재빨리 다가와서 씁쓸함이 아니라 애처로움만을 남기고 사라지는 것이었다. 환멸이 아니라 고통만 남는 것이었다. 두 사람이 악수를 나눌 무렵 달빛은 어느새 풍부해져서 그들은 상대방의 눈에 차오른 다정함을 볼 수 있었다.

이키 씨

1막으로 구성된 기묘함의 정수

무대 배경은 지독하게 목가적인 8월의 오후, 웨스트 아이자 크셔에 있는 작은 시골집 외부다. 엘리자베스 여왕 시대의 농부 옷을 입은 이키 씨가 많은 항아리와 많은 둔덕 사이를 하릴없이 비틀비틀 돌아다니고 있다. 인생의 전성기를 한참 지난 노인이 다. 말할 때 거센 사투리 발음이 섞여 나오고 외투를 무심하게 뒤집어 입은 사실로 미루어, 우리는 그가 삶의 일반적인 피상성 을 초월했거나 거기에 미치지 못했다고 추측한다.

그의 근처 풀밭에는 어린 소년 피터가 누워 있다. 물론 피터 는 어린 월터 롤리 경을 그린 그림들처럼 손바닥으로 턱을 괴고 있다. 그는 진지하고 어둡고 음울하기까지 한 회색 눈을 비롯해 완벽한 이목구비를 갖추고 있다. 그리고 음식 따위는 먹어 본 적 도 없을 것처럼 매혹적인 분위기를 발산한다. 이런 분위기가 가장 멋지게 발산되는 때는 소고기로 만찬을 즐기고 그 여운을 음미하는 동안일 수도 있다. 그는 넋을 잃은 얼굴로 이키 씨를 바라보고 있다.

정적…… 새들의 노랫소리.

피 터 전 밤이면 종종 창가에 앉아 별들을 바라봐요. 가끔은 제 별들이라고 생각한답니다…… (엄숙하게) 언젠가는 저도 별이 될 테니까요…….

이키 씨 (무신경하게) 그래, 그래…… 그래…….

피 터 전 별들을 다 알아요. 금성, 화성, 해왕성, 글로리아 스완슨.(*무성 영화 배우.)

이키 씨 난 천문학을 신용하지 않아…… 난 뢴던을 생각하고 있었다, 얘야. 타자수가 되겠다고 떠나 버린 내 딸 생각이 떠올라서……. (한숨을 쉰다.)

피 터 전 얼사가 좋았어요, 이키 아저씨. 무척 통통하고 동글동글하고 가슴이 풍만했죠.

이키 씨 쓸데없이 종이를 넣어 부풀린 거란다, 얘야. (그는 항아리 더미와 둔덕에 발이 걸려 넘어진다.)

피 터 천식은 어떠세요, 이키 아저씨?

이키 씨 더 나빠졌어, 고맙게도! (침울하게) 난 백 살이야…… 점점 약해지고 있어.

피 터 자잘한 방화를 그만두신 후로 사는 게 꽤 재미없게 느껴지시나 봐요.

이키 씨 그래…… 그래…… 있잖느냐, 피터. 얘야, 내가 쉰 살이었을 때 한 번 개심한 적이 있단다…… 감옥에서.

피 터 그런데 다시 잘못된 거예요?

이키 씨 잘못됐다 뿐이냐. 형기가 일주일 남았을 때 그 사람들
이 사형 예정인 건강하고 젊은 죄수의 분비샘을 나에
게 이식시켜 주겠다고 고집하는 거야.

피 터 그래서 기력이 회복되었어요?

이키 씨 기력이 회복되긴! 악마가 내 속에 다시 들어왔어! 그
젊은 죄수는 교외에 사는 강도에다가 절도광이 분명
해. 거기에 비하면 방화는 애교지!

피 터 (경외심에 휩싸여) 무시무시하군요! 과학은 허풍이에
요.

이키 씨 (한숨을 쉬며) 이제는 그놈을 제법 진압했단다. 평생
분비샘 두 세트를 모두 소비해서 없애는 건 누구나 하
는 일은 아니지. 난 고아원에 있는 그 모든 원기를 다
준대도 분비샘을 또 받지는 않을 거다.

피 터 (생각에 잠겨) 훌륭하고 조용한 노목사님의 것이라면
반대하지 않으실 것 같은데요.

이키 씨 목사는 분비샘이 없어…… 영혼이 있지.

(무대 밖에서 경적 소리가 낮게 울려 퍼지며 커다란 자동차가
아주 가까이에서 멈추었음을 알린다. 곧 예복과 에나멜가죽 실
크해트로 멋지게 차려입은 젊은 남자가 무대에 등장한다. 매우
세속적인 남자다. 다른 두 인물의 영적인 성향과 대조되는 모습
이 박스석 첫째 줄만큼 먼 자리에서도 보인다. 이 사람은 로드니
디바인이다.)

디바인 얼사 이키를 찾고 있습니다.

(이키 씨가 자리에서 일어나 두 둔덕 사이에서 몸을 떨며 일어선다.)

이키 씨 내 딸은 뢴던에 있소.

디바인 런던을 떠났어요. 여기로 오고 있습니다. 제가 따라왔지요.

(그는 담배를 꺼내려고 옆으로 멘 작은 자개 가방에 손을 넣는다. 담배 하나를 고르고 불을 붙인다. 담배에 즉시 불이 붙는다.)

디바인 기다리겠습니다.

(그는 기다린다. 몇 시간이 지난다. 아무 소리도 들리지 않는다. 이따금씩 둔덕들이 자기들끼리 말다툼을 하면서 낄낄대고 쉬쉬대는 소리 외에 다른 소리는 들리지 않는다. 이 부분에서 노래 몇 곡을 삽입해도 좋고 원한다면 디바인에게 카드 마술이나 공중제비를 시켜도 좋다.)

디바인 여긴 무척 조용하군요.

이키 씨 그래요, 무척 조용하지⋯⋯.

(갑자기 옷차림이 야한 소녀가 나타난다. 매우 세속적이다. 그 소녀가 얼사 이키다. 그녀에게는 초기 이탈리아 유화의 특색인 볼품없는 얼굴이 달려 있다.)

얼사 (거칠고 세속적인 목소리로) 아부지! 저 왔어요! 얼사가 뭘 했다고요?

이키 씨 (떨리는 목소리로) 얼사, 귀여운 얼사.

(둘은 서로 껴안는다.)

이키 씨 (기대감에 차서) 밭갈이를 도와주려고 돌아왔구나.

얼 사 (무뚝뚝하게) 아니에요, 아부지. 밭갈이는 넘 귀찮아요. 안 할래요.

(사투리 억양이 심하지만 말하는 내용은 상냥하고 간결하다.)

디바인 (달래듯이) 이봐, 얼사. 우리 합의 좀 하자고.

(그가 품위 있게 그녀에게 다가온다. 성큼성큼 걷기까지 하는데 그를 케임브리지 경보 팀 주장으로 만들어 준 걸음걸이다.)

얼 사 아직도 그게 잭이라고 말할 거예요?

이키 씨 무슨 말이냐?

디바인 (친절하게) 내 사랑, 물론 그건 잭이지. 프랭크가 아니야.

이키 씨 프랭크가 누군데?

얼 사 프랭크가 분명해요!

(이 부분에서 외설적인 농담이 나와도 좋다.)

이키 씨 (즉흥적으로) 싸움은 좋지 않아…… 싸움은 좋지 않아…….

디바인 (그녀의 팔을 쓰다듬으려고 힘차게 손을 뻗는다. 그를 옥스퍼드의 조정 경기 팀 정조수로 만들어 준 동작이다.) 당신은 나와 결혼해야 해.

얼 사 (코웃음 치며) 흥, 당신 집에서는 하인용 출입구로도 날 들여보내지 않을 텐데.

디바인 (발끈하며) 그렇지 않아! 겁내지 마…… 당신은 작은 마누라용 출입구로 들어오게 될 테니.

얼 사 이봐요!

디바인 (당황하며) 미안해. 내 말, 무슨 뜻인 알지?

이키 씨 (엉뚱한 생각에 괴로워하며) 우리 꼬마 얼사와 결혼하고 싶다고?

디바인 그렇습니다.

이키 씨 과거는 깨끗할 테고.

디바인 훌륭합니다. 저는 세상에서 최고로 건강한 체질로……

얼 사 조례는 최악이고요. (*디바인이 말한 '체질constitution'이라는 단어에는 '헌법'이라는 뜻도 있다.)

이키 씨 저는 이튼 고등학교 시절에 사교 토론 클럽의 일원이었습니다. 럭비 중학교 시절에는 무알코올 맥주 모임 소속이었고요. 차남인 저는 경찰이 되기로……

이키 씨 그건 넘어가고…… 돈은 있나?

디바인 뭉치로 있습니다. 얼사는 아침마다 시내를 구역별로 돌아다닐 겁니다. 롤스로이스 두 대를 거느리고 말이지요. 작은 차 한 대와 개조한 탱크도 있습니다. 오페라를 볼 때는 전용 좌석에……

얼 사 (시무룩하게) 난 박스석이 아니면 잠을 못 자요. 또 당신이 클럽에서 징계받았다는 소식도 들었어요.

이키 씨 출납계라고?

디바인 (고개를 떨어뜨리고) 징계받긴 했지.

얼 사 이유가 뭐예요?

디바인 (들릴락 말락) 저번에 장난삼아 폴로 공을 숨겼거든.

이키 씨 정신 상태는 괜찮은가?

디바인 (침울하게) 그런 편이지요. 어쨌든 머리 좋다는 게 뭡니까? 보는 사람이 없을 때 씨를 뿌리고 모두가 보는 앞에서 수확하는 눈치에 불과하죠.

이키 씨 조심해…… 내 딸을 난해한 경구와는 결혼시키지 않을 테니…….

디바인 (더욱 침울하게) 장담컨대 저는 상투적인 문구일 뿐입니다. 가끔은 태어난 당시의 사고 수준으로 하락하기도 합니다.

얼 사 (멍하니) 당신이 하는 말은 전혀 중요하지 않아요. 나는 그게 잭일 거라고 생각하는 남자와 결혼할 수 없어요. 대체 프랭크가…….

디바인 (말을 자르며) 허튼소리!

얼 사 (단호히) 당신은 바보야!

이키 씨 쯧쯧! 다른 사람을 판단해서는 안 된다…… 자비심으로 대해라, 딸아. 네로가 한 말이었나? '누구도 악의로 대하지 말고 자비심으로 모두를 대하라.'

피 터 네로가 아니에요. 존 드링크워터예요.

이키 씨 자! 프랭크란 사람은 누구냐? 잭은 또 누구고?

디바인 (침울하게) 고치(*1908년부터 1913년까지 프로레슬링 세계 헤비급 챔피언 자리를 고수했으며 미국 프로레슬링의 아버지라고 불리는 프랭크 고치를 말함.)입니다.

얼 사 뎀프시예요.

디바인 저희는 만일 그 두 사람이 불구대천의 원수인데 한 방에 갇혔다면 누가 살아서 나올지 언쟁하고 있었습니

다. 전 잭 뎀프시(*유명한 권투 선수. 거칠고 공격적인 스
타일로 헤비급 챔피언이 되었다.)가 단번에……

얼 사 (발끈하며) 당치 않아요! 그는 결코……

디바인 (재빨리) 당신이 이겼어.

얼 사 그럼 다시 당신을 사랑해요.

이키 씨 그러면 난 내 귀여운 딸을 잃게 되겠구나……

얼 사 아직도 자식들이 집에 바글바글하잖아요.

(얼사의 오빠 찰스가 집에서 나온다. 바다로 나가려는 듯한
옷차림이다. 둘둘 감은 밧줄을 어깨에 메고 목에는 닻을 걸고 있
다.)

찰 스 (다른 사람들을 보지 않고) 난 바다로 갈 거야! 바다
로 갈 거야! (의기양양한 목소리다.)

이키 씨 (서글프게) 넌 씨를 뿌린다고 한참 전에 나갔잖니.

찰 스 전 『콘래드』를 읽고 있었는데요.

피 터 (꿈꾸듯이) 『콘래드』라니, 아! 헨리 제임스가 쓴 『돛대
앞에서 보낸 이 년』말이구나.

찰 스 뭐?

피 터 월터 페이터 식 『로빈슨 크루소』라고 할 수 있죠.

찰 스 (아버지에게) 전 여기 남아서 아부지와 썩어 갈 순 없
어요. 제 인생을 살고 싶어요. 뱀장어를 잡고 싶어요.

이키 씨 내가 여기 있으마…… 네가 돌아올 때……

찰 스 (경멸하듯이) 흥, 벌레들이 아부지 이름을 듣고 벌써
입맛을 다시고 있다고요.

(등장인물 일부가 한참 말을 하지 않고 있었다는 사실이 뚜렷

해진다. 해당 배우들이 활기찬 색소폰 곡을 연주하고 있을 수 있다면 기법이 향상될 것이다.)

이키 씨 (슬픈 듯이) 이 골짜기, 이 언덕, 이 매코믹 수확기가…… 내 아이들에게는 아무 의미도 없는 모양이구나. 이해한다.

찰 스 (좀 더 다정하게) 그렇다면 저에게 선심을 써 주시겠네요, 아부지. 이해한다는 건 용서한다는 뜻이니까요.

이키 씨 아니야…… 아니야……. 우린 이해할 수 있는 사람들을 결코 용서하지 않는다……. 아무 이유 없이 우리에게 상처를 준 사람들만 용서할 수 있어.

찰 스 (참지 못하고) 아부지가 말하는 그 인간성에 대한 대사들이 아주 그냥 지긋지긋해요. 그리고 어쨌거나 전 여기에서 뭉그적대는 시간이 싫어요.

(이키 씨의 자녀 수십 명이 집에서 나와 풀에 걸려 넘어지고 항아리와 둔덕에 걸려 넘어진다. '우린 멀리 갈 거예요.'라는 말이나 '우린 떠나겠어요.'라는 말을 중얼거리고 있다.)

이키 씨 (찢어지는 가슴으로) 모두 나를 버리는구나. 내가 너무 자상했던 거야. 매를 아끼면 재미를 망치기 마련이지. 오, 비스마르크의 분비샘이 있다면!

(무대 밖에서 경적 소리가 들린다. 주인을 기다리다 짜증이 커진 디바인의 운전사일 것이다.)

이키 씨 (비참하게) 저 애들은 흙을 사랑하지 않는구나! 위대한 감자의 전통을 충실히 따르지 않았구나! (흙 한 줌

을 격렬하게 움켜쥐고 자신의 벗겨진 머리 위에 문지
른다. 머리카락이 자란다.) 오, 워즈워스여, 워즈워스
여. 당신의 말은 참으로 진실이었도다!

그녀에게는 이제 움직임도, 힘도 없네.
듣지도, 느끼지도 못하고.
매일 운행하는 지구를 따라 돌고 돈다네.
누군가의 올즈모빌을 타고.

(그들은 모두 신음을 하고 '인생'과 '재즈'를 외치며 무대 양옆
으로 천천히 다가간다.)

찰 스 흙으로 돌아가라니, 흥! 전 십 년 동안 흙을 등지려고
　　　노력했단 말이에요!

다른 아이 농부가 나라의 등뼈일지도 모르지만 누가 등뼈가 되
　　　고 싶어 할까요?

다른 아이 난 샐러드를 먹을 수만 있다면 이 나라의 양배추를 누
　　　가 괭이로 파내든 상관없다고요!

다 함께 인생! 심령 연구! 재즈!

이키 씨 (스스로와 씨름하며) 난 기묘해져야 해. 그것뿐이야.
　　　중요한 건 인생이 아니라 우리가 인생에 일으키는 기
　　　묘함이야……

다 함께 우린 리비에라를 따라 죽 내려갈 거예요. 피커딜리 서
　　　커스 표를 구했어요. 인생! 재즈!

이키 씨 기다려라. 너희에게 성경을 읽어 주마. 아무 데나 펼

쳐 보마. 늘 상황에 맞는 내용을 찾을 수 있단다. (어
느 둔덕 속에 든 성경을 발견하고 아무 데나 펼쳐 읽
기 시작한다.) 아납과 에스드모와 아님과 고센과 홀
론과 길로, 이 열한 성읍과 그 주변 마을들. 아랍과
두마와 에산과…….

찰 스 (잔인하게) 고리를 열 개 더 얻어서 다시 던져 봐요.

이키 씨 (다시 찾아서) 아름다워라, 나의 사랑! 아름다워라. 너
울 속 그대의 눈동자는 비둘기 같고 그대의 머리채는
길르앗 비탈을 내려오는 염소 떼 같구나……. 흠! 좀
천박한 구절이군…….

(자녀들이 버릇없이 그를 보고 웃어 대며 "재즈!", "삶이란 본
래 외설적인 거예요!"라고 외친다.)

이키 씨 (풀이 죽어) 오늘은 효과가 없구나. (기대하듯이) 어쩌
면 축축해서 그런지 몰라. (성경책을 만진다.) 그래,
축축해…… 둔덕에 물이 고여 있었어…… 효과가 없
을 거야.

다 함께 축축해! 효과가 없어! 재즈!

어느 아이 자, 여섯 시 반 기차를 타야 해.

(이 부분에 다른 신호를 삽입해도 좋다.)

이키 씨 잘 가라…….

자녀들이 모두 나간다. 이키 씨 홀로 남는다. 그는 한숨을 쉬
고 집 계단으로 걸어가서 드러누워 눈을 감는다.

땅거미가 내리고 무대는 땅이나 바다에서는 볼 수 없는 빛으
로 가득하다. 멀리에서 목동의 아내가 하모니카로 베토벤 교향

곡 10번의 아리아를 연주하는 소리 말고 다른 소리는 없다. 어마어마하게 큰 흰색, 회색 나방들이 휙 내려와 노인의 몸에 앉고 결국 노인은 나방으로 완전히 뒤덮인다. 그러나 그는 동요하지 않는다.

커튼이 몇 차례 오르락내리락하며 몇 분이 지났음을 나타낸다. 이키 씨가 커튼에 매달려 함께 오르락내리락하면 상당히 희극적인 분위기를 낼 수 있을 것이다. 이때 반딧불이나 와이어에 매단 요정을 등장시켜도 좋다.

곧 피터가 나타나는데 바보스러울 만큼 사랑스러운 표정이다. 손에 뭔가를 움켜쥐고 가끔씩 넋을 잃고 황홀하게 힐끔힐끔 들여다본다. 그는 갈등하다가 노인의 몸에 그것을 내려놓은 후 조용히 물러난다.

나방들이 자기들끼리 재잘거리다가 소스라치게 놀라며 흩어진다. 밤이 깊어 가도 작고 희고 동그란 그 물건은 여전히 반짝거리면서 웨스트 아이자크셔의 산들바람에 희미한 향기를 뿜어낸다. 그것은 피터가 준 사랑의 선물, 나프탈렌이다.

(연극은 여기에서 끝날 수도 있고 무한히 계속될 수도 있다.)

산골 소녀 제미나

이 글은 '문학'을 흉내 내지 않는다. '심리학적' 요소나 '분석'만 잔뜩 담은 것이 아닌 '이야기'를 원하는 혈기 왕성한 이들을 위한 소설일 뿐이다. 오, 이 이야기가 마음에 쏙 들 것이다! 여기에서 읽고, 영화로 보고, 축음기로 듣고, 재봉틀에 넣고 돌려 보라.

야생 소녀

켄터키 산속의 밤이었다. 사방에는 야생 그대로의 언덕들이 솟아 있다. 골짜기의 날쌘 개울은 산 위로, 산 아래로 콸콸 흘러갔다.

제미나 탠트럼은 개울가로 내려와 가족 증류소에서 위스키를 만들고 있었다.

그녀는 전형적인 산골 소녀였다.

그녀는 맨발이었다. 크고 억센 두 손은 무릎 아래로 늘어져 있었다. 얼굴은 노동으로 피폐했다. 겨우 열여섯 살인데도 12년이 넘도록 산골 위스키를 만들어 나이 많은 아버지와 어머니를 부양하고 있다.

때때로 그녀는 작업을 중단한 채 깨끗하고 기운을 북돋아 주는 액체를 국자 가득 담아 쭉 들이켜곤 했다. 그런 다음 활력을 되찾고 일을 계속해 나갔다.

그녀가 큰 통에 호밀을 넣고 발로 밟아 탈곡을 했는데 20분이 지나면 완성품이 나타났다.

갑작스런 외침에 국자로 술을 들이켜던 그녀는 동작을 멈추고 고개를 들었다.

"안녕하세요."

목소리가 들렸다. 목까지 올라오는 사냥용 부츠를 신고 숲에서 나타난 남자가 한 말이었다.

"안녕하세요."

그녀가 무뚝뚝하게 대답했다.

"탠트럼 가족의 오두막으로 가는 길 좀 알려 주겠소?"

"조 아래 마을에서 온 사람이에요?"

그녀는 손으로 루이스빌이 있는 산기슭을 가리켰다. 거기에 가 본 적은 없다. 그러나 예전에 그녀가 태어나기 전, 증조부인 고어 탠트럼은 보안관 둘과 함께 그 마을로 갔고 다시는 돌아오지 않았다. 그래서 탠트럼 일가는 대대로 문명을 두려워하게 되었다.

남자는 즐거워했다. 가볍게 쩡쩡 울리는 웃음을 터뜨렸다. 필라델피아 사람의 웃음이었다. 그 울림에 담긴 뭔가에 그녀는 전율했다. 위스키를 한 국자 더 마셨다.

"탠트럼 씨는 어디에 있소, 귀여운 아가씨?"

그가 제법 다정하게 물었다. 그녀는 발을 들어 큰 발가락으로 숲 쪽을 가리켰다.

"조기 소나무 숲 뒤에 있는 오두막이에요. 나이 든 탠트럼이 우리 아부지예요."

마을에서 온 남자는 고맙다고 말하고 성큼성큼 멀어졌다. 그에게서는 약동하는 젊음과 생기발랄한 성격이 느껴졌다. 그는 걷는 도중에 휘파람을 불고 노래하고 재주넘기를 하고 몸을 낮춰 빙글 돌며 상쾌하고 시원한 산 공기를 들이마셨다.

증류소 주변의 공기는 와인과도 같았다.

제미나 탠트럼은 황홀하게 그를 지켜보았다. 지금껏 그런 사람이 그녀의 인생에 들어온 적은 없었다.

그녀는 풀밭에 앉아 발가락 개수를 세었다. 열한 개였다. 그녀가 산수를 배운 곳은 산골 학교였다.

산속의 분쟁

10년 전 마을에서 온 여자가 산속에 학교를 열었다. 제미나는 돈이 없었지만 학비 대신 위스키를 냈다. 매일 아침 위스키한 양동이를 학교로 가져가 라파주 양의 책상에 놓았다. 라파주 양은 1년을 가르친 후 알코올로 인한 진전섬망증에 걸려 죽었고 제미나의 교육은 중단되었다.

증류소의 잔잔한 개울 건너에는 다른 증류소가 서 있었다. 돌드럼 일가의 증류소였다. 돌드럼 일가와 탠트럼 일가는 전혀 왕래하지 않았다.

그들은 서로를 증오했다.

50년 전 젬 돌드럼 영감과 젬 탠트럼 영감이 탠트럼네 오두막에서 슬랩잭 카드놀이를 하다가 싸움이 붙었다. 젬 돌드럼은 하트 킹을 젬 탠트럼의 얼굴에 던졌고, 격분한 탠트럼 영감은 '다이아몬드 9'로 돌드럼 영감을 쓰러뜨렸다. 다른 돌드럼들과 탠트럼들이 합세해 작은 오두막은 곧 날아다니는 카드로 가득 찼다. 젊은 돌드럼 중 하나인 하스트럼 돌드럼이 목구멍에 처박힌 하트 에이스 때문에 바닥에 뻗어 고통으로 몸부림쳤다. 문간에 서 있던 젬 탠트럼은 잔인무도한 증오로 얼굴을 불태우며 카드를 한 벌, 또 한 벌 써 나갔다. 탠트럼 할멈은 테이블 위에서 돌드럼 사람들에게 뜨거운 위스키를 뿌려 댔다. 마침내 트럼프가 다 떨어진 헥 돌드럼 영감은 담배 주머니로 좌우를 때리면서 남은 집안사람들을 주변으로 불러 모아 오두막에서 물러났다. 그리고 그들은 수송아지에 올라 집으로 맹렬히 질주했다.

그날 밤 돌드럼 영감과 그의 아들들은 복수를 다짐하며 돌아와서는 탠트럼의 창문에 똑딱거리는 시계를 올려놓고 초인종에 핀을 꽂은 뒤 서둘러 철수했다.

일주일 후 탠트럼 사람들은 돌드럼 일가의 증류소에 대구 간유를 부었다. 그래서 해마다 이 분쟁은 계속되어 한쪽 집안이 완패하면 다음에는 다른 집안이 그 꼴이 되었다.

사랑의 탄생

날마다 어린 제미나는 개울 이편의 증류소에서 일했고 보스코 돌드럼은 개울 저편의 증류소에서 일을 했다.

자동으로 계승된 증오 때문에 이 앙숙들은 때때로 서로에게 위스키를 던졌고 제미나는 프랑스 정식 같은 냄새를 풍기며 집에 돌아오곤 했다.

그러나 지금 제미나는 골똘히 생각에 잠긴 나머지 개울 건너를 볼 겨를이 없었다.

그 낯선 남자는 얼마나 근사하던지, 옷차림은 또 얼마나 기이하던지! 그녀는 나름의 순진함으로, 문명화된 마을이라는 것이 있다고는 전혀 믿지 않았고 뭐든 너무 쉽게 믿는 산골 사람들이라서 그런 이야기를 믿는다고 생각했다.

제미나가 오두막으로 올라가려고 몸을 돌렸는데 뭔가가 목을 때렸다. 보스코 돌드럼이 던진 스펀지였다. 개울 저편 증류소에서 만든 위스키로 흠뻑 젖은 스펀지였다.

"그래, 안녕. 보스코 돌드럼."

그녀가 깊고 낮은 목소리로 외쳤다.

"여! 제미나 탠트럼. 이런, 널 맞혔네!"

그가 대답했다. 그녀는 다시 오두막으로 향했다.

낯선 남자는 그녀의 아버지와 이야기를 나누고 있었다. 탠트럼의 땅에서 금이 발견되었고 그 낯선 남자, 에드거 에디슨은 노래 한 곡에 그 땅을 사려고 들었다. 그는 어떤 노래를 선사할지 고민 중이었다.

그녀는 손바닥을 엉덩이 밑에 깔고 앉아 그를 지켜보았다.

그는 멋졌다. 말을 할 때면 입술이 움직였다.

그녀는 난로 위에 앉아 그를 지켜보았다.

갑자기 피가 얼어붙을 듯한 비명이 들렸다. 탠트럼 사람들이 창가로 달려갔다.

돌드럼 사람들이었다.

그들은 수송아지를 나무에 매어 두고 덤불과 꽃 뒤에 몸을 숨기고 있었다. 금세 돌과 벽돌들이 덜거덕덜거덕 창문을 때렸고 창문은 안으로 휘었다.

"아버지! 아버지!"

제미나가 날카롭게 소리쳤다.

그녀의 아버지는 벽에 붙은 새총 선반에서 새총을 가져와 고무줄 위쪽을 다정하게 쓰다듬었다. 그는 작은 창문으로 다가갔다. 탠트럼 할멈은 석탄실로 발을 들여놓았다.

산속의 전투

낯선 남자가 결국 흥분하고 말았다. 그는 돌드럼 사람들을 잡겠다고 길길이 날뛰며 굴뚝을 타고 집 밖으로 나가려고 했다. 그 다음에는 침대 밑에 문이 있을지 모른다고 생각했지만 제미나가 그런 문은 없다고 말했다. 그는 문을 찾기 위해 침대와 소파 밑을 뒤졌지만 그럴 때마다 제미나가 그를 끌어내고 그곳에 문이 없다고 말해 주었다. 미칠 듯이 화가 난 그는 문을 때리며 돌드럼 사람들에게 고함을 질렀다. 그들은 대답하지 않고 창문을 향해 벽돌과 돌로 맹사격을 퍼부었다. 나이 든 아버지 탠트럼은 구멍이 하나만 뚫려도 곧바로 돌들이 쏟아져 들어올 것이며 싸움이 끝나리란 사실을 알고 있었다.

이제 헥 돌드럼 영감은 입에 거품을 물었다가 왼쪽 오른쪽 땅에 뱉어 내며 공격을 지휘했다.

아버지 탠트럼의 훌륭한 고무줄 새총도 제법 효과를 내고 있었다.

능숙한 사격이 돌드럼 하나를 무력화시켰고 쉴 새 없이 복부를 맞은 다른 돌드럼은 계속 싸웠지만 힘이 없었다.

그들은 집으로 점점 가까이 다가왔다.

"도망가야 해요."

낯선 남자가 제미나에게 외쳤다.

"내 몸을 바쳐서 당신을 데리고 나가겠소."

"아니."

아버지 탠트럼이 때투성이 얼굴로 외쳤다.

"당신은 여기 남아 버티시오. 내가 제미나를 피신시킬 것이오. 내가 아내를 피신시킬 것이오. 내 자신을 피신시킬 것이오."

마을에서 온 남자는 창백한 모습으로 분노에 떨며 햄 탠트럼에게 고개를 돌렸다. 햄 탠트럼은 문가에 서서 전진 중인 돌드럼 사람들에게 이 구멍, 저 구멍으로 새총을 쏘아 대고 있었다.

"퇴각을 엄호해 주겠소?"

그러나 햄은 자신도 데리고 나갈 탠트럼들이 있다고, 그러나 방법을 생각해 낼 수만 있다면 낯선 남자를 도와 엄호하겠다고 말했다.

곧 바닥과 천장을 통해 연기가 스며들기 시작했다. 늙은 자펫 탠트럼이 총구멍에서 몸을 젖히고 숨을 쉬는 사이 셈 돌드럼이 다가와 성냥을 댄 것이다. 알코올 연기가 사방에서 솟구쳤다.

욕조에 있던 위스키에 불이 붙었다. 벽이 무너지기 시작했다.

제미나와 마을에서 온 남자는 서로를 바라보았다.

"제미나."

그가 속삭였다.

"낯선 분."

그녀가 대답했다.

"우린 함께 죽을 거요."

그가 말했다.

"목숨이 붙어 있었더라면 당신을 도시로 데려가 결혼했을 텐데. 술을 만드는 그 능력이면 사회적 성공은 보장되었을 거요."

그녀는 잠시 무심하게 그를 어루만지며 마음속으로 천천히 발가락 수를 세었다. 연기가 짙어졌다. 그녀의 왼쪽 다리가 화끈거렸다.

그녀는 인간 알코올 램프였다.

둘의 입술이 만나 단 한 번의 긴 키스를 나누었고 곧 벽이 그들 위로 무너져 둘의 모습을 덮어 버렸다.

하나가 되어

집을 에워싼 불길을 뚫고 뛰어 들어온 돌드럼 사람들은 그 두 사람이 서로를 껴안고 죽어 있는 모습을 발견했다.

젬 돌드럼 영감은 가슴이 뭉클했다. 그는 모자를 벗었다. 거기에 위스키를 채우고 들이켰다.

"죽었구나."

그가 천천히 말했다.

"서로를 갈망했어. 이제 싸움은 끝났다. 저들을 갈라놓아서는 안 된다."

그래서 그들은 두 사람을 함께 개울로 던졌고, 두 사람이 텀벙 일으킨 두 물거품은 하나가 되었다.

　F. 스콧 피츠제럴드는 『벤자민 버튼의 시간은 거꾸로 간다』를 펴내며 초판 목차에서 각 작품을 창작하게 된 계기와 출간 뒷이야기 및 여타 문맥상의 문제들에 관한 논평을 실었다.

「젤리빈」

　이것은 남부의 이야기로 조지아 주 탈턴이라는 작은 도시가 배경이다. 나는 탈턴에 깊은 애정을 느낀다. 하지만 웬일인지 그곳에 관한 이야기를 쓸 때마다 남부 전역에서 노골적으로 나를 비난하는 편지가 쏟아진다. 〈메트로폴리탄〉지에 실린 「젤리빈」은 그런 훈계하는 편지들을 넘치도록 받았다.

　이 단편소설은 첫 장편소설 출간 직후 묘한 상황에서 쓴 것이고 더욱이 내가 공저자와 함께 작업한 첫 단편이다. 내가 주사위를 던지는 에피소드를 제대로 다룰 수가 없다는 사실을 깨닫고 그 임무를 아내에게 넘겼다. 남부 여자인 아내는 그 지방의 대단한 놀이와 관련된 기술과 전문 용어에 관해서라면 전문가라고 해도 좋을 것이다.

「낙타의 뒷부분」

내가 쓴 단편소설들을 통w틀어 이 이야기는 가장 적게 수고하고 가장 많은 즐거움을 느낀 작품인 것 같다. 그 수고라는 것도 실은 뉴올리언스에서 하루 동안 쓴 것뿐이다. 백금과 다이아몬드로 장식된 600달러짜리 손목시계를 사야겠다는 지나친 목표 때문이었다. 나는 이 이야기를 아침 일곱 시에 시작해서 그날 밤 두 시에 끝마쳤다. 이 작품은 1920년 〈새터데이 이브닝 포스트〉지에 실렸고, 나중에는 같은 해에 출간된 오 헨리 추모 단편집에 수록되었다. 이 책에 담긴 작품들 중에서는 가장 애정이 덜한 작품이다.

내가 재미를 느낀다면 그것은 이야기에서 낙타라는 소재가 문자 그대로 실화이기 때문이다. 사실 이 이야기에 관련된 신사와 오래전부터 굳게 약속한 것이 있는데, 우리 둘 다 다음번에 초대받는 가장무도회 파티에 낙타의 뒷부분을 차려입고 참석하기로 한 것이다. 이는 그의 이야기를 실은 데 대한 일종의 속죄다.

「노동절」

1920년 7월 〈스마트 세트〉지에 중편소설로 실린 다소 불쾌한 이 이야기는 전해 봄에 일어난 일련의 사건에 관해 들려준다. 세 사건은 각각 나에게 큰 인상을 남겼다. 사실 그 사건들은 재즈 시대가 정식으로 도래했던 그 봄의 전반적인 집단 히스테리를 제외하면 서로 관련이 없다. 안타깝게도 성공한 것 같지는 않지만 내 이야기에서는 그 사건들을 엮어서 하나의 틀을 만들고자 했다. 뉴욕의 그 몇 달이 끼친 영향이 당시 젊은 세대에 속했던 한 사람에게는 어떻게 보였는지, 그 틀 안에서 나타내려고 했다.

「자기와 분홍」

"그럼 다른 잡지에도 글을 쓰세요?"라고 어느 아가씨가 물었다.

"네, 그렇습니다."라고 나는 자신 있게 대답했다.

"〈스마트 세트〉지에 단편과 희곡을 약간 기고했습니다. 예를 들어……."

그 아가씨는 몸을 떨었다.

"〈스마트 세트〉라고요?"

아가씨가 외쳤다.

"어쩜 그러실 수가 있죠? 아니, 거긴 파란 욕조에 앉은 여자에 대한 이야기나 아니면 그와 비슷한 어리석은 것들을 싣는다고요!"

그리고 나는 더없이 즐겁게 그녀에게 그것이 「자기와 분홍」이라고 말해 주었다. 그건 몇 달 전에 그 잡지에 실린 작품이었다.

「리츠칼튼 호텔만 한 다이아몬드」

다음 단편소설들은 내가 위상이 대단한 인물이었다면 '두 번째 방식'이라고 불렀을 만한 것에 따라 쓴 것이다. 지난여름 〈스마트 세트〉에 수록된 「리츠칼튼 호텔만 한 다이아몬드」는 전적으로 내 자신의 즐거움을 위해 구상했다. 나는 호화로움에 대한 완전한 갈망을 주요 특징으로 하는 친숙한 분위기에 젖어 있었고, 가상의 음식으로 그 갈망을 채우려는 시도가 시발점이 된 것이다.

어느 유명한 비평가는 이 화려한 오락물을 내가 지금까지 쓴 어떤 것보다 더 좋아했다. 개인적으로 나는 「앞바다의 해적」(*『말괄량이와 철학자들』(보물창고, 2013)에 수록된 단편소설.)이 더 좋다. 그러나 링컨의 말을 살짝 변조하자면, 당신이 이런 것을 좋아한다면 이것이 당신이 좋아하는 바로 그런 것이다.

「벤자민 버튼의 시간은 거꾸로 간다.」

이 이야기는 마크 트웨인의 말에서 영감을 얻은 것으로, 그 취지만 이야기하자면 인생 최고의 시기가 가장 먼저 오고 최악의 시기가 가장 나중에 온다는 사실이 애석하다는 말이었다. 나는 완벽히 정상적인 세상에 사는 단 한 사람에게만 실험을 했으니 그의 견해를 공정히 시험했다고 할 수는 없다. 집필을 끝마치고 몇 주 후에 새뮤얼 버틀러의 「수첩」에서 거의 똑같은 구상안을 발견했다.

이 단편소설은 작년 여름 〈콜리어스〉 지에 실렸고 신시내티에 사는 익명의 팬에게 놀라운 편지를 쓰게 만들었다.

"선생님께. 〈콜리어스〉에 실린 벤자민 버튼의 이야기를 읽었는데, 단편소설 작가로서 선생님이 제대로 미친 것 같다는 사실을 말씀드리고 싶습니다. 제 평생 난다 긴다 하는 인물들을 수없이 보았지만 선생님이야말로 물건 중의 물건입니다. 선생님에

대한 이야기로 편지지를 낭비하기는 싫지만 그래도 해야겠습니다."

「치프사이드의 타르퀴니우스」

거의 6년 전에 쓴 이 이야기는 프린스턴대학 재학 시절의 산물이다. 상당한 수정을 거쳐 1921년 〈스마트 세트〉에 실렸다. 구상 당시에는 한 가지 생각밖에 없었는데 그것은 시인이 되고 싶다는 것이었다. 내가 구절구절의 울림에 주목하며 플롯이 아닌 산문의 상투성을 두려워했다는 사실이 작품 전반에 드러난다. 내가 이 이야기에 느끼는 각별한 애정은 작품에 본질적인 가치가 있어서라기보다는 오래전에 쓴 글이기 때문에 더욱 깊어지는 것 같다.

「"오, 적갈색 머리 마녀가!"」

이 작품은 두 번째 장편소설의 초고를 막 탈고했을 때 썼다. 당연한 반응이지만 어떤 등장인물도 진지하게 여길 필요가 없는 이야기를 마음껏 써 내려갔다. 반드시 따라야 하는 정연한 계획이 없다는 생각에 자제력을 잃고 너무 흥분했던 건 아닌지 걱정스럽기는 하다. 그러나 적절한 고민 끝에, 독자가 시간적 배경 때문에 약간 어리둥절해 할 수도 있겠지만 그냥 이대로 두기로 결정했다. 다만 세월이 멀린 그레인저를 어떻게 바꿔 나갔든지, 나 자신은 늘 현재 시제로 생각하고 있었다는 사실을 말해 두고 싶다. 이 작품은 〈메트로폴리탄〉에 실렸다.

「행복이 지나간 자리」

이 이야기는 써 달라고 울부짖으며 뿌리칠 수 없는 모습으로 나에게 다가왔다고 말할 수 있다. 감상주의에 빠진 이야기에 불과하다고 비난을 받을지도 모르겠지만 내가 보기에는 훨씬 의미 있는 작품이다. 그러므로 진정성이 부족하거나 비극성이 모자라더라도 문제는 주제가 아니라 내 처리 방법일 것이다.

이 이야기는 〈시카고 트리뷴〉지에 실렸고 나중에는 네 겹 황금 월계관, 그게 아니면 현재 우리들 가운데 바글대는 명시 선집 편집자들 중 한 명에게서 그와 비슷한 찬사를 받았을 것이다. 내가 언급한 그 신사는 대체로 화산이나 네메시스 역을 맡은 존폴 존스의 유령이 나오는 삭막한 통속극을 찾아다니는 사람이다. 헨리 제임스가 그랬던 것처럼 어둡고 미묘한 일들이 복잡하게 펼쳐질 것을 암시하는 초반 몇 단락으로 세심하게 위장한 통속극 말이다. 예를 들면 이런 식이다.

"쇼 맥피 씨의 사건은 정말 기이하게도 마틴 술로의 거짓말 같은 태도와 아무 관련이 없었다. 이것은 삽입 어구인데, 지금은 이름을 밝힐 수 없지만 적어도 세 목격자에게는 일어날성싶지 않은 사건이다. 어쩌고저쩌고……."

이렇게 이어지다가 마침내 가상의 사건이 불쌍한 쥐처럼 개방된 공간으로 쫓겨 나오고 통속극이 시작되는 것이다.

「이키 씨」

이 작품은 뉴욕의 어느 호텔에서 쓴 유일한 잡지 소설이라는 점에서 특별하다. 작업은 침실에서 헐렁한 반바지를 입은 채 완료되었는데 그 후 얼마 지나지 않아 인상적이게도 그 호텔은 영원히 문을 닫았다. 적절한 애도의 시간이 지난 후 이 작품은 〈스마트 세트〉에 실렸다.

「산골 소녀 제미나」

「치프사이드의 타르퀴니우스」와 마찬가지로 프린스턴대학 시절에 쓴 이 소품은 세월이 지나 〈베니티 페어〉 지에 실렸다. 부족한 기교에 관해서는 스티븐 리콕 씨에게 사죄해야 할 것이다.

나는 이 이야기 때문에 많이 웃었다. 특히 집필을 처음 시작할 때 그랬다. 하지만 이제는 더 웃을 수가 없다. 그래도 다른 사람들이 재미있다고 말해 주기 때문에 이 작품집에 포함했다. 내가 보기에 이 작품은 몇 년 동안 보존할 가치가 있는 것 같다. 적어도 변화하는 유행이 권태로움으로 인해 나와 내 책 그리고 이 소품을 함께 짓누를 때까지는 말이다.

소란했던 재즈 시대의 젊고 매력적인 이야기들

길 잃은 청춘의 시대

"여러분은 모두 길 잃은 세대입니다."

어니스트 헤밍웨이가 자신의 책 『태양은 다시 떠오른다』의 권두에 인용한 말로, 이 책이 성공을 거두면서 이후 '길 잃은 세대(Lost Generation)'는 1920년대를 일컫는 대표적인 용어로 자리 잡았다. 풍문에 따르면 원래 이 말은 파리에 거주하던 미국의 여류 작가 거트루드 스타인이 정비 공장에 자동차 수리를 맡겼을 때 들은 것이라고 한다. 정비 공장 주인은 게으르고 무능력한 젊은 직원들을 보고 '길 잃은 세대'라고 말했고, 스타인은 당시 파리에 와 있던 미국의 젊은 예술가들에게 이 표현을 적용했다. 그리고 이후 이 용어는 제1차 세계 대전을 겪은 1920년대 미국 젊은이들을 통틀어 지칭하는 표현이 된다.

당시 스타인이 기거하던 파리에는 세계 대전에 참전한 후 고국인 미국으로 돌아갔다가 적응하지 못하고 다시 유럽으로 돌아와 쾌락을 좇으며 방황하는 젊은이들이 많았다. 수많은 전사자가 발생한 전쟁터에서 살아 돌아왔으나 정신적, 신체적 상흔이 남은 것이다. 미국에 머문 젊은이들도 전쟁 이전에 가졌던 도덕적 선에 대한 믿음과 삶에 대한 희망을 잃고 정신적 공황과 무기력에 시달리며 방황했다. '길 잃은 세대'를 대표하는 작가들의 작품에는 당대의 사회상이 잘 드러나는데 그중 특히 그 시대의 젊음을 예리하게 조명한 작가가 바로 F. 스콧 피츠제럴드다.

스스로도 당시의 젊은이였던 피츠제럴드는 길 잃은 청춘의 모습에 집중해 이 시대를 '재즈 시대(Jazz Age)'라고 명명했고 이것은 1920년대의 유명한 별칭이 되었다. 재즈 시대라는 표현에서 알 수 있듯이 당시는 문화적으로도 풍요로운 때였다. 재즈 음악과 각종 사교춤이 크게 유행했고 무성 영화 산업이 꽃을 피워 할리우드는 황금기를 구가했다. 젊은이들은 이런 문화를 마음껏 향유했다. 빠른 재즈 음악에 맞추어 밤새도록 춤을 추고(심지어 파티가 아니더라도 장소를 가리지 않고 춤을 추어 댔다.), 떠들썩한 파티를 전전하며 흥청망청 살았다. 당시 확산된 극도의 소비문화는 전쟁 이후 찾아온 경제 호황과 정서적 황폐화가 맞물린 결과였다.

남북 전쟁 이후 산업화가 본격적으로 진행되면서 19세기 말부터 급속도로 성장한 미국 경제가 제1차 세계 대전이 끝나고 유례없는 호황기에 접어들었던 것이다. 정상적인 삶을 되찾으려

»

는 갈망과 안정을 추구하려는 욕구는 곧 소비로 이어졌다. 기성
세대는 변화의 물결이 밀어닥친 미국 사회에서 전통 가치를 지
키기 위해 금주법을 시행하는 등 기독교 근본주의와 청교도 정
신을 더욱 강조했지만, 젊은 세대는 욕망을 분출하며 반발했다.
세계 대전은 죽음이 멀리 있는 것이 아님을 깨우쳐 주었고, 젊은
이들 사이에는 현재를 즐기자는 정서가 만연해졌던 것이다. 이
시대의 청춘들은 불안과 무기력감을 느끼면서도 반항하고 활력
을 내뿜는 등 복합적인 존재였고, 피츠제럴드는 그런 젊음의 면
면을 장편소설과 단편소설을 통해 꾸준히 그려 냈다. 특히『벤자
민 버튼의 시간은 거꾸로 간다』에서는 피츠제럴드가 젊음의 표
상으로 여겼던 '플래퍼(flapper)'를 비롯해 환상과 환멸을 함께
겪는 청춘기, 역사와 사회라는 거대한 힘 앞에서 고뇌하는 개인
의 모습 등을 탐구한 작품들을 볼 수 있다.

다채로운 재즈 시대 이야기들

『벤자민 버튼의 시간은 거꾸로 간다』는 프린스턴대학의 문예
지와 여러 대중 잡지에 실렸던 작품들을 모아 1922년 9월에 펴
낸 작가의 두 번째 중·단편소설집이다. 피츠제럴드는 이 책이
첫 단편집인『말괄량이와 철학자들』보다 호평을 받을 것으로 예
상했다. 그는 호평을 이끌어 내는 데 도움이 되도록 작품들을
'내 마지막 말괄량이들', '상상의 세계', '미분류 걸작'이라는 부제

로 나누고 각 작품에 관한 소견을 익살스러운 문체로 설명했는데(이 책의 말미에 수록되어 있다.), 결과는 첫 단편집과 마찬가지였다. 당대에는 일관성이 결여된 작품집이라는 평가를 받았으나 오늘날의 독자들에게는, 피츠제럴드가 천착했던 '플래퍼' 이야기에서부터 좀 더 무거운 이야기에 이르기까지 그의 다양한 면모를 음미할 수 있으니 오히려 장점이라고 할 수 있겠다.

'내 마지막 말괄량이들'이라는 부제로 모은 중·단편소설들은 피츠제럴드가 작품 활동 초기부터 꾸준히 탐색했던 당대의 신여성 '플래퍼'의 모습을 보여 준다.

1920년대에 일어난 가장 두드러지는 변화는 여성의 지위와 관련된 것이다. 남성들이 제1차 세계 대전에 참전하면서 미국 내 노동력이 부족해진 탓에, 여성의 사회 진출 기회가 확대되어 자연스럽게 여성의 경제적 자립이 가능해졌다. 게다가 오랜 여권 운동의 결과로 1920년에 여성에게도 참정권이 생겼다. 이를 바탕으로 여성의 입지에 획기적인 변화가 일어난 것이다. 경제적, 정치적 자유를 얻게 된 젊은 여성들은 사회 참여 활동이나 정치적 투쟁을 하기보다 개인의 욕망을 실현하는 데 관심을 기울였다. 이런 당대의 젊은 여성을 '플래퍼'라고 부른다(이 책에서는 '말괄량이'라고 번역했다.).

플래퍼는 예전에 남성에게만 허락되던 행동을 과감하게 실행에 옮겼다. 공공장소에서 남자들과 함께 담배를 피우고 폭음을 하고 자유연애를 즐겼다. 플래퍼는 소설과 영화, 잡지 등에 등장해 유행을 선도했고, 재즈 시대를 이야기할 때 **빼놓을** 수 없는 문화 현상이 되었다. 플래퍼가 출현한 배경을 살펴보면 당시 미국 사회가 겪은 여러 변화와 갈등을 파악할 수 있을 만큼 이들은 당시 사회를 총체적으로 반영하는 존재다. 그러니 플래퍼를 중심에 놓고 작품을 쓴 피츠제럴드가 당시의 미국 사회를 가장 잘 표현한 작가로 인정받는 것은 당연한 일이다.

첫 번째 단편소설집인 『말괄량이와 철학자들』에서 그린 플래퍼의 모습은 매혹과 당돌함과 생기발랄함 등 좀 더 긍정적인 측면에 집중되었다. 그런 반면에 『벤자민 버튼의 시간은 거꾸로 간다』에서의 플래퍼는 「자기와 분홍」의 줄리가 보여 주듯 당돌한 아가씨라는 사실에는 변함이 없으나 사회적으로 가해자 겸 피해자로서 부정적인 맥락에서 조명되는 경향이 강하다. 「젤리빈」에서 마을 최고의 미인이자 기행을 일삼는 플래퍼인 낸시 라마는 마을 최고의 게으름뱅이인 짐의 마음을 빼앗는다. 낸시 라마의 사소한 행동은 목적 없이 하루하루를 살던 남자의 인생행로를 좌우할 정도로, 즉 그를 권태에서 구제했다가 다시 권태로 밀어 넣을 정도로 큰 영향력을 발휘한다.

이 영향력은 「"오, 적갈색 머리 마녀가!"」에서 좀 더 뚜렷하게 나타난다. 평범한 서점 직원인 멀린은 이름 모를 아름다운 여인을 '캐럴라인'이라고 이름 짓고 마음속으로 흠모한다. 멀린은 처음에는 그녀를 실존 인물로 생각했으나 나중에는 스스로의 상상이 만들어 낸 유령이자 자신의 삶을 일깨워 준 신비한 존재라고 여기게 된다. 사실 그녀는 악명 높은 희대의 플래퍼였고, 황혼의 나이가 되어서야 그 사실을 깨달은 멀린은 자신의 인생 전체를 물거품과 같은 것으로 느낀다. 멀린에게 그녀는 제목 그대로 '마녀'와도 같은 존재였던 것이다.

이렇게 가해자처럼 보이는 플래퍼는 사회의 압력에서 자유롭지 못한 피해자이기도 했다. 「젤리빈」의 낸시 라마나 「낙타의 뒷부분」의 베티는 젊음을 즐기고 기행을 일삼으며 자유롭게 살지만 어쩔 수 없이 '결혼'이라는 제도에 갇힌다. 실제로 당시 영화나 잡지 등 대중 매체에서 그려 내는 플래퍼의 이미지에는 그들을 부정적으로 바라보는 보수적인 사회의 시각이 반영되어 있었다. 플래퍼를 주체적이고 독립적인 여성이라기보다 방종하고 무책임한 모습으로 표현하며 비난하거나, 잠시 방종한 삶을 즐기다가 결혼을 통해 구제될 철없는 존재로 축소했던 것이다.

'내 마지막 말괄량이들'로 묶인 작품들 중에서 「노동절」은 플래퍼 자체보다는 플래퍼라는 아이콘으로 대표되던 시기의 사회상과 정서를 좀 더 진지하고 무겁게 다룬다. 1920년에 발표된 이 중편소설은 전해인 1919년 5월 1일, 오하이오 주 클리블랜드에서 실제로 발생했던 노동절 폭동을 소재로 삼고 배경만 뉴욕으로 옮겼다. 피츠제럴드는 그 폭동을 재즈 시대의 시작으로 여겼다. 그리고 「노동절」에서 물질주의로 인해 심화된 빈부 격차와 계급 갈등을 묘사했다. 이 작품은 두 세계의 인물들, 즉 예일 대학교 동창회 파티에 참석한 부유한 젊은이들과 전쟁을 치르고 돌아온 가난하고 무식한 두 군인의 이야기를 파노라마처럼 전개하다가 노동절 폭동으로 두 계급의 인물들을 충돌시킨다. 또한 주요 인물로서 길 잃은 세대의 전형인 '고든'이 방황하다가 자살로 생을 마감하는 모습을 그림으로써 현실을 비관적으로 반영한다.

'상상의 세계'는 유쾌하면서도 기괴한 이야기들로 구성된다. 한껏 날개를 펼친 작가의 상상력을 음미할 수 있는 작품들이다. 피츠제럴드가 오로지 자신의 기쁨을 위해 썼다고 고백한 「리츠 칼튼 호텔만 한 다이아몬드」는 부와 탐욕, 이기심의 극한을 묘사한다. 전쟁 이후 부유해진 미국 경제에는 양면이 있었는데, 거대한 부를 축적한 이들은 소수였고 가난한 이들은 상대적 박탈감에 시달렸다. 이런 빈부 격차는 미국의 근간이자 미국적 정신의 뿌리였던 '아메리칸 드림'에 대한 회의로 이어졌다. 독자는 이 작품을 통해, 장차 『위대한 개츠비』에서 심도 있게 다루어질 아메리칸 드림의 허상을 미리 접할 수 있다.

이 이야기에서 지옥을 뜻하는 '하데스' 출신인 존 엉거는 다이아몬드 산으로 대표되는 높고 화려한 삶에 가까이 다가가지만 다시 '하데스', 곧 낮고도 낮은 곳으로 되돌아오게 된다. 브래독

워싱턴은 부와 그 뒤에 숨은 추악함이라는 양면을, 순수하면서
도 잔인했던 재스민과 키스민 자매는 아름다움과 욕망이라는 양
면을 상징한다. 부가 선사하는 안락함에 한껏 취했다가 그 뒤에
숨겨진 추악한 진실을 알고 모험을 감행하는 존의 모습은 마치
그리스 신화의 영웅이 겪는 여정과도 비슷한 느낌을 준다. 이 대
단한 여정 끝에서 존은 나름의 철학적 깨달음을 얻는다. 그러나
그것은 적극적인 대처로 이어지지 않고, 길 잃은 세대답게 소극
적인 환멸을 느끼는 데 그칠 뿐이다.

　한편 「벤자민 버튼의 시간은 거꾸로 간다」는 2008년에 영화
화되어 인기를 끌었을 정도로 흥미로운 이야기다. 영화는 로맨
스 위주로 진행되었지만 원작은 냉정하고 풍자적이다. 유머러스
한 느낌을 풍기지만 그것은 사회와 인생살이에 대한 씁쓸한 웃
음이다. 주인공 벤자민은 늦게 태어나 점점 어려지며 인생경로
를 거꾸로 나아간다. 이 이야기에서 나이는 곧 정체성이다. 인
간은 나이에 따라 신체 상태는 물론이고 열정과 욕망, 관심사,
의식 수준까지 달라지며 사회적 정체성도 이와 마찬가지다. 보
통 사람들은 그것을 자연스럽게 받아들이거나 의식하지 못하는
데 반해 벤자민 버튼은 그 변화를 뚜렷이 자각하면서 다르게 살
아갈 수밖에 없다. 그를 그대로 인정하고 받아들이는 사람은 없
으며, 거꾸로 진행되는 삶이 그의 선택인 것처럼 비난하면서 사
회적 기준에 맞추라고 강요한다. 그가 평범한 서민이 아니라 사

회적 체면이 중요한 명문가의 자식이라는 것 때문에 비극은 강화된다. 습작처럼 느껴지는 「치프사이드의 타르퀴니우스」에서는 풋내기 작가였던 피츠제럴드의 패기를 느낄 수 있을 것이다.

마지막 분류인 '미분류 걸작'을 보면 그 부제를 붙인 작가의 당당함에 웃음이 나는 한편 과연 '걸작'이라고 부를 수 있을지 의심이 가기도 한다. 하지만 작가로서 실험을 게을리하지 않았던 성실함을 엿볼 수 있다.

푸어 시대의 독자에게

피츠제럴드가 그려 내는 재즈 시대의 젊은이들을 보면 한국 사회의 젊은이들을 가리키는 '88만원 세대'와 '삼포 세대'라는 용어가 자연스럽게 떠오른다. 피츠제럴드가 살던 시대가 소란한 시대이자 재즈 시대였다면, 오늘날 한국 사회는 하우스 푸어·워킹 푸어·베이비 푸어 등 푸어가 넘쳐나는 '푸어 시대'라고 할 수 있다. 사회적 정황은 다르지만 이 푸어 시대를 사는 젊은이들은 '길 잃은' 모습이라는 점에서, 또한 미래를 낙관적으로 그릴 수 없다는 점에서 재즈 시대 청춘의 초상과 겹친다.

그러나 아직 한국 사회 곳곳에는, 역사와 사회의 도도한 흐름 속에서도 그 거대한 압력에 맞서 나름대로 앞길을 모색해 나가는 이들이 있다. 개천에서 용 나기가 불가능해졌다는 이 사회를, '꿈'이라는 단어의 힘이 유효한 곳으로 지켜 내기 위해 노력하는 이들이 있다. 혼자서 할 수 없다면 함께 해 보자는 이들이 있다. 푸어 시대를 힘겹게 살아가는 독자들이 이 책에서 발견할 수 있는 희망은, 화려한 삶을 갈구하면서도 그 허상을 예리하게 그려 낸 작가의 치열함일 것이다. 변화와 갈등과 활력으로 소란했던 재즈 시대, 오늘날과 닮은 그 시대에 대하여 환상과 환멸을 동시에 품고서도 시대와 끝없이 호흡하고 시대의 목격자이자 기록자로 살았던 작가의 열정일 것이다.

한편으로는 옮긴이로서 다른 바람도 있다. 독자들이 작품의 배경이나 시대상과 상관없이 가벼운 마음으로 상상의 날개를 마음껏 펼치며 읽었으면 하는 것이다. 해설은 길잡이일 뿐 해석하고 받아들이는 것은 독자의 몫이므로 한 번쯤은 재즈 시대 이야기들을 제약과 편견 없이 읽어 보라. 오래전 작품이지만 오늘날의 이야기를 담고 있으며, 여러 번 읽을 때마다 새롭고, 삶의 다양한 시기마다 다양한 메시지를 들려주는 것, 이러한 고전의 저력을 믿고 자유분방했던 재즈 시대 젊은이들처럼 이 이야기들을 흥청망청 즐겨 보아도 좋을 것이다.

– 옮긴이 김율희

≪F. 스콧 피츠제럴드 연보≫

1896년 9월 24일 미국 미네소타 주 세인트폴에서 아버지 에드워드 피츠제럴드와 어머니 몰리 퀼 리언 사이에서 태어남. 미국 국가를 작사한 시인이자 먼 친척인 프랜시스 스콧 키의 이름을 붙임.

1908년 세인트폴 아카데미에 입학함.

1909년 세인트폴 아카데미에서 발행하는 문예지 〈지금과 그때〉에 첫 희곡 『레이먼드 저당의 신비』를 발표.

1911년 뉴저지 주의 뉴먼 스쿨에 입학하여 키릴 시고니 웹스터 페이 신부를 만남. 그는 어린 피츠제럴드가 지적 토대를 세우는 데 커다란 영향을 끼침.

1913년 프린스턴 대학교에 입학함. 비평가 에드먼드 윌슨, 시인 존 필 비숍과 친구가 됨. 〈나소 문학잡지〉와 〈프린스턴 타이거〉지에 단편소설과 희곡과 시를 발표함.

1914년 세인트폴에서 16세 소녀 지니브러 킹을 만남. 훗날 피츠제럴드는 그녀에게 사랑을 고백하지만 가난하다는 이유로 거절을 당함. 이 경험은 그의 작품 활동에 중요한 자극이 됨.

1916년 3학년 때 프린스턴 대학교를 중퇴함.

1917년 미 육군에 소위로 임관하여 복무함. 장편소설 『낭만적인 에고이스트』 집필을 시작함.

1918년 앨라배마 주 대법원 판사의 딸 젤다 세이어를 만남. 『낭만적인 에고이스트』를 스크리브너스 출판사에 보내지만 출간을 거절당함.

1919년 젤다와 약혼함. 제1차 세계 대전이 막을 내리면서 군대에서 제대하고 뉴욕의 배런콜리어 광고 회사에 입사함. 젤다는 그의 미래가 불안정하다는 이유로 약혼을 파기함.

1920년 『낭만적인 에고이스트』를 고쳐 장편소설 『낙원의 이쪽』이라는 제목으로 출간. 이 작품이 성공하면서 순식간에 커다란 부와 명예를 얻음. 남부로 돌아와 젤다와 결혼함. 그러나 피츠제럴드 부부는 돈을 버는 족족 탕진함. 단편소설집 『말괄량이와 철학자들』 출간.

1921년 10월 딸이 태어남.

1922년 화이트베어 요트 클럽으로 이사함. 이곳에서 『위대한 개츠비』의 힌트를 얻음. 장편소설 『아름답고 저주받은 사람들』을 출간하고 워너브라더스에서 영화로 제작됨. 중·단편소설집 『벤자민 버튼의 시간은 거꾸로 간다』 출간.

1923년 장막 희곡 「야채」가 애틀랜틱시티에서 공연하지만 실패하여 피츠제럴드는 빚을 지게 됨.

1924년 유럽으로 이주함. 〈아메리칸 머큐리〉 6월호에 단편소설 「면제」를 발표함. 『위대한 개츠비』를 집필하기 시작함. 피츠제럴드가 집필에 몰두하는 동안 젤다는 프랑스 인 조종사와 외도를 함.

1925년 『위대한 개츠비』가 출간되어 호평을 받음. 프랑스에서 어니스트 헤밍웨이를 만나 친분을 쌓음.

1926년 『위대한 개츠비』가 연극으로 제작되어 브로드웨이에서 공연됨.

1927년 할리우드 영화사에서 시나리오 작가로 근무하기 시작함. 그곳에서 『밤은 부드러워』의 로즈마리 호이트의 모델이 된 로이스 모런과 연애함.

1930년 젤다가 신경쇠약 증세를 보이기 시작하여 치료를 위해 스위스로 이주함. 젤다는 프랭쟌스 진료소에 입원함.

1931년 아버지 에드워드 피츠제럴드가 세상을 떠남. 미국으로 돌아가 할리우드 MGM 사에서 시나리오 작가로 근무함.

1932년 젤다의 신경쇠약이 재발하여 메릴랜드 주의 존스홉킨스 대학 병원에 입원함.

1933년 집에 불을 지를 정도로 젤다의 증세가 심해짐. 피츠제럴드의 또 다른 대표작 장편소설 『밤은 부드러워』 출간.

1935년 심각한 알코올 의존증 증세를 보이기 시작함.

1936년 어머니 몰리 퀼 리언이 세상을 떠남. 젤다는 애슈빌의 하일랜드 정신 병원에 입원함.

1937년 MGM과 계약을 맺고 다시 시나리오 작가로 활동함. 평론

가 세일러 그레이엄과 만나 친분을 쌓음.

1939년 할리우드에서 프리랜서로 일하기 시작함. 술에 취해 난동을 부린 사건을 계기로 젤다와 별거를 시작함. 금주하지 않으면 생명이 위태롭다는 진단을 받음. 뉴욕 병원에서 할리우드 사회를 소재로 한 장편소설 『겨울 카니발』을 완성함.

1940년 장편소설 『마지막 거물』을 집필함. 11월에 심장 발작을 일으킴.

12월 21일 세일러 그레이엄의 자택에서 심장 마비로 세상을 떠남.

12월 27일 메릴랜드 로크빌 유니언 묘지에 묻힘.

1941년 미완성 유작 『마지막 거물』이 에드먼드 윌슨의 편집으로 출간.

1948년 하일랜드 병원에 화재가 발생하여 그곳에서 치료 중이던 젤다가 사망함.

F. 스콧 피츠제럴드 1896년 미국 미네소타 주 세인트폴에서 태어났다. 1909년 세인트폴 아카데미의 문예지에 첫 희곡을 발표하며 문학적 재능을 드러냈으며 이후 160여 편에 달하는 단편소설을 발표했다. 1913년 프린스턴 대학교에 입학하지만 3년 뒤 중퇴하고 1917년 미 육군 소위로 복무하기 시작했다. 1919년 제대하여 다음해에 장편소설 『낙원의 이쪽』을 출간하면서 인기 작가로 급부상했다. 이어 장편소설 『위대한 개츠비』, 『밤은 부드러워』, 단편소설집 『말괄량이와 철학자들』, 『벤자민 버튼의 시간은 거꾸로 간다』 등을 출간하며 20세기 미국 문학계를 이끌 최고의 작가로 평가받았다. 1940년 12월 장편소설 『마지막 거물』을 집필하던 도중 심장 마비로 세상을 떠났다.

김율희 고려대학교 영어영문학과를 졸업한 뒤, 동 대학원 영문과에서 근대영문학으로 석사 학위를 받았다. 옮긴 책으로 『달콤쌉싸름한 첫사랑』, 『크리스마스 캐럴』, 『두근두근 첫사랑』, 『말괄량이와 철학자들』, 『벤자민 버튼의 시간은 거꾸로 간다』 등이 있다.

클래식 보물창고에는
오랜 세월의 침식을 견뎌 낸
위대한 세계 문학 고전들이 총망라되어 있습니다.
세대와 시대를 초월하여 평생을 동반할 '내 인생의 책'을
〈클래식 보물창고〉에서 만나 보세요.

1. 이상한 나라의 앨리스 루이스 캐럴 지음 | 황윤영 옮김

특유의 유쾌한 상상력과 말놀이, 시적인 묘사와 개성적인 캐릭터, 재치 넘치는 패러디와 날카로운 사회 풍자로 아동청소년문학사와 영문학사에 큰 획을 그은 루이스 캐럴의 환상동화.

★ BBC 선정 영국인 애독서 100선

2. 키다리 아저씨 진 웹스터 지음 | 원지인 옮김

서간문이라는 독특한 형식과 소녀적 감성이 결합된 성장기이자 로맨스 소설! 20세기 초 사회의 모순을 고발하고 개혁을 주장했던 작가의 진보적인 사상은 페미니즘 문학으로서의 의미를 더한다.

3. 보물섬 로버트 루이스 스티븐슨 지음 | 민예령 옮김

인간이 가진 절대적인 선과 악을 그린 세계 최초의 해양모험소설. 영국 빅토리아 시대의 흥미진진한 꿈과 낭만을 대변하는 동시에 선악의 경계를 아슬아슬하게 줄타기하는 인간의 욕망을 고찰한다.

★ BBC 선정 영국인 애독서 100선

4. 노인과 바다 어니스트 헤밍웨이 지음 | 민예령 옮김

헤밍웨이 문학의 총 결산이자 미국 현대문학의 중추로 일컬어지는 걸작. 생애의 모든 역경을 불굴의 투지로 부딪쳐 이겨 내는 인간의 모습을 하드보일드한 서사 기법과 절제미가 돋보이는 문체로 형상화했다.

★ 노벨 문학상 수상작 ★ 퓰리처상 수상작 ★ 노벨연구소 선정 세계문학 100선
★ 대학수학능력시험 출제 작품

5. 하늘과 바람과 별과 시 윤동주 지음 | 신형건 엮음

우리나라 사람들이 가장 많이 애송하는 '민족 시인' 윤동주의 문학 세계를 엿볼 수 있는 시와 산문을 한데 모았다. 시대의 아픔을 성찰하며 정면으로 돌파하려 한 저항 정신은 물론이고 인간 윤동주의 맨얼굴을 만날 수 있다.

★ 연세대 필독도서 200선

6. 봄봄 동백꽃 김유정 지음

어려운 현실을 풍자와 해학으로 극복한 한국 근대소설의 정수, 김유정의 대표작을 모았다. 원전을 충실하게 살려 아름다운 우리말을 풍요롭게 담고, 토속적 어휘는 풀이말을 달아 이해를 도왔다.

7. 거울 나라의 앨리스 루이스 캐럴 지음 | 황윤영 옮김

『이상한 나라의 앨리스』보다 한층 탄탄해진 구성과 논리적인 비유를 통해 보다 깊고 넓어진 재미와 감동을 선사하는 후속작. 현실 속의 정상과 비정상, 논리와 비논리, 의미와 무의미의 경계를 고찰한다.

★ BBC 선정 영국인 애독서 100선 ★ 명사 101명이 추천한 파워클래식

8. 변신 프란츠 카프카 지음 | 이옥용 옮김

현대인의 고독과 불안을 그림으로써 20세기 실존주의 문학의 발전에 커다란 영향을 끼친, 20세기 문학계에서 가장 난해한 '문제작가'로 꼽히는 프란츠 카프카의 대표작을 모았다. 원전에 충실한 번역으로 특유의 문체가 지닌 묘미를 만끽할 수 있다.

★ 서울대 권장도서 100선 ★ 연세대 필독도서 200선 ★ 미국대학위원회 SAT 권장도서

9. 오즈의 마법사 L. 프랭크 바움 지음 | 최지현 옮김

영화, 뮤지컬, 온라인 게임 등 다양한 장르로 재생산되어 지구촌 대중문화를 견인함으로써 문화 콘텐츠가 가지는 파급력의 정도를 생생하게 보여 주는 세기의 고전. 짜릿한 모험담 속에 담긴 치유의 기운이 마법 같은 순간을 선물한다.

10. 위대한 개츠비 F. 스콧 피츠제럴드 지음 | 민예령 옮김

미국 현대 문학의 거장으로 꼽히는 F. 스콧 피츠제럴드의 대표작. 미국에서만 한 해 30만 부 이상 팔리는 스테디셀러로, 재즈 시대를 살았던 젊은이들의 욕망과 물질문명의 싸늘한 이면을 담아 낸 명실공히 미국 현대 문학의 최고작.

★ 〈타임〉지 선정 100대 영문 소설   ★ 미국대학위원회 SAT 권장도서
★ 〈뉴스위크〉지 선정 100대 명저   ★ BBC 선정 꼭 읽어야 할 책

11. 오 헨리 단편선 오 헨리 지음 | 전하림 옮김

평범한 소시민의 일상과 삶의 애환을 따뜻한 시선으로 그린 세계적인 단편작가 오 헨리 문학의 정수로 손꼽히는 작품들을 모았다. 인도주의적 가치관 위에 부조된 작가적 개성의 특출함을 만끽할 수 있다.

12. 셜록 홈즈 걸작선 아서 코난 도일 지음 | 민예령 옮김

세기의 캐릭터와 함께 펼치는 짜릿한 두뇌 게임. 치밀한 구성과 개연성 있는 전개, 호기심을 자극하는 독특한 설정이 포진되어 있음은 물론, 추리의 과정부터 카타르시스가 느껴지는 결말이 펼쳐져 있는 매력적인 소설.

13. 소공자 프랜시스 호즈슨 버넷 지음 | 원지인 옮김

사랑의 입자를 뭉쳐 만들어 놓은 것 같은 캐릭터를 통해 사랑의 선순환을 형상화한 소설. 순수한 직관과 무한한 잠재력을 지닌 동심의 세계를 느낄 수 있다.

14. 왕자와 거지 마크 트웨인 지음 | 황윤영 옮김

대중성과 작품성을 겸비해 '미국 현대문학의 아버지'로 평가받는 마크 트웨인의 대표작으로 '뒤바뀐 신분'이라는 숱한 드라마의 원조 격인 소설. 부조리하고 불합리한 사회상에 대한 날카로운 비판과 통쾌한 풍자 속에 역사적 지식과 상상력을 담아 냈다.

15. 데미안 헤르만 헤세 지음 | 이옥용 옮김

자신의 내면세계를 향해 고집스럽게 걸음을 옮긴 주인공 싱클레어의 성장을 그린 영원한 청춘의 성서. 철학, 종교, 인간을 끊임없이 탐구했던 작가의 깊이 있는 시선과 인간 내면의 양면성에 대한 치밀한 묘사가 시선을 사로잡는다.

★ 노벨 문학상 수상작가

16. 말괄량이와 철학자들 F. 스콧 피츠제럴드 지음 | 김율희 옮김

재즈 시대의 자유분방한 젊은이들의 풍속도를 그린 F. 스콧 피츠제럴드의 소설집. 1920년대 고동치는 젊은이의 맥박을 생생하게 전달했다는 평가를 받는 작품들을 모았다.

17. 벤자민 버튼의 시간은 거꾸로 간다 F. 스콧 피츠제럴드 지음 | 김율희 옮김

70세의 노인으로 태어나 결국 태아 상태가 되어 삶을 마감하는 벤자민 버튼의 일생을 그린 환상소설을 비롯해 『위대한 개츠비』의 전신이라고 할 수 있는 F. 스콧 피츠제럴드의 작품들을 모았다. 실험적이고 혁신적인 화법으로 생생하게 형상화한 재즈 시대를 만끽할 수 있다.

18. 이방인 알베르 카뮈 지음 | 이효숙 옮김

출간과 동시에 하나의 사회적 사건으로까지 이야기된 알베르 카뮈의 대표작. 부조리하고 기계적인 시스템 속에서 인간이 부딪치게 되는 절망적 상황을 짧고 거친 문장 속에 상징적으로 담아낸, 작품 자체가 '이방인'인 소설.

★ 노벨 문학상 수상작가 ★ 노벨연구소 선정 세계문학 100선

19. 크리스마스 캐럴 찰스 디킨스 지음 | 김율희 옮김

영국의 대문호 찰스 디킨스의 작가 정신과 개성이 고스란히 담겨 있는 대표작. 19세기 영국 사회의 구조적 모순과 크리스마스 정신, 인간성의 회복을 그린 영원한 고전이자 크리스마스의 상징이 되어 버린 소설.

★ BBC 선정 영국인 애독서 100선

20. 이솝 우화 이솝 지음 | 민예령 옮김

2,500년 동안 이어져 온 삶의 지혜와 철학을 담은 인생 지침서이자 최고(最古)의 고전! 오랜 세월 인류가 축적해 온 지식과 철학이 함축되어 있으며 남녀노소 누구나 읽을 수 있는 인류의 고전이라 할 수 있다.

＊'클래식 보물창고'는 끝없이 이어집니다.